KB260207

신상웅전집 7
광야에서
배회(徘徊) 1

동서문화사

신상웅전집7

광야에서

배회(徘徊) 1

초판 발행/2003년 10월 1일
발행인 고정일/발행처 동서문화사
창업 1956. 12. 12. 등록 16-345 (윤)
서울강남구신사동540-22 ☎546-0331~6 (FAX) 545-0331
www.epascal.co.kr
✱잘못 만들어진 책은 바꾸어 드립니다.
총10권 각권 9,800원

✱

편찬·필름·제작 일체 「동판」 자본으로 이루어짐에 따라
출판권 소유권자 「동판」에서 제조출판판매 세무일체를 전담합니다.
사업자등록번호 211-90-02201
ISBN 89-497-0201-0 04810
ISBN 89-497-0194-4 (세트)

광야에서
배회(徘徊) 1

차례

제1장 점검(點檢)

　남산으로 오르는 계단길을 중턱쯤 기어올랐을까. 도일(道一)은 걸음을 멈추고 서서 해가 서쪽으로 기운 하늘을 돌아봤다. 누르께하던 하늘은 어느새 붉은 놀로 온통 뒤덮여 있었다.

　갑자기 여러 사람들의 얼굴이 떠올랐다. 눈망울만 멀뚱멀뚱 굴릴 뿐 그들은 한마디 말이 없이 쳐다보기만 했다. 더럽고 더러웠다. 정말로 세상이 더러워서 도일은 그중 전형구(田亨九)의 눈에 눈물이 괴기 전에 획 돌아서 버렸다. 아니 녀석의 눈꼬리엔 이미 반짝하고 매달리는 것이 있었다.

　도일은 고개를 왁왁 내저으며 되돌아섰다. 세상 참 티껍다. 만약 세상이 사기 쟁반같이 생겼다면 박살을 내고 말련만. 발길로 짓밟아 악살박살을 내주겠건만. 도일은 주먹을 부르르 떨었다.

　"자, 십 원이여, 단돈 십 원."

　뭐가, 하고 도일은 소리나는 쪽을 내려다봤다. 하지만 실은 흠칫 놀란 나머지였다.

　"동전 한 닢에 은하수 시 갑이여, 은하수 시 갑."

　뺑뺑이판 옆에다 담뱃갑을 너절하게 늘어놓고 앉은 서른 남짓의 여편네였다. 한심하게 젊은 여편네가 걸음을 떼어놓으려는 그의 발목을 잡아채며 거푸 소리치고 이었다. 도일은 담배 생각이 간절해져서 여편네 곁으로 다가섰다.

　"십 원 줄 테니 한 개비만 주."

　"그럴 것 없이 돌릴게 한번 박아 보서."

　"어럽쇼."

　"낱개론 안 팔아 봤구만이라우."

　"백 년 돌리고 박고 해봤자 그걸루 남편 구해 내긴 다 틀렸구, 할망구되기 전에 연애나 하쇼."

　"뭐여?"

　"난 돈이 없고."

　"뭐여?"

　도일은 궐련에 불을 붙여 한 모금 길게 빨았다.

　"화낼 거 없어. 여자가 사는 밑천이니까. 청춘 금가기 전에 그거나 팔아."

　뺑뺑이판이나 돌려 먹고 산다고 사람을 뭘로 보고 하는 수작이냐, 어쩌고저쩌고 앉은 채로 악을 빡빡 쓰는 여편네를 남겨 두고 도일은 다시 계단을 오르기 시작했다. 담배 때문인지 갑자기 눈앞이 어찔어찔했다.

　짙은 그늘이 끼기 시작하는 오리나무숲 사이엔 예나 다름없는 수작들이 벌어지고 있었다. 원숭이처럼 쪼크리고 앉아 모두들 어두워지지 않는 하늘을 원망하고 있었다.

　드디어 땀이 등골을 타고 굼실굼실 기어 내렸지만 도일은 옷을 벗어붙이지 않았다. 신사 체면 때문이 아니라 벗을 게 없었다. 한 껍데기 걸친 것뿐인데 그게 좀 두껍다 한들 어쩌랴. 도일은 주먹으로 눈두덩을 훔치며 성큼성큼 돌계단을 건너뛰었다.

산꼭대기에 이르렀을 즈음의 하늘은 꺼뭇꺼뭇하게 놀이 스러지고 있었다. 도일은 숨을 헐떡거리며 어둠에 묻히는 도시를 내려다봤다. 가슴이 서늘하게 트이는 것을 느꼈다. 정복자의 기쁨이었다.

그러나 얼마쯤 머뭇거리는 동안에 그나마 희끄무레하던 도시 하나가 재빨리 잠적해 버리고 없었다. 전등이 곳곳에 켜지고 자동차 불이 출렁인다 하여 그곳에 도시가 존재하는 것은 아니었다. 도일은 악악 신음 소리를 내지르며 가라앉아 가는 도시를 숨을 죽이고 내려다보고 있었다. 그러자 느닷없이 뭔가 목구멍을 치받고 올라오는 것이 있었다. 도일은 숨통이 막히기 전에 냅다 고함쳤다.

"잘 먹고 잘 살아라!"

도일은 바지 단추를 끄르고 소리친 곳을 향해 오줌을 찌익 깔겼다. 몇 시간을 참고 또 참았던 배설인가.

도일은 곧 산을 내려가기 시작했다.

나폴리 홀의 을식(乙植)이란 놈은 여전히 하얀 와이셔츠에 나비 목댕기를 하고 서서 아양을 떨고 있었다. 놈은 환한 백열등 앞에 서서 도일도 몰라보았다.

"어서 오십쇼, 손님."

도일을 몰라봤다기보다 입에 익은 못된 버릇이었다. 도일은 쿨쩍하고 튀어나오려는 웃음을 되삼키느라 입맛을 쩝쩝 다셨다. 씨근덕거리며 배때기를 안고 들어서는 모리배들한테 강아지처럼 아양으로 따라붙이는 수작에 이젠 소름마저 끼친다고 노래부르듯 하던 놈이 아니던가. 놈은 걸핏하면 소리쳤었다.

—돌대가리 같은 자식들, 돈다발 꼬나 들고 다니면서 왜 그건 안 만들지?

—뭘 만들어?

—그렇게 배때지 끌고 다니지 못해 헉헉대지 말고 배꼽에다 기둥 받쳐 세우고 로라 달면 되잖어. 배때지 얹어 밀고 다니기에 얼마나

수월하겠어.

—그렇게 아양떨어 보려마.

—내 얘기 들어, 그 시러베자식들이?

꼭 막볼 것처럼 그렇게 자신만만했지만 여태 못 떠나고 있는 걸 보면 역시 따분한 인생에 별 뾰족한 수는 없는 모양이었다. 놈은 사람을 알아보자 화들짝 놀란 눈을 하며 달려들었다.

"이거 누구냐, 도, 도일이 아니냐?"

"그렇다, 임마."

"허허, 허허"

"웃어?"

"우습잖고, 임마. 그런데 웬일이냐? 웬일이냐가 아니라 뭐래야 되나. 하여튼 들어가자. 한잔 안 마실 수 없다."

"술은 안 마신다. 돈이나 좀 주라."

"수양 싼 놈 같은 소리 마. 이런 날 술 안 마시다니."

을식이놈이 한사코 팔을 끄는 바람에 도일은 털스웨터 팔 빠져 버리기 전에 순순히 문 안으로 끌려 들어가는 수밖에 없었다. 냉방이 잘된 홀 안은 어둠 때문에도 더욱 시원했다. 둘은 입구 가까운 구석 자리에 마주앉았다.

"언제 나온 거냐?"

하고 놈은 그제야 물었다.

"오늘."

"오늘? 근데 왜 이렇게 늦게서야 나타나니?"

"뭐 좋은 일이라구."

사실 도일은 처음부터 을식이를 찾아보리라 마음먹었던 것이 아니었다. 을식이뿐만 아니고 누구도 만나보리라 생각한 사람이 없었다. 당장 그에겐 남산 꼭대기로 올라가는 일밖엔 생각나는 것이 없었다.

그래서 산을 돌아 내려온 도일에겐 한동안 도시가 너무 넓고 막연하기만 했었다. 네거리는 비비적거리고 몰려드는 자동차의 불빛으로 어지러웠고, 모든 것이 종잡을 수 없이 뒤엉켜 있었다. 도일은 후들거리는 다리로 휘적휘적 방향 없이 걸었다.

그러나 도일은 을식이한테 그런 얘기를 하고 싶지 않았다.

"서울 지리 잘 모르겠던데. 그새 잊어버렸던데."

"웃기지 마. 암튼 고생했다."

"좋아한다."

"김칫국 마시네, 누가 동정할 줄 알어?"

"갑식이도 아직 여기 있구나, 저기 보니."

"별수 없더라, 이 말뿐이다."

갑식이는 놈의 형이었다.

웨이터장(長)인 갑식이는 동생이 구석배기에 앉아 무슨 이권 수작이라도 벌이는 줄 알았던지 요리조리 테이블 사이를 헤치고 다가왔다.

"어, 너 벌써 마쳤니?"

갑식이는 머쓱해진 얼굴로 도일을 내려다봤다.

"형, 팔자 늘어져 뵈는데?"

"죽을 맛이다, 점점."

갑식이는 물수건으로 목덜미에 말라붙은 소금기를 뻑뻑 문지르며 말했다. 그러나 정작 땀에 흠뻑 젖은 것은 문 밖에 지켜 서서 고래고래 소리치는 을식이 쪽이어서, 녀석은 아까부터 연신 등받이에 달라붙는 셔츠를 떼어 내고 있었다.

갑식이가 고대 물었다.

"그래 앞으로 어쩔 테냐?"

도일은 대답 대신 술잔을 들이켰다. 을식이가 제 형의 나비 타이를 올려다보며 짜증 섞인 말투로 내뱉었다. 녀석은 지나치게 신경을 쓰고 있었다.

"쓸데없는 소린. 형은 그럼 앞으로 무슨 계획 있어, 밀감밭이라도 사뒀어?"

나폴리 홀의 두 의전 담당 실력자들이 순식간에 입씨름을 벌이기 시작했다. 형은 동생더러 목댕기까지 똑같이 매고 졸졸 따라다니는 게 남세스러워 죽겠다는 것이고, 동생은 동생대로 쓸개도 없이 아무한테나 허리를 굽신굽신 징글맞은 아양을 떨어 대는 형이 창피해서 소화가 안 된다고 했다.

"이놈의 새끼, 내일부터 나오지 마."

"그래 보지, 그 주제에 어떻게 되나. 내가 어디 좋아서 목 조르고 다니는 줄 알어, 다 형 때문이라구. 내가 먼저 손 씻어 버리면 형은 이 집에서 늙어 죽고 말어."

"이 놈의 새끼가……."

"내 말이 거짓부렁이야?"

어쩌고저쩌고 하다가 급기야 갑식이가 동생의 멱살을 거머쥐고 달려드는 바람에 도일은 엉겁결에 술상을 걷어찼다. 유리잔 깨지는 소리에 놀란 남녀 종업원들이 우르르 몰려들고 도일은 그들한테 밀려나면서 허망하게 팔을 허위적거렸다.

두 형제는 마침내 술집 밖으로 끌려나가고 대신 주인이 나타나 소리를 지르기 시작했다.

"이 새끼들이, 이년들아! 뭘 멍청히 서 있어! 이거 빨리 치우지 못해! 테이블 세우고 유리 조각 쓸지 못해!"

현장에 남은 남녀 종업원들은 일찌감치 두 형제를 들쳐 메고 문 밖으로 사라지지 못한 걸 후회하면서 경황없이 움직였다. 술자리가 웬만큼 정리되자 주인은 비스듬히 쓰러져 있는 도일을 향해 흠씬 허리를 굽히고 말했다.

"손님, 이거 죄송하게 됐습니다."

도일이 어정쩡하게 몸을 일으켜 세웠을 때는 이미 주인이 금고 앞으로 돌아간 뒤였다. 주인은 끝내 도일을 알아보지 못한 게 분명했다. 한때 자신이 생사 여탈권을 쥐고 흔들던 옛 종업원한테 허리를 굽혔다는 걸 알면 주인은 아마 심장마비를 일으킬 것이련만.

그러나 주인이야 어찌 되었건 도일은 우선 자신이 급했다. 몇 잔 들이켠 것도 아닌데 천장에 매달린 샹들리에가 팽글팽글 맴을 돌고, 덩달아 등받이 높은 의자까지 따라 돌아갔다.

더럽다…… 몸을 일으켜 세우려 안간힘을 쓰면서 도일은 연방 중얼거렸다. 테이블 위를 물행주질치던 여급이 혀를 차면서 그의 팔을 잡아 끌었다. 그러다 말고 놀라 소리쳤다.

"어머, 허씨! 허씨 아녜요?"

여급은 꺾어진 도일의 고개를 젖혔다.

"웬일예요, 이렇게 취했게?"

그러나 그때의 도일은 이미 못 알아들었다. 못 알아들을 정도가 아니라 머리를 누르고 있던 손을 떼는 순간 도일은 기우뚱하고 그대로 여자의 가슴으로 털썩 엎어졌다.

"아이 참, 어떻게 된 거야, 이렇게 췌서."

여자는 도일의 체중에 눌려 쫑알거렸다. 끙 하는 도일의 신음 소리의 파장이 아랫배를 타고 온몸으로 찌릿하게 퍼져 갔다.

"취해도 형편없이 취했구먼."

몸을 뺄 수도 없이 여자는 도일의 머리채를 껴안고 앉아 을식이가 나타날 때를 기다렸다.

"근데 무슨 남자가 이렇게 헐랭이지."

그러나 도일이 깨어난 것은 그 이튿날 아침이었다. 그것도 열시 가까이나 되어서야 몸을 뒤채며 몇 번 무거운 눈꺼풀을 씀벅이기 시작하더니 급기야 눈을 허옇게 뜨고 벌떡 일어나 앉았다.

어, 하고 튀어나오는 놀란 목소리를 재빨리 꿀꺽 삼키면서 도일은 방 안을 휘둘러보았다. 여자 하나가 미소를 머금은 눈길로 그런 그를 내려다보고 서 있는 것이 아닌가.

"당신 누구야? 웬 여자요?"

"글쎄요."

"나하고 여기서 같이 잤어? 여관 같은데……."

"호텔예요."

"호텔? 당신 정말 여기서 나하고 잤단 말야?"

"네에, 잤어요."

"어떻게?"

"꼭 껴안고 잤죠."

"정말이야?"

"아이, 징그러."

"무슨 소리야?"

"아직두 나 누군 줄 모르시겠어요? 재숙이예요, 재숙이."

"뭐야?"

"형편 무인지경이네, 허씨."

도일은 아랫도리로 쑤셔 넣었던 손을 홑이불 밖으로 끄집어내어 깍지를 끼었다. 한숨을 깨물었다.

"재숙이가 여길 어떻게 왔지?"

"글쎄요."

"사람 병신 만들지 말고."

"웨이터장이 가랬어요, 을식 씨허구 허씨 아는 여잔 나밖에 없다나요."

"그치들 되게도 생각해 줬군."

"부럽지 뭐예요."

"내가 좀 취했었나 보다, 응?"

"좀예요? 난 그렇게 취한 사람 첨 봤어요."

"그럼, 내가 무슨 지랄을 쳤나?"

"아뇨."

"그런데?"

"아주 죽은 사람을 업어 왔잖아요, 을식 씨 형제가."

"그래?"

"새벽에 물 들이켠 건 생각나요, 한 주전잘 다 마시구서?"

재숙(在淑)은 물 한 주전자를 다 들어부었으니 이제 정신이 들려니 했는데 그대로 털썩 자빠져선 또 소식이 없더란 것이었다.

"갑식이 개들 엉켜붙었던 것 같은데 어떻게 됐지?"

"걸핏하면 쌈질인걸 뭘 그래요. 그래두 의좋게 여기꺼정 왔었으니깐요."

도일은 갑식이 형제를 떠올릴 적마다 쿨쩍 웃음이 튀어나오는 것을 어쩔 수 없었다. 그들은 도대체 뭔가. 쌈질하는 활극 배우들인가, 아니면 나비 타이를 졸라매고 캑캑거리는 코미디언들인가.

그 주제에 여편네들은 일찍 얻어서, 어느새 빼빼거리는 애새끼들까지 주렁주렁 거느린 놈들이 꼭 희극배우들 같이만 보일 게 뭔가 하여 도일은 좀더 희망적으로, 하다못해 비극적으로라도 봐줄 길은 없을까 궁리하고 있었다. 그러고 있는데 재숙이 물었다.

"숙희(淑姬) 만나봤어요, 허씨?"

"그게 누군데?"

"시치미떼시네. 면회 안 갔더랬어요, 걔?"

"면회라니, 어디로?"

"빵간에 갔다왔다며요, 허씨."

"을식이놈이 또 쓸데없는 주둥일 놀렸군."

"왜, 난 알면 안 돼요? 뭘 잘못했길래 그래요?"

"그것도 그치한테 물어볼 일이지."

"잘은 모르겠다던데요."

"그럼 대강은 알겠군."

"머, 누굴 모함했다던가 ?……"

"좋아하네. 적당히 생각해 둬. 죄명이야 많으니까. 살인죄, 강간죄, 강도, 절도, 간첩, 횡령, 사기, 무고, 예비 음모……."

"그만해 둬요."

"안에 들어가 보면 그게 별것 아니란 걸 알게 되지, 그게 우리와 얼마나 친한 사이란 걸 말야. 깨끗한 바깥에 산다고 괜히 으스대지 말라구. 세상에서 가장 깨끗한 곳은 그 안이야. 그 집 담벼락이 왜 그렇게 높다란지 알어 ? 바깥 세상 더러운 짓거리에 물들지 않겠다는 거야."

"신경질나는 일 하나 없단 말예요, 그 안엔 ?"

"그럼."

"그럴 리가."

"정말이라니까."

도일은 안에 남아 있는 치들의 얼굴이 다시금 떠올랐다. 착잡한 눈길로 얼굴을 일그러뜨리던 형구의 모습이 그중 제일 먼저 떠올랐다. 도일은 혀를 찼다. 재숙이 무슨 결심이라도 세운 듯 단호한 목소리로 말했다.

"난 절대로 거기 안 들어갈 거야."

"그럼. 여자한텐 안 맞어."

"참, 여자 죄수들도 만나요 ?"

"재수 좋으면."

재수가 좋으면 여수(女囚)들과 먼발치에서 눈이 맞는다. 어쩌다 더욱 가까이 스치고 지나칠라면 아이구 정말이지 미치고 환장할 일이다. 사타구니를 움켜잡고 서서 '우' 소리라도 쳐야 직성이 풀린다.

"나두 봤어요" 하고 재숙이 말했다. "오랏줄에 묶여 나오는 여자 죄수."

“어디서 ? ”

“재판소 마당에서. ”

“뭘 그렇게 신기한 것 본 것처럼. 죄수들이 동물원 원숭이야 ? ”

“왜 아녜요. ”

“거긴 왜 갔어 ? ”

“영자가 잡혀갔잖아요. 영자 알죠 ? ”

“걘 또 왜 ? ”

“치사하구 다라운 얌체한테 걸려들었지 머예요. ”

“어떻게 ? ”

“오줌이라도 잘잘 쌀 듯이 홀딱 반한 체하면서두 첨부터 고렇게 짜게 굴 수 없더래잖아요. 요 핑계 조 핑계루 팁까지 쩰끔쩰끔 짤라먹구. ”

“호구(虎口)가 아니고. ”

“호구였담 걔가 그럴 애예요. 껍데기두 안 벗기구 집어 삼키려 들었으니 그렇지. ”

그 순하디순한 영동 촌년 영자가 또 신파 영화장면같이 과도라도 뽑아 든 게 아닌가 하여 도일은 혀를 찼다.

“그럼 영자가 고 노랭이 얌첼 찔렀나 ? ”

“차라리 찔렀담 속이나 시원하죠. ”

재숙은 소리 안 나는 총이라도 있었으면 빵 쏴 죽여 버리고 싶다고 했다. 소리 안 나는 총이 왜 빵 소리를 낼까. 핏대만 세웠지, 별 뽀족한 수도 없으면서 재숙은 속을 끓이고 있었다.

영자는 그 자린고비 최가라는 자식이 나폴리 홀을 드나들기 시작한 사흘 만에 손목을 잡혀 끌려나갔다는 것이었다. 옷을 바꾸어 입고 재숙이와 함께 동동걸음을 치던 영자는 골목 입구 담배 가게 옆에 붙어 섰던 최가와 마주쳤다.

“옷 벗기 전에 너 꼭 받아 내야 한다. ”

재숙은 최가를 저기쯤 띄어 놓은 자리에서 다짐다짐 일렀다. 그러나 영자는 따라가지 않을 거라고 했다.

"밥맛없어. 재수없는 치야."

"저렇게 열이 올라 설치는데?"

"제깐 자식이 별수 있어."

"또 아니, 여태 짜게 군게 한 번 듬뿍 쥐어줄려고 그랬는지. 아냐, 방세 골치 썩이던 판에 잘됐는지두 몰라 애."

"싹수 뇌래."

그러고 있는 판에 어느 결엔가 최가놈이 독사처럼 뽀르르 달려들어 통금 시간 다 됐는데 뭘 값 올리고 있느냐면서 영자의 손목을 잡아채 갔다.

영자는 옷을 벗기 전이 아니라 그보다 훨씬 전인 여관 앞에서부터 결론을 내리자고 버텼다. 전봇대를 끌어안고 악악거리는 영자에게 최가가 말했다.

"이거 왜 이래, 우리가 어디 초면이야. 한두 번 만난 사이야. 신사협정이라는 게 있잖아. 자, 이거 봐 이렇게 있다구. 창피스럽게 길거리에서 꺼내 주구 할 수야 없잖어. 누가 보면 영미(는 영자의 가명이다)는 좋겠어?"

영자는 한 번 속아 주자 하는 생각이 들었다. 최가가 속주머니에서 내보인 밑천은 수표만도 여남은 장은 되었다. 한 번 듬뿍 쥐어주려는 수작인지 아느냐고 하던 재숙의 말이 생각나기도 했다. 그러나 영자는 역시 밥맛없는 자식한텐 분명히 하는 것이 안전했으므로 방 안에 들어서자 다시 다그쳤다.

"이제 주세요."

"허 참, 밤새 만리장성 쌓 사람들끼리 왜 이래, 기분 안 나게."

"좋아하시네. 안 돼요. 나가겠어요."

"통금시간 지났어요, 미안하지만."

“상관없다구요. 경찰서 신세 한두 번 졌게요.”

최가가 암팍한 괭이새끼처럼 달려든 것은 영자가 돌아서서 문고리를 잡으려는 순간이었다. 그리고 어쩔 겨를도 없이 영자는 최가의 육중한 체중에 눌렸다. 최가는 잽싸게 한 손을 영자의 치마 밑으로 쑤셔 넣었다. 치마폭이 훌렁 걷혀 올라가자 곧 이어 메리야스 팬티가 북 찢어져 나가고 있었다.

영자는 재빨리 저항을 포기했다. 악을 쓰며 내뿜는 최가놈의 술냄새를 맡으며 영자는 차라리 즐겁게 응대해 주리라 마음먹었다.

후끈 단 최가는 영자가 자세를 고쳐 주기 바쁘게 이내 축 늘어져 버렸다. 미련을 질질 끌던 최가가 발랑 나자빠지면서 말했다.

“진작 그럴 일이지, 내 빤스값 물어줄게.”

영자는 통금이 풀리기를 기다려 방을 빠져나왔다. 최가의 주머니에는 현금이 거의 들어 있지 않았다. 영자는 3천 몇백 원에다 보수(保手)를 채워 5만 원을 뽑아 들었다. 그때까지도 최가는 모로 엎어진 알몸으로 따륵따륵 코를 골고 있었다.

영자는 수표를 핸드백에 쑤셔 넣기 전에 침을 퉤퉤 뱉었다. 밤새 찰거머리처럼 달라붙으며 볶아친 대가로는 더럽고 짠 액수였다.

초여름 새벽 공기가 팬티 안 입은 기미를 알아채고 밑으로만 기어들었다. 영자는 몸을 후룩 떨며 어둠이 깔린 골목길을 걸어나갔다. 너무 이른 탓인지 골목 안엔 택시도 눈에 띄지 않았다.

재숙은 지금까지 한 얘기가 바로 영자가 검은 도포 자락 같은 것을 입고 높다랗게 앉은 재판소의 판사 앞에서 한 진술 내용의 전부라고 했다.

“영잔 그러고 나서 헉헉 흐느껴 울었어요. 치가 떨려서요.”

“병신같이 울긴. 울면 고단해질 뿐이야.”

“그럼 억울한데 눈물이 안 나와요. 안 그래두 서러운데.”

“그건 댁의 사정이지.”

"어머머, 어째서 그래요?"

"그렇잖고. 영자가 진술할 때 법정의 누가 울었어? 울긴커녕 얼굴이 벌개져 모두들 키들키들 웃었을걸. 욕지거릴 하면서."

"재판 때마다 번번이 나오는 걸 보면 아마 최가 마누란 모양인데, 나오기만 하면 잠시두 가만 있지 않아요. 조 앙큼한 년, 조 앙큼한 년 하면서 방정을 떨지 뭐예요."

"그것 봐, 울 일이 아니라구."

"그럼 어떡해요. 최가놈은 영자가 가져간 돈이 수표만두 삼십칠만 원이나 된다구 조서에다 썼는데."

미친개한테 물려도 그렇게 물릴 수가 있냐면서 재숙은 최가놈이 그 수표의 번호까지 다 기억하고 있었는데, 그래도 그게 계획적인 함정이 아니고 뭐냐고 했다.

말하자면 싸구려 술집 여급으로선 눈이 뒤집힐 거액을 넣어 두고 가져가기만 하면 말썽 안 나게 살짝 덜미를 채어 재미 보고 본전 되찾을 수작이었다는 것이다.

그럼 왜 최가놈은 방문을 나서는 영자의 머리채를 낚아채지 못했을까. 재숙은 그렇게 스스로 묻고 나서, 밤새도록 그렇게 지랄을 쳤으니 맘먹은 대로 되겠느냐고 스스로 대답했다. 그럼 그 돈을 영자가 다 뚱쳐 넣었다는 건가, 최가놈이 빼돌리고 허위 진술을 했다는 건가.

"소리 안 나게 본전 되찾으려 했다면 법정으로 몰고 갔을까. 혹시 여관 보이 짓 아냐? 영자가 나간 다음 나머질 슬쩍했을 수도 있잖어."

"도둑을 뒤에서 잡아요? 여관 보이두 불러다 조졌지만 딱 잡아뗐다는데. 문 따 달래서 나가 보니 영자가 수표 같은 걸 한 주먹 쥐고 초조하게 서성거리더라구 한 수 더 뜨더라는데."

"아, 신경질난다. 그만두자, 그딴 애기."

도일은 침대에 벌렁 나자빠졌다. 골치가 지끈지끈 아파왔다.

노랭이 최가놈이 가만히 있을 턱은 없고, 나타나면 주인까지 들고 나설 판이니 아예 며칠 동안 고향 영동에나 내려갔다 오겠다고 서울역으로 나간 영자가, 그런 지 이틀 만에 수갑을 차고 그 역에 다시 나타났다나. 빌어먹을 무슨 놈의 우라질 그런 일이 다 있느냐.

재숙이 생각났다는 듯이 큼지막한 종이 봉지를 꺼내 놓았다.

"옷예요. 갈아입어요."

"웬 거야?"

"아침에 나가서 샀어요. 한여름에 겨울 털옷 입구, 그게 뭐예요."

털스웨터는 셋 중의 누가 벗겨 버렸는지 도일은 알몸이었다.

"어때, 아무거나 입으면 됐지. 내복도 입고 나오려다가 쓰레기통에 던져 버렸지."

"옷값 안 받을 테니 목욕이나 하구 입어요."

"목욕은, 제기랄."

도일은 침대를 펄쩍 뛰어내려 종이 봉투를 집어 들었다. 재숙이 잽싸게 욕탕 안으로 사라졌다. 도일은 싱긋 웃음을 흘리고 나서 아랫도리를 훌훌 벗어젖혔다.

하늘색 얼룩이 간 남방에다 뭔가 줄무늬가 진 갑씬한 바지로 갈아입자, 기분 전환에는 그것도 해롭지 않았다.

그건 처음으로 가져 보는 느낌이었다. 옷을 다 갈아입은 도일은 거울 앞에 어른거리는 자신의 모습을 멀거니 건너다보며 처음으로 여자라는 존재에 대해 생각해 보고 있었다.

옷을 다 꺼내 입은 종이 봉다리 바닥에 회색의 알갑한 여름 양말 한 켤레까지 놓여 있었는데 그 하찮은 것이 특히 도일에겐 뭔가 짜릿한 감격 같은 것을 안겨주었다.

도일은 휘파람을 불며 벗어 놓은 것들을 쓰레기통에다 쑤셔 박았다. 꼭 보기 흉측한 허물처럼 그것들은 비위에 거슬렸다.

"어이, 내외를 그렇게 오래 하나? 나와서 뽀뽀나 한번 하자."

"물에 빠진 사람 건져 주니 보따리 내놓으란다던가요. 말조심해요, 괜히."

"정말이라니까. 입 한번 맞춰 보자."

"쓸데없는 소리 말아요" 하고 재숙은 쏘아붙이며 곧장 문 쪽으로 걸어나갔다. "허기져서 쓰러지겠어요."

"그러고 보니 우린 둘 다 두 끼씩 굶었군."

"그래요. 어서 밥 먹으러 가요."

둘은 양탄자가 깔린 복도를 돌아 승강기 앞으로 갔다. 도일은 휘파람을 끊고 다시 말했다.

"이러니까 다정한 부부 같잖아."

"아이, 징그러."

"하룻밤에 만리장성 쌓는다면서 뭘 그래."

"얼씨구, 누구 닮았군."

"재숙이 정말 나하고 같이 살자."

"숙희한테 뺨 맞기 전에 얌전히 굴어요."

재숙은 눈을 하얗게 흘겼다. 곧 승강기 문이 열렸으므로 도일은 더 말하지 못하고 문 안으로 들어섰다. 을식이 형제가 계산을 끝내 놓은 프런트에다 열쇠를 건네주고 둘은 호텔 밖으로 걸어나갔다.

여름 아침 햇살은 따가웠다. 그러나 싱그러운 감촉이 있었으므로 도일은 허리를 펴고 길게 심호흡을 했다.

둘은 가까운 설렁탕집으로 갔다. 어정쩡한 시간이어서 더위를 못 이긴 종업원들은 손님이 없는 식탁에 하나씩 엎드려 자고 있었다.

조그마한 붙박이 선풍기가 팽글팽글 돌아가고 있는 앞에 앉아 둘은 후후거리며 설렁탕 국물을 퍼먹었다. 도일은 두 끼를 굶었다고 말했지만 사실은 그 전날 점심도 먹지 않았다. 기왕 나가는 김에 허기져서 껄떡거리는 재소자들한테 한 숟갈씩이라도 나눠 주고 말자

해서였다. 그러나 밥 숟갈을 받은 사람들은 그렇게 말하지 않았다.

　―나간다고 생각하니 이놈의 콩밥 거들떠보기도 싫지? 안 넘어갈 거야. 맞았어, 난 나가게 되면 우선 갈비찜부텀 뜯겠어. 어휴, 이거 사람 환장하게 만드는군.

　모두들 그런 뜻으로 한마디씩 했다. 도일은 그러나 뭐라고 변명하지 않았다. 그 역시 갑자기 등장한 갈비찜을 눈앞에 그려 보느라 그들의 말이 제대로 들리지 않았다.

　"설렁탕값은 내가 낼게."

　도일은 물수건으로 시커멓게 땟국이 묻어 나는 목덜미를 문지르며 말했다.

　"이담에 더 비싼 걸루 사 줘요."

　둘은 식은땀을 줄줄 쏟으며 설렁탕집을 돌아 나왔다.

　"이제 가보세요. 숙희 만나보구요."

　"안 만날 거야."

　"그런다고 내가 좋아할 것 같애요. 갠 내 친구예요. 리스본 바루 이름이 바뀌었어요. 요즘 갑자기 인기 있는 도시 이름이라나요."

　재숙은 팔을 뒤로 젖혀 흔들면서 쏜살같이 사라져 갔다. 도일은 갑자기 몰려드는 나른한 포만감에 팔을 늘어뜨리고 걸었다. 제기랄, 이 몸도 이제 금갔군, 하면서 어지럽게 흔들리는 거리 풍경을 쳐다보며 걸었다. 가볼 만한 방향이 마땅치 않았다. 원숭이새끼처럼 눈총을 받으며 대낮에 집구석으로 기어 들어가기는 죽어도 싫고.

　노친네는 또 질금질금 울면서 그의 팔을 자꾸 쓸어 내릴 것이었다. 그러다간, 아이구 이놈의 팔자, 어쩌고 하면서 아주 크게 울어버릴지 몰랐다. 도일이 없는 동안 노친네를 벌어 먹이느라 눈깔이 퀭할 미순(美順)이넌 얼굴도 떠올랐다.

　배시시 웃음을 머금은 모습이었다. 누가 들으면 꼭 빵간에 안 들어간 동안은 오빠가 벌어 먹인 것 같잖어. 웃음 머금은 미순이의 입

안에는 그런 말이 담겨 있었다.

도일은 그런 모든 것이, 특히 꺼이꺼이 울 노친네의 주책이 싫어 청량리행 버스를 집어타고 말았다. 어쨌든 기쁜 소식은 천천히 전해도 도망치는 게 아니므로 도일은 우선 다급한 전형구 문제부터 해결하자는 생각이었다.

때로 인적이 끊어질 적이 있는 시골길은 역시 마음을 가라앉혀 주었다. 도일은 청량리에서 한 시간 남짓 열차를 달려 이곳 금곡리에 내렸다. 복작거리고 왈왈대는 도시를 벗어나 단숨에 이곳 멀고 먼 시골에 닿았다는 느낌이 약간은 그를 당황하게 만들기도 했다.

찻간은 상당히 붐볐다. 청평이나 대성리 쪽으로 밤샘가는 낚시꾼들이 제법 타고 있었는데 그건 알고 보니 그날이 토요일이기 때문이었다. 알록달록하게 차려 입고 들떠서 설치는 그 밖의 것들은 모두 이틀치기 피서에 부푼 치들임이 분명했다.

난간에 매달려 온 탓인지 도일은 눈두덩이 여간 뻑뻑하지 않았다. 뿐만 아니라 재숙이 새로 입혀 준 남방 셔츠도 어느새 풀기가 빠져 후줄근해져 있었다. 더구나 전형구의 아버지는 금곡리에 살고 있지도 않았다.

도일은 낭패 만난 일에 화가 나서 되물었다.

"중랑교에서 일로 이사온 지 몇 달 안 된다던데 또 얼로 갔단 말예요?"

"저 산밑 동네로 가보우."

"글로 간 게 확실해요."

"그걸 내가 어떻게 알우. 짐 보따리를 들고 나가면서 그쪽으로 간댔으니 하는 말이지."

도일은 번지를 적은 종이쪽을 찢으며 그 집을 돌아 나왔다. 잡초가 너절하게 돋아난 꽤 넓은 마당을 제외하면 그 집 어디에 전형구 아버지네가 세들어 있었는지 그럴 만한 방이 보이지 않았다.

주인이 가르쳐 준 산밑 동네로 가기 위해 땡볕 아래를 터덜터덜
걷던 도일은 논둑길 옆으로 따라오는 실개천 속으로 첨벙 뛰어들고
말았다. 바닥에 깔린 물은 기분 나쁘게 미적지근했다. 그러나 목덜
미를 씻고 발목도 닦고 난 기분은 그런대로 괜찮았다. 도일은 벗어
서 양손에 나눠 든 구둣바닥을 탁탁 두드리며 걸었다.

도일은 섬돌 아래까지 바짝 다가간 다음에야 소리쳤다.

"계세요?"

신발은 놓여 있는데 안에서는 아무런 기척도 나지 않았다.

"누구 계세요?"

"누구야?" 하는 소리가 한참 만에 나고 연이어 장지문이 삐그적
거리더니 허리춤을 움켜잡은 남자가 엉덩이를 내밀고 댓돌로 내려
섰다. "누구요?"

"전형구 부탁으로 왔습니다."

그러자 남자는 대답 대신 방문 쪽으로 고개를 비틀고 소리쳤다.

"어이, 나와 봐. 그 자식이 사람을 보냈어."

"잔소리 말고, 빨리 들어와요, 좀. 사람 미치게."

방 안에서 여자의 코맹맹이 소리가 들렸다. 도일은 무안을 준 건
지, 무안을 당한 건지 우선 분간이 가지 않았다. 잠시 어물쩡 서서
남자의 손을 들여다보고 있었다. 여전 바지춤을 움켜잡은 채 서 있
는 남자가 어느 순간엔가 손을 놓치는 실수를 범하지나 않을까 조마
조마해서였다.

남자가 더듬거리며 방 안을 향해 중얼거렸다.

"어, 들어간다구, 쯧."

남자는 거푸 혀를 찼다. 별볼일 없는 것 같은데 그만 가줬으면 좋
겠다는 투였다. 그러나 형구와 약속을 했는데 이대로 물러설 수야
있느냐. 면회까진 안 바라니까 영치금만이라도 넣어 주도록 잘 말해
달라는 게 고작 부탁의 전부인데 아무리 의붓아비를 상대하고 있다

해도 그까짓 소원 하나 풀어 주지 못하고 초장부터 돌아선다면 말이
나 되느냐.

　—배고픈 것만큼 참기 어려운 것도 없는 것 같아. 정말이야, 지
금 심정 같아선 배고프지만 않다면 평생 죽치고 있으래도 있겠어.

　걸신들린 인간처럼 눈만 뜨면 허리를 움켜잡고 쩔쩔매는 형구 자
식인데 이런 것 안 봐주고 뭘 봐주나.

　복도에 패통 치는 소리(란 사식 주문하라는 외침)만 들려도 죽을
상이 되는 자식이 제 앞으로 돈 한번 영치시켜 놓고 싶다는 건데.
그걸로 양배추 패통도, 삶은 계란 패통도 큰 소리로 한번 불러 보자
는 건데.

　허리를 구부리고 뜨락에 엉거주춤 서 있던 남자가 마침내 방으로
들어가려는 몸짓을 했으므로 도일은 다급한 어투로 소리치지 않을
수 없었다.

　"박 선생님!"

　도일은 헉헉거리는 형구를 비웃는 자가 있으면 가만 둘 수 없다는
생각이었다. 깜빵 안에서 배고픈 것 빼고 또 무슨 문제가 있느냐.

　"얘기 좀 합시다."

　"나하고?"

　"나하고 말입니다."

　"난 할 얘기 없어. 저 안에 있는 여자한테 물어보겠으면 물어
봐."

　"댁들 벌어 먹이겠다고 쫓아다니다 그렇게 된 아들 아뇨."

　"뭐라고, 날 위해?"

　"형구보고 돈 안 벌어 온다고 족친 사람은 누구요?"

　"젊은 놈더러 일하라는 게 뭐 나빠."

　"일할 데 만들어 줬소?"

　"이거 왜 이래? 뭐야, 당신?"

“부탁하러 온 사람이오.”

도일은 혀로 깔깔한 입 안을 쓸었다. 형구의 얼굴이 눈앞에 어른 거렸다. 자식은 참으라고 소리치고 있었다.

“형구 아버님!”

하고 도일은 목소리를 부드럽게 하여 재차 불렀다.

“안에 있으면 무엇보다 배가 고프다 이겁니다. 영치금 조금씩만 넣어 줘도 얼마나 반갑겠습니까?”

“그 도둑놈한테?”

“뭐요, 도둑놈?”

“그렇잖고. 누가 들치기하라고 시켰어?”

어이쿠 하는 소리가 나고서야 도일은 자기가 사나이의 면상을 후 려친 것을 알아챘다. 바지가 훌렁 벗겨진 사나이는 박살이 난 장지 문을 등에다 깔고 문지방에 벌렁 자빠져 있었다.

도일은 방 안을 흘끔 들여다본 뒤 마당으로 성큼 뛰어내렸다. 발 가벗은 여자 그림자가 구석 쪽으로 처박히고 있었다. 곧 이어 찢어 지듯 하는 여자의 목소리가 들렸으므로 도일은 걸음을 재게 하여 마 을 어귀로 걸어나갔다.

땡볕을 이기지 못해 미루나무 잎도 축 늘어진 하오의 정적이 도일 을 더욱 맥빠지게 했다. 도일은 기차역을 향해 걸으며 다시금 형구 를 생각했다. 망할 자식, 알게 뭐냐 해도 소용이 없었다. 짜식은 그 땡볕 아래 푸푸거리는 도일을 신경질나게 줄창 따라붙고 있었다.

제까짓 게 무슨 효자라고 의붓아비 양기 돋우는 시중까지 드느라 그 고생이었느냐 말이다. 짜식 말로는, 그러지 않으면 남자를 아홉 번이나 갈아치운 제 어머니가 모처럼 흡족해하는 박가를 붙들어 놀 재간이 없었다나.

—미친 새끼야, 갱에서 깔려 죽었다는 니 애비만 불쌍하지 뭐냐.

이마팍이 훌렁 벗겨진 염씨가 말참견을 하자 짜식은 주먹으로 담벼락을 냅다 쥐어 박았다. 도일이 이마를 처박고 앉은 짜식을 돌려 앉히자 움켜쥔 손마디 사이로 피가 빼지직 배어 나고 있었다.

녀석은 잠자리에 누워 도일에게 소곤거렸다.

─어머니를 그렇게 만든 사람은 바로 밤낮없이 땅굴 속에만 처박혀 지낸 아버지야.

─너 니 아버질 원망하니?

─아니.

─그럼 쓸데없는 소리 집어치우고 잠이나 자자.

고개를 꼬고 마주 쳐다보는 둘 사이에는 엇갈려 누운 염씨의 발가락이 갈고리처럼 하늘로 뻗쳐 있었다. 초범쯤은 상대도 안하려 드는 전과 칠범의 염씨도 한심할 정도로 금간 인생이었다.

도일은 생각을 떨고 역 대합실로 들어갔다. 파리만 어지럽게 날 뿐 사람 그림자 하나 없었다. 도일은 맞뚫린 개찰구까지 다가가 안쪽을 바라보았다. 잡초가 듬성듬성 돋아난 플랫폼과 선로가 햇볕 아래 배를 드러내고 길게 드러누워 있었다.

도일은 손등으로 이마에 흐르는 땀을 훔치며 매표구 앞으로 다가갔다. 러닝 셔츠를 갈비뼈 위까지 말아 올린 역원 하나가 의자에 벌렁 자빠져 낮잠을 자고 있었다. 도일은 코를 들이밀고, 구멍 안에 있는 역원을 향해 소리쳤다.

"서울 가는 차 몇 시에 있수?"

역원은 물벼락이라도 맞은 사람처럼 번들거리는 얼굴을 들고 부스스 몸을 일으켰다.

"뭐요?"

"서울 가는 차."

"금방 지나갔소."

"뭐라고 했어요?"

"내걸어 논 시간표 보라구."

"글자를 몰라서요."

"이 사람이. 앞으로 세 시간 더 기다리든지 뻐슬 타고 가든지 맘대로 해요, 귀찮게 굴지 말고."

"뻐슨 어디서 탑니까?"

"그걸 내가 어떻게 알우? 뻐스 회사 사장이 이런 한증막에 앉아 있는 것 봤수?"

도일은 창구에서 코를 뽑고 물러서기 전에 한마디 덧붙였다.

"웬놈의 기차는 생겨 가지고 사람 속썩이지."

도일은 지나치게 더위를 타는 역원이 혹시 거짓말을 한 건 아닌가 하여 매표구 위에 걸려 있는 열차 시각표를 올려다봤다.

그때 누군가 등에 받히는 사람이 있었다. 아야, 하는 여자의 비명이 동시에 났으므로 도일은 다급하게 고개를 돌렸다.

"아, 미안합니다."

"괜찮아요."

여자는 뜻밖에도 상냥스런 목소리로 대답했다.

"정말 괜찮아요?"

도일은 여자를 건너다보며 재차 말을 붙였다. 발등 밟은 게 무슨 인연이라도 된다고 개수작이냐는 자격지심이 없지도 않았으나 도일은 싱긋 웃음기마저 띠었다.

"멍은 들었겠죠?" 하고 여자도 생긋 따라 웃었다. "하지만 괜찮아요, 제가 발을 들이밀어 놓고 있은 거니까요."

"들이밀어 놓다니요?"

"안쪽을 들여다보느라 물러서시는 걸 못 봤거든요."

여자는 하얀 손으로 구내 쪽을 가리켰다. 거긴 여전히 열렬하게 타는 태양열을 받고 있었다. 도일은 시선을 다시 여자한테로 돌렸다. 어떻게든 말이 끊어져서는 안 되었다. 멍하니 쳐다보는 어색한 순간이 다가오기만 하면 여자는 뽀르르 도망치고 말 게 아닌가.

"내가 들어설 땐 아무도 없었는데, 그래서 난 사람이 있는 줄 몰랐는데……."

수작을 붙이려거든 좀 제대로 붙일 일이지 이런 멋대가리 없는 말주변이 어디 있느냐. 도일은 초조하기도 하고 화도 나서 주먹을 불끈 쥐었다. 그러나 여자는 고분고분 말상대를 해주었다.

"그러게 제 발등이 들킨 폭이 됐죠."

"맞시다. 내가 되레 사괄 받아야 할 일이군."

"사과할까요?"

"사과 대신 냉차나 한 잔 사 주시오."

"기차 타시려는 거 아니세요, 그럼?"

"아가씨가 말리면 냉차 한 잔 마시고 여기서 살아 버릴 수도 있시다."

"싸서 좋군요. 하지만 전 떠나는 길인걸요?"

"그래요? 위롭니까, 아래롭니까?"

"옆으루."

"옆으로라."

"여기서 서울은 서쪽이에요."

"아항, 동행이구나."

"횡재라두 하신 기분예요?"

맞았다. 도일은 바로 횡재한 기분이었다. 여자가 말했다.

"허지만 무더위 속의 동행은 귀찮은 거예요."

"약속대로 우선 냉차나 한 잔 사 주쇼, 어쨌든. 차는 아직 세 시간이나 기다려야 한다니까."

"그래서 뻐스루 갈까 망설이던 참예요."

"뭘로 가든 따라붙을 참이니까 각오하슈."

둘은 역 광장으로 걸어 나와 커다란 파라솔을 받쳐 놓은 냉차장수 앞으로 다가갔다. 쌉쌀하게 사카린을 탄 가짜 보리차를 벌컥벌컥 들이켜고 나서 도일은 가슴을 쓸어내렸다.

"어때요, 이제 사과가 됐어요?"

하고 여자가 물었다.

"이제 별볼일 없으면 가보라 그거요?"

"여기 서 있음 뻐스 올걸요."

"아가씬 여기가 집이우?"

"여기 살아서 아는 게 아니구 어디나 역 앞엔 뻐스가 서요."

여자가 말을 마치기도 전에 먼지를 뽀얗게 일으키며 칙칙한 시외 버스 한 대가 두 사람 앞으로 달려들었다. 자리는 햇빛이 드는 쪽으로만 쪼르름히 비어 있었으므로 도일은 기사도 정신을 발휘할 기회를 놓치지 않으려 창 쪽으로 털썩 들어가 앉았다. 그러나 여자는 따라 앉지 않았다.

"거기 앉아서 갈 수 있겠어요? 차라리 서는 편이 나아요."

도일이 대답 대신 스커트 자락을 잡아당겼으므로 여자도 후끈거리는 시트를 깔고 앉지 않을 수 없었다. 그러나 다행이었다. 버스는 떠나서 얼마 달리지 않아 방향이 바뀌면서 햇빛이 다른쪽 창으로 건너가 버렸던 것이다.

"거 보슈, 음지도 양지 될 때 있지."

도일은 자신도 모르게 여자의 손목을 덥석 거머쥐었다. 갑작스런 도일의 급습에 여자는 적이 놀란 눈빛이었다. 그리고 단호하게 잡혀 있는 손가락 끝에 빳빳한 긴장이 느껴졌다. 여자란 그 정도의 볼품 없는 저항밖엔 못하는 거라고 도일이 성급하게 쾌재를 올리는 순간 아니나다를까, 보드랍고 하얀 여자의 손은 갑자기 마디가 풀려 버렸다. 앙증맞은 장난감처럼 손 안에 든 것을 도일은 시종 귀엽게 애무할 작정이었다.

그러나 도일이 경계를 푸는 순간 여자의 손은 미꾸라지처럼 손아귀를 빠져나가 버렸다. 여자는 손을 뽑고 나서 나직이 말했다.

"뻐스 안이라는 걸 악용하지 말아요. 비겁해요."

"무슨 소리요?"

"승객들이 아무리 많아두 난 소리칠 수 있어요."

"소리지른다고 누가 도와주. 나서다간 얻어터진다고 생각하는데."

"여튼 털두 뽑지 않고 집어삼킬 생각은 말아요."

"좋다, 지금부터 털 뽑는 일 하자."

여자는 킥킥거리고 웃었다. 손으로 입도 막지 않고 웃는 여자의 옆얼굴을 도일은 흘끗흘끗 훔쳐보았다. 어떻게 보면 나이가 꽤 들어 보여 아마 스물여덟은 된 게 아닌가 느껴지기도 했다.

도대체 웬 여자일까? 어떤 종류의 여자와 지금 동행하고 있는 것일까? 말하는 짓거리로 봐선 꼭 남자 사냥꾼같이 느껴지는데 안경이 없힌 얼굴이나 옷에서 풍기는 분위기는 전혀 딴 판으로, 어딘가 재수없는 격조 같은 것을 풍기고 있었다.

그러나 도일은 안다는 것이 우선 고단한 일이었으므로 묻지 않았다. 뭐라고 할까, 얼굴이나 옷에서 받는 인상이 그대로 맞아 떨어질 것도 같은 불안이 없지도 않았는데, 그렇다면 얼마나 재수없는 일이냐. 도일은 약간 굳은 얼굴로 차창 밖을 내다보았다. 어느새 차는 도시 냄새가 물씬거리는 서울 변두리를 들어서고 있었다.

바람에 흩날리는 긴 머리카락을 쉴새없이 긁어 올리고 있던 여자가 머쓱해서 앉아 있는 그를 놀렸다.

"썩 얌전해졌는데요."

"털 뽑는 수속이 고민이라서."

"금곡엔 왜 갔었어요?"

"친구 부탁이 있어서."

"부탁은 핑계구 느닷없이 열차 탄 거 아녜요?"

"처녀 점쟁이 났는데. 푸닥거리나 한판 하시지."

"맞죠, 내 말?"

그러더니 여자는 여선생처럼 꼬치꼬치 따지기 시작했는데 예를 들면, 무슨 빛깔을 좋아하느냐, 쌈질하는 구경거리가 있으면 코피가 터질 때까지 기다려서 끝을 보고야 지나가느냐, 있지도 않은 백만 원이 주머니에 들었다면 뭣부터 하겠느냐, 몇 살이냐, 학력은 뭐냐, 뭐는 뭐냐 하고 따졌다. 뿐만 아니라 물으나마나 삼수갑산이지 여자하고 자본 일이 있느냐, 그럼 몇 번이냐라는 것까지 고리타분하게 캐고 들었다.

도일은 우스개처럼 하면서 뒤를 캐보려는 여자의 약은 꾀에 정나미가 떨어졌다. 다급해진 노처녀의 초조도 좋지만 내가 너 같은 잔소리꾼의 신랑이 되나 봐라 하고 도일은 속으로 웃었다. 도일은 털 안 뽑고도 너끈히 삼킬 수 있다는 자신감에 넘쳤다. 그러고 있는데 여자가 느닷없이 물었다.

"감옥에 갔다왔죠, 거기 ? "

도일은 어안이 벙벙해져서 여자의 얼굴을 멀거니 쳐다봤다. 이 여자가 정말 무슨 거북이 점쟁이란 말인가. 그러나 공교롭게도 바로 그때 버스가 종점에 닿았으므로 도일은 되받아 물어보지도 못하고 일단 차부터 내렸다. 버스가 늘어선 지저분한 종점 마당에도 마지막 태양은 내리쬐고 있었다. 둘은 긴 그림자를 달고 입구로 걸어나갔다. 손으로 안경 위에다 차양을 치고 걷던 여자가 제의했다.

"차 한 잔 살게요. "

"관두쇼. "

"그럼 좀 이르긴 하지만 저녁을 먹을까요 ? "

"배고프지 않은데. "

"거짓부렁 말아요. 여행자는 배가 고픈 법이에요. "

"여행이 어디서 들었으면 웃겠다. "

"짧아두 생소한 풍경에 대한 쇼크는 마찬가지예요. 쇼크는 사람을 배고프게 만든다구요. "

“못 알아듣겠는데.”

도일은 정말로 재수없었다. 유식하게 말많고, 눈치 빠르고, 그러면서도 실속 차리는 데는 앙큼하게 배짱이 두둑한 노처녀의 약아빠진 눈초리가 싫었다.

매가리 풀린 어깨를 축 늘어뜨리고 걷던 도일이 마침내 생각이 나서 물었다.

“나보고 까고 나오지 않았느냐고 한 건 무슨 소리요?”

“까고 나오다니요?”

“빵간 어떻고 했잖어.”

“네, 갔다온 거죠? 그렇죠?”

“뭘 봐서?”

“육감.”

“생사람 전과자 만드는군.”

“악취미죠?”

“한 번 까고 나왔다, 어쩔 테야? 겁나?”

“천만에. 어쨌건 어디루 들어가요, 일사병 걸리겠어요.”

둘은 근처에 있는 다방으로 들어섰다. 도일은 잔소리가 싫어 말로만 하지 않는 곳으로 가자고 했지만 여자는 완강히 반대했다. 여자는 시치미를 떼고 말로만 하지 않으려면 밥집으로 가서 입에다 풀칠을 해버리면 되잖겠느냐고 했지만 도일은 음식점은 반대였다. 배가 고프면 식욕만 동하는 게 아니었으므로.

“난 반숙으루 주세요.”

여자는 분명히 배가 고파 있었다. 도일은 또 한 번 속으로 쾌재를 올렸다. 그러나 이상한 현상이 일어나고 있었다. 절반 삶은 달걀 하나에 여자는 발딱 생기가 되살아나 지껄이기 시작하는 것이 아닌가. 시시콜콜한 얘기가 또 끝없이 계속될 기미였다. 당신이 갔다온 교도소란 무엇이냐, 부모란 뭐며 정의란 뭐라고 생각하느냐. 심지어 국가는, 민족은 뭐냐고까지 따졌으니 세상에 이런 뚱딴지 같은 여자가 어디 있느냐. 도일은 화가 나서 벌컥 소리쳤다.

"엿이나 먹어라."

"알았어요."

"알긴 뭘 알어. 더 캐봤자 멀쩡한 사나이밖엔 아니야. 건 여관에 가보면 알어."

"난 정조대를 차고 있는데두요?"

"웃겨 주는군."

"안 믿으시는군"

하고 나서 여자는 몸을 움직였다. 도일은 이 여자가 여기서 치맛자락을 걷어붙이겠다는 건가 하는 생각이 들어 다급하게 자세를 고쳐 앉았다. 그러나 여자는 스커트 자락의 주름살을 펴고 앉아 엉뚱하게 핸드백을 빼꼼 열어 보이는 게 아닌가.

"그게 뭐요?"

가방 안에 든 것은 놀랍게도 시커먼 쇳덩어리로 된 권총이었다.

도일은 얼굴을 찡그리고 여자를 노려보았다. 기분 나쁘고 재수없는 광경이 전광처럼 뇌리를 스쳐갔다. 그러나 지금 또다시 그렇게 될 수는 없었다. 수갑을 차고 경찰서로 끌려가고, 이름과 주소와 나이를 수없이 주절거리면서 문초를 받고, 재판을 받고, 그리고 빵간에 들어앉아 식구통(은 음식 넣어 주는 창구멍)을 쳐다보며 패통치는 소리에 오금을 저려할 수는 없었다.

문짝을 박살내면서 발랑 나자빠지는 사나이. 할딱거리며 지서로 내닫는 여편네……아마도 전형구의 어미는 옷도 제대로 주어 입을 새가 없이 내달았겠지. 그리고 잽싸게 폭력에 관한 특별법을 떠올리는 지서장. 여자가 지금까지 수다스럽게 조잘거린 것이 일종의 앙큼한 문초였다니.

도일에게 이제 남은 것은 기회다 하면 뛰는 일뿐이었다. 그러기 위해선 재빨리 주위를 살펴둘 필요가 있었으므로 도일은 시치미를 떼고 눈을 이리저리 굴렸다.

"재수없군."

"밥맛없죠? 거 봐요, 그래도 훌륭한 정조대 아녜요?"

"능청떠시네."

"허지만 고발할 생각은 말아요. 이건 엄연히 등록된 무기니까."

여자는 멋쩍은 미소를 띠고 쳐다보았다. 도일은 그 순간이 면상을 후려쳐도 될 때인가를 다급하게 따져보았다. 그러나 주먹을 풀며 참고 있던 숨을 후우 내쉬었다. 막다른 궁지에 몰렸다 해도 역시 거긴 장소가 좋지 않았다. 뿐만 아니라 누군가가 또 따라붙고 있는지 알게 뭐냐. 도일은 발끝을 조심스럽게 끌면서 말했다.

"수갑도 등록이 됐겠지, 아마?"

"건 몰라요, 난 수갑은 안 가졌으니까."

"그럼 누가 가졌지? 저 뒤에 앉은 사나이?"

여자는 재빨리 고개를 젖혀 뒤를 돌아보았다. 그때 여자가 소리를 죽여 속삭이지 않았던들 도일은 두말할 것 없이 기회다, 하고 뛰었을 것이다. 여자는 흠칫 놀란 눈초리를 하고 물었다.

"아니, 어디에 형사가 앉았어요?"

"저기."

하고 도일은 적당히 턱을 내밀어 입구 가까운 쪽에 앉은 사나이를 가리켰다. 뭐가 뭔지 알 수가 없었지만 도일은 그런 내색을 보이기는 싫었다.

"저 사람이 형사예요?"

"자꾸 돌아보지 마."

여자는 고개를 바로 하고 앉으며 재차 물었다.

"저 사람이 최초에 댁을 연행해 간 사람예요?"

"여기서 마주치다니 재수없는데."

"왜 또 따라붙죠?"
"권총 냄새 맡은 거 아냐?"
"에계계, 이건 장난감인데두요."
"장난감?"
"그래요, 가스총이라구요."
여자는 다급하게 가방을 열고 권총을 삐죽 내밀어 보였다. 정말이었다. 그러나 가스총이라지만 한 뼘도 안 되는 영락없는 권총이었다.
"그걸 왜 넣고 다니지?"
"댁 같은 사람 때문에요."
"누가 꼬리를 쳤는데, 생사람 치한 만들려고 그래?"
"댁 같은 사람 만나는 게 내 일이니까요. 난 실태 조사를 하고 있는 참이거든요."
여자는 박사 논문을 쓸 기초 자료를 위해 실태 조사에 나섰다나 뭐라나 했다. 그런데 제목이 〈한국 청년의 정신적 황폐도 고찰〉이라던가, 뭐라던가. 희떠운 개수작 마라. 중학교 땐가 고등학교 땐가 생물 시간에 들은 개와 개밥과 방울 소린가 하는 파블로프의 조건반사 애기가 갑자기 떠올랐으므로 도일은 밸이 틀려 소리쳤다.
"그래, 내가 침을 질질 흘렸어? 방울 소릴 들은 개새끼처럼?"
"오해하지 마세요, 나쁜 의미에서두 아니구 실험두 아니니깐요."
"실험한 게 아니라고?"
"우선 여길 나가요. 재수없어요."
여자는 발딱 일어서서 입구 쪽으로 걸어나갔다.

예상했던 대로 노친네는 도일을 알아보자마자 울음부터 터뜨렸다. 망신살 뻗칠 줄 알고 미리 살금살금 문 앞으로 다가들어 재빨리 방 안으로 뛰어든 게 여간 다행이 아니었다.

"시끄러워요. 누가 죽었나, 울게."

도일은 팔을 쓸어내리는 노친네를 뿌리치며 소리쳤다. 미순이년이 빽 소리치는 도일의 신경질에 놀라 겁먹은 눈을 했다.

집까지 이르는 데 너무 오랜 시간이 걸린 탓일까. 도일에겐 일 년 반이나 걸려 드디어 자유로운 몸이 되었다는 감격도 이미 스러져 버린 일상적인 짜증만이 남아 있었다. 어쩌면 박사한다는 여자한테 맥없이 끌려다닌 것에 마음이 상했던 탓인지 몰랐다. 주로 자기 같은 청년을 벌써 수십 명째 만나고 있다는 계집은 고작 돈이나 뿌리고 다니지 제깐 년이 무슨 놈의 논문을 쓴단 말인가. 하기야 그 출랑이 같은 예비 박사는 깐에 조건을 붙였다.

"만나는 사람마다 다 이렇게 한다 생각하면 오해예요. 허도일 씨는 갓 출옥한 분이라서 돕구 싶었어요."

여자가 흰 봉투를 도일의 바지 주머니에 쑤셔 넣은 것은 다방 입구를 걸어 나오면서였다. 그러나 도일은 여자의 그런 짓거리보다 먼저 한 말에 더 화통이 터졌다.

"나 같은 인간들이란 어떤 인간들이야?"

"말하잠, 사회가 무책임하게 외면해 버린 청년들이죠. 가슴이 아파요."

"얼씨구, 나를 좋아하는 모양인데. 그럴 땐 난 꼭 여관으로 가고 싶어진다니까, 박사님."

"쓸데없는 소리 말구, 어서 집으로 가봐요" 하고 나서 여자는 마침 다방 앞에 멎어 서 있는 택시로 쫓아갔다. "논문 완성되면 한 부 보낼게요."

도일은 움직이는 차창 밖으로 손을 살랑살랑 내흔들며 쫑알거리는 여자의 면상에다 봉투를 냅다 동댕이쳤다. 도일은 밖에서 있었던 일을 집 안에 와서 너무 심하게 보복하는 것 같았으므로 목소리를 고쳐 미순이한테 물었다.

“넌 이제 밤반 아니냐?”

“응, 오빠.”

“이제 썩은 동태 눈깔은 면했겠구나. 잘됐다.”

그러자 노친네가 가래 걸린 목소리를 내며 끼어들었다.

“잘뒤였지, 참 잘뒤였구먼그랴.”

뭔가 이상한 기미였다. 미순이가 당황한 몸짓으로 노친네의 팔을 잡아챘다.

“엄만 왜 그래. 지금 얘기 안해두 되잖어.”

“그럼 내일 아침에 밥 싸들구 나갈 티여?”

“그래, 나갈쳐.”

도일은 미순이가 야간반도 지키지 못하고 밀려난 것임을 알아챌 수 있었다. 그러나 도일은 그런 기미를 눈치채자 공연히 기분이 좋아졌다. 말하자면 이제 집안을 오로지 혼자서 끌고 갈 기회다 싶은 터무니없는 의협심이 발동한 것인지도 몰랐다.

“그만뒀니? 나가라든?”

“쫓겨난 지 벌써 열흘두 더 뒀야구먼그랴.”

“노친네 밥 굶을까봐 되게 야단이군. 그만뒀으면 더더욱 잘됐지 뭐요.”

“아냐, 나 곧 다른 공장으로 나갈 거야.”

“관둬, 이제.”

“정말이야, 알아보고 있는 중야.”

“관두라니까.”

도일은 말하고 나서 남방 셔츠를 훌훌 벗어 내던졌다.

“좀 씻을치야?”

도일은 대꾸도 않고 방바닥에 벌렁 나자빠졌다. 푸푸 찌는 초저녁 열기에 녹초가 됐을 뿐 아직 자고 있는 것은 아닌지 두런두런 지껄이는 소리가 안방에서 들렸다. 고단한 탓일까. 도일은 이내 잠 속으로 빠져들었다.

도일은 며칠 동안 내내 잠만 잤다. 온몸이 쑤셔 오는 것 같기도 하고, 나른하게 아래로 가라앉기만 하여 옴싹하기조차 싫었다. 가만 있으면 무릎 병신 된다고 하여 하루에도 몇 차례씩 오리걸음을 걷고, 허리 운동을 하고 그 비좁은 감방 안에서 모두들 야단을 쳤는데도 소용없는 짓거리였는지 몰랐다. 못 볼 것을 본 것처럼 마주치기만 하면 흘끔흘끔 눈치를 살피며 꽁무니를 뽑으려던 이웃 사람들도 이제 제법 면역이 들어 예사롭게 대하게끔 되자 이번에는 다리가 말썽이었던 것이다. 무릎이 떨꺽떨꺽 헛꺾이고 발걸음이 겉도는 것 같아서 마음놓고 걸을 수가 없었다.

"이런 제기랄!"

도일은 번번이 몇 발짝 나서던 걸음을 포기한 채 되돌아서곤 했다. 슬레이트 지붕 밑의 한증막 속으로 주저물러앉는 수밖엔 뾰족한 수가 없었다.

그러던 어느 날인가 생각지도 않았던 을식이 찾아왔다. 미순은 정말 공장을 찾아다니는지 눈을 떠보면 어느새 없어져서, 노친네와 겸상을 하고 앉아 느지막한 아침을 먹고 있는데 을식이가 느닷없이 문간에 그 모습을 나타냈다. 도일은 그렇잖아도 숟가락을 내던지고 싶던 참이었으므로 곧장 마당으로 내려섰다.

"별놈이 다 찾아오는군."

"또 누가 왔었니?"

"너말구 누가 올 자식이 있니."

"근데 뭘 그래."

"기분 좋아서 그런다, 이 짜샤."

을식이는 밖으로 나가자고 했다. 을식이가 노친네한테 요란스럽게 인사를 하는 동안 도일은 노친네가 떼어 준 남방을 받아 들고 대문을 나섰다. 무릎뼈의 무력감은 훨씬 좋아져 있어서 언덕을 내려가는 일이 아니면 큰 무리가 되지 않을 정도였다. 을식이가 앞서 언덕길을 내려가며 물었다.

"왜 꼼짝 않니?"

"갈 데가 있어야지."

"그래도. 답답하지 않어?"

"잠만 잤어, 줄창."

언덕을 다 내려가자 둘은 근처에 있는 다방으로 들어갔다. 도일은 문 안으로 들어서면서야 을식이가 다방에 앉아 할 얘기에 대해 생각해 보았다. 그러나 뻔했다. 방구석에 처박혀 있을 게 아니라 나비 목댕기하고 나설 자리 찾아볼 테니 나오겠느냐고 물을 것이었다. 아니 짜식은 이미 그럴듯한 자릴 말해 두었다고 말할지 몰랐다.

아침부터 아름드리는 되는 대형 선풍기를 왈왈 돌려 대고 있어서 다방 안은 정신을 못 차리게 어수선했다.

"오늘도 되게 찔 모양인데."

을식이가 선풍기 바람에 얼굴을 찡그리며 말했다.

"아무리 더워도 그렇지, 이 쬐그만 방에 저렇게 큰 선풍길 돌리다니. 레지들 스커트 다 까뒤집어 놓고 돈 벌겠다는 건가."

"씨원해서 좋구나, 뭐"

"지린내, 썩는내는 어떡허구."

둘은 차도 주문하지 않고 앉아 쓸데없는 트집을 늘어놓았다. 말이 끊어지자 종업원을 부르려고 좁은 방 안을 두리번거리는 품이 뭔가 이상해서 도일이 먼저 물었다.

"너 뭣 땜에 왔니, 아침부터?"

"내가 저녁에야 시간이 있니?"

"요전에 재워 준 호텔 방값 받으러 왔니?"

"그래 임마. 그때 보니 너도 금갔더라."

"요즘은 또 무릎을 못 써."

차를 주문하고 나서 을식이는 뜻밖의 질문을 불쑥 던졌다.

"너 숙희 얘기 혹시 들었니?"

을식이는 무슨 중대한 결심이라도 토로할 놈처럼 무릎을 바싹 세우고 다가앉으며 물었다.

"알 게 뭐야."

"그렇게 얘기할 건 아니고. 걔 괜찮은 애다, 너."

"그런데? 갑자기 그 기집애 얘긴 왜 꺼내니?"

도일은 적잖이 궁금했지만 아무렇지 않다는 투로 계속 시큰둥하게 대꾸했다. 그러나 을식이는 또 머뭇거리고만 있었다. 도대체 그 가시내한테 무슨 일이 일어났다는 것인가. 어떻게 되어서 짜식이 저렇게 꾸물럭거리고만 있는가.

"야, 얘기하다 숨차니?"

"정말 숨차는데. 건 그렇고, 한마디로 말해 너 숙희 그만둬라."

"언젠 관 안 두고 들고 다녔니?"

도일은 가슴이 써늘해 오는 것을 느꼈다. 을식이의 애긴 숙희가 배신했다는 식이었으므로 뻐근한 적개심마저 치받쳐 올랐다. 그러나 도일은 그런 감정에 오래 사로잡혀 있지는 않았다. 밸이 꼴렸다.

"재숙이가 미장원에 갔다오다가 길에서 우연히 걜 만났대, 어저께 말이야."

"그랬는데?"

"신경쓸 거 없어, 잊어버리라니까."

"누가 뭐래니, 이 새꺄."

"아주 의젓한 귀부인 폼이었다는 거야. 수상쩍었지만 재숙인 반가워서 만나자 우선 니 얘기부터 했다나, 까고 나왔다고."

"미친 기집애."

"그랬더니 숙희가 아주 난처한 낯빛이 되더래. 하하, 틀렸구나 생각하고 재숙이 먼저 선수를 쳤겠지, 바쁘면 가보라고. 그러자 무

슨 생각이 났는지 숙희가 어디 들어가서 얘기 좀 하자고 조르더라
지 뭐냐. 아이스크림 하나씩 시켜 놓고 빵집에서 두 시간 동안이
나 얘길 했다는데, 결론적으로 얘기하면 숙흰 그동안에 돈푼깨나
있는 놈팽이 하날 문 거야. ”
“임마, 영자 뻔수만 안 난다면 그 주제에 그런 팔자 고칠 사주가
또 없지. 무슨 잔소리가 그래 많니. ”
“본마누라가 있는 줄 몰랐다니 문제지. ”
“얼씨구, 맹꽁이 같은 기집애, 건방진 소리 하는군. ”
“그 바람둥이 사내새끼가 셋방을 얻어 놓고 집을 시계추처럼 오락
가락하다가 마침내 들통이 나는 바람에 숙희만 두 번이나 코피 터
지고 머리끝이 다 뽑혀 달아났다지 뭐니. ”
“전 두 손 휴양 보냈나 ? ”
“숙희 성격에 ? ”
“얼어 죽을 놈의 성격 좋아하네. ”
“그 사내새끼한테 걸려든 것도 지극한 정성으로 달려드는 사내를
뿌리칠 수가 없었던 탓이래. ”
“그 가시내 아주 못 쓰겠는데. 안 그랬으면, 굴러든 복을 마다했
을 거란 말야 ? ”
“너무 그러지 마. 걔 괜찮은 애야. ”
“사람 잘못 봤어. 난 순정 같은 거 팔아먹고 사는 인간 아니다. ”
“물론이야. 내가 이러는 건, 단지 니가 거기 가 있는 동안 일어난
일이라서 그래. ”
“신경쓰지 마. ”
“혹시 니가 이미 리스본에 들른 건 아닌가 했는데 다행이다. ”
“미쳤어, 내가 거길 찾아가게. ”
  을식이는 다방을 나가면서 또 그놈의 잊어버리라는 소릴 되뇌었
다. 녀석은 헤어져 저만큼 걸어가다 말고 돌아서서 소리쳤다.

“이따가 나와, 한잔 하게.”

을식이를 돌려보내고 난 도일은 다시 옥수동 고개 마루턱으로 오르는 언덕을 추어 올라갔다. 등받이에 꽂히는 햇살도 따갑고 후들후들 떨리는 다리도 짜증스러웠다.

‘망할 년!’

도일은 숙희를 욕하고 있는 자신에 놀라지 않을 수 없었다.

숙희가 서대문으로 도일을 면회 온 것은 도일이 거기 들어앉은 지 한 달이 조금 넘은 어느 날 아침 나절이었다. 도일은 물론 만나지 않았다. 맹꽁이같이 아무리 시간이 흘러도 다부질 줄 모르고 매양 용하기만 한 계집애한테 수의 입은 모습을 보이고 싶지 않아서였다. 아니 찾아와도 만나 주지 않는 그에게 앙심을 품고 돌아서기를 바라서였다.

그때 그런 생각이 들었다니, 스스로 생각해도 대견스러울 정도로 도일은 그 안에 들어앉은 한 달 동안에 많은 것을 배웠던 것이다. 기왕에 들어왔으면 정을 떼야지 고달픈 옥바라지를 시킬 수는 없다는 생각이 들었다. 도일은 곧 이어 찾아온 미순이한테도 절대로 찾아오지 말라고 일렀다. 노친네 밥이나 안 굶기도록 하라고. 그런 지 이틀 만에 또 미순이가 나타나 도일을 불러냈다. 도일은 혹시 노친네가 졸도라도 한 게 아닌가 하는 생각이 들어 허겁지겁 접견실로 끌려나갔다. 그런데 그를 기다리고 있는 것은 엉뚱하게도 숙희였다. 주민등록증을 내보여야 한다는데 무슨 재주를 피우고 들어왔는지 알 수가 없었다.

도일은 여자 앞으로 바싹 다가가 철창에 코끝을 대고 소곤거렸다.

“빤스 벗고 교도관 매수했니?”

“왜 안 만나려구 그래요?”

“얼씨구, 니가 뭔데 큰소리야. 일없어, 꺼져.”

“난 아무렇지 않대두요.”

도일은 대꾸 대신 돌아서서 교도관한테 소리쳤다.

"접견 끝났시다."

삼천 원은 나오기 직전에 써버렸지만 그 뒤 숙희가 넣어 준 영치금 오천 원은 꼭 돌려주겠다 했는데 그나마 이젠 돌려줄 길조차 없게 된 셈이었다. 머리채는 뜯겨도 돈 많은 놈팡이와 붙었으면 오천 원쯤 들어먹어도 괜찮겠지. 도일은 헉 하고 맥빠진 웃음이 터졌다.

노친네는 친구가 우정 찾아까지 왔으면 좀 쏘다니다가 들어올 일이지 왜 고대 들어오느냐고 핀잔이었다. 차라리 어디 가서 자빠져 자고 오는 게 낫지 꼴보기 싫어 못 살겠다고 성화를 냈다.

그래 놓고도 노친네는 미순이만은 돌아오지 않는다고 초저녁부터 가슴을 쥐어뜯었다. 미순이는 밤이 이슥하도록 소식이 없었다.

"이년이 어디 가서 또 화냥질을 허는게비여."

"뭐라고요？"

"이년이 또 에미 복장 터지게 헌다니께."

노친네가 별안간 소리 없이 울기 시작했으므로 도일은 몸을 벌떡 일으켰다.

"어머니, 그게 무슨 말이우？"

"억장이 무너져서⋯⋯."

"얘기해 봐요, 무슨 말인지. 무슨 일이 있었길래 그래요？"

"낮반으루 옮기구두 하냥 잘 다니지 않았겠남⋯⋯."

노친네는 목소리를 죽여 말하기 시작했는데, 도일은 설마하니 그런 내용일 줄은 몰랐다.

도일은 어금니가 딱딱 맞부딪는 것을 느꼈다.

"그런 개새끼를⋯⋯."

확실히 일진이 나빴다. 종일 재수없는 얘기만 듣게 되니 말이다.

이튿날은 아침부터 소나기가 주룩주룩 쏟아지고 있었다. 어쩌다가 도일은 새벽녘에 잠이 깼는데, 그때부터 이미 비는 기분 나쁘게 내리고 있었다.

기지개를 켜자 마치 관절에 기름이 마른 것처럼 뿌드득뿌드득 뼈마디 풀리는 소리가 나면서 팔다리가 뻑적지근하게 들쑤셔 왔다.

도일은 어둠 속에서도 퍼뜩 생각이 났으므로 부스럭거리며 몸을 일으켰다. 그러나 송장처럼 시커멓게 드러누운 노친네 옆자리에 미순이가 누워 있는 것 같지는 않았다.

잠시 멍청하게 앉아 문 쪽을 바라보고 있던 도일은 담뱃갑을 찾아내기 위해 방바닥을 더듬거렸다. 성냥불을 그어 대느라 퍽퍽 소리를 내자 노친네가 혼잣말처럼 중얼거렸다.

"왜 벌써 일어났디야."

"여태 안 자고 있었수?"

"잠이 오남?"

"청승 떨지 말고 빨리 자요. 아직 밤중예요."

"식전 담배 피지 말구 너나 어이 자."

"공연한 걱정 말아요. 그 기집애, 고작해야 지 친구집에나 가서 자는 거라고요. 일자리 의논한답시고 노닥거리다가 통금 시간 돼 버린 거지 뭐, 보나마나."

노친네는 도일의 말에 위안이 됐는지 더 말이 없었다. 도일은 그런 애길 진작 해줄걸, 후회되었으므로 그럴듯하게 덧붙였다.

"일하고 돌아오는 애들이 꼭 제시간에 돌아와요? 골 빈 자식들, 기웃기웃 옷 걸어논 것도 들여다보고 뾰족구두 파는 데도 구경하고 화장품집도 들러보고 하는 거지. 빈 방에 우두커니 앉아 애들 돌아올 때만 기다리다가 그만 늦어 버린 거라구요. 여태도 기다렸는데 늦게 돌아왔다고 얘기도 안해 보고 돌아올 수 없어서 뒤 마디 물어본다는 게 그만 얘기가 길어져 일어설 시간을 놓쳐 버린 거지."

"그려. 그년이 찾아간대두 정잔가 허던 아이헌테밖엔 갈 데가 없는디 그 아인 너무 분수없게 치장을 허드구만.”

“그렇다니까. 내가 집에 없으면 몰라도 지가 그렇지 않고 멋대로
밖에 나가 자빠져 자요, 뼉다구 부러질려고 ?”

노친네는 더욱 안심이 되는지 길게 한숨을 뽑은 다음 끙 하고 돌
아누웠다. 도일은 담뱃불을 짓이겨 끄고 나서 다시 자리에 몸을 눕
혔다. 스멀스멀 부아가 치밀어 올랐다. 집에 돌아온 이후로 가장 말
을 많이 했다는 생각이 들자 견딜 수가 없었다.

어느새 높아 가기 시작하는 노친네의 숨소리를 들으며 도일은 주
먹을 움켜쥐었다. 이놈의 기집애 나타나기만 해봐라. 잠이 다시 와
줄 것 같지 않았으나 도일은 막 잠이 든 노친네를 깨울 위험이 있었
으므로 그대로 등을 붙이고 누워 있었다. 온갖 잡동사니가 다 생각
나서 그러고 번듯이 누워 버티는 것이 여간한 고역이 아니었다.

노친네는 아침이 훨씬 밝은 다음에야 잠을 깼다. 늦잠을 잔 것을
알아차린 순간 노친네는 무슨 급해맞은 거라도 있다고 화들짝 몸을
일으켰다.

“진작에 깨우지그려.”

“무엇 하게.”

“안집에서 숭보잖여.”

노친네는 옷섶을 여미면서 문지방을 넘어섰다. 열린 문틈으로 서
늘한 비바람이 밀려들었다.

그러나 한나절이 다 되어도 비가 멎어 줄 것 같지 않았으므로 도
일은 꾸물거리던 몸을 일으켜 집을 나섰다.

“비가 멎거든 나가지그려. 아침부텀 오시는 비는 죙일 내리지 않
는 뱁이여.”

그러나 도일은 그렇게 기다리고 있을 시간이 없었다. 우선 전화부
터 걸어야 했다.

비닐 우산은 구릉을 타고 올라오는 비바람에 맥을 못 추었다. 도

일은 이미 젖어 버린 가랑이를 서걱서걱 쓸며 언덕길을 내려갔다.

'제기랄 놈의 비는 왜 오누.'

도일은 느닷없이 며칠 동안 잊었던 전형구 생각이 떠올랐으므로 거푸 혀를 찼다. 짜식은 지금쯤 오만상을 찌푸리고 앉아 있을 것이었다. 그 안에 죽치고 앉아 있자면 비 오는 날이 그중 견디기 어렵다. 뺑끼통(은 변기인데) 그 위로 높다랗게 난 들창 밖에 눈발이 흩날리는 날도 사람 속을 적잖이 썩인다.

빡빡하게 휘던 대나뭇살이 드디어 바람을 이기지 못하고 터지는 바람에 도일은 그만 우산째 내동댕이치고 언덕을 내리뛰기 시작했다. 무릎뼈가 여전 떠끔거리며 훼방을 놓았다. 무릎뼈만이 아니었다. 잠을 설친 탓일까, 머리가 띵하고 귓속이 멍멍했다.

언덕을 내려오자 도일은 근처에 있는 제과점 안으로 뛰어들었다.

"전화 좀 쓰자."

도일은 얼굴 위를 질질 기어 내리는 빗물을 쓸며 말했다. 계집아이는 비에 흠뻑 젖어서 뛰어든 도일한테 겁을 집어먹었는지 뭐라고 대꾸가 없었다.

"전화번호부 없니?"

도일은 두어 발짝 더 다가서며 재차 다그쳤다. 비 오는 날씨여선지 가게 안엔 손님 한 사람 보이지 않았다.

"저기 다 있잖아요?"

하고 계집아이는 구석 쪽 벽 앞에 놓인 공중전화통을 가리켰다. 도일은 흙탕 발자국을 남기며 그쪽으로 다가갔다. 너덜너덜하게 해진 전화번호부를 집어 들자 도일은 갑자기 가슴이 뛰기 시작했다. 전화로 점잖게 불러내느냐, 아니면 직통으로 찾아가서 작살을 내버리느냐.

노친네 말로는, 왜 그렇다는 말도 없이 미순이년이 방구석에 처박혀 나오지 않은 사흘 만에 같은 직조공장 아이들 둘이 들이닥쳤다고 했다.

　—아들아, 저년이 왜 저런디야?"

　—괜찮아요, 어머니. 암것두 아네요.

아이들 수작이 어딘가 수상쩍었으므로 노친네는 방문 앞에 쭈그리고 앉아 그것들이 지껄여 대는 이야기를 엿들었다나.

　—너, 왜 그러니? 당한 거지?

　—무슨 얘기야.

　—우린 다 알어. 그래서 얘기하러 온 거야, 너뿐이 아니란 걸.

　—무슨 소리야?

　—얜, 집에 이러구 있음 너만 손해볼래? 밤반에서 낮반으루 넘겨 준 대가루 생각해. 다들 한 번씩 그렇게 당했단 말야.

미순이는 대꾸가 없었다. 두 아이가 번갈아 타이르고 있었다.

　—꼬실 때 안 그러든, 견습공 면하게 해준다구? 반숙련공으루 말이야.

　—그 말두 믿지 마. 믿음 너만 손해야.

　—주사 맞아야 한다, 너.

　—얜, 비싼 주사 말구두 요즘은 약두 많어. 긁어 내려면 돈이 꽤 든대. 빨리 약 사먹어, 약방에 가서 물어보구.

　—물어볼 것두 없어. 탕약이 더 즉효래. 사물탕이래나, 머래나.

　—사물탕이라는 게 그런 데에 먹는 거니?

　—그렇대나바.

그때 별안간 찢어지듯 하는 소리가 터졌는데 노친네가 정신을 차리고 듣자 하니 그게 바로 미순이년 목소리였다나.

　—돌아가, 돌아가란 말야. 난 그렇지 않어, 그런 일 없었단 말야.

조잘거리던 아이들이 쥐죽은듯이 입을 다물고, 마침내 가느다란 울음소리가 흘러나오기 시작했다지 않느냐.

전화번호부를 펼쳐 들고 멍청하게 서 있는 도일을 이상하게 여겼던지 계집아이가 등뒤에서 물었다.

"전화번호 찾을 줄 모르세요?"

도일은 머리를 떨고 본격적으로 번호책에 정신을 쏟기 시작했다. 여자아이가 바투 다가서고 있었으므로 도일은 뭐라고 대답해 줘야 할 필요가 있었다.

"눈에 빗물이 들어가 그렇다."

"왜 아침부터 비 맞구 다니세요?"

"처량해 보이니?"

"아저씨두 실연당하셨어요?"

"또 누가 물에 빠진 생쥐처럼 돼서 왔었니?"

"울 언니요. 새벽에 그러구 들어왔어요."

"내가 니 언닐 차버렸지."

"에계계…… 근데 울 언닌 왜 채였을까요?"

"가난뱅이라고."

"맞았어요. 그럴 거예요. 그래서 언닌 비를 홈빡 맞으면서 헤맸을 거예요."

"너의 집 못 사니?"

"잘 삶 학교나 다니지 이런 빵집에 왜 다녀요."

"그렇군, 미안하다."

도일은 신경을 곤두세우고 이름을 훑어 나갔다. 빗물이 흘러든 눈은 정말 줄을 잘 가늠할 수가 없었다. 그러나 도일은 드디어 찾아내었으므로 다이얼을 돌리기 시작했다.

"거기 태평 섬유 아닙니까?"

"누구 찾으세요?"

"공장장 좀 바꿔 주시오."

"조기윤 공장장님 말씀이세요?"

도일은 한 머리로 그자의 이름이 조기윤임을 잊지 않으려 애쓰며 다른쪽으론 이제 나타날 목소리에 빳빳한 긴장을 느꼈다. 그러나 그자는 당장 자리에 있지 않다는 것이 아닌가.

"두 시간 후쯤 전화해 보세요. 지금 시내 출장 중이세요."

도일은 맥이 탁 풀렸다. 두 시간 동안 무엇을 하느냐. 우리 안에 갇힌 짐승처럼 도일은 제과점 출입문 앞에 웅크리고 서서 아스팔트 위에 곤두박질치는 빗줄기를 내다봤다. 아무래도 자리를 옮길 형편이 못 되었으므로 도일은 팥빵이라도 시켜 놓고 시간을 기다릴 양으로 의자에 앉았다. 물컵을 들고 온 여자아이를 보자 생각이 나서 도일이 재차 물었다.

"네 언니 혹시 사물탕 안 달여 먹었니?"

"무슨 탕요?"

"사물탕."

"그게 먼데요?"

"한약."

"몰라요."

맞았다. 사물탕을 모르는 건 얼마나 행복한 일이냐. 그게 다 애 때는 약으로 둔갑을 해버렸으니 그걸 모른다는 것이 얼마나 훌륭한 약이냐. 도일은 맥없이 웃음을 흘렸다.

노친네 말대로 한참 만에 비가 잠시 그쳤으므로 도일은 팥빵 두 개만 해치우고 제과점을 나섰다. 도일은 문을 나서기 전에 마지막 부탁을 잊지 않았다.

"네 언니보고 사물탕은 그걸 지우는 약이 아니라고 일러줘라."

"지우다뇨?"

"그러면 언닌 알어."

"에이, 나두 알아요."

도일은 빗물이 번들번들한 길을 따라 걸었다. 얼마나 걸었을까,

다시 비가 뿌리기 시작했으므로 도일은 마침 들이닥친 시내 버스를 집어 탔다.

두 시간이란 정해진 것이 아니었으므로 도일은 시내에 떨어지자마자 우선 공중전화통부터 찾았다. 공장장 조가는 자리에 돌아와 있는 모양이었다. 동전이 찰칵 전화통 안으로 떨어지고 교환과 또 다른 여자의 목소리를 거치자 이내 조가가 수화기에 나타났다.

"나 공장장인데요."

"아, 매부."

"네? 누구세요, 실례지만?"

"매부의 처남이지 누군 누구야."

그러자 조가는 창밖에 비도 뿌리고 심란하던 판에 잘 걸렸다고 생각했던지 전화통에다 대고 능청을 떨기 시작했다.

"어때, 당신 누나 잘생겼어? 잘생겼으면 매부 한번 해볼까?"

"기차게 생겼지."

"이혼 수속하기 귀찮아서 안 되겠는데. 다른 색골한테나 알아보시지."

"이미 알아보긴 틀렸거든, 매부."

"왜 당했나, 누구한테? 숫처녀라면 몰라도 그렇다면 더더구나 밥맛없는데."

"그래?"

"그럼. 너 같은 자 자형 되긴 싫어. 재수없어. 사람 잘못 봤군."

"후회할 텐데."

"잔소리 말고, 전화 잘못 걸었으면 사과나 하고 끊어."

"어렵쇼. 처남이 수십 명이나 돼서 생각이 안 나는 모양인데, 그렇겐 안 될걸."

조가는 그제야 짚이는 게 있는지 머뭇머뭇 말문을 열지 못했다.

도일은 조가가 수화기를 놓아 버리기 전에 빨리 말해야 한다고 생각했으므로 우선 경고부터 띄워 두었다.

"전화 끊으면 곧바로 달려갈 테니 알아서 해."

너스레를 떨던 때와는 달리 조가는 금방 기가 팍 꺾여 강아지새끼처럼 끙끙거렸다.

"아…… 저……."

"어느 아인가 알고 싶다 그거군."

"아니, 그보다도……."

"나와 보면 알게 돼, 우리 남맨 닮았으니까. 못 나오겠다면 내가 곧장 공장으로 찾아가고."

"아, 아닙니다. 그게 아니고……."

조가는 다급하게 말을 흘리며, 회사에 급한 사정이 있어서 그러므로 오후 여섯시에 만나면 안 되겠느냐고 사정했다. 시간을 보낼 데가 없으니 그때까지 방황하고 나면 더욱 열이 오를 테니 오히려 잘됐다고 생각하며 도일은 일단 약속을 받아들였다. 늦으면 늦을수록 너만 죽는다, 중얼거리면서 도일은 전화실을 빠져나왔다.

도일은 빗줄기가 비껴 흩날리는 거리를 휘적휘적 걸었다. 을식이가 벌써 그 술 썩는 냄새나는 데를 나와 있을 턱도 없고, 세상 가볼 만한 데라곤 없었다.

그러나 도일은 막상 조가와 얼굴을 맞딱뜨리자 엽차 잔 하나 끼얹을 맘이 나지 않았다. 시간을 보내지 못해 몸서리친 걸 생각하면 정수리만 욱신욱신 쑤셨다. 고작 몇 시간 동안에 훌렁 벗어진 대머리 위까지 시꺼멓게 썩어 버린 조가는 다방 종업원의 꽁무니를 물고 졸졸 따라 들어왔던 것이다. 조가는 도일 앞에 두 손을 모으고 말했다.

"오전에 저한테 전화 주신 분이신지?……"

도일은 대꾸를 않고 조가의 상판때기를 노려보았다. 저렇게 비열한 자식이 어떻게 그런 엉큼한 짓거리를 하고 다녔을까 싶을 정도로 조가의 태도는 구역질나는 몰골이었다. 조가는 건너편 자리에 엉덩이를 걸치고 앉으면서도 쉴새없이 도일의 눈치를 살폈다.

"내가 어느 아이 오빠진 알아보겠어 ? "

"글쎄 말씀입니다요……. "

"알 것도 없다. 이리 따라 나와. 내가 그 공순이들 대표니까. "

도일은 바닥을 차고 일어났다. 조가가 화들짝 놀란 눈으로 따라 일어서며 물었다.

"어디로 가실려구……. "

"남산에 올라가자. "

"남산……. "

하는 사이 도일은 성큼성큼 이미 입구를 걸어나갔다.

"니깐놈 때려죽여 끌어 묻어 버리고 빵깐으로 다시 돌아가면 돼. 적어도 그 안엔 너같이 더러운 얌체는 안 살어. "

조가는 더욱 시커멓게 썩은 얼굴이 되어 도일의 팔을 움켜잡고 매달렸다.

"제가 죽을 죄를 졌습니다. 이러지 마시고 얘기 좀 하십시다요. "

다방 앞에 서서 승강이를 벌이게 되자 도일은 곧장 조가를 메어꽂아 버리고 싶은 충동에 몸살이 날 지경이었다. 시커먼 빗물이 기어내리는 길바닥을 물고 엎어져 씨근덕거리는 꼴을 보았으면 속이 좀 후련하련만.

"잔소리 말고 따라오지 않으면 여기서 끝장 내고 말 거야. 좋게 말할 때 이 손 놔. "

"제발 고정하십시오. 이렇게 빌지 않습니까요. "

"니가 사내면 사내답게 굴어, 이 생쥐 같은 새끼야. "

"고정하십시오, 그리고 제 말씀 잠깐 들어주십시오. "

"더럽게 굴지 말라는데도 이 새낀. 할말 있으면 남산에 가서 해. "

도일은 발발 매달리는 조가를 뿌리치고 빗속으로 성큼 들어섰다.

조가가 당황한 몸짓으로 우산을 펼쳐 들고 추녀 밑을 뛰어나왔다.

"선생님, 선생님!"

조가는 우산을 도일의 머리 위로 훨씬 높이 받쳐 씌워 주며 그의 팔을 끌어안았다. 도일이 뿌리치며 소리쳤다.

"뭐라고, 이 새끼? 선생님?"

조가는 도일의 눈길에 가위가 눌려 턱주가리를 달달 떨었다. 도일은 치를 떨었다. 뻔뻔스럽게 나오기를 바랐던 것은 물론 아니다. 그러나 적어도 제가 저지른 일에 대해 거짓말로라도 책임지겠다는 정도의 말은 할 줄 아는 놈이기를 바랐다. 그따위로 아랫도리를 까놓고 다닌 놈이라면……

메스껍게 나오기 전에 아구통을 돌려 버렸어야 했는데 후회하며 도일은 다시 가던 방향으로 돌아섰다. 기회를 놓친 생각을 하면 이가 딱딱 마쳤다.

"괜히 사람들 보는 앞에서 죽고 싶지 않거든 잠자코 따라와."

그러나 조가는 그런 지 불과 5분도 못 되어 또다시 도일의 팔을 껴안고 매달렸다.

"선생님, 정말 어디로 가시는 겁니까?"

말이 떨어지는 순간, 도일이 조가의 어깻죽지를 확 말아 쥐었다. 그리고 낚아챘다 싶자 조가는 어느새 큰길 옆으로 뚫린 골목으로 냅다 내동댕이쳐졌다. 고꾸라질 듯이 우산을 짓밟으며 삘삘 걸어가던 조가는 급기야 담벼락에 대가리를 처박고 벌렁 나자빠졌다.

워낙 노략질에 곯은 탓일까, 조가는 의외로 허깨비였다.

도일은 허리에 손을 얹고 서서 꿈질거리며 일어서고 있는 조가를 내려다보았다. 놈은 안간힘 끝에 몸을 일으켜 세우곤 시커멓게 시궁창 물이 밴 바지를 내려다봤다. 그러고는 혹이 불거져 오른 이마를 두 손으로 포개어 안으며 비참한 눈길로 도일을 힐끔거렸다.

"제발 좀 어디 들어가서 얘기하십시다요. 이 비 오는 날 남산엔 왜 올라가겠습니까요, 네. ”

조가는 물에 빠진 생쥐처럼 돼가지고 도일의 옆구리에 손을 쑤셔 넣으려 들었다. 그게 조가가 세상을 사는 방식인지 몰랐다.

“너 따위하곤 할 얘기 없어”

했지만 도일은 조가 같은 인간을 조지는 데는 시간이 걸린다는 것을 알고 있었다.

“물론 화가 나시겠지만요……. ”

“좋다, 가자. 공장장한테 당한 공순이들이 득시글거리는 술집에 데려다 줄 테니까. 공순이가 분 바르면 떡순이밖엔 더 될 게 없어. 배운 게 그거니까. ”

“아니, 그러지 마시고……. ”

“잔소리 마. 지금 당장 화냥기만 남은 내 동생 만나러 가는 거다. ”

도일은 조가의 팔을 우악스럽게 잡아 끌었다.

도일이 조가를 끌고 간 술집은 나폴리 홀과 입구를 맞대고 있는 건너편집 레이디 킬러였다. 조가는 입구에 이르자 궁지에 몰린 똥개처럼 꽁무니를 뽑고 버텼다. 저쪽 건너편에 서 있던 을식이가 이미 먼발치서부터 알은체를 하는 바람에 더욱 겁을 집어먹은 것 같았다.

아마 놈은 그 어두컴컴한 술집에서 입술을 새빨갛게 칠한 도일의 동생과 마주칠 것인데, 그 난처하고 위험한 일을 어떻게 감당해 내랴 싶었던 모양이었다. 도일은 그런 기미를 놓치지 않았다.

“오랜만에 만나면 반갑겠지, 그래도 빤스 벗고 설친 사이라고. ”

하고 도일이 너스레를 피우자 조가는 두 손을 싹싹 비벼대며 연방 뒷걸음질을 쳤다.

“제발 봐주세요, 네 제발입니다요. ”

“이거 왜 이러실까, 웨이터들 보는 앞에서 체신 구기게. ”

“살려 주세요, 네. ”

"옛정을 생각해야지 무슨 소리야. 술값도 좀 깎아 줄 거고."
"정말입니다요, 살려 주십시오. 이 집만 안 들어가신다면 무슨 말씀이든지 다 듣겠습니다요, 무슨 말씀이든지."
홀로 걸어갔다. 눈을 똥그랗게 뜨고 따라붙는 을식이를 향해 도일이 큰 소리로 말했다.
"너희 집 여급들 떡판이 그렇게 좋다며?"
"웬일이냐, 이렇게 비 오는 날?"
"이 공장장 나으리 죽어도 너희 집 여급 품에 안겨 죽겠단다."
을식이가 조가를 흘끔 돌아보며 말했다.
"고맙습니다, 이렇게 찾아 주셔서."
"잘 봐주십시오, 여러 가지로."
둘은 조가의 청에 따라 입구를 휘장으로 막은 조그마한 칸막이 안으로 안내되었다. 자리를 잡고 앉자 조가가 을식이를 향해 청했다.
"수고스럽겠지만 밖에다, 여자는 필요 없다고 좀 전해 주십시오. 긴히 말씀드릴 게 있어서……."
"제가 바로 그런 시중 들어 드리는 웨이터이니까 염려 마십시오."
"이거 죄송스러워서……."
"천만에요. 많이 사랑해 주십시오."
그러나 도일이 영문을 몰라 여전히 그의 눈치만 더듬는 을식이를 건너다보며 말했다.
"이 공장장 나으리, 지금 한 소린 한번 그래 본다 그거다. 곧이들으면 안 돼. 사실은 그거라면 사족을 못 쓰니까. 떡판 잘 돌리는 애 하나 상납하는 게 좋을 거다."
그러나 이때 조가가 아, 아닙니다, 어쩌고 펄쩍 뛰는 바람에 을식이는 더 이상 앉아 있지 못하고 칸막이 방을 나가 버렸다. 곧 맥주병이 들어오고, 조가는 우선 도일 앞에 놓인 컵부터 잔뜩 공손한 자세로 술을 따랐다.

　도일도 목이 깔깔했지만 조가는 여간 속이 타지 않았던 모양, 단숨에 들이켜고 나서 잔을 조심스럽게 도일 앞으로 내밀었다.

　"한잔 받아 주십시오."

　도일은 잔을 받아 들며 속으로 생각했다. 이게 네가 살아가는 방식이겠지만, 천만에 나한텐 안 통한다.

　그러나 시간이 흐를수록 도일은 술의 위대한 반역에 흠칠흠칠 놀라기 시작했다. 술은 조그맣게 속삭거렸다——한마디로 졸렬 무쌍한 인간과 더 이상 마주 앉아 있지 말고 그만 돌려보내 버리는 게 어때?

　조가가 그런 도일을 눈치챘음이 분명했다. 다섯 병인가 일곱 병인가를 비워 내고 났을 때 조가는 이렇게 말했다.

　"제가 형씨한테 보상할 수 있는 길이 있으면 가르쳐 주십시오. 괴롭습니다요, 정말."

　도일은 약간 초점이 풀린 눈으로 조가를 쏘아보았다.

　"아무리 술을 먹어도 내가 이 집을 나갈 때 네깐놈하고 어깨동무를 하진 않어."

제2장 떠도는 모색

아침마다 짙게 안개가 깔리더니 어느 틈에 하늘이 덩그렇게 높아
져 있었다.

황창하(黃昌河)는 터질 듯이 맑게 갠 하늘을 흘끗 쳐다보고 나서
천천히 고속 버스 터미널로 걸어 들어갔다. 엉덩짝에다 애새끼를 달
고는 급해맞은 오리처럼 뒤뚱뒤뚱 쫓아오는 여자가 있었으므로 황
창하는 걸음을 멈췄다.

"껌 한 통만 갈아 주세요, 아저씨."

황창하는 여자의 허리에 달려 있는 아이를 내려다보았다. 깜둥이
처럼 새까맣게 그을린 사내아이는 입을 헤벌쭉 벌리고 잠들어 있었
다. 황창하는 부스럭부스럭 주머니를 뒤지며 말했다.

"그놈 크면 껌장사 잘하겠다."

"히히, 악담하시네."

황창하는 백원짜리 지폐 한 장을 꺼내 주고 나서 길게 쳐놓은 차
양 쪽을 바라보았다. 느지막한 아침 나절이라서 그런지 사람들이 별
로 많지 않았다.

"끔하구 거스름돈 받아 가세요, 아저씨."

그건 관두고 키우지도 못할 애새끼나 그만 까라고 말해 주고 싶었으나, 황창하는 입을 다문 채 차양 쪽으로 걸어갔다.

서로 등을 맞붙여 놓은 긴 의자에 털퍼덕 주저앉자 황창하는 답지 않게 가슴이 뿌듯해 오는 것을 느꼈다. 여자를 만나는 날은 터무니없게도 언제나 그 짝이었다. 아니, 정확히 말하자. 그가 가슴을 죄는 것은 여자의 귓밥 밑에서 뿜어 나오는 향수 냄새 때문이었다. 칙칙한 향수 냄새가 굳이 좋을 거야 없다. 남자를 맞는 여자가 치르는 곰살맞은 수속이 좋을 뿐이다. 목욕재계하고 향을 뿌리는 그 수선스러움이 말이다.

황창하는 잔뜩 팔짱을 끼고 앉아 등뒤의 정황에 귀를 기울였다. 그러나 등받이를 맞붙이고 반대편으로 앉아 있는 오수진(吳秀珍)은 간헐적으로 블라우스 서걱거리는 소리를 낼 뿐 별다른 기척이 없었다. 아마도 처음 흘끗 쳐다보았을 때처럼 여전 화난 얼굴을 가장하고 앉아 있을 것이었다. 좀이 쑤셨다. 등허리가 근질근질 가려워 오고 흘끔거리며 지나다니는 사람들의 너절한 눈초리도 신경질 났다.

그때 여자의 짧은 비명 같은 것이 들렸으므로 황창하는 놀란 얼굴로 자리를 일어섰다.

"에그머니, 차표가……."

오수진이었다. 황창하가 앉은 의자 밑에 빳빳한 종이쪽 두 장이 떨어져 있었다. 황창하는 허리를 구부리고 그것을 끄집어내어 그 중 한 장을 발딱 일어서서 내려다보는 여자한테 건네주었다.

"고맙습니다."

승차권을 받아든 오수진은 예의바른 여자의 미소를 띠며 말했다. 그 여자는 언제나 그처럼 완벽한 위장을 좋아했다.

"얼마나 스릴 있어요."

"약올리지 마, 화딱지 나게."

"바로 그게 죤 거예요, 약오르는 거."

"좋기도 하겠다."

"제가 옳아요, 그래두. 긴장이 있으니까 우린 안 만나지 못하는 거라구요."

"떤다고 말하지, 뭘 변명이 길어."

황창하는 남의 눈에 의심을 사지 않겠다고 그따위로 버둥거리는 것이 싫었다. 그러면서도 오수진의 연극에 따라 연기를 하는 것은 긴장이 좋아서가 아니라 위장하지 않을 수 없는 입장 때문이었다. 오늘도 재빨리 손아귀에 구겨 쥔 남은 승차권 한 장을 황창하는 바지 주머니에다 슬그머니 쑤셔 넣었다. 그러곤 중얼거렸다.

'웃기고 있네.'

그러나 오수진은 이미 저만큼 서 있는 버스 곁으로 걸어가고 있었다. 황창하는 다시 의자에 엉덩이를 붙이고 앉았다. 아직 출발 시간은 십 분 이상 남아 있었으므로 좀더 뜸을 들인 다음 일어서도 되었다. 남이 보는 우연한 동석이란 그런 방식으로 이뤄지는 것이었다.

버스가 굼실굼실 기어 나올 기세를 보일 때쯤에야 황창하는 다급하게 차 앞으로 달려들었다. 막판에 시간을 너무 끌어 버린 탓이었다. 차 안으로 들어서자 안내원이 승차권을 보여 달라고 따졌으므로 황창하는 마침 잘됐다 하고 볼품없이 구겨진 차표를 아예 넘겨주어 버렸다. 다른 승객들에게 동행이 없는 외로운 여행자라는 인상을 주기에는 그것이 안성맞춤이었다. 우선 오수진이 무엇보다 기분 좋아 할 거고.

"발차 오 분 전까진 승차를 끝내 주서야 해요."

"내 자리는 어디냐?"

"저기 빈 자리 보이죠, 거기예요."

안내원이 손가락으로 가리키는 자리를 향해 황창하는 기우뚱거리며 걸어 들어갔다. 커다란 선글라스로 모습을 변장하고 앉은 오수진은 안내원의 손가락질을 당할 때부터 이미 창밖으로만 시선을 내보내고 있었다. 황창하는 애써 웃음을 삼키면서 오수진의 옆자리에 다리를 넣고 앉았다. 다른 승객들은 아마, 행동은 굼뜬 친구가 여자 옆자리를 차지하는 행운을 잡았다고 배앓이를 할 것이었다.

"거 창 좀 열어 놉시다."

하고 황창하는 한참 만에 말을 걸었다. 차가 막 남산 터널을 빠져 한남동 내리막길을 달려 내려가고 있을 때였다.

"이 양반이 고속 뻐스 첨 타보나. 이 찬 창문을 열면 안 된단 말이오."

라고 핀잔을 준 것은 물론 오수진이 아니었다. 맞은편 자리에 앉아 잔뜩 질투 어린 눈초리로 황창하의 거동을 살피고 있던 사나이의 참견이었다.

흠칫 놀란 오수진이 당황한 몸짓으로 무릎에 놓인 핸드백을 끌어안았다. 그도 그럴 것이, 오수진은 다른 승객들이 쉴새없이 그들 두 사람을 노려보고 있는 줄도 모르고 황창하가 뚱딴지 같은 소리를 한다고 팔꿈치로 그의 옆구리를 힘껏 쥐어박았던 것이다. 그게 사나이의 유식한 충고와 동시에 이뤄졌으니 오수진의 간은 콩알만하게 매달렸을 게 뻔했다. 그러나 문제의 사나이는 오수진이 쥐어박는 것까지 보지는 못한 모양이었다. 단지 황창하의 코를 납작하게 만들었다는 데에 의기양양하여 동행인 듯한 옆자리의 또 다른 사나이와 귀엣말을 주고받으며 키들키들 웃음을 흘리고 있었다.

황창하는 슬그머니 부아가 치밀었다. 그따위 주제넘은 짓거리로 여자의 환심이나 사보려는 수작이 딱 비위에 거슬렸다.

"난 이 여자분한테 얘기했는데 당신도 관심이 있는 모양이군."

황창하는 여유만만한 자세로 웃고 있는 사나이를 건너다보며 말했다. 유들유들하게 능청이 늘어붙었던 사나이의 얼굴에 웃음기가 싹 가셨다. 사나이는 이마에 주름살을 접으며 턱을 잔뜩 내밀었다.

까불지 말라는 암시가 아니겠는가. 두 사나이는 약속이나 한 듯이 눈을 거슴츠레 내리깔고 황창하를 흘겼다. 역시 가까운 쪽에 앉은 사나이가 먼저 입을 열었다.

"괜히 창문 못 여는 거 알면서 치사한 수작 붙이지 말란 말야."

순간 벌떡 몸을 일으키는 황창하를 오수진은 잡을 사이도 없이 놓치고 말았다. 황창하는 어느새 움켜잡은 두 사나이의 머리채를 우선 꽈당 맞부딪고 나서 번쩍 들어 올렸다.

삽시간에 일어난 일이었다. 엎어질 듯이 발을 뽑으며 통로로 끌려나온 사나이들은 황창하의 무릎에 배를 까이면서 차례로 통로에 고꾸라졌다.

"아니, 왜들 이러세요?"

하며 안내원이 쫓아오고 차는 급기야 속력을 줄이면서 길 가장자리로 스르르 밀려 나갔다.

버스가 완전히 멎어 서자 황창하는 통로에 구부리고 앉아 신음하는 두 사나이를 향해 소리쳤다.

"밖으로 나와, 두 놈 다!"

두 사나이는 배를 잔뜩 움켜 안고 앉아 여전 꼼짝도 하지 않았다.

"일어서, 이 새끼들아!"

황창하가 더욱 단호한 목소리로 고함쳤다. 공포에 질린 한 사나이가 고통에 찬 얼굴로 부스스 고개를 들었다.

"용서하십시오, 선생님."

"일어서라는데!"

"한 번만 봐주십시오."

그때 운전기사가 달려들었다. 운전사는 가까이 다가서자 화난 음성으로 짜증을 냈다.

"도대체 이러는 법이 어딨습니까. 첨 봅니다, 이런 일은. 찻간에서 사람을 치다니 어쩌려고 그러십니까. 지금 이 차는 고속도로를 달리고 있잖습니까. 세 분 다 내리세요. 내려서 걸어가시든지 맘 대로 하세요. 난 쌈질하는 사람 싣고 갈 수가 없어요. 자 빨리 내 리세요. 패트롤 카 나타나기 전에 빨리 내려요.”

운전사의 말투는 끝까지 어느 한쪽만 몰아세우고 있었으므로 오 수진은 마침내 침묵을 깨지 않을 수 없었다.

“저두 이분 동행이니까 같이 내모세요. 그리구 책임지세요. 저런 좋지 못한 사람들 태워서 볼썽사납게 한 것 끝까지 책임을 묻겠어 요.”

“가만 있어!”

하고 황창하가 가로막았으나 오수진은 말을 듣지 않았다.

“저 사람들이 무슨 짓을 했는지 아세요?”

운전사는 여사(女史) 같은 여자의 출현에 금세 기가 꺾여 말을 더듬거렸다.

“아, 네, 부인.”

“있을 수 없는 모욕적인 언사를 썼단 말예요, 가만 있는 사람한 테. 타일렀는데두 듣지 않구요.”

“아, 네, 죄송합니다.”

운전사는 어떻게 결정을 내리지 못해 끼고 있던 면장갑을 벗었다 끼었다 하고 있었다. 오수진은 황창하와 동행임을 드러낸 이상 순찰 차가 나타날 때까지 시간을 팔고 있을 수 없었으므로 명쾌하게 결론 을 내렸다.

“저 사람들 문제는 종점에 닿은 다음 우리가 처리할 테니 이제 떠 나는 게 좋겠어요.”

운전사는 설득당하여 승객 여러분께 죄송스럽다는 말을 남기고 운전석으로 되돌아갔다. 그러곤 차를 다시 출발하기 전에 백미러를 들여다보며 소리쳤다.

“통로에 앉아 있는 두 분 자리에 앉으세요.”

두 사나이는 시커먼 낯빛을 하고 시트로 기어 올라갔다. 황창하가 그런 그들을 향해 말했다.

"두 놈, 내려서 보자."

그러나 오수진이 또 팔꿈치로 옆구리를 쥐어박았으므로 황창하는 더 말하지 않았다. 대신 황창하는 굳어 있는 오수진을 쳐다봤다. 핸드백 위에 포개어 놓은 여자의 손은 차의 요동 때문인지 가늘게 떨고 있었다.

승객들은 차차 긴장을 풀고 여기저기서 기지개를 켜기 시작했다. 그러고는 바깥으로 스쳐지나가는 싯누런 들판도 제법 볼 만한 풍경이라는 듯이 애써 평온을 가장했다. 사건 당사들한테 더 이상 관심을 갖지 않음을 나타내는 것이 곧 예의라는 신조를 사람들은 철저하게 지키고 있었다. 황창하는 실오라기 같은 카세트 음악뿐 물을 뿌린 듯이 가라앉은 차 안을 기웃기웃 둘러보았다.

"어때? 연극이 깨져서 미안한데."

"순찰차라두 나타났음 어쩔 뻔했어요?"

"그땐 나만 갈 테니 염려 마."

"그럼 난 어떡허구요, 혼자 가나요?"

"할수없지."

오수진은 생각하기도 싫은지 후룩 몸을 떨었다. 조용한 안도의 격정이 머리를 들기 시작한 것일까. 버스는 고속도로를 벗어나자 곧 속력이 떨어지면서 자주 주춤주춤 멎어 서곤 했지만 온양읍까지 이르는 데 그리 많은 시간이 걸리지는 않았다.

오수진은 약간 얼굴이 상기되어 있었다. 지나치는 상점 간판과 무관심한 읍민들한테까지도 관심이 많은 듯 열심히 차창 밖만 내다보고 있는 것은 그런 자신의 얼굴에 신경이 쓰여서일 것이었다. 황창하는 그런 오수진을 가끔씩 돌아보며 차가 닿는 시간을 기다렸다. 그러나 버스가 터미널에 닿는 순간에 차 안에는 조그마한 소동이 벌어졌다. 문제의 두 사나이가 통로로 내려서는 승객들을 밀어붙이면서 출구로 빼기 시작했기 때문이었다. 그자들은 기회를 노려 온 것이 분명했다.

"저런 비겁한 자식들!"

황창하는 이미 출구를 빠져나가고 있는 두 사나이를 내다보며 느긋하게 중얼거렸다.

"내버려 두세요. 따라갈 거 없어요."

기분이 좋아진 오수진이 황창하를 불러 앉히며 말했다. 그건 승객들을 향한 홍보용이었다. 늑장을 부리며 차를 내린 두 사람은 동행한 승객들이 그들로부터 뿔뿔이 흩어져 가자 다시 낯선 사이로 돌아갔다. 오수진은 버스 터미널을 벗어나 가로수 그늘로 들어서며 짧게 말했다.

"관광호텔은 안 좋아요. 위험해요."

"그럼 그 옆 집으로 가지."

"그러세요, 십 분 뒤에 갈게요."

"또 숨바꼭질하려는 거군."

"로비는 언제나 위험하다잖았어요."

"신경질나게 구는군. 그럼 여관으로 가면 되잖어."

"뻐스에서 유명해져 버려 오늘은 안 돼요. 거기서 혹시 동행한 사람 만나보세요. 금방 소문 퍼뜨릴 텐데."

"그래봤자 그 소문이 밖으로야 안 나갈 거 아냐."

"얼굴이 익죠."

황창하는 더 말하지 않고 여인을 떠나 햇빛이 맑게 내리쬐는 보도를 따라 걷기 시작했다.

호텔 로비에는 서양 히피 한 쌍과 신혼 부부임이 분명한 내국인 남녀가 서성거릴 뿐 을씨년스런 정적 속에 싸여 있었다. 서양 아이들은 토산품 매점의 유리 진열대 앞에 허리를 끼고 서서 구워 낸 도

자기 모조품을 들여다보고 있었고, 신혼 부부는 소파에 느슨하게 기대 앉아 출입문 쪽을 내다보고 있었다.

등록대에서 방 번호를 얻은 황창하는 곧장 제복을 받쳐 입은 아이를 따라 층계로 걸어갔다.

"요즘 바쁘게 돌아가는 편이냐?"

"네?"

"여관업이 잘돼 가느냐고 물었다."

"여관요? 그렇죠, 하기야 이것도 여관이죠. 그저 그런 모양예요. 모르겠어요."

"열쇠 이리 내, 혼자서도 찾아갈 수 있어."

"제가 안내해 드리죠."

"넌 여기 있다가…… 조금 있으면 여자 하나가 나타날 거야. 검은 색안경을 꼈던가?"

"네, 알겠습니다. 손님 방으로 모셔 오라, 이거죠?"

"이 자식 나쁜 놈이군. 왜 웃어, 임마."

"제가 뭐랬습니까?"

황창하는 층계를 내려 뛰는 소년을 향해 재빨리 소리쳤다.

"넌 그 여자한테 맞아 죽었다. 우리 마누라쟁이 말야."

황창하는 주먹으로 복도 벽을 꽈당 쥐어 안겼다. 눈치만 배운 아이를 상대로 용렬한 거짓말을 했다는 생각에 얼굴이 화끈 달아올랐던 것이다.

'아, 제기랄!'

황창하는 좁은 골목길 같은 복도를 따라 걸으며 기웃기웃 객실 번호를 확인해 나갔다. 마침 객실 담당 종업원이 자리를 비우고 있어서 다행이었다. 되도록 사람 눈에 띄지 않는 것이 좋으므로. 자물쇠를 따자 방은 온양역을 비스듬히 좌측으로 내다보며 제법 넓게 트여 있었다. 그러나 초라하게 가난이 낀 창녀 같은 모습이었다. 관광 도시 온양은 정말 창녀 같은 그런 모습을 하고 있는지 몰랐다. 헤픈 웃음을 팔며 통금이 없는 밤만을 지겹게 살아가는 핏기 가신 도시, 그것이 소읍 온양인지 몰랐다. 열차와 고속 버스와 자가용 승용차로 쉴새없이 사람들이 꾀어들어 봤자 본바닥 사람들은 언제나 모자라는 잠으로 하품만 하고 있는, 어수선한 뜨내기 도시가 바로 온양의 모습이었다.

문을 두드리는 소리가 났으므로 황창하는 멀리 내다보던 교회의 첨탑을 버리고 입구로 걸어갔다. 도대체 이 도시에서 예배당이란 무엇에 쓰이는 약인가.

"말씀대로 모시고 왔습니다."

문이 채 열리기도 전에 벨보이의 목소리가 들렸다.

"알았어, 가봐."

하고 황창하도 얼굴을 미처 보지 않고 소리쳤다. 문이 열리자 오수진이 핸드백을 열고 있었다. 아이가 또 말을 걸었다.

"방은 마음에 드세요?"

"안 들면?"

"바꿔 드리죠."

"귀찮어, 관둬."

그때 오수진이 지폐 한 장을 꺼내 주어 아이는 더 이상 말을 붙이고 서 있을 필요가 없어졌다.

"감사합니다. 푹 쉬세요."

오수진은 문을 닫고 난 다음에야 안경을 벗어 들었다. 너무 오래 쓰고 있어서 골치가 아프다고 말했으나 황창하는 들을 사이도 없이 여자를 덮쳐 끌어안았다. 핸드백과 안경이 차례로 양탄자 위에 떨어지고, 오수진은 황창하의 목덜미를 휘어 감고 매달렸다. 오수진은 하이 힐이 벗어졌지만 말할 기회가 없었다. 순식간에 거칠어질 대로 거칠어진 파도는 마침내 그녀를 침대 위에다 냅다 내동댕이쳤다. 황창하는 열심히 옷을 벗기고 있었다. 그러나 오수진은 그보다 먼저 할 일이 있었으므로 몸을 비틀며 나직이 타일렀다.

"커튼부터 치세요."

"내버려 둬. 예배당 십자가밖엔 들여다보는 게 없어."

그렇게 말했지만 황창하는 몸을 일으켜 창가로 걸어갔다. 커튼을 치자 아직은 갈아 걸지 않은 여름용의 얇은 것인데도 방 안은 훨씬 밀폐된 안정감을 주었다. 황창하는 커튼을 배경으로 하고 돌아서면서 점퍼를 벗어 내던졌다. 그러고는 마치 돌격하는 황소처럼 달려들었다. 오수진은 얼굴을 덮는 황창하의 뜨거운 입김을 맡으며 두 팔을 벌려 그를 받아들였다. 잠시 방해받았던 격앙된 감정은 더욱 빠르게 두 사람을 걷잡을 수 없는 상태로 몰고 갔다. 다리가 얽혀 비꼬이고 황창하는 허리와 둔부를 번갈아 끌어안았다. 그것은 옷을 벗길 단추를 찾고 있는 동작이 아니었다. 여전히 미흡하기만한 밀착에 대한 다급한 아쉬움의 표시일 뿐이었다. 팔 안에 나포된 알맞은 감정의 부피가 재빨리 경계를 허물고 하나로 느껴지는 순간을 찾고 있는 것이었다. 황창하는 드디어 오수진의 스커트 고리를 풀어헤쳤다. 그러나 오수진은 다음 동작을 스스로 해냈다. 입술을 밀어 내고 몸을 뽑자 그녀는 블라우스부터 벗기 시작했다. 정말 눈이 부시는 것일까. 브래지어를 떼기 위해 내미는 하얀 어깨를 황창하는 와락 끌어안았다.

잠시 후 두 사람은 실오라기 하나 걸치지 않은 태초의 인간으로 돌아갔다.

격랑을 벗어난 두 사람은 열상을 입은 입 안을 혀로 쓸며 나란히 누워 있었다. 커튼 밖으로 열어 논 창 틈에서 밀려 들어오는 미풍이 열기에 싸인 그들의 이마와 콧등을 어루만졌다. 오수진이 고개를 비틀고 미련이라곤 남지 않은 눈으로 황창하의 옆얼굴을 지그시 바라보았다.

“지난주에는 왜 못 나온다고 했어?”

하고 황창하는 덮고 있던 시트 자락으로 이마에 나 밴 땀을 씻으며 말했다. 그는 곧 팔을 들어 뒤통수를 받쳐 안고 반듯이 누웠다.

“그런 건 묻지 않기루 했잖아요. 알구 싶으시면 말하구요.”

“관둬.”

두 사람은 말을 끊고 다시 천장을 쳐다보았다. 그들은 스스로를 되돌아보고 있었다. 황창하는 자칫 우울해져 버릴 위험이 있는 오수진을 돌아보며 말했다.

“온천에 왔으니 몸이나 한번 담가 보고 가야지.”

“아까 아이한테 뭐라구 했어요?”

“왜, 뭐래?”

“이상한 눈초리로 훑어보잖아요.”

“사실대로 말해 줬지, 뭐.”

“사실대루 어떻게요?”

“그렇고 그런 사이라고.”

“정말예요?”

“한쪽이 연극을 하면 다른쪽은 진실을 말해야 세상이 허물어지지 않는다구.”

“창하 씬, 제발 필요 없는 말은 하지 마세요.”

“아무 말도 하지 않았어. 그 자식, 팁 더 울궈 내려고 협박한 거겠지.”

“목욕 먼저 하세요.”

“먼저 해.”

오수진은 시트 자락으로 황창하의 얼굴을 덮씌워 놓고 침대를 내려섰다. 황창하는 홑이불을 덮어쓴 채 눈을 감았다.

몸을 씻고 돌아온 오수진이 시트를 걷어붙이며 소리쳤다.

“잠이 온다는 건…….”

“노쇠한 징조지.”

“관심이 없어졌다는 징조예요.”

“더 이상의 관심은 오히려 우릴 난처하게 만들걸.”

“관심은 발작이 아네요. 끊임없는 정신적 구속예요.”

“우리가 풋사랑을 하고 있는 건가.”

여자는 항상 너무 많은 요구를 한다. 아주 쉽사리 자신의 입장마저 잊고 단순한 전부만을 좋아하는 것이다. 그래서 여자는 모순 덩어리다. 무리한 백 프로의 지배를 요구하는 오수진이 있는가 하면 연극과 위장할 때의 또 다른 오수진은 하나의 계약에 그쳐 버리기 때문이다. 아니 어쩌면 오수진은 연극을 보호 본능이라고 말할지 모른다. 그녀가 그런 착잡한 심경에 빠져 있다는 증좌는 충분히 있었다. 황창하는 타월로 몸을 싸고 머리맡에 서 있는 오수진을 올려다보며 물었다.

“물 넣어 놨어?”

“저 소리 안 들려요?”

“그럼 나도 시트 씌워 놓고 일어서 볼까.”

“돌아서 있을게요, 이렇게.”

“갑자기 내외를 몹시 하는데.”

“빨리 가세요, 물 넘치겠어요.”

황창하는 시트를 걷어붙이고 침대를 뛰어내렸다. 몸체의 굴곡을 드러내고 돌아서 있는 오수진의 모습은 느닷없이 소녀 같은 착각을 일으켰다. 황창하는 착각이 즐거워 휘파람을 불며 욕탕으로 들어갔다. ‘나는 아직 소년이다’라는 착각도 조금도 어색하지 않았다.

목욕을 끝낸 황창하는 바지를 주섬주섬 끼워 입으며 소파 앞으로 걸어갔다.

“나가서 밥이나 먹을까?”

“시장하세요?”

“때가 지났으니까.”
“저, 오늘 올라가야 돼요.”
“뭐? 떠났다면서 또 무슨 일이야?”
“신문 안 보셨어요? 연기됐어요, 다음달루.”
황창하는 갑자기 맥이 탁 풀리는 것을 느꼈다. 황창하는 뭔가 잔뜩 기대를 걸고 세워 놓았던 계획이 수포로 돌아가 버리고 만 사람처럼 어깨를 늘어뜨리고 앉아 있었다. 오수진이 그를 건너다보았다.
“전 출발이 연기되었다는 거 알구 계시는 줄 알았죠.”
황창하는 대꾸하지 않았다. 그의 시선은 미풍에 흔들리는 커튼 밑자락에 멎어 있었다. 달래듯이 오수진이 다시 말했다.
“대신 오늘은 늦게 들어갈게요. 천천히 떠나요, 우리.”
여전 입을 다물고 있던 황창하가 손바닥을 딱딱 쥐어박기 시작했다. 무안마저 겹친 것 같은 실망감과, 그러면서도 어쩌지 못하는 착잡한 심정을 그렇게 하여 삭이고 있는 중일 것이다.
“이제 점심 먹으러 가세요.”
“관둬.”
“어서요. 시장하시대 놓구선.”
“떠난다면 떠날 일이지 그게 왜 연기되나.”
“좀 시원찮대나 봐요, 저쪽 정세가.”
“언젠 좋았나.”
“지금은 더하대요. 여론이 아주 좋잖아서 이가 안 들어가니 가서 뭘 하느냔 거죠.”
“그럼 못 가고 말겠구먼, 한 달 뒤면 늦는데.”
“딱 한 달이라구 정해 놨겠어요? 좋다는 보고만 들어오면 언제 떠날는지 모르는 거겠죠, 뭐.”
“딸라만 디립다 썼지, 가봤자야.”
“우리, 밥 먹으러 가요.”

“헛일 되게 한다.”

“헛일이든 아니든 남의 일에 신경쓸 거 없어요. 빨리 떠나기나 했으면 좋겠어요. 점심 먹으러 가자니까요, 어서요.”

황창하가 엉뚱한 방향으로 기분이 풀린 것 같았으므로 오수진은 자신 있게 독촉을 댔다. 뒤돌아보기 전에 다음 동작으로 몰아붙이는 것이 좋았다. 더구나 식사를 하고 난 사람은 더욱 감정이 느슨하게 풀어지게 마련이고. 그러나 예상과는 달리 황창하는 밥을 먹고 난 식탁머리에 앉아 이렇게 말했다.

“올라가자.”

“왜요 ?”

“버스 종점으로 가서 기다려, 나 가서 방값 치르고 올 테니까.”

“감정대루 하지 말아요. 난 늦게 돌아갈 거예요.”

오수진은 약간 화가 난 목소리로 말했다. 위태롭게 주어지는 이런 기회를 마음내키는 대로 처리해 버린대서야 어떻게 만날 수 있는가. 고의가 아닌데도, 그러면서도 고의인 것처럼 죄책감을 느끼고 있는데도, 한쪽만 몰아세운다는 것은 지나친 처사가 아닌가.

물론 오수진은 때로 그런 황창하에게서 더욱 간격 없는 밀착을 실감하지 못하는 것은 아니다. 마치 부부 사이처럼 쉽사리 감정을 폭발시키는 그였다. 마구 짜증을 부리고, 걸핏하면 번연히 아는 일도 과장해서 비난하려 들었다. 어쩌면 이혼하라고 덤벼들지도 몰랐다. 그는 만난 지 얼마 안 되어서부터 그런 투였으니까.

금방 뾰로통해 앉아 있는 오수진을 건너다보며 황창하가 말했다. 그는 장난기 같은 얼굴을 만들려 했다.

“온양이라는 곳이 마음에 안 들어서야.”

“변명 말아요.”

“홍등가 같은 느낌이 들거든, 하기야 그런 기분이 들면 좋은 거지만. 왠지 사람들이 손가락질을 하며 들여다보는 자리에서 치사하게 무슨 흥정이라도 거는 것 같은 생각이 들어."

"맘에 드는 곳은 어디예요?"

"주인이 쫓아내기 전에 우선 여기부터 나가지."

둘은 음식점을 나섰다. 결국 다시 호텔로 돌아가고 말았다. 황창하는 특히 일을 정서적으로 처리하려 들지 말라는 오수진의 말에 무력해지는 자신을 느꼈다. 그것은 곧 타인으로서의 예절을 말하는 것이었다. 무리가 따른다면 한계를 넘은 주제넘은 강요가 아닐 수 없었다. 그러나 오수진은 황창하의 그런 해석에 단호하게 고개를 내저었다.

"정말 놀랍군요. 어쩌면 그렇게 창하 씨답지 않죠. 이상해요."

"그렇진 않어. 난 유감이 없어."

"관두세요. 제발예요, 그런 얘기 덮어 두세요. 전 단지 주어진 시간은 아껴 써야 한다는 것뿐예요. 무한한 시간을 우린 갖구 있지 않다는 뜻예요."

황창하는 대답 대신 침대 위에 벌렁 드러누웠다. 여자의 난처해하는 모습은 언제나 거북살스러운 것이기 때문이었다. 오수진은 진실을 토로하고 있었던 것이며 그래서 황창하는 더 이상 뭐라고 말할 건덕지가 없었다. 오수진이 침대 끝에 걸터앉으며 말했다.

"앞으로 그런 얘기 하지 않는다구 약속해요."

"지금까지 손가락 걸고 약속해 온 것도 다 까먹었는데."

"그래두 해요. 난 안 잊어먹으니까요. 어길 때마다 경고할 거구요."

"그러잖아도 공갈, 협박투성이 세상이라서 오금을 제대로 못 펴는데 여자한테까지 경고를 받으면 어디 세상 남자들 남아 나겠나."

"그 많은 철조망 위에다 한 겹 더 쳐서 불편할 것두 없어요. 그리구 경고는 자질구레한 것만 지키는 거예요. 이런 땐 말하잠 신호등을 보구 길을 건너라, 식당에 가면 돈을 내라, 오수진과의 약속은 지켜라, 고속 뻐스 안에서 사람을 치면 안 된다 같은 거 말예요. 호호호."
"그러니까 좀스런 것만 지키면 된다?"
"반드시 된다곤 안했어요. 난 창하 씨가 감옥 가는 것 싫거든요."
"아——감옥에 들어가 봤으면 죽어도 원이 없겠다."
"그러심 오산예요. 세상은 떠들썩하게 떠들어 주지 않아요. 감옥에 들어가구 싶었다는 말은 믿지 않구 허위자백만 믿어요."
"한심하다."
황창하는 푸념하듯 중얼거렸다. 여러 아이들의 얼굴이 눈앞에 어른거리고, 제각기 입을 딱딱 벌리며 뭐라고 소리치고 있었다. 신경을 곤두세워도 무슨 말인지 알아들을 수 없는 말을. 오수진이 고개를 바짝 수그리고 황창하의 얼굴을 들여다보았다. 그의 눈은 초점이 흐려져 있었다.
"감옥 생각하세요?"
황창하는 말을 않고 가까이 와 있는 오수진의 어깨를 와락 끌어안았다. 세상의 모든 당치 않은 경고가 이렇듯 가소롭게 품 안에 드는 것이라면…….
두 사람은 적어도 여섯 시간 이상을 방 안에 갇혀 있었다. 막차를 타기 위해 방을 나서며 오수진이 말했다.
"화 안 나시죠?"
"왜?"
"돌아가게 돼서."
"하는 수 없지."
"미안해요."
오수진은 층계를 내려가며 다시 물었다.
"감옥 가시려는 거 아니죠?"
"그만둬, 상관할 일 아니야."

“그렇잖아요. 말려들지 말아요. 그러는 건 싫어요.”

호텔에서 얼마 떨어져 있지 않은 고속 버스 터미널로 걸어가던 두 사람은 약속이나 한 듯이 동시에 손목시계를 들여다봤다. 마지막 버스를 놓친 것이 분명했다. 틀림없는 막차가 방금 그들 옆을 바람을 일으키며 스쳐갔던 것이다. 오수진이 태연을 가장한 목소리로 물었다.

“저게 막찬 것 같죠?”

“설마.”

그러자 단정적 어투로 오수진이 다시 말했다.

“가볼 필요 없을 것 같아요. 막차 틀림없어요.”

“그래도 가봐야지.”

황창하는 갑자기 걸음을 재게 놀리기 시작했다. 오수진이 제대로 따라붙지 못해 약간 처질 기미를 보이자 황창하가 소리쳤다.

“천천히 와. 나 먼저 가볼 테니까.”

“싫어요, 같이 가요.”

“걱정은 마. 기차도 있을 거고 서울서 온 택시도 있을 테니까.”

황창하는 여전 돌아보지도 않고 말했다. 오수진이 이미 저만큼 멀어져 가는 그의 뒤통수에다 대고 조금 높은 목소리로 대꾸했다.

“그러니까 서둘지 마세요.”

드디어 황창하는 몸을 좌우로 분주하게 흔들며 뛰기 시작했다.

터미널의 조그마한 대합실은 을씨년스런 정적에 싸여 있었다. 불은 켜져 있었지만 그것은 아마도 막차로 닿을 사람들을 위한 배려일 것이었다. 시간표를 확인하자 역시 그들은 막차를 한 발 뒤미처 놓쳤음이 분명했다. 황창하는 대합실 문턱에 서서 덕지덕지 어둠이 잠복해 있는 터미널 주위를 내다보았다. 그 자신이 마지막에 어물어물 시간을 끌었으므로 약간 당황하지 않을 수 없었다.

자존심이 상해 서 있는 황창하 앞으로 힘겹게 어둠을 헤치며 오수진이 또박또박 다가왔다. 실루엣을 드러내기 시작하자 황창하도 차대(車臺)를 내려섰다. 그를 발견한 오수진이 물었다.

"아까 그 차 맞죠, 막차?"

"속썩이는데."

"잘됐어요. 그렇잖아두 고속 버스 타지 말았으면 하던 참에."

"열차 시간은 어떤지?"

"택시 타요."

"열차는 늦어서?"

"사람 많은 찻간은 위험하잖아요."

"참, 머리 잘도 돌아간다."

"저기, 저 택시 아닐까요?"

황창하는 터미널 건너편 쪽에 빈 차 표지등을 켜고 멎어 있는 택시를 향해 걸어갔다.

"서울 차요?"

하고 황창하는 열린 차창 문턱에 팔꿈치를 얹고 물었다.

"하지만 합승입니다."

"내려올 때 제값 다 받았을 텐데?"

"그러니까 오백 원씩밖에 안 받죠."

"합승값을 다 주면 되겠군."

황창하는 돌아서서 팔을 휘휘 내저었다. 길을 가로지르고 건너온 오수진을 향해 황창하가 말했다.

"이천 원짜리 대절입니다, 사모님."

두 사람이 타기 바쁘게 택시는 움직이기 시작했다. 인터체인지를 돌아 고속도로로 올라서자 오수진이 황창하의 옆구리에 손을 끼워 넣으며 속삭였다.

"마침 찾아냈군요, 서울 차를."

두 사람이 서울에 닿은 것은 밤 열한시가 넘어서였다. 황창하는 이튿날 사무실에 나가기 전에 오수진한테 전화를 했다. 전날 택시 안에서 있었던 일이 아무래도 마음에 거리꼈기 때문이다. 오수진은 처음 엉뚱하게 미국 여자의 이름을 물었다.

"존 바에즈란 미국 여자 아세요?"

"이 나라 여자도 다 모르는데 미국 여잘 내가 어떻게 알어."

"그럼 그 여자가 부른 노래두 모르시겠군요."

"가수야? 그렇다면 더더구나. 음치한테 음악에 대해 묻다니."

"모르는 게 결코 자랑은 아녜요."

"한가한 매미가 못 되는 게?"

"그건 큰 착각예요. 연설로는 지배하지 못하지만 노래로는 세계를 지배할 수 있다는 것 잊지 마세요. 음악은 연설보다 더 호소력이 강한 거예요."

"합창할 노래가 있어, 우리한테?"

"누군가 지어 내겠죠, 천지를 뒤흔드는 노래를."

"그 미국 여자가 그런 노래를 불렀어? 그래도 미국 노랜 싫다."

오수진은 애기가 빗나가 버려 말하기가 쑥스러워졌다면서 예고도 없이 가늘게 노래를 부르기 시작했다.

마차에 끌려 장터로 가는
비탄에 잠긴 망아지의 눈동자
부드럽게 날개를 저으며
푸른 하늘을 나는 제비여
바람결은 살랑이고
힘껏 희열에 차서
웃고 웃다가 해는 저물어
어느덧 여름밤은 가누나
도나 도나 도오나 도오나

도나 도나 도오나 돈

끝난 것인지, 아니면 도중에 끊어 버린 것인지 알 길이 없지만 오수진은 가늘게 읊조리는 일을 멎고 어설픈 웃음기가 담긴 얼굴을 황창하에게로 돌렸다. 흐릿한 불빛 속에 시선을 마주친 황창하는 놀라지 않을 수 없었다.

뜻밖에도 여자의 아랫눈썹에 반짝하고 물기가 괴었던 것이다. 황창하는 옆구리에 따뜻하게 끼여 있는 여자의 손을 감싸 쥐었다.

"노래의 호소력이라는 건 역시 대단한 모양이군. 하지만 한 개인을 울리는 노래라면 시원찮은데."

"제가 유치해졌어요. 노래 제목이 〈도살장으로 끌려가는 소〉예요."

"서양 사람이면 소보단 양이 나을 텐데."

"역시 창하 씬 아직 이 노래 의미 파악이 안 된 상태예요."

"그렇다치고, 얘기해 봐. 교육삼아."

"노래를 더럽히는 얘기지만 집으루 돌아가구 있는 제 심정이 바루 그래요."

"쓸데없는 소리."

"언제나 돌아갈 땐 그런 고통에 시달려요."

"그만둬, 바보 같은 소리. 노랠 가지고 왜 그래?"

황창하는 잡고 있던 여자의 손을 꽉 죄었다. 오수진이 헉 흐느낌을 깨물며 말했다.

"나 이혼할까 봐요."

오수진의 눈가에 괴어 있던 물기가 마침내 볼을 타고 주르륵 흘러 떨어졌다. 황창하가 여자의 어깨를 끌어당겨 안았다. 그의 가슴에 얼굴을 파묻고 여자는 고통스럽게 어깨를 들먹였다.

오수진이 그런 모습을 보인 것은 처음이었으므로 황창하도 뜻하지 않게 우울한 밤을 보냈다. 그러나 우려했던 것보다는 밤 사이에 오수진은 많이 좋아진 듯했다. 곁에 남편 박신철(朴信澈)이라도 있는지 느닷없는 환자 행세를 하긴 했지만.

"역시 갑작스런 식중독이었던가 봐요. 주신 약 먹구 훨씬 좋아졌어요. 경과 봐서 다시 연락드리죠. 전화 감사해요."

황창하는 수화기를 내려놓고 지하 다방을 나왔다. 그의 사무실은 삼층 건물인 다방 꼭대기에 있었다. 보나마나 이미 그 삼층 다락방에는 몇 놈이 나와 앉아 있을 것이었다.

황창하는 좁고 어두운 층계를 천천히 걸어 올라갔다. 쇠난간에 새빨간 녹이 붙은 층계는 언제나 가파른 낭떠러지를 연상시켰다.

다락방까지 합쳐서 삼층인 열아홉 평짜리 건물——그것은 그의 삼촌 건물이었다. 그는 떠다밀어 버리면 와그르르 무너지고 말 것 같은 좁고 시커멓게 썩은 집 하나를 가지고 세상을 깔보며 살아가고 있다. 손끝 하나 까딱하는 일 없이 해마다 달라 보이는 아랫배만 내밀고 살아가는 것이다. 쉰둘이라는, 아직은 웃통을 벗어붙이고 달려들 나이에. 무슨 음모를 꾸미는 사람처럼 하루도 빠짐없이 어디를 그렇게 쏘다니지만 그럴 위인도 못 된다. 미친개 엉덩이처럼 한자리에 느긋이 붙여 두지 못하는 성품 탓일 뿐이다. 마음이 내키면 삼층 다락방의 황창하에게 불쑥 나타나 자장면을 사기도 한다. 그가 펄펄 뛰는 것은 단 한 가지 사실에 대해서뿐인데, 그것은 황창하가 '민족 회관'이란 이름이 붙은 그 삼촌의 건물을 '삼층'이라고 했을 때다.

"임마, 이 빌딩이 왜 삼층밖에 안 되니. 지하층은 속에 묻혀 안 보이니?"

"밑에 뭐가 있었던가요?"

"이 자식이, 그 지하 다방 하나가 나를 멕여 살리고도 남아, 조카 놈 빼주 사 멕이게 하는데 그래도 삼층이냐, 얼어 죽을 놈아."

"금년 여름엔 떠 죽을 뻔했는데요."

"그럼 다른 집에 가봐, 세나 봐 먹게."

"그 얘기하러 오셨구먼."

"이런 버르장머리없는 놈. 이 숙부님이 네놈한테 셋돈 받을 사람 같이 보이니?"

삼촌은 배갈 기운이 시뻘겋게 오른 눈두덩을 벅벅 문지른다.

"어떠냐, 지하 다방 주인을 쫓아내고 내가 직접 경영하면?"

번번이 그 소리지만 아직 한 번도 단안을 내렸다는 애기를 들어본 일이 없다. 황창하가 시큰둥하게 앉아 뭐라고 대꾸가 없으면 그는 배갈잔을 홀짝 들이켜고 나서 다시 소리친다. 하늘을 찌르는 열아홉 평짜리 빌딩의 꿈 애기다.

"빨리 돈을 벌어야 우리 민족회관을 다시 지을 텐데 말이야. 오십 층 까맣게 솟구쳐 올라가는 빌딩을 말야. 밑창에다가 억센 쇠판을 깔고 고리로 연결시켜 바람이 불면 휘청휘청 흔들리게 말이야. 원체가 땅이 좁으니 그런 신식 건물로 설계를 부탁할 수밖에 없단 말씀이야."

"전봇대 같겠구먼."

"임마, 전주가 흔들리는 거 봤어? 내가 고작 그따우 전주에서나 힌트를 얻을 사람이냐?"

"태풍이 불면 야단이겠군."

"태풍이 부나 지진이 일어나나 똑같이 흔들리게 한단 말이야."

"꼭대기에 불이 나면 눕혀 놓고 끄고?"

"재수없는 소리 마라. 불이 왜 나니?"

"그렇게 지은 다음에도 나 한 칸 주는 거죠, 꼭대기 다락방?"

"사랑하는 조카가 달라는 데 여부가 있어. 너 쓰고 싶은 대로 써."

"쓸데없는 공상 마시고 당장 이 집 수리나 하세요, 썩어 문드러지기 전에."

“헐 집에다 돈을 들여, 이 미련한 연석아?”
“돈도 벌기 전에 이 집이 무너지고 마는데도?”
“끄떡없다, 임마.”
삼촌은 발뒤꿈치로 사무실 바닥을 꽝꽝 찍어 보인다. 책상 위에 놓인 술잔이 따르륵 경련을 일으킨다.
“바닥에 구멍 나겠어요.”
“끄떡없다, 임마.”
그는 방정맞은 술잔에다 남은 배갈을 따르기 위해 병을 거꾸로 들고 탈탈 털어 본 다음에야 자리를 일어서는 것이다. 고작 지폐 몇 장을 꺼내 놓으면서도 으레 큰 소리를 쳐야 한다.
“멋진 진수성찬 값은 내가 문다.”
“혼자 판을 쳐 놓고. 계단 조심해요, 다 썩었으니.”
삼촌은 절벽 끝에 선 사람처럼 문턱에 서서 발끝을 떤다. 그가 계단을 무사히 내려가는 것은 순전히 기적이다.
삼촌이 처음 이 다락방을 내주며 권한 것은 신문광고 대행업소였다. 아무리 조카며느리가 그렁저렁 생활비는 나오는 양장점을 하고 있다 해도 사내가 돼서 그게 어디 할 노릇이냐는 것이었다. 집안 살림은 꾸려 가게 내버려 둔다 해도 용돈 정도는 스스로 마련해 써야 그나마 체면 유지라도 되는게 아니냐는 것이 말하자면 삼촌의 의젓한 충고였다.
“왜 이래요, 아직 마누라한테 땡전 한 닢 빌려다 쓴 일 없어요.”
“그러자니 얼마나 고단하냐 이거다, 임마.”
“도대체 내가 직장 안 가진 지 얼마나 됐길래. 이 년도 안 돼요.”
“그게 짧아, 임마. 그러지 말고, 신문 보급소는 어떠냐? 중앙 보급소 같은 거 말씀이야.”
“〈신문〉자 든 게 그렇게 소원이시라면 차라리 신문사를 하나 차리고 말지 그따위 한심한 짓은 안해요. 이 창하를 어떻게 보고 하는 말씀예요 ? ”

황창하는 화가 나서 소리쳤다. 그도 그럴 것이 비록 반년을 채 못 채우고 그만두긴 했지만 명색이 일간지 논설위원 경력을 가진 그를 두고 광고원 아니면 신문팔이가 되라니 될 뻔이나 한 소린가. 노파심의 포로가 된 사람처럼 담배만 뻑뻑 빨고 앉은 삼촌을 향해 황창하는 점잖게 일갈했다.

“이렇게 웅크리고 앉아 있으니 사람을 병신 취급이구먼. 때를 기다리는 거예요, 때를. 이 난세에 황창하가 할 일은 고작 그런 게 아니라고요. ”

“그 자식. 그렇다고 주먹으로 술상만 치고 있으면 되는 거냐 ? ”

“그렇지 않다니까. ”

“좋다, 신문사를 차리든지 변호사 사무실을 내든지 맘대로 해라. ”

“역시 그놈의 볼품없는 신문에 대한 미련은 못 버리는군요. 나 언젠가 소원 풀어 드리지. ”

“그게 내 소원이 아니라 바로 네 소원 아니냐, 용기 있는 민족지 만드는 것이. ”

“삼촌, 유식하신데. ”

“임마, 너야말로 이 삼촌을 어떻게 보고 하는 소리냐. ”

“어떻게 보긴 뭘 어떻게 봐요, 별거 아닌 건달이지. ”

“이 버르장머리없는 자식이. ”

그렇게 하여 이 서글프고 한심한 삼층 꼭대기 다락방을 일단 확보는 했지만 막상 그래봤자 할 노릇이 없었다. 소문이 나자 몇 놈이 어슬렁어슬렁 나타나선 고개를 삐죽 들이밀곤 했지만 들여다봤자지 먼지 소복 앉은 헌 책상 세 개밖에 없었다. 그 책상 셋도 물론 삼촌이 넘겨준 것이었다. 전에 들어 있던 무슨 사무실인가가 쫄딱 망하면서 방세 대신에 잡혀 놓고 도망쳐 버렸다는 재수없는 유물이었다. 그래도 최관수(崔寬洙)는 좋다고 입이 헤벌쭉 벌어졌다.

“재수는 무슨 놈의 얼어 죽을 재수야. 이거 하난 내 책상이다, 재수 옴 붙은 놈으로.”

“네깐놈이 책상은 가져서 뭘 하니?”

“세계를 지배할 대구상(大構想)을 짤 거다.”

“그런 건 집구석에 가서 이불 뒤집어쓰고나 해라. 이 신성한 역사의 산실 더럽히지 말고.”

라고 구박을 준 건 삼류 시성 정민준(鄭民準)이었다. 녀석은 그 다락방이 바로 자기가 늘상 입버릇처럼 강조해 마지않던 저 불멸의 민족 서사시를 드디어 완성할 무과수나무 아래가 될 것이라고 열을 올렸다. 팔짱을 끼고 서서 다 늙은 녀석들의 재롱을 보고 있던 강영태(姜泳泰)가 황창하를 건너다보며 제의했다.

“우선 이 사무실을 활용한다는 결의부터 확인해 둡시다.”

결론을 내리듯이 한 강영태의 말에 황창하가 고개를 끄덕이자 삼류 시성이 팔을 내저으며 달려들었다.

“이 퇴학맞은 놈아, 그거야 말하면 잔소리지. 그렇잖으면 이 번듯한 사무실을 놀릴 거냐?”

중퇴생 강영태는 언제나 그렇듯이 잔뜩 어눌한 말투로 대꾸했다.

“형님처럼 열만 올린다고 이 방이 활기를 찾는 건 아녜요. 이 기회에 뭔가 우리가 마지막 할 일을 찾아내자 이겁니다.”

개발(은 지하수개발 공사에 다닐 때 붙은 별명이지만 거기서 쫓겨난 지 이미 오래다) 최관수가 이때다 하고 거들었다.

“네 말이 맞다. 삼류 시성한테 참 딱한 것이 하나 있다면, 그건 바로 제 자신이 시인적 재능이라곤 한푼어치도 없는 얼치기라는 사실을 아직도 깨닫지 못하고 있다는 점 아니겠니.”

“그저 일본책 번역이나 해먹고 살아야지, 뭐.”

하고 황창하도 한마디 거들었다.

느닷없이 방 하나가 생기는 바람에 모두들 농지거리를 길게 끌 만큼 흥분하고 있었다. 뭔가 해보자고 열을 올리는 얼굴들을 보며 황창하는 기분이 좋았다. 그러나 정말이지 다락방을 활용한다는 원칙을 세웠다 해서 일이 다 된 건 아니지 않은가. 적어도 거기다가 일어 강습소를 차릴 생각이 아니라면 말이다.

넷은 금방 심각해진 얼굴들이 되어 앞으로의 사업에 대해 머리를 짜기 시작했다. 하지만 그들은 아무도 다른 어떤 것에 대한 가능성을 따지고 있지 않았다. 그들은 단지 그들의 오랜 숙원 중 하나인 월간지 한 개를 만들어 내기에 그 다락방은 얼마나 알맞은 크기인가를 생각하고 있을 뿐이었다.

그들은 마침내 의기 투합이 되었다. 말끔한 종이에다 알알이 옳은 소리만 박은 잡지 하나를 펴내자. 그들은 아무도 자기네들의 이 결론이 앞뒤가 뒤바뀐 모순덩어리라는 사실을 알아차리지 못했다. 재원 확보가 먼저 매듭진 것이 아니라 책부터 내놓고 나서야 그들은 돈 마련으로 관심을 돌렸다.

"돈은 어디서 나오죠?"

하고 퇴학쟁이가 허두를 떼자 삼류 시성이 한숨을 섞어 읊었다.

"마침내 그것이 문제로다."

"회비를 거두자. 나는 내 몫을 착실히 내겠다. 그리고 책은 가두에서 외치며 팔자."

개발이 결의에 찬 목소리로 단합된 힘을 호소했다. 그러나 황창하는 녀석들이 청승맞은 소리들을 더 이상 계속하도록 내버려 둘 수 없었다. 그것은 적어도 자존심에 관한 문제였다.

"걸레 빨아 와서 책상이나 훔쳐, 이 자식들아. 누가 네놈들보고 그런 지저분한 걱정하랬어. 모든 건 내가 책임질 테니 청승 그만들 떨어 둬."

내친 걸음에 백만 장자처럼 큰소리를 쳐버렸으므로 우선은 듣는 쪽도 귀가 즐거웠지만 그보다는 황창하 자신이 더 후련했다. 걸레쪽을 찾아내겠다고 구석구석을 헤집고 서랍을 여닫고 하는 모습을 보는 것은 무엇보다 기분 좋은 일이었다.

새까맣게 땟국에 전 걸레쪽 하나를 찾아 든 중퇴생 강영태가 상기된 목소리로 말했다.

"형님이 뻑적지근한 창간사 한 번 쓰시겠군. 어떠세요, 제가 대필해 드리면?"

"이 자식이……."

쇳덩이 같은 주먹을 점퍼 주머니에 잔뜩 찔러 넣고 창밖을 내다보던 황창하가 눈을 허옇게 흘겨 뜨고 돌아섰다. 정민준이 재빨리 거들고 나섰다.

"이 자식아, 쓴다면 이 시성께서 쓰셔야지 무슨 버르장머리없는 개수작이냐."

"알량한 시나 한 수 읊으시지 뭘 그래요. 그보다도 김옹한테 축사 겸 된소리 한마디 청탁해야죠?"

황창하는 그렇구나 하고 집필자에 대해 생각하기 시작했다. 할일이 많았다. 그러나 창간사에 대한 고민이 모든 딴 생각을 계속 압도하고 있었다.

황창하는 우선 야인 김홍식(金弘湜) 옹부터 만났다. 격려가 필요했으므로다. 그런데도 그 집 대문 앞에 서서 기웃거릴라치면 언제나 그 너무 으리으리한 문간 분위기가 싫었다. 운명적인 아호답게 해방 후 30년을 야인으로만 일관되게 살아오는 그가 여전 그토록 높은 문턱을 지켜 오고 있는 것에 대한 하나의 거부 감정이라고나 할까. 아니 그렇다기보다는 적어도 그 정도는 돼야 야당도 해먹을 수 있는 세상에 대한 위압감이라는 편이 옳을는지 모른다.

김옹은 대뜸 찬성했다.

"그렇잖아두 이제 황군이 그런 일얼 헐 때가 아닌가 기다리구 있던 참이었디. 됴흔 생각이구만."

“어째서 그렇습니까?”

“언제까지 일선에서 뜀박질치겠나. 자네두 이제 불혹의 나이에 가깝디 않아.”

“언젠 뭔 일이 있나요, 제대로.”

“그렇디 않아. 이런 시대엔 어드런 목적두 만족한 상태란 없는 벱이야.”

“뛰지 못할 나이가 되었다는 생각은 해본 일이 없는데요. 그건 그렇고 괜찮겠습니까, 잡질 낸다는 게?”

“괜티 않고말고. 아무래두 수지타산이야 맞추기 에렵가디만.”

“그보다도…….”

“황군, 반공허자는 데 누구래 뭐이라 허겠나.”

“그게 아니고 너무 미적지근한 것 같아서.”

“그렇디 않대니까니. 오늘 세상에선 언론이 곧 복음 아니가서.”

김옹은 지나치게 격려에다 역점을 둔 나머지 언론의 환상을 더듬고 있었으므로 황창하는 영감의 말을 믿지 않았다. 언론이 복음이라니 무슨 잠꼬댄가.

김옹은 고문으로 앉아 달라는 황창하의 제의를 받아들였다.

“고맙습니다. 뛰어 보렵니다, 야인 선생님.”

황창하는 말하고 나서 일찌감치 계집아이가 가져다 놓은 커피를 벌컥벌컥 들이켰다. 식어빠진 그것은 영락없이 씁쓸한 탕약 맛이었지만 그는 얼굴을 찡그릴 계제가 아니란 걸 알고 있었다.

“이제 가보겠습니다.”

“축하해야잖가서. 잠시 앉으라우야, 술 한잔 허구 가야디.”

“창간호 들고 와서 하죠.”

“그땐 그때 아니가.”

“아닙니다, 가보겠습니다.”

황창하는 엉덩이를 떼고 일어섰다. 야인은 문턱을 넘어서는 그의 뒤통수에다 대고 말했다.

"나 한번 틈내서 들르가서. 사무실이 견지동이랬디?"

"그렇습니다."

"견지(堅志) 땅에 있는 민족회관이라, 거 썩 어울리누만."

"선생님 찾아오시기 전에 무너져 버릴지도 모릅니다."

"옛날에 지은 건물은 그렇디 않아. 겉모양새와는 다르니끼니."

물러나올 때와는 달리 야인의 집을 멀리 벗어나기 시작하면서부터 황창하는 차차 음울한 기분에 빠져 들어갔다. 일간신문을 내는 것도 아닌데 도대체 그까짓 월간잡지 하나를 가지고 야인이 그렇게 단정적으로 말하는 것은 무엇인가. 고작 그거에다 최후의 격려와 선동을 하는 야인이란 사람은 어떤 위인인가.

그러나 황창하가 야인을 찾아간 것은 오로지 격려의 말을 듣기 위한 것이었으므로 더 이상 따지지 않기로 했다. 어차피 모두가 허리를 구부정하게 구부리고 눈치만 늘어가지 않는가. 녀석들은 그를 기다리느라 어두워진 사무실에 아직도 웅크리고 앉아 있을 거고.

"한잔 하는 거다."

"잘돼 가는 모양이군요, 그렇죠?"

어딘가 우울한 느낌이 끼어들어 좀은 맥이 빠져 있던 황창하인지라 한잔 하자고 소리친 것에 자신이 먼저 기분 좋았다. 녀석들이 탄성을 올리고, 일어서느라 의자를 자빠뜨리며 소란을 피우는 시간도 지루하게 느껴질 정도로 그는 갈증에 시달렸다. 황창하는 녀석들이 전등 스위치를 끄고 문단속을 하는 동안 먼저 층계를 내려가기 시작했다. 그러곤 미련해서 너무 깊이 내려가는 것처럼 하면서 지하 다방까지 줄창 걸어 내려갔다.

"어이 마담, 돈 좀 빌리자."

"일수 내구 몇 푼 없을걸요. 얼마나요?"

"얼마나 있어?"

여자는 치마 꼬리를 옆구리에 끼고 계산대 앞으로 갔다. 서랍 속을 뒤지는 데 꽤나 시간이 걸렸다. 한참 만에 여자는 다 감추고 남은 돈 이천오백 원을 세어 보였다.

"요것밖에 없는데, 남자분들이 요까짓 걸 엇다 붙이겠어요."

"삼천 원으로 채워 줘."

여자는 다시 서랍을 열고 시간을 끈 다음 오백 원짜리 지폐 한 장을 더 얹어 주었다. 돈을 건네는 여자의 낯빛은 뼈를 깎는 아픔으로 일그러져 있었다. 건물 주인을 삼촌으로 가진 사람이 빌리는 돈이면 떼일 염려란 도무지 없는데 말이다. 사람들이 돈 빌려 줄 때만큼 죽을 상이 되는 때가 없는 것은 왜인가. 그들은 어리석게도 결국은 빌려 주면서 꼭 못 받아낼 실수를 저지르고 있으니.

"이 돈 받을 생각 마"

하고 황창하는 돈을 받아 들고 돌아서며 말했다. 그러나 마누라한테 혀 굳은 소릴 할망정 즉각 갚아 주리라 마음먹는 것이었다.

건물 앞으로 걸어나오자 셋은 거기 어둠이 깔린 보도 위에 웅성거리고 서 있었다. 정민준이 낌새를 느꼈다는 투로 물었다.

"돈 빌리러 간 거냐?"

"돈은 일본 군벌소설이나 번역하는 네놈이 책임질 일이지, 나야 전화통만 빌렸다."

"요즘 같으면 풍신수길이라도 번역할 판이다, 제기랄 놈의."

"가자!"

황창하는 막료를 끌고 막소줏집을 찾으러 나섰다. 아직은 주변 사정에 익지 않은 좀 싸늘한 거리였으므로 그들은 결국 기웃거리는 것을 포기하고 무교동에 있는 단골집까지 걸어 내려갔다. 여기저기서 밀도살한 돼지 비곗덩이를 굽느라 온통 연기가 자오록한 술청에 자리를 잡고 앉자 넷은 고대 소주병을 까기 시작했다. 한두 잔 마셨다 하면 우선 변소부터 찾는 조루증 최관수가 오늘은 까딱 않고 버텨 앉은 것도 신통했지만 아직도 술을 배우지 못한 강영태가 고추잠자리돼 가지고도 연방 술잔을 홀짝홀짝 들이켜는 건 더욱 가관이었다.

황창하는 어느새 시뻘건 고춧가루만 남은 볶음낙지 접시를 젓가락으로 휘적휘적 저으며 말했다.

"퇴학쟁이가 오늘은 웬일이냐, 아직도 술상 밑으로 기어 들어가지 않으니?"

"쥐약 마시는 사람들 명복을 비는 뜻입니다. 자, 우리 잔을 높이 들고 저들의 명복을 빕시다."

강영태가 번쩍 쳐들었던 소주잔을 목구멍으로 탁 털어 넣었다. 최관수가 드디어 한계에 이르렀는지 가래톳이 선놈처럼 꾸부정하게 허리를 꺾고 변소로 기어갔다.

"저 개발, 분명히 오줌 쌌을 거다." 하고 정민준이 기분 좋아서 지껄여 댔다. "저 자식이 장가 못 가는 이윤 저거 때문이야. 오줌싸 갤 어떤 계집이 데려가겠어."

황창하는 마침내 생각이 나서 물었다.

"야, 퇴학쟁이, 너도 내가 늙었다고 생각하니, 이 황창하가?"

"그럼 형님은 청춘이라고 생각하세요?"

"물론이지."

"아직 늙진 않았어요."

황창하는 다시 낙지다리를 건지기 위해 국물 속을 휘저었다. 정민준은 어디서 두둑한 번역료라도 우려냈는지 술값을 제가 치른다고 버텼다. 〈보리와 병대(兵隊)〉라도 베껴다 준 것인가.

"삼류 시성께서 누구 등을 치셨을까? 요즘 번역가 경기가 그렇게 좋은가?"

"분명히 말해 두지만 이건 어엿한 내 시 한 편의 원고료다, 이 자식들아."

"그럼 아직도 네 시를 사는 바보 같은 편집자가 있다는 얘기가 아니냐.”

“이제 다음달에 발표되거든 봐라. 문단이 충격을 받아 말을 못 할
거다.”

“그야 물론이지, 말할 건덕지가 있어야 하지.”

“술까지 사먹였으면 더러 사람 말을 믿어 두는 법도 배워라. 내가
술을 사고 싶어서 사는 줄 아니, 이 자식들아. 피를 토하는 고통
끝에 만들어진 작품의 대가로 시커먼 연탄을 산다는 것이 하도 한
심해서 이러는 거다, 이 얼어 죽을 놈들아.”

황창하는 비장감마저 서린 정민준의 얼굴을 건너다보았다. 그러곤
소리쳤다. 그가 고함을 친 것은 단지 시끄러운 술집 안의 소란 때문
이었다.

“이제 제법 문리가 트이고 인간다워져 가는구나. 나가자, 내가 이
차를 산다.”

넷은 좁은 통로를 비집고 술집을 빠져나갔다. 초가을 밤이 제법
짙어 있어서, 바깥 공기는 적당히 서늘했다. 마지막으로 변소를 다
녀 나오느라 바깥까지 나왔다가 도로 기어 들어간 최관수가 엉거주
춤 바지 단추를 끼우며 걸어나왔다.

“어디로 가는 게 좋으냐?”

황창하는 누구라 지목하지 않고 세 녀석을 향해 물었다. 정민준이
나섰다.

“또 가면 내 원고료는 생색마저 못 내보고 마는구나.”

“지렁이 오줌만큼 먹여 놓고 허튼 수작 마라, 김샌다.”

최관수는 다짜고짜로 길 한가운데로 뛰어나갔다. 택시를 잡을 모
양이었는데, 승차 질서가 엉망인 무교동에서는 그렇게 먼저 잡는 것
이 임자이기 때문이었다. 녀석은 택시를 잡자 앞뒷문을 죄 열어젖혀
놓고 서서 소리쳤다.

“무조건 타. 안내는 내가 할 테니까.”

차가 미끄러져 나가기 시작하자 녀석은 운전사에게 지시했다.

"신촌으로 갑시다, 역 앞에."

녀석은 그러고 나서 뒷자리를 향해 돌아앉으며 떠들어 댔다. 거길 가보면 정민준의 시보다 더 큰 쇼크를 받아 졸도 사망할지도 모른다는 것이었다. 방석집임에는 틀림없으나 남자들은 양말짝까지 다 신고 앉아서 홀딱 벗은 여자의 시중을 받으며 술을 마신다는 것. 녀석은 말했다. 거기다가 홀딱 벗긴 통닭으로 술안주를 청하면 더욱 운치가 있을 거라나.

"차 타기 전에 말했어야 하잖냐."

하고 황창하가 못마땅한 투로 말하자 최관수가 되받아 소리쳤다.

"그런 데도 가보고 하는 게 좋아."

"저 혼자 가본 것 같구나. 임마, 그런 거 좋아하는 건 늙었다는 징조야. 홀딱 벗은 꼴이 그렇게도 좋아?"

꾸벅꾸벅 졸고 있던 강영태가 생각났다는 듯이 황창하의 옆구리를 쥐어박으며 물었다.

"누가 형님보고 늙었다고 했어요? 야인이 그랬어요?"

"그래 임마."

"그 영감 드디어 패배감에 젖어 있는 거 아닌가?……."

"패배감?"

"아무 짓도 못한 채 하루하루 혈맥만 굳어 가는 데 대한."

"그렇잖어. 만약 그렇게 초조하다면 왜 꽈당 소리치지 못해?"

"꽈당 소리가 나나요?"

"그게 바로 티꺼운 공명심이라는 거다."

차는 어느새 신촌 고개를 넘어서고 있었다. 모두들 역 앞이라면 다 와가는 게 아닌가 하고 있는 사이 택시는 역전 쪽으로 휙 꺾어져 들어갔다.

"저 자식, 역시 개발군답군."

　어둡고 좁다란 골목길을 기웃거리는 최관수를 따라가며 정민준이 중얼거렸다. 녀석은 술집 간판을 올려다보느라 장님처럼 발을 끌며 골목 안으로 걸어 들어갔다. 백열등 하나씩을 빤하게 내건 술집들이 먹이를 기다리는 악어떼 눈깔처럼 길 양쪽에 길게 늘어서 있었다.

　"지하수 개발이나 술집 개발이나 물 찾는 일에는 틀림없죠."

하고 강영태가 주눅이 든 목소리를 내고 있을 무렵 최관수는 이미 다홍치마 자락을 펄럭이는 여자들한테 사지를 발기발기 뜯어먹히고 있었다. 여자들은 눈앞을 지나가는 먹이를 그냥 두지 않았다.

　"사람 살려 !"

　외마디 비명을 끝으로 최관수는 드디어 악어의 이빨에 물려 사라졌다. 소란이 멎은 골목을 들여다보며 강영태가 재빨리 말했다.

　"우린 도망가 버리죠."

　"전우애라는 것이 있어, 이 비겁한 퇴학쟁이야."

하고 정민준이 핀잔을 주었다. 황창하는 두 녀석의 어깨를 밀며 골목 안으로 발을 옮기기 시작했다.

　"자, 우리도 행복하게 잡아먹히는 거다."

　그때 숨이 벌써 넘어간 줄 알았던 최관수가 느닷없이 백열등 불빛 아래 그 모습을 드러냈다. 녀석은 여자들에게 등을 떠밀리며 곧장 이쪽으로 밀려왔다. 그 아가리를 빠져나오다니 재간도 좋다, 하고 모두가 감탄하는 순간 그러나 그게 아니었다. 녀석은 볼모가 되어 이쪽을 생포하러 걸어오고 있었던 것이다.

　셋은 대여섯의 얼룩덜룩한 여자들한테 즉각 나포되었다. 구박을 당해 가며 정민준이 소리쳤다.

　"저 자식이 배신했어, 배신."

　"임마, 신발 벗어 놓고 가서 잡아 오라는데 난들 어쩌란 말이냐."

　최관수는 발가락 끝에 걸린 여자 고무신짝을 들어 올려 보였다.

　"이년이 나룻배 같은 내 구둘 타고 가는 거 안 보여 ?"

　　최관수가 고갯짓으로 자기를 연행해 가는 여자 중 하나를 가리키며 중얼거렸다. 녀석은 두 팔을 모조리 결박당하고 있어서 자유롭게 의사 표시를 할 수 있는 것은 단지 목뿐이었다.

　　"이 집이 네 처갓집이냐?"

　　황창하는 원산집이라고 쓴 술집 간판을 올려다보며 물었다. 보령집 의성옥 옛집 재령집 알 카포네 미녀집 전주옥 쪽샘 처갓집 애인 라스베가스 왕창옥 북경관 못잊어집 뉴욕 시골집 휘앙세 순자네 엘비스 목포집…… 블록으로 다닥다닥 끝없이 잇대어 지은 가건물에 내걸린 간판들——그 안에 도사리고 앉은 여자들이 하루에 처덕처덕 발라 없애는 싸구려 파운데이션의 양은 도대체 몇 드럼이나 되는 것일까.

　　최관수는 지난번 기름장수 이영진(李英鎭)이한테 끌려왔던 집이 어느 집이었는지 찾아낼 길이 없노라고 했다.

　　"바루 우리집예요, 이 원산집."

하고 녀석의 구두를 떨떨 끌고 따라붙던 여자가 받았다.

　　"어서 들어가 보세요. 비단결 같은 명사 십리가 좌악 펼쳐질 테니."

　　"그럼 네가 이 사내하고 잤니?"

　　"고상하지 못하게 자는 게 뭐예요. 한밤의 데이트를 즐겼죠."

　　"이년 생사람 잡는데."

하고 펄쩍 뛰던 최관수는 여자한테 등을 떠밀려 방 안으로 나가떨어졌다.

　　"술은 특주로, 안주는 생선회 간천엽 찌개, 됐죠? 마수니까 기마이 좋게 알아서 길게요. 대신 사랑해 주세요, 새콤새콤하도록."

　　여자를 하나씩 끼고서도 촌닭처럼 머쓱해서 앉아 있는 세 녀석을 향해 황창하가 소리쳤다.

　　"이 자식들, 형편없는 신랑들이구먼. 이렇게 곱게 단장하고 붙어 앉아 사랑을 속삭이는데 뭣들 하고 있는 거야 ? ”

“형님부터 숙달된 시범을 보여줘야죠. ”

강영태는 말하고 나서 바보처럼 히죽 웃었다.

황창하는 엉덩짝을 바싹 맞붙이고 옆으로 붙어 앉는 여자를 돌아보았다. 눈길이 마주치자 여자는 겸연쩍은 웃음을 흘렸다. 애써 아무렇지 않은 표정을 짓고 있었지만 사실은 그렇게 여유만만한 것만은 아닌 듯 저돌적인 공격의 순간을 대비하느라 여자는 남색 비단 치마를 와삭 끌며 자세를 고쳐 앉고 있었다.

머쓱한 방 안 공기에 눌리면 술집 여자도 별수없이 스스럼이 낀 수줍음을 탄다. 논두렁길에서 맞닥뜨린 아랫마을 풋머슴애 생각이 아련히 떠오르겠지. 그 머슴애가 구로동 둑방 판잣집에 엎드려 휘파람만 쌕쌕 불어제치고 있는 줄은 모르므로 문득 생각난 고향은 가물가물 즐겁기만 하겠지.

황창하는 넓적한 손바닥을 펴들고 여자의 젖가슴을 살짝 눌러 보였다. 최관수의 여자가 호들갑을 떨기 시작했다.

“어때요 사정없이 뛰죠, 가슴이 ? 사랑에 가슴을 할딱거리는 한 마리의 새 캐쌈시롱. ”

“삼류 시성께서는 드디어 붓을 꺾어야 할 처량한 순간이다. ”
하고 최관수가 제 여자라고 편을 짜고 나섰다.

“누가 시인 선생이세요 ? 저 광경을 보구두 한 수 읊지 않을 수 있어요 ? ”

웃고만 앉은 정민준 대신에 황창하가 냅다 소리를 질렀다.

“문구멍 뚫고 들여다보지 마라, 이 철딱서니없는 것들아. 옷고름 못 풀겠다. ”

하하하 하고 웃음이 터지는 순간 하필 술과 안주가 날라져 왔으므로 약간 누그러지려던 분위기는 또다시 우습게 점잔을 빼기 시작했다. 그러나 그런 스스럼은 오래가지 않았다. 희뿌연 특주잔이 채 한

순배를 돌기도 전에 두 녀석이 우선 행동을 개시했다. 녀석들은 꼭 자기네들이 여자를 즐겁게 해주지 않으면 안 될 의무라도 지고 있는 것처럼 용약 여자의 젖가슴부터 풀어헤치기 시작했다.

황창하는 꼿꼿하게 앉아 술만 홀짝홀짝 들이켜고 있는 강영태를 넌지시 건너다보았다. 그러나 일부러 시선을 피하고 있는 것이 분명한 강영태에겐 뭐라고 말할 기회가 나지 않았다. 녀석이 그러는 건 짧은 주량에 과음한 탓일 것이었다. 황창하는 마시고 난 빈 잔을 강영태 앞으로 내밀었다. 이미 막 소줏집에서 엔간히 취해 버린 뒤끝이어선지 술을 마시고 있는 건 주로 여자들뿐이었다.

"야, 퇴학쟁이 잔 받아라."

역시 우려했던 대로 강영태는 너무 취해 있었다. 좀처럼 외곬으로 치닫는 일이 없는 녀석이 그만한 술자리를 용납 못할 꽁생원은 아니었다. 그런데 녀석이 급기야 몸을 벌떡 일으켰던 것이다. 녀석은 허리를 짚고 서서 두 녀석을 노려보았다.

"형들 정말 이러기요, 이래도 좋은 거요?"

"뭐야, 이 자식아!"

고함 소리에 놀란 최관수가 치마 밑으로 쑤셔 넣었던 손을 뽑으며 항의했다.

"왜 그래, 퇴학쟁이? 풋내기 티내는 거냐. 야, 임마, 계집을 좋아하는 건 혁명가가 지닌 세 가지 특성 중 하나야, 적어도. 김새게 굴지 말고 얌전히 앉아서 그 아이나 사랑해 줘. 조금만 있으면 홀딱 벗긴 통닭 구경을 시켜 줄 테니까."

강영태는 결연한 몸짓으로 여자를 타고 넘어갔다.

"좋시다. 나, 갑니다."

엉겁결에 최관수와 정민준이 따라 몸을 일으키고, 여자들이 치마꼬리를 잡고 한쪽으로 몸을 비키는 순간, 어떻게 된 영문인가. 실랑이를 피하려는 듯 몸을 휘청 비틀던 강영태가 그만 술상을 안고 와

잘캉 엎어지지 않는가. 술상 다리가 우지끈 나가면서 술과 안주와 찌개 국물이 사방으로 튀어 달아났다.

황창하는 다급하게 소리쳤다.

"빨리 잡아 일으켜!"

정민준이 술상을 뛰어넘어 최관수와 함께 엎어져 있는 강영태의 어깨를 들어 올렸다.

강영태가 끌려 나가자 옷섶을 털고 있던 여자들이 물걸레를 부르랴, 깨진 접시 쪼가리들 주워 모으랴, 경황없이 돌아가기 시작했다. 주인 내외가 열린 방문 양쪽으로 나누어 서서 들여다보고 있었다.

"뭘루 옷 좀 닦으셔얄 텐데."

그의 옆에 붙어 앉았던 여자가 까딱 않고 서 있는 그를 흘끗 쳐다보며 말했다. 별 위험을 느끼지 않고 앉아 있던 그들 두 사람이 그 중 흠빡 뒤집어쓴 폭이어서 남색 끝동이 달린 여자의 흰저고리는 찌개국물로 벌겋게 얼룩이 가 있었다. 황창하는 물기로 번들거리는 여자의 남치마를 내려다보며 말했다.

"아가씨나 옷을 갈아입지."

"괜찮아요, 빨려던 참인걸요."

여자는 말하고 나서 쓸쓸하게 웃음기를 띠어 보였다.

"미안하게 됐는데."

"술집에서 술상 뒤엎는 일이야 흔한 일 아녜요? 심심하면 한 번씩 벼락을 맞는걸요."

"어디 뒤엎었나."

"실수죠. 이제 나가 보세요."

방이 엔간히 물걸레질쳐졌으므로 황창하는 팔짱을 풀고 방을 나갔다. 그러나 입구의 휘장을 들치고 골목으로 나오자 녀석들은 이미 보이지 않았다.

"뚱쳐 없고 가던데요, 그 취한 사람."

　주인 남자가 빼꼼 얼굴을 내밀고 말했다. 황창하는 자신이 도주할 염려 때문에 감시받고 있다는 것을 알아차렸다. 다시 술집 안으로 들어간 황창하는 우선 남치마를 불러 아까 다방에서 꾼 삼천 원을 건네주었다.

　“적지만 이걸로 너희 네 사람 옷이나 빨아 입어.”

　남치마가 뭐라고 말을 붙일 낌새를 보였으나 황창하는 기다리지 않고 돌아서서 술집 주인 내외와 마주 섰다.

　“모두 얼맙니까?”

　“술값만 내실 작정이세요? 그렇겐 안 됩니다. 상 두 개가 악살박살이 났죠, 쟁반이 세 개나 깨지구 접시 다섯 개 술잔 네 개 주전자두 다 쭈그렁 망태기가 되구…….”

　“그러니까 모두 합해서 얼마냐고 묻잖아요?”

　“여기 계산해 놨는데 만 삼천 원은 주셔야겠는데요.”

　황창하는 웃통을 훌훌 벗어젖혔다.

　“죄송합니다. 가진 돈이 없습니다. 대신 이걸 오늘밤만 맡아 두십시오.”

　“뭐라고?”

　드디어 남자가 끼어들어 옷을 받으려는 여자의 손을 뿌리쳤다.

　“돈도 없이 술집에 왔어? 그래 다 뿌아 놓고 이따우 잠바 쪼가리 맡으란 말가. 안 댄다, 돈 내라.”

　“돈이 없다잖았소.”

　“허, 배짱이데이.”

　남치마가 재빨리 두 사람 사이를 비집고 들어섰다.

　“돈 가진 분이 급해서 잊구 가버린 모양이죠, 아저씨. 엎어진 분 다치셔서 그럴 거예요.”

　“그렇지도 않아. 그 자식들 빈털터리야.”

하고 황창하는 단호하게 말했다. 그러고 나서 그는 허리끈을 끄르고 바지까지 훌훌 벗어젖혔다.

"이것도 몇 푼 안 되오. 그렇지만 내일 찾아가겠소."

"좋다. 한분 속아 볼끼다."

"말조심해, 난 손님이야."

황창하는 말하고 나자 러닝 셔츠와 팬티 바람으로 술집 휘장을 들치고 나섰다. 열기가 솟구쳐서 써늘한 밤 공기도 의식되지 않았다. 여기저기서 놀란 여자들이 호들갑스럽게 골목으로 튀어나왔다. 황창하는 그러나 개의치 않고 어슬렁어슬렁 걸었다. 그중 못마땅하게 느껴지는 것은 신발이었다. 전에는 꼭 맞던 구두가 턱없이 크고 무겁게 느껴졌다. 이마에다 수건만 하나 동여맸으면 그까짓 구두 벗어 내던지고 오랜만에 한번 뛰어 보련만…… 황창하는 여유만만하게 골목을 빠져나갔다.

골목을 벗어나자 황창하는 곧 거기 광장 구석에 선, 어스레하게 어둠이 낀 전주 밑뿌리에 기대 서서 택시가 나타나기를 기다렸다. 좀처럼 빈 차가 나타나 줄 것 같지 않았는데 뜻밖에도 잠시 후, 반딧불 모양 빈 차 표지등을 켠 택시 한 대가 고물고물 역 쪽으로 기어 내려오지 않는가. 주위에 사람이 보이지 않았으므로 황창하는 느긋하게 최후의 기회를 노렸다.

그때였다. 술집 골목 쪽에서 다급한 여자의 고함 소리가 들렸다.

"아저씨, 아저씨!"

남치마였다. 여자는 치마폭을 낙하선처럼 매달고 골목 밖으로 쏜살같이 뛰어나왔다. 마치 멈춰 서긴 틀린 속력인 것처럼 내달릴 기세였다. 택시! 라고 부를 참이던 황창하는 말을 되삼키고 전주에 붙은 어깨를 뗐다.

"여기 계셨군요."

남치마는 황창하와 마주치자 숨찬 목소리를 냈다. 여자는 갑작스러워서 말을 할 줄 몰랐다.

“감기 드시려구 왜 여기 서 계세요?”
황창하는 여자가 옷을 안고 있는 것을 흘끗 건너다봤다.
“어서 이 옷 입으세요.”
“그건 내 옷이 아닌데.”
“무슨 말씀이세요?”
“내일까지 저당잡혔잖어.”
“제가 책임지겠다구 했어요.”
“아가씨가 왜?”
“기분 나쁘신가 봐요.”
“그럴 리가 있나, 이렇게 숨어 서 있는 주제에.”
“그럼 어서 입으세요. 저희한테두 책임이 있걸랑요.”
“어떻게? 진작 옷을 홀랑 벗지 않았다고?”
“얼른 옷부터 입으세요. 누가 봐두 안 좋잖아요.”
“어차피 다 본걸. 참, 정말 이 동네선 여자들이 홀랑 벗어젖히고 앉아 술 따르나?”
“그 소문 땜에 죽겠어요. 장사가 안 되니까 아마 골목창의 어느 집에서 한 번 그랬던 모양예요. 그 뒤부턴 모두들 옷 벗기려 몰려드나 봐요.”
“소문 한번 잘 났군. 그래 아가씨도 매일 밤 벗었다 그 말이야?”
“망측한 소리 마세요. 어서 옷 입으세요, 자요.”
여자는 옷을 황창하의 코앞으로 들이밀었다. 황창하는 기웃기웃 지나치던 사람들이 걸음을 멈추고 멀찍이 지켜 설 기세들이었으므로 불가불 옷을 받아 입을 도리밖에 없었다. 그는 바짓가랑이에 구둣발을 집어넣으며 물었다.
“아가씨한테도 책임이 있다고 했는데 그건 무슨 뜻이야?”
“저희가, 들어가시자구 마구 잡아 끌었잖아요.”
황창하는 허리를 펴고 바지끈을 묶으며 말했다.

“하, 그렇구나. 그런 약점이 있었구나.”

“전 아까 왜 그 말씀을 안하시나 갑갑했어요.”

“지금 가서 하자.”

“관두세요. 어서 돌아가세요. 저기 택시 오네요.”

여자는 밝은 데로 쫓아 나가며 팔을 휘휘 내저었다. 택시 문짝을 열고 기다리는 여자 앞으로 다가가며 황창하는 충고했다.

“아가씬 술집 여자 하긴 틀렸다, 더구나 이 옷벗는 골목에선.”

“틈나시거든 또 들르세요.”

“다신 안 올 거야.”

황창하는 차 안으로 들어앉으며 말했다.

“나하고 같이 도망치자.”

“이 모양을 하구요?”

여자는 찌개 국물로 더러워진 옷자락을 가리켰다. 소리 없이 웃고 서 있는 여자를 남겨 두고 차는 움직이기 시작했다. 한참 만에 황창하는 점퍼 주머니에 오백 원권 지폐 두 장이 들어 있는 것을 발견했다.

다음날 아침에 눈을 뜨자 마누라가 더럽혀진 옷을 어느새 빨아 치워 버렸는지 머리맡엔 새 옷이 놓여 있었다. 황창하는 별다른 군소리 없이 주섬주섬 끼워 입고 나서긴 했지만 돈 애기만은 차마 입이 떨어지지 않았다.

국물 찌꺼기가 더덕더덕 말라붙었을 옷 때문은 아니었다. 지금까지 그런 일이 어디 한두 번이었던가. 옷에 혼적까지 남겼으니 술값일 것이 뻔한 돈을 달라기엔 왠지 뒤통수가 뜨거워서였다. 주책이라는 것이 바로 그런 거 아니냐. 그렇다고 그가 아내한테 술값을 타낸 일이 한 번도 없다는 건 아니지만.

직장이 있을 때나 뭔가 할 일이 있어 정신없이 돌아갈 때 그는 때로 손을 벌린 전력을 갖고 있었다. 그런데 마누라만 믿고 핀둥핀둥 놀고 먹는 것 같은 인상을 남들한테 주려니 하는 생각이 들면서부터 딱 그럴 용기가 나지 않았다. 한동안 몰라라 하고 있던 아내가 그렇게 돼선 안 되겠다 생각했던지 알게 모르게 천원씩을 매일같이 주머니 속에 쑤셔 넣어 두기 시작하면서는 가욋돈을 청하기가 더욱 어려워지게도 됐지만.

어쨌건 황창하는 점퍼 주머니 속에 오백 원짜리 지폐 두 장만 달랑 집어넣고 집을 나섰다. 일금 만 삼천 원을 천원으로 어떻게 당해낼 수 있느냐. 거기다 지하다방에서 꾼 돈도 있고.

어떻게 되겠지. 황창하는 허리를 잔뜩 펴고 골목을 쿵닥쿵닥 걸어내려갔다. 남색 치마의 얼굴이 떠오르기 전에 버스를 집어 탔다. 그러나 어느새 화장독이 오른 것 같던 여자의 갸름한 얼굴 모습이 눈앞을 어른거렸다. 그 이상 더는 기억나지 않았다. 실은 그 여자의 얼굴에 대해 아무것도 알고 있는 것이 없는지 몰랐다. 술상 가에 앉아서도 옆얼굴밖엔 비껴 본 일이 없고 전주 밑에서야 어두워서 윤곽조차 잘 분간할 수 없었으니까.

사무실로 나왔으나 한 녀석도 나와 있지 않았으므로 황창하는 빈방에 앉아 여러 사람을 머리에 떠올려 보았다. 찾아가면 눈앞에 앉혀 놓고 거절하진 못할 사람들이었지만 아니꼽고 귀찮았다. 그런 일이야 막료들을 시켜야지 직접 나타날 수가 있느냐.

그런데 오정이 넘도록 녀석들은 코빼기도 보이지 않았다. 황창하는 오후 한시가 넘자 사무실 문을 잠가 버리고 말았다. 북새통을 틈타서 줄행랑을 놓은 놈들이 모습을 나타낼 리 만무했던 것이다.

에라 모르겠다, 하고 황창하는 그 길로 남산으로 올라갔다. 창간사 쓸 구상이나 하자 해서였다.

남산. 그건 서울의 이마던가. 그러나 너무나 많은 인간 쓰레기들이 몰려들어 앞뒤를 둘러싸고 빠득빠득 기어오르는 바람에 이젠 더 이상 이마가 아니다. 시궁창 가운데 더부렁 떠 있는 썩은 애호박 형상이다. 아니 숙자가 정조를 잃은 그 산은 야합과 음모를 꾸미고, 강간과 약탈을 하고, 사기와 모함으로 썩어 문드러져 가는 도회를 속속들이 내려다보며 밤마다 사직을 오열하는 서글픈 제단인지 모른다. 증언이 무서운 죄인들에겐 뭉개 버리고 싶은 파수대이고, 시달리는 사람들에겐 돌을 던지고 침을 뱉는 서낭당이다.

황창하는 드디어 창간사의 한 구절을 찾아냈다.

우리의 이 잡지는 모든 시달리는 사람들을 위한 돌무지 서낭당이 될 것입니다. 우리는 앞치마에, 그리고 리어카에 담아 오는 돌을 기다립니다. 그리하여 충분한 돌이 모였을 때 우리는 팔매질을 시작할 것입니다.

원산집 외상은 서낭당 전설에 묻혀 결국 그 다음날에야 청산이 되었다. 다음날 일찌감치 나타난 정민준이 어디 가서 또 번역료 가불이라도 했는지 돈 이만 원을 내놓으면서 다시 한판 벌이자고 덤볐던 것이다. 녀석은 의기양양해서 소리쳤다.

"진작 알았더면 벌써 처리했을 거 아니가."

최관수를 보내면, 재빨리 외상 깠다고 큰소리치면서 또 옷 벗기겠다고 덤빌 위험이 있었으므로 황창하는 강영태를 보냈다. 못 가겠다고 완강히 버티던 그가 다수에 밀려 끝내 항복하고 나섰다.

"형님, 그 여자 건져 내야 되겠던데요."

하고 신촌역 앞 술집에 갔다온 강영태가 열을 올렸지만 황창하는 마침 본격적으로 잡지 창간 작업에 착수하려는 참이었으므로, 그런 말이 들리지 않았다. 그는 강영태가 재차 다그쳤을 때야 시큰둥하게 대꾸했다.

"건져 낼 여자가 어디 그 하나뿐이냐."

"하나가 모여서 전체를 이뤄요. 특정한 하나가 다수보다 중요할 때도 있고."

"그렇게 맘에 들거든 너 가져라."

"형수를?"

"저 자식이."

"택시값으로 준 천원은 못 받겠다고 돌려줬는데도?"

"그게 다 상술이란 거다, 이 풋내기야."

"정말 그렇게 비정한 사람이오, 황창하 선생이?" 하고 강영태는 눈꺼풀을 접으며 말했다. "다시 찾아오란 말 한마디 없었다구요. 오라기는커녕 다신 나타나 주지 않았으면 하는 눈치였다구요."

"나한텐 오라던데?"

"택시값까지 줬으니 어색해할까봐 그랬겠지."

"임마, 나도 알어. 그러니까 그런 여잔 그런 데 둬 둬도 소금이 됐으면 됐지 썩지는 않는단 말이야."

"그건 궤변이다. 술꾼들이 그런 여잘 그냥 두지 않는데두요?"

"너 같은 술꾼도 많어."

"세상 참 살맛 없군."

하고 강영태는 급기야 낙담한 투로 빈정거렸지만 황창하는 끝내 그의 주장에 동의하지 않았다. 동의한다고 당장 그 여자를 불러낼 뾰족한 묘안이 있는 것도 아니지 않은가. 황창하는 절망의 눈빛으로 사무실을 돌아 나가는 강영태를 불러 세워 잡지협회라는 데를 찾아가게 했다.

알고 보니 잡지를 창간하는 데는 여간만 많은 서류를 꾸며 내야 하는 게 아니었다. 우선 발행인 편집인과 인쇄소 사장의 주민등록표에다 호적 등본까지 붙여야 하고 인쇄계약서를 써서는 거창하게 여러 군데 도장을 찍어 번듯하게 만들어야 하고 무슨 서약서까지도 써야 된다는 것이었다. 황창하가 그 모든 종이쪽들을 모으는 데는 적어도 한 달 가까이가 걸렸다. 야인 김웅이고, 전직 국회의원 소영규

(蘇榮奎) 씨고, 이광주(李光周) 주필이고 간에 모두의 의견은 황창하가 발행인을 해서는 안 된다는 얘기였다. 그러면서도 그들은 또 한결같이 자기네가 맡아서는 더욱 가능성이 없다고 잡아뗐다.

울화통이 터진 황창하는 누구의 애기도 듣지 않기로 하고 자신이 발행인을 맡아 버렸다. 편집인까지 겸한 황창하는 주간 정민준을 데리고 허름한 인쇄소 주인을 찾아가 떼돈을 벌게 해줄 듯이 굴었다. 그리하여 호적 등본을 받아내기 바쁘게 곧장 접수처로 내달렸다.

허가가 떨어지기를 기다리는 동안 적어도 전화선 한 가닥은 끌어놔야 일을 시작할 수 있었으므로 황창하는 다시 동분서주하기 시작했다. 한 달 좀 넘어선가, 드디어 전화선 하나를 매게 됐는데, 생각하면 우습지도 않은 일이라고나 할까. 전화값은 오수진이, 그리고 번호가 나와서 전공이 가설 공사를 한다고 다 썩은 건물 층계를 쿵닥거리며 오르내리도록 손을 써준 것은 그녀의 남편 박신철이었으니까.

황창하가 그것만은 싫다는데도 한사코 우긴 오수진은 전화기 놔주는 것을,

“창간 축하 화분 못 보내는 대신예요. 남편한테 부탁해 놨으니 번호 나오거든 인사나 해두세요.”
했고 첫 통화를 오수진한테 하고 나서 찾아가자 그녀의 남편은 진심으로 반갑기라도 한 듯이 이렇게 말했다.

“옛 동지를 위해 조그만 일을 한 것뿐인데 뭘 그러지. 나는 지금도 때때로 우리가 함께 뛰던 저 옛날의 반독재 투쟁을 떠올려 보곤 한다네. 이제 황형이 참한 잡지 하날 내게 됐다니 나도 충실한 한 독자가 될 것이네. 축하하고 싶어.”
이렇게 실로 음양으로 밀어 주는 사람이 많았는데도 어떻게 된 노릇이 잡지의 발행 허가는 그로부터 일년이 다 돼가는데도 떨어지지 않았다. 그가 내는 잡지 같은 건 하나라도 많으면 그만큼 골치가 더

아프므로 허가가 나오지 않을 거라는 추측들이었다. 심심치 않게 새
로운 잡지가 등록을 마치고 등장하고 있는데도 그 말을 믿고만 있어
야 하는지 알 수 없었다.

'옛 동지'라고 서슴없이 말한 박신철도 황창하가 두 번째로 찾아
갔을 때, 그 일만은 도와줄 수 있는 입장에 있지 않다고 고개를 내
저었다. 아니 그보다도 기왕 동지라는 말까지 나왔으니, 우선 황창
하가 박신철과 맺은 인연부터 한마디 하고 넘어가는 것이 좋겠다.

재선 국회의원을 거쳐 얼마 전까지만도 대단한 자리에 앉아 있던
박신철을 황창하가 처음 만난 것은 자유당 말기인 58년의 일로 기
억된다. 박신철은 그때 민주당에 적을 두고 있으면서 공천을 따내기
위해 경쟁자와 혈투를 벌이고 있었다. 물론 그때까지의 그는 당내
지반이 약해서 선거 때만 되면 지역구를 얻지 못해 번번이 탈당계를
내고 무소속으로 출마, 매수되어 교란 작전에 이용당하고 있다는 빈
축만 사고 줄창 낙선의 고배만 마셔 오던 참이었다. 그런 상황에서
둘은 마주친 것이다. 이번에는 하늘이 무너져도 공천을 따내고 만다
는 각오로 반독재 투쟁의 선봉에 나선 듯이 뛰던 그의 눈에 이제 갓
스물을 넘은 황창하가 띄었던 것이다. 나이는 어렸지만 능란한 웅변
술을 믿고 당사 주변을 서성거리던 황창하는 박신철한테 잡히자 당
장 하루 아침에 그의 앞잡이가 되어 버렸다. 그도 그럴 것이 황창하
의 눈에는 박신철이 단 한 사람 사생관을 세운 투사처럼 비쳤던 것
이다.

그리하여 마침내 박신철은 삼선의 경력을 가진 경쟁자를 물리치
고 공천을 따내는 데 성공했다. 막상 선거에선 무소속으로 출마한
그 탈락자한테 다시 쓴잔을 마시는 아픔을 맛보게 되었지만.

박신철이 국회의원의 배지를 단 것은 4·19 뒤의 한 번과 5·16
이후 집권당으로 돌아서서의 한 번이었다. 황창하는 4·19 석 달
뒤의 선거까지 합쳐서 두 차례 그의 유세장을 누비면서 목청이 내려

앉아라 지원 연설에 핏대를 세웠지만 얻은 소득이라곤 박신철의 정치적 야심을 채워 준 것뿐이었다.

황창하는 7월 선거 끝의 흥분 속에서 처음으로 박신철의 아내 오수진을 만났다. 너무 젊고 너무 미인이고, 그러면서도 어딘가 고독이 낀 우수의 눈빛을 띤 그의 아내를 소개하며 박신철은 이렇게 농지거리를 했다. 그땐 지금처럼 위엄이 붙은 말투가 아니었다.

"어이, 우리 마누라 어때? 좋은 친구가 될 수 있을걸. 바쁜 나를 늘 질색하거든. 하지만 딴 생각은 말라구."

"그거야 장담 못하죠."

"어, 이 친구 봐라. 그렇다면 자네만 무는 셰빠또를 한 마리 구해 다 놓을 거야."

"영감님이 집으로 돌아오시는 게 더 안전하잖을까요?"

"이 마누란 걸핏하면 나를 출세에 들린 인간이라고 빈정거리지만 남자란 그런 거 아니겠어."

물론 그건 농담이었을 뿐이다. 그때의 두 사람은 어느 한쪽도 딴 저의를 품을 만큼 여유만만하지 못했으니까. 독재 정권이 목이 떨어진 동상과 함께 굴러다니고 마침내 신생 공화국이 탄생할 직전인 격양된 희열에 숨가빠하고 있던 때였으니까.

마음의 평온을 되찾은 그 뒤의 황창하에게 오래도록 남은 영상은 하얗게 핏기 가신 오수진의 표정이었다. 그 여자는 남편이 농을 하는 순간 그렇게 핏기가 가시면서 가늘게 떨고 있었던 것이다. 황창하는 물론 그것을 모욕적인 농지거리에 화가 난 것으로 이해했다. 장난감도 아닌 남의 아내를 놓고 무례하게 농담을 받는 황창하를 한참 동안이나 거의 노골적인 모멸의 시선으로 쏘아보기까지 했었으니까.

그러나 그로부터 일년쯤 뒤, 여자가 혼자 집을 지키고 있는 시간에 우연히 그 집을 방문하게 된 황창하는 여자가 깊이 절망하고 있

는 것을 알 수 있었다. 여자의 눈길은 어딘가 미래에 대한 불안한
예견으로 떨고 있는 듯했다.

　　——월간 야국(野菊)

　황창하는 사무실 문 위에 붙은 나무 현판을 흘끗 올려다보고 나서
문을 밀고 들어섰다. 정민준과 강영태가 눈알을 굴리며 쳐다보았다.
　"왜 쳐다봐, 임마."
　"내일 밤에나 돌아온다고 안했어요?"
　"흥이 안 나서 와버렸다."
　"그게 아니고 짧은 지식 바닥이 드러난 거 아니에요?"
　그러자 팔짱을 끼고 앉아 있던 정민준이 거들고 나섰다.
　"바닥이야 벌써 났지 여태 남았겠어. 저런 친구한테 강의라고 듣
고 앉은 학생들만 불쌍하지."
　강의 어쩌고 하는 말은 몇 달 전에 황창하가 한 말이었다. 그는
오수진과 만나는 것을 지방 어느 대학의 위촉으로 출강한다고 둘러
댔던 것이다. 황창하는 그렇게 말은 하면서도 녀석들이 믿으려니 하
진 않았다. 그랬는데 녀석들은 무슨 근거에선지 단박에 고개를 끄덕
여 버려 일이 우습게 되어 버리긴 했다.
　녀석들의 관심은 오로지 어느 대학이냐에만 쏠려 있었다. 그러나
황창하는 말할 수 없었으므로 입을 꽉 다물어 버렸다. 다그치다 못
해 제물에 지쳐 버린 녀석들은 저희끼리 지껄이기 시작했다.
　"도대체 저런 친구를 강의 나오라는 한심한 대학이 다 있으니."
　"옛날 선거 유세장에서 보고 그 말주변에 녹아 버린 위인이 있었
겠죠, 뭐."
　"지푸라기에 묶인 해삼처럼? 하지만 야, 그때 웅변이 지금도 먹
혀 들어가는 줄 아냐."
　"그건 이제 유성기판에나 취입해 둘 낡은 투죠."

“이자식들이…….”

하고 황창하는 일부러 빽 고함을 쳐서 말문을 막아 버렸다.

일단 출강하는 것은 수긍받은 이상 황창하는 이유를 대지 않고 자리를 뜰 때보다는 훨씬 수월하게 서울을 떠날 수 있어 그 점 하나만은 다행이라면 다행이었다. 그런데 이번에 가선 두세 주 결강한 것을 한꺼번에 해치우고 오겠다 하고서 떠났는데 하루 만에 돌아왔으니 다시 구설수에 오를밖에. 한마디로, 박신철의 외국 여행이 연기되는 바람에 빚어진 차질은 여러 가지로 말썽이었다. 황창하는 적어도 온양에서 이틀은 묵을 작정을 하고 미리 그렇게 엄포를 놔뒀었으니 말이다.

“별볼일 없다고 쫓겨 올라온 거 아냐?”

“누가 감히.”

“그자식들 눈이 삐었지, 이 시성을 모셔 가지 않고.”

“한 시간도 못 채우고 하직 인사 하잘 테지.”

“한 시간 채우기도 전에 모두 병원으로 쫓아갈걸, 입이 안 다물어져서.”

“요새 애들은 약아서 입을 안 벌려, 먼지 들어갈까 봐.”

“거 보세요, 형님은 이제 입 벌리는 감동을 못 줘요.”

하고 강영태까지 끼어들어 야단이었다.

구박이 끝없이 계속될 판인데 마침 전화통이 황창하를 구해 냈다. 정민준은 벨이 울린 전화통을 끌어안고 앉아 뭔가 심각한 얼굴로 지껄이기 시작했다. 중퇴생도 말을 끊고 좀 수상쩍은 통화 내용을 엿듣고 있어서 황창하는 한시름 놓은 긴 심호흡을 뱉었다. 바깥에 붙은 현판을 떼버리든지 들국화로 이름을 고쳐 화초 잡지를 낸다고 다시 신청서를 내든지 결판을 내야겠다고 말한다는 것을 잊고 있었다는 생각이 들었다.

그런데 그 말을 할 사이도 없이 통화를 끝낸 정민준이 수다를 떨기 시작했다. 녀석은 수화기를 놓기 바쁘게 벌떡 몸을 일으키며 재촉했던 것이다.

"자, 출동이다. 소방수를 부른다, 정신없이."

"누가?"

"언젠가 돈 이만 원 줘서 술집 외상 *끄*게 해준 놈이."

"그게 누군데?"

"가보면 알어."

제3장 조우하다

도일은 서재에 앉아 있었다. 으리번쩍한 책들이 천장에 닿도록 꽂혀 있었다. 도대체가 어느 것이 전문 분야인지 요량이 안 가게 주로 대여섯 권부터 많이는 백여 권이나 될 성부른 전집들이 그렇게 위압적인 모습으로 두 벽을 꽉 메우고 있었다.

도일은 기다리기가 무료한 나머지 다리를 쭉 뻗고 앉아 책장을 올려다보았다. 회고록 전집에서 시작하여 취미 백과, 정치 사상, 육아, 무협소설, 문화사 대계, 수예, 스포츠, 인간 경영학, 한강의 기적, 법전, 양계, 양돈, 자동차 정비, 건강 보양, 플루타르코스 영웅전, 삼국지를 거쳐 붉은색의 대영 백과사전이 끝없이 꽂힌 맨 밑창으로 눈길이 내려올 즈음 거실 쪽이 갑자기 시끌짝하게 소란스러워졌다. 햇볕이 따끈한 마루로 여주인 일행이 다시 나와 앉는 모양이었다.

"어마, 재 참 귀엽게 생겼군요, 아주머니."

"귀엽죠? 이리 온, 옳지, 근데 입이 짧아서 탈예요. 맨날 밥투정예요. 그래두 비스킷 같은 건 입에두 안 대구요."

"그러심, 영양 실조 조심하셔야 해요, 아주머니."

"조심하다마다요. 맨날 쇠고기 등심만 사다 멕인다니까요."

"고길 멕이면 한 가지 걱정이드군요. 잇새에 낄 것 같애서."

"어마, 그냥 두면 안 돼요. 매일같이 양치질을 시켜 줘야 해요."

"어쩜, 참 그러면 되겠군요."

"그러면 되는 게 뭐예요. 난 매일같이 칫솔질을 해주는걸요."

"우리집 그인 겨울이 되면 어떡허나, 늘 걱정이세요."

"스팀 넣어 놓는데 뭘 걱정이세요."

"쟤, 여자애 아녜요, 아주머니?"

"네, 기집애예요."

"어마, 잘됐군요. 몇 살인지 우리 사돈삼아요. 독일에서 티본 스테이크만 먹다가 지난봄에 우리 그이가 데려왔는데 아주 잘생겼어요."

"그럼 어디 생각해 볼까요?"

"생각해 보실 것두 없어요, 말난 김에 아예 언약해 두죠, 머."

"그렇게두 사돈을 하나 모르겠네요. 앤 멕시코에서 왔는데. 그리구 이제 겨우 돌 지난 한살배긴데."

도일은 벌떡 몸을 일으켰다. 한살배기가 쇠고기 등심만 찾고 칫솔질까지 하다니. 거실 쪽을 내다보기 위해 살그머니 문고리를 비틀고 있는데 다시 말이 들렸다.

"어머나 그러구 보니, 애 중참 멕일 때 됐군. 글쎄, 그렁저렁 애가 하루 이천 원은 까먹는다니깐요. 이리 온 산초!"

"그건 약과예요. 우리 하인츠는 거기다 치즈를 더 얹어 줘야 먹으려 든다구요."

문을 빼꼼 연 도일의 눈에 살래살래 꼬리를 흔드는 개새끼가 들어왔다.

못 볼 것을 본 것 같아 도일은 문고리를 잡고 떨었다. 그는 망연히 방 천장을 올려다봤다. 정신이 아뜩하여 한 가지도 제대로 생각키는 것이 없었다. 도일은 뒷짐을 지고 방 안을 서성거렸다. 도대체 어떻게 해야 되느냐.

처음 집 안으로 들어설 때 도일은 분명히 세무서원이라고 말했다. 사람들은 세리를 가장 두려워하므로.

"난 댁의 바깥 양반이 집에 가서 기다려 달라고 해서 온 세무서원입니다. 바깥 양반이 나가는 회사의 사사분기 세율 조정 관계로 나를 조용히 만나고 싶은 모양입니다."

거실 소파에 파묻혀 앉아 웬 여자와 노닥거리던 여편네는 도일을 서재로 안내하고 나서 식모 아이가 차를 끓이는 동안 몰래 전화를 걸고 있었다. 남편한테 확인하려는 수작임이 분명했지만 조가야 꿀 먹은 벙어리지 뭐 있겠는가.

"여기 웬 낯선 남자가 와 있는데요. ……알았어요. 곧 오세요." 했을 뿐 세무서원이란 말은 깜박 잊었는지 간단히 전화는 끊겼다. 그동안 남자의 양기 얘기에 열을 올리고 있었던지 두 여편네는 뽀르르 안방으로 사라졌었다. 그랬던 여편네들이 아무리 입 놀릴 것이 없어졌기로, 명백히 세무서에서 왔다고 했고 확인까지 한 사람을 앉혀 놓고 개새끼 발톱에 매니큐어 바르는 얘길 하다니.

도일은 마침내 책장의 책을 뽑아 내동댕이치기 시작했다. 먼저 손에 잡힌 노자(老子) 도덕경과 톨스토이 인생론이 입에도 대보지 않은 커피잔을 박살내며 방바닥에 둘러쳐졌다. 여편네들이 찻잔 깨지는 소리에 놀라 눈을 허옇게 뜨는 순간 마침 초인종이 울렸다.

도일은 조가가 서재에 나타나기를 기다렸다. 마빡을 후려갈길 참이었다. 그러나 나타난 사람은 공장장 조기윤이 아닌 엉뚱한 사나이들인 모양이었다.

"어머머, 정 선생님이 저희 집엘 웬일이세요?"

"왜, 난 오면 안 됩니까?"

"무슨 말씀을. 근데 이분은?"

"그보다도 여기 누구 하나 와 있다죠, 젊은 애?"

그들은 갑자기 목소리를 낮추어 두런거리고 있었다.

"어느 방입니까?"

그제야 용기를 얻은 여편네들이, 들어라 하는 투로 앙탈을 쓰기 시작했다.

"방으루 갈 필요두 없어요. 경찰을 불러야겠어요. 일일구를 돌리세요."

"아녜요. 일일삼예요, 아주머니. 내 아까 들어올 때부터 수상쩍다 했어요. 요즘 세상에 믿을 사람 어딨어요."

도일은 잠시 멈추었던 손을 다시 놀리기 시작했다. 뽑힌 책들이 방바닥에 쌓여 올라갔다. 마침 좋은 생각이다. 제발 경찰이나 불러라. 그러나 빌어먹을 사나이들은 여자가 그러도록 내버려 두지 않았다. 신분이 분명치 않은 다른 한 사나이가 다급한 목소리로 소리쳤던 것이다. 그치들은 벌써 마루에 올라와 있었다.

"어허, 아주머니 전화 걸지 마세요. 우리가 순경들보다 솜씨가 나아요."

다음 순간, 방문이 확 열어젖혀지자 두 사나이는 어깨를 맞붙이고 문턱에 떡 버텨 섰다. 발을 들여놓을 틈도 없었다.

도일은 집어던지려던 책을 든 채 문간에 선 두 사나이를 노려보았다. 더 이상 접근하려 들면 어느 때고 책으로 마빡을 까버릴 판이었다. 두 사나이도 마찬가지였다. 어깻죽지를 이어 붙이고 문간에 끼여 서서 어떻게 하면 책더미 고지를 희생 없이 정복할 것인가 머리를 짜고 있었다.

조기윤의 부탁도 부탁이지만 무엇보다 여자들 앞에서 큰소리쳤으니 시원스레 본때를 보여줘야 할 텐데 마주 선 상대는 벽돌장같이 딴딴해 보이는 책 두 권을 양손에 갈라 쥐고 버티었던 것이다. 빌어

먹을 조가는 무슨 놈의 책을 이렇게 많이 긁어모아 놨는가. 제까짓
게 언제부터 돈벌었다고.

경계심을 누그러뜨릴 양으로 그중 한 사나이가 말했다.

"젊은 놈이 치사하게 이게 무슨 짓이냐. 우리 말로 하자. "

"너흰 상대 않는다. 조가놈 데리고 와 ! "

"여자밖에 없는 집에 침입해서, 창피하지도 않어 ? "

"상대 않는다는데. 가서 조가놈한테 전해, 야비하게 굴면 제 놈만
손해라고. "

"좋게 말할 때 들어, 후회하지 말고. "

그러나 도일은 상대 않겠다는 말을 실천에 옮길 필요가 있었으므
로 더 이상 입을 열지 않았다. 자기 남편이 모욕적인 말을 듣는 것
은 참을 수 없는 일이라는 듯이 마루에 선 여편네는 발을 동동 구르
고 있었다. 한마디만 해주면 찍소리 못하고 앙가슴만 쥐어뜯을 게
말이다. 그러나 도일은 빠락빠락 악다구니 쓰는 소리를 들으면서도
그 말은 하지 않았다.

조가 여편네의 넋두리는 사나이들을 차차 초조하게 만들고 있음
이 분명했다. 이윽고 더는 무능할 수 없다는 결연한 낯빛을 하며 정
이라던, 그중 나이 듬직한 사나이가 한 발짝 방 안으로 들어섰다.

"접근하면 뇌진탕 일으킬 테니 알아서 해, 티꺼운 조무래기들
아 ! "

도일은 단호하게 소리쳤다. 책을 움켜쥔 손에 땀이 배고 있었다.
뒤에 처진 사나이의 얼굴에 미소 같은 것이 스치고 지나갔다. 또래
일 성부른 자식의 능청은 도일의 신경을 적잖이 긁었다. 희떱게 굴
다니 아무리 하잘것없는 졸개라 해도 그냥 둘 수가 없었다.

도일은 슬금슬금 책무더기 옆 빈 자리를 훔쳐보는 앞쪽의 사나이
를 제쳐두고 젊은 놈만 노려보았다. 자신이 없어 뵈는 앞쪽 사나이
는 그냥 둬도 달려들지 못하리라는 것을 도일은 알고 있었다.

“다시 말한다. 우리 사나이답게 말로 하자.”

앞쪽 사나이의 말을 신호로 젊은 자식이 성큼 한 발짝 앞으로 나서고 있었다. 도일은 기회를 놓치지 않았다. 손에 들려 있던 책은 오랫동안 노려 온 놈의 이마빡을 향해 날아갔다. 딱 소리에 뒤이어 놈은 휙 몸체를 비틀며 문설주를 껴안고 고꾸라졌다. 그러나 다음 순간, 도일은 휘청 허리가 꺾이면서 책장에 머리를 박고 처박혔다. 정신이 아뜩했다.

도일이 몽롱하게나마 다시 의식을 되찾고 있을 즈음, 그는 어느 놈인가의 등에 들쳐 업히고 있는 것을 알았다.

이 새끼들아, 못 내려놓겠어?

하고 소리쳐야 한다는 것을 알면서도 도일은 마음대로 되지 않았다. 여자의 기세 등등한 목소리가 들리는데도 말이다.

“아빠한테 데려가서 혼구녕을 내주세요. 저런 자식은 정신을 좀 차려야 해요. 기가 차서.”

도일은 곧 말끔히 의식을 회복했으나 두 사나이가 하는 대로 내버려 두었다. 작자들이 택시를 잡을 때까지 눈을 멀쩡하게 뜬 채 그대로 업혀 있었다. 오래 깨어나지 못하는 것이 놈들에겐 기분 좋은 모양이었다. 택시를 찾는 젊은 치를 향해 다른 한 놈이 소리쳤다.

“이 새끼 이거 어떻게 된 거야. 아주 간 거 아닌가 들여다봐.”

“갔다면 형 혼자서 빵깐 가는 거지 별수 있어요.”

“재수없는 소리 마. 내가 왜 개값을 무니.”

“내가 증언을 할 건데도? 나야 맞고도 가만 있었다고. 어이, 택시!”

택시가 와 멎자 도일을 들쳐업은 작자가 씩씩거리며 뛰어갔다.

“그새끼, 되게도 무겁네.”

도일이 작자의 어깨를 치며 말했다.

“무겁거든 내려놓으라구.”

도일은 내려서서 택시 안으로 들어갔다.

"어? 이새끼 깬 걸 여태 메고 다녔잖어."

"빨리 타. 타고 니놈들 가고 싶은 대로 가. 나도 조가놈 만나야 하니까."

그러나 도일이 따라간 곳에 조가는 보이지 않았다. 웬 낯선 사나이 하나가 앉아 있었다. 사나이는 도일을 보자 물었다.

"너 뭐야?"

도일은 화가 치밀어 올랐으므로 사나이의 대거리에 아무런 대꾸도 하지 않았다. 여우 같은 조가놈이 끝까지 야비한 암수를 쓰다니. 나타나지도 않고 부랑배를 동원하여 주저물러앉히려 들어?

"너 뭐야, 임마?"

"넌 뭐야? 나잇값도 못하는 졸개냐?"

"이 새끼 봐라, 아직도 정신 못 차렸군." 하면서 그를 들쳐 업고 온 놈이 주먹을 울러멨다. "너, 이번엔 아주 가고 싶어?"

"늙은 졸자가 재롱부리는 건 측은해 뵈지 귀엽지도 않어."

그 소리에 열이 올라 놈은 걸상을 자빠뜨리며 달려들었다. 그러자 앉아 있던 사나이가 빽 고함을 질렀다.

"야, 야, 참어."

"참을 거 없어. 달려들어 봐. 하지만 이번엔 절대로 아까같이는 안 된다는 거 명심해 둬. 각오하고 달려들어."

"이제 그만 까불고 거기 앉어!"

앉아 있던 사내가 벌떡 일어서서 소리쳤다. 벽력 같은 고함이었다.

"소리치지 마, 귀머거리 아니니까. 숫자만 믿고 덤빈다고 물러설 나라면 여기까지 따라오지도 않았어. 난 조가놈 있는 줄 알고 왔다 이거야."

"나도 네까짓 애송이 못 때려 줘서 재수없이 말상대만 하고 있는

거 아니야. 이왕 만났으니 얼굴 붉히고 싶지 않아서지. 여기 전화
있으니 조기윤이 언제든지 불러내도 좋다.”
“그런다고 문제가 해결되나.”
“문제가 뭐냐?”
“시치미떼지 마, 치사하게.”
“치사하다고, 뭐냐?” 하고 나서 사나이는 혼잣소리로 중얼거렸
다. “내 참, 성질 다 죽었군.”
“성질 죽이기 싫거든 제삼자는 빠져. 난 조가놈한테 더는 속을 수
없으니까.”
“이미 제삼자 되긴 틀렸으니 우리 터놓고 얘기하자” 하고 사나이
는 다시 말했다. “내 이름은 황창하다.”
황창하는 거기까지 말하고 나서 생각했다. 이렇게 성질을 죽이고
끈기 있게 평화주의로 나가는 것이 과연 인격인지 어떤지에 대해서.
울컥 치밀어 오르는 대로 들이받아 놓고 나서 이불 뒤집어쓰고 수양
부족 아닌가 되돌아본 적이 한두 번이 아니지 않은가.
도일이 말했다.
“난 허도일.”
“허도일, 좋았어. 우리 이렇게 순리로 나가자, 좋은 얼굴로.”
“사탕 발라 봤자 안 먹어.”
“너무 성급한 오해는 실례야. 일도 그르치고.”
“일을 그르친 게 누군데.”
“그럼 왜 그르치게 됐니?”
“사람 놀리는 거야? 저 작자들한테 물어봐.”
도일은 팔짱을 끼고 서 있는 두 사나이를 쳐다봤다. 정민준은 멀
쩡했지만 강영태의 툭 불거진 눈두덩 위는 찢어져서 피가 말라붙어
있었다. 화해부터 해두라고 다그치는 황창하의 재촉에 강영태는 퉁
퉁 부은 눈두덩을 떨며 히죽 웃었다.

황창하가 다시 그를 향해 물었다.

"임마, 허도일. 너 그 집에 죽치고 앉아 버텼다고 일이 해결됐을 것 같니?"

"훼방 놓지만 않았다면."

"네 여동생 해고시켰다고 그런다며? 협박한다고 복직되리라 생각했으면 착각이다. 억울하게 쫓겨나는 사람이 어디 네 동생 하나뿐이냐, 이 지랄 같은 세상에?"

"그자가 그렇게 말했어요?"

"그럼 그게 아니란 말이냐?"

"속단하는 건 실례라면서요. 일도 그르치고."

세 사나이의 눈빛은 갑작스런 긴장과 호기심으로 빛났다. 섣불리 속단하여 실수를 저질렀을 가능성에 셋은 분명히 불안을 느끼고 있음이 분명했다. 황창하는 농지거리를 한다고 했는데…….

"그 자식이 화냥질이라도 했단 말이야?"

"잘도 알아맞히는군."

"뭐야?"

"말해 줄까? 내 동생이 당했시다."

셋은 눈을 허옇게 까뒤집고 서로를 쳐다보았다.

"야 이 얼빠진 자식들아! 거긴 왜들 쫓아가서 망신을 당하니. 도대체 그따위 파렴치한 새끼를 구해 주겠다고 갔어?"

황창하는 일생 일대의 실수를 범했다는 듯이 설쳤다. 사실 그에게 그건 씻을 수 없는 모욕이었다.

정민준이 풀죽은 목소리로 중얼거렸다.

"정말 허망한 일이군. 그 새끼가 그렇게까지 더러운 놈일 줄이야."

"넌 임마, 그래서 제대로 시 같은 시를 못 써."

"그래도 모르고 넘어간 것보다야 낫지 뭘 그래."

황창하는 조기윤이란 놈의 상판때기를 머릿속에 떠올렸다. 나이는 몇 살 처먹지도 않은 놈이 마빡은 훌렁 벗겨져서 누가 보면 오십쯤으로 보기 십상인 잔나비꼴상. 광대뼈가 툭 불거져 오른 거며 위로 찢어진 눈꼬리 하며 누가 봐도 단박에 알아볼 섬뜩한 범죄형이더니 역시 꼴값은 하고 마는 모양인지. 하지만 그놈이 그럴 수 있는가. 아무리 황창하에게만은 잘해 온 자식이기로 그런 짓거리의 수습을 청하다니.

요즘 경기가 경기인만큼 불가불 작업 성적이 좋지 않은 여공 몇을 내보내지 않을 수 없었는데, 그중 암내만 피우고 살살 빠지던 계집애를 내쫓았다고 그 오빠라는 자가 나타나서 두 달째 행패를 부리니 어쩌면 좋으냐고 울상을 지었다나.

조기윤이 황창하 앞에만 서면 온갖 알랑방귀를 다 뀌는 건 불우하던 시절의 육칠 년 동안을 함께 뒹굴었다는 옛정 때문이 아니었다. 때를 타면 황창하는 분명히 한가락할 사람이라는 제 스스로의 판단 때문이었다.

조기윤이는 잿더미로 변한 전쟁 뒤의 명동 공원 옆창에서 하룻밤을 붙어 자고 난 처음부터 그런 말을 했다.

"넌 틀림없이 뭔가 큰일을 할 거다. 사람을 보면 알어."

"이 새끼야, 누구 약올리는 거냐? 모두 죽어 자빠지고 모조리 부서진 시궁창에서 큰일이란 뭐냐? 소제부냐?"

"그렇지. 소제불 수도 있지, 말끔히 재를 쓸어 내고 도시를 다시 짓는."

"아가리 닥치고 꺼져 버려. 말상대하기도 배고파."

"아냐, 이런 땐 힘을 합할 동지가 필요해."

"뭐 동지? 네가?"

"뒷바라지해 주는 사람."

"갈수록 태산이군."

  황창하는 휘파람을 쌕쌕 불며 시공관 쪽으로 걸어 내려갔다. 조기윤이는 그래도 탈래탈래 따라붙었다. 황창하가 열여덟 살, 조기윤이는 한 살 아래인 열일곱이었다.

  그 뒤로 조기윤이는 그림자처럼 졸졸 따라붙었다. 쉴새없이 국회의원이니 뭐니 나불거리면서. 어쩌면 황창하가 그 뒤 민주당 중앙당부 근처를 서성거리게 된 동기도 조기윤이가 만들어 줬는지 모른다. 말끝마다 구박을 주면서도 황창하는 밤이면 의사당 단상에 서는 꿈을 꾸기도 했으니까.

  어쨌거나 황창하는 회현동 다다미방에 웅크리고 있다가 기피자 단속에 걸려 논산 훈련소로 실려 가는 날 조기윤이와의 지겹던 사년 생활 종지부를 찍었다고 생각했다.

  그랬는데 군복을 벗고 제대한 길거리에서 황창하는 놈과 다시 부닥뜨렸다. 아는 얼굴이라곤 없는 서울에서 그래도 호들갑을 떨며 달려드는 조기윤이가 싫지만은 않았던지 욕지거리가 나오지 않았다.

  "야, 이 자식을 또 만나는구나."

  "그건 운명일세."

  "얼씨구, 점잖게 나오시는데."

  "고생 많았지. 그런데 어떻게 편지 한 장도 없어, 매정하게."

  "공중으로 날릴까, 주소도 없이?"

  "회현동 다다미집으로 해도 되고 명동 다방으로 해도 받아 보잖어."

  "궁상 떨지 마라. 지겹다."

  알고 보니 놈은 여전히 요령 좋게 피해 다니는 기피자로 남아 있었다. 붙잡혀 실려 가도 머리 깎이기 전에 시민증 담보로 하고 풀려 나오기도 하고, 나이를 줄여 만든 가짜 신분증 내보이고 도망도 치던 때라 놈은 재주를 피우면서 살살 빠져 다녔던 것이다.

  조기윤은 말했다.

"자넨 군대밥 먹고 싶어서 먹었나, 재수없게 걸렸으니 할 수 없었
던 거지."
"난 혼자만 붙들려 간 게 억울해서 그런다, 이 자식아."
"빠질 수만 있으면 빠지는 게 상수 아니냐."
"네깐놈 내 고발해 버릴 거다."
"헛수고야. 난 되민증도 두 개나 갖고 있는데?"
놈은 끝내 군복을 입지 않고 배겼다. 황창하가 제대한 석 달 만에
회원을 모집하기 시작한 그룬트비 운동 발대를 위한 잔심부름을 하
면서 놈은 되풀이 변명을 늘어놓았다.
"너무 억울해하지 마. 난 자네가 군복 입고 있는 동안 아무 짓 못
했다구. 난 아무래도 자네가 있어야 무슨 일이든 할 수 있는 모양
이야."
황창하가 정민준과 그의 친구 최관수, 그리고 지금은 얌전한 대학
전임이 돼 있는 이장윤(李章胤)을 만난 것도 이 운동이 계기가 되
어서였다. 정민준을 그중 먼저 만났는데, 그는 문학에 미쳐 명동
'갈채다방'에 죽자고 드나들다가 거기 황창하네가 갖다 붙인 포스터
를 보고 쫓아 왔던 것이다. 이장윤도 비슷한 사정으로 만났으며, 녀
석들은 그때만 해도 순진하고 혈기 방장하던 때라 치기 어린 몇 마
디 선동에도 쉽사리 흥분하길 잘했던 것이다.

방황하는 청년들은 모이라!
정말(丁抹)의 농촌을 이 나라에 재현하자!
그룬트비 농촌 계몽대는 역군을 기다린다!
우리의 깃발은 바람을 타고 나부낀다!

그러나 이 운동은 일년을 채우지도 못하고 기를 내렸다. 우선 돈
이 없이는 도무지 옴치고 뛸 수가 없었고 요로에 찬조를 진정했자

콧방귀도 뀌지 않았다. 생각다 못한 그들은 이를 악물고 농촌으로 내려가 괭이를 들었지만 유지란 작자들은 면의원, 도의원에 미쳐 경황이 없고, 농민들은 농민들대로 일손이 바빠 귀를 기울일 겨를이 없었다. 잔말 말고 모심기나 거들어 줬으면 하는 정도였으니까.

음울한 기분으로 돌아온 황창하는 곧 박신철한테 붙들려 그의 선거 참모로 벗고 나서게 되었는데, 그러자 조기윤은 그제야 자기가 예언한 국회 진출의 문이 열렸다고 흥분했다. 그게 그렇게 쉬운 일이냐, 돈 놓고 돈 먹는 세상에.

"박가 뒤나 봐줄 게 아니라 자네가 직접 나서야 돼."

박신철이 거푸 두 번 쓴잔을 마시고 나가떨어지자 놈이 말했다.

말은 그렇게 했지만 조기윤은 그러나 그때부터 생각을 바꿔 먹은 것 같았다. 황창하가 마음먹기에 따라서는 의정 단상에 설 수도 있다는 것은 터무니 없는 오산이라는 것을 깨달은 것이다. 조기윤은 우선 선거 자금 없이는 벽보 한 장 제대로 붙일 수 없다는 사실에 생각이 미쳤을 것이었다. 언제까지 황창하가 한자리 하기만을 기다릴 수 없는 것은 너무나 당연했다.

조기윤은 다른 끄나풀을 찾으러 눈을 시뻘겋게 하고 나선 눈치였는데 그러자 무슨 재간을 피웠는지 저 유명한 야바위꾼 김송만(金松萬)의 수족이 되어 나타났다. 한동안 잠적해 버리고 나타나지 않던 놈이 다시 모습을 드러냈을 때는 이미 어엿한 김송만의 비서관이 되어 있었던 것이다. 놈은 그날 밤 호방한 몸짓으로 폼을 잡으며 뻑적지근한 술자리를 베풀었다. 작자들은 며칠을 두고 꿈을 꾸듯이 그 술좌석 얘기를 되풀이했다. 돈은 사람을 쪽도 못 쓰게 만들어서, 모두들 욕은 하면서도 조기윤의 편한 팔자와 기막힌 수완을 부러워했다.

그러나 그 협잡꾼의 자리가 김가나 조가로 하여금 영원히 머물러 있게 보장하지는 않았다. 겸손하고 촌스럽게 잔돈푼에나 눈독을 들이던 처음 반년 가까이까지 합해 5년 동안 그 자리를 지키던 조가는 김송만의 갑작스런 퇴진과 함께 곁묻혀 밀려나고 말았다.

—집으로 물러앉은 뒤로는 바다 낚시나 즐기고 있다는데. 하고 길거리에서 우연히 마주쳤다는 정민준이 근황을 전해 주었으나 그렇게 태평한 재야생활로 휴식을 취한 얼마 만인가 황창하는 조가가 엉뚱하게 방직회사 공장장이 되었다는 소문을 듣게 되었다.

황창하가 방직공장에 대해 아는 거라곤 그 공장 안이 70퍼센트의 수분으로 꽉 들어차 있다는 것밖에 없긴 하지만 조가가 공장장이 됐다는 말엔 웃음이 나오지 않을 수 없었다. 제깐 놈이 뭘 안다고 그런 자릴 다 넙죽거리는가.

"그 자식, 허파에 바람은 들었지, 해먹은 가락은 있지, 이제 봐라, 요절나지 않나."

최관수가 짚더니 그 말이 맞아 떨어진 거다. 역시 내 몫의 외연(外延)을 얌전히 지키는 것을 좌절로 생각하는 놈에겐 처음부터 잘못된 자리임에 틀림없었다. 그럼 조기윤이란 인간의 엽색 행각은 오히려 조기윤답다는 것인가? 황창하는 화가 나서 소리쳤다.

"그 새끼 당장 잡아와."

"어떻게 하려고?"

정민준이 눈을 똥그랗게 뜨고 물었다.

"유서 씌어."

"서둘 일이 아니야. 작전이 필요해."

"그 새끼가 원자폭탄이냐, 그렇게 복잡하게 풀게. 두말할 거 없이 그걸 잘라 버리고 말아."

황창하는 전화통 앞으로 다가앉으며 도일을 향해 말했다.

"허도일, 오늘 저질러진 중대한 실수에 대해 진심으로 사과한다. 용서해라."

도일은 아무 말도 하지 않았다. 황창하는 이윽고 전화기의 번호판을 돌리기 시작했다. 정민준이 눈을 화등잔같이 뜨고 전화를 걸고 있는 황창하를 지켜 보았다. 그는 무턱대고 전화부터 하고 본다는 식의 생각이 아무래도 불안한 것이다.

황창하가 번호판을 돌리기 시작하면서 갑자기 더 표정이 굳는 것은 무엇보다도 상한 자존심을 가눌 길 없어서일 것이었다. 적어도 황창하로서는 그것이 가장 참기 어려운 고통이라는 것을 정민준은 알고 있었다. 그러나 그것을 보상받겠다고 초조하게 서둔다는 것은 얼마나 위험한 일이냐. 쉽사리 승부가 날 내용도 아니고, 또 허도일 이란 자가 희망하고 있는 게 뭔지조차 물어보지 않은 상태가 아니 냐.

통화는 됐으나 다행히 조가는 자리에 없었다. 정민준은 입 안에 괸 침을 삼키고 말했다.

"전화 거는 거야 급하지 않어."

"잔소리 말고, 그 새끼 집 전화 몇 번이냐?"

"집에 갔대?"

"내가 알어? 잡히기만 해봐라."

그러나 조기윤은 집에도 없었다. 황창하는 수화기를 내려놓고 낮 게 내려앉은 천장을 올려다봤다. 정민준이 도일을 향해 말했다.

"아깐 정말 미안했어."

"관둡시다."

"늘그막에 이거 망신살이 뻗쳤군."

황창하가 도일을 물끄러미 건너다보았다.

"어이, 허도일. 그래 그 일을 어떻게 해결할 작정이냐?"

집에까지 찾아갔으면 뭔가 해결을 위해 갔을 것이었다. 한데 도일 은 실상 어떻게 해야 한다는 의견이 없었다.

"개입할 생각 않는 게 좋을 거요. 난 머저리가 아니니까."

"이왕지사 이렇게 됐으니 좀 알자, 우리도."

“관두쇼. 난 석 달이나 참았으니 봐줄 만큼 봐준 거요.”
“그럼 우리가 나타나지 않았다면 조용히 해결할 뻔했군. 그건 야합 아냐?”
“야합이요?”
“내 말이 그 말이야. 적어도 허도일은 댓길인 줄 알았았는데 그렇지도 않은데. 새끼가 조용히 해결하자는 건 돈으로 쇼부 치자는 것 아니겠어?”
“내가 손을 벌린 것 같우? 둬 번 메다꽂았더니 그친 날 술독에 빠뜨렸다구요. 하지만 난 하품만 하고 있었수.”
“그랬는데 가만히 생각해 보니 그것도 괜찮겠구나 싶더라 이건가?”
“뭐요?”
“그럼 뭘 가지고 석 달이나 걸렸어?”
“난 돈이면 찢어진 처녀막도 땜질할 수 있다고 생각하는 놈이면 어디 한번 해보자 이거요.”
“얼마를 불렀는데?”
“오백만 원. 지금 생각하면 그까짓 푼돈밖에 안 되는 것을. 쇠고기 등심 처먹이고 양치질시키는 개새끼값도 안 되는 돈인데.”
“그게 무슨 말이야?”
도일은 설명했다. 매일같이 여공들 팬티 벗기느라 돌볼 겨를이 없는 마누라한테 조가는 독일제 강아지 한 마릴 대용품으로 갖다 안긴 거라고. 그 개새끼한테 낙이나 붙이고 살라고.
정민준과 강영태가 동시에 소리쳤다.
“그게 정말이오? 개새낀 못 본 것 같은데?”
“암놈이라서 섭섭하지만 이름은 하인츠, 개집에 난방장치까지 돼 있으니 한번 관광이나 가시지들.”
“암캔데 하인츠라니, 수캐겠구만”

하고 강영태가 뚱딴지 같은 소릴 지껄였다. 지금 그런 것이 문젠가. 황창하가 눈을 부릅뜨고 버럭 소리쳤다.

"이 자식아!"

"난 수캐라는 걸 강조하고 싶었던 거죠."

황창하는 화딱지가 난 나머지겠지만 필요 이상으로 신경이 날카로워져 있었다. 그는 개 이름을 들먹거린 강영태를 후려칠 기세다.

"요 새끼들 학교물 좀 먹었다는 놈들은 모조리 조 모양이야. 아무 짝에도 쓸모가 없어. 집중이 돼야지. 틈만 나면 얄팍한 현학 취미나 과시하고. 저런 게 퇴학이라도 맞았으니 망정이지 비싼 졸업이라도 했더라면 얼마나 아니꼽게 놀았을 거야."

강영태는 자신이 쓸데없는 말을 지껄였다는 것을 알고 있었으므로 아무 대꾸도 하지 않았다. 그러나 분위기는 갑자기 거북하게 가라앉아 버렸다. 정민준은 수습할 책임을 느꼈다. 그는 무엇보다 먼저 할 일은 허도일을 돌려보내는 일이라고 생각했다.

"도일이, 오늘은 그만 돌아가지?"

"오늘은 돌아가는 게 아니라, 두 번 다시 만날 필요 없수."

"아냐, 그 일은 우리가 해결해야 도일이 입장이 서. 덜 괴롭고."

"입장이 서다니?"

"도일인 그럼 야합하고 말겠다는 거야, 돈만 받으면?"

"이거 왜 이러슈, 자꾸."

"세상은 그렇게 정직하고 선량하지 않어."

"눈에는 눈으로, 이에는 이로 해야죠."

"그게 아니지. 궁지에 몰린 쥐는 고양이도 물거든. 놈은 약점을 노리고 있을 거야."

"두렵지 않아요. 빵깐에서 일년 반이나 썩은 몸이라잖았수."

"어쨌든 그런 걸 갖고 다툴 건 없고, 우리 이틀 뒤에 다시 만나기로 하지, 여기서."

도일은 대답을 않고 자리에서 일어섰다. 황창하가 문께로 걸어나가는 도일을 향해 덧붙였다.

"난 갑자기 네가 좋아졌다."

천장에 갓이 벗겨진 백열등 하나가 대롱 매달린 좁고 가파른 층계를 걸어 내려가는 도일을 정민준이 멀거니 내려다보고 있었다. 층계는 그렇게 어둠이 끼어 건물을 더욱 볼품없이 만들었다. 도일은 밖으로 나오자 돌아서서 자기가 걸어나온 건물을 흘끗 쳐다보았다. 그러고는 써늘한 보도를 따라 화신(和信) 쪽으로 걷기 시작했다. 뱃속에서 쪼르륵 소리가 났다. 옥수동행 버스를 타자면 훨씬 걸어 내려가야 하는데, 도일은 정류장으로 가느니 차라리 나폴리 홀로 가서 을식이를 만나보고 싶었다. 꽤 오래 만나보지 못했으니 놈은 또 수다를 떨 것이었다.

이즈음은 형제끼리 나비 목댕기 잡고 싸우지 않는지. 녀석은 한 달쯤 전인가, 어느 일요일에 도일을 찾아와서 또 다툰 애기를 했었다. 형인 웨이터장 갑식이가 자꾸 트집을 잡아서 그중 손님한테 붙임성 있고 당번 웨이터인 자기를 끔찍이 생각해 주는 여급 하나가 그만 다른 집으로 가버렸다고 놈은 투덜거렸다. 그래서 또 멱살을 거머잡고 싸웠다는 것이다. 을식이 녀석은 갑식이가 그러는 것은 질투심 때문이라고 했다. 그리고 그런 질투심을 부채질하는 것은 혹시 시동생이 더 잘살지나 않을까 배가 아픈 그의 형수라고 했다. 놈도 마침내 돌기 시작했는지 몰랐다.

마른잎이 쏴 하고 어둠을 궁굴며 휘몰려 달아나고 있었다.

나폴리 홀 입구로 걸어 들어가던 도일은 뜻밖에 거기서 재숙이를 만났다. 마침 어떤 사나이의 등을 밀며 입구를 나오고 있었던 것이다. 재숙은 도일 앞까지 사나이를 따라나와서야 작별 인사를 했다. 도일은 여자와 나란히 서서 꽁무니를 뽑듯이 사라져 가는 사나이를 바라보았다.

“치사한 자식！”

“왜？”

“엊저녁에 외상 거 놓구 간 것 갚으러 왔잖아요．”

“그런데？”

“팁까지 외상져 놓구선 그냥 내빼잖아요． 내일 와서 한꺼번에 주
겠다나．”

“쌤통인데, 배웅까지 해놓고 뭘 그래．”

“근데 웬일이세요, 도일 씨？”

“오래간만이지？”

“마침 잘 만났어요． 할 얘기 있어요．”

“또 그 기집애 얘기？”

“들었어요, 숙희 얘기？”

“놈팽이 물었다며？ 본마누라한테 늘상 머리채나 잡힌다며？”

“그건 새까만 옛날 얘기예요．”

“그래？ 아냐, 알 거 없어． 난 을식이 만나러 왔으니까．”

“그 사람 그만둔걸요．”

“언제？”

“그끄저께．”

“갑식이도？”

“웨이터장은 그냥 있어요． 여튼 잠깐 들어가요．”

재숙은 도일의 팔소매를 잡아 끌었다． 홀 안으로 들어서자 아직
시간이 일러선지 술꾼이라곤 하나 보이지 않는 휑뎅그렁한 넓이가
가위를 누르려 들었다． 재숙은 도일을 칸막이 안으로 안내하며 말했
다．

“요즘 이렇게 손님이 없어요．”

“술주정뱅이들한텐 아직 이른 시간이지．”

“아녜요． 아주 없다니까요．”

“이상한데. 취하고 싶은 사람 많을 텐데.”

“돈 있어요? 쐬줏집에나 몰리나 봐요.”

재숙은 말하고 나서 가늘게 한숨을 뽑았다. 잠시 머뭇거리고 있는데 뻣뻣한 휘장을 툭툭 치는 소리가 나면서 열댓 살이나 먹었을 애송이 사내아이 하나가 빼꼼 얼굴을 들이밀었다. 녀석의 손엔 맥주병을 받쳐 든 쟁반이 들려 있었다.

재숙은 컵에다 술을 쏟으며 말했다. 지난달 셋째 일요일엔 교도소로 영자 면회를 갔었다나. 만나보고 돌아나오는데 도일이 생각이 나더라나.

“삼 분 동안에 걘 눈물을 한 글라슨 쏟았어요.”

“집어치우자, 그런 얘기.”

“그래요. 나도 생각하기 싫어요.”

“을식인 왜 그만뒀어? 또 갑식이하고 싸웠나?”

“그만둔 게 아니구 다른 데루 갔어요. 그 전에 숙희가 있던 리스본 바루. 잘됐죠 머, 형제간에 같이 있는 것보다야.”

“갑식이도 안 보이네?”

“외상 거두러 갔을 거예요. 술 들어요.”

도일은 입술을 거품에 담그고 들이켰다. 가슴이 서늘했다.

“숙희 안 만나볼 거예요? 다시 술집으루 나와요.”

“그 병신, 못 배겨 냈군. 안 만나.”

“도일 씨두 순정파예요?”

“좋아하네.”

“질투심 같은데요? 여기서 얼마 안 되는 거상 살롱에 나와요. 한 열흘 됐어요. 만나서 위로나 해주세요.”

“좋아하네.”

“지금 나하구 같이 갈까요, 쑥스러우심?”

“좋아하네.”

　도일은 얼굴을 찡그렸다. 병신 같은 년, 같이 물고 뜯고 할 일이지.

　빈속인 탓인지 도일은 고작 맥주 한 병에 알싸하게 술기운이 도는 것을 느꼈다. 도일은 남은 술을 마시는 동안에 이야기를 끝내야 한다고 생각했다. 돈을 줘도 여자는 받지 않을 거고, 막상 줄래야 줄 돈도 없으니, 술꾼도 뜸한 판에 크게 피 보이기 전에 일어서는 게 옳았다. 재숙이가 땅콩 쪼가리를 집으며 물었다.

　"아직 놀구 있는 것 같은데요, 도일 씨?"

　"그렇게 보여?"

　"그럼 요즘 머 하세요?"

　"못된 포주가 됐지."

　"농담 말구. 노는군요?"

　"정말이야. 생각 있으면 재숙이도 부탁하라구."

　재숙은 정말 농담 말고 실토하라고 재우쳐 물었지만 도일은 할말이 없었다. 포주라는 말밖엔 할 게 없는데 안 믿으니 어쩌랴.

　도일은 아껴 마시려던 술을 벌컥벌컥 들이켜고 말았다. 조가를 처음 만나던 날 바로 이 술집에서 코가 삐뚤어지도록 술을 마신 기억이 아련히 되살아났다. 그리고 문 밖으로 나서자마자 조가를 물구덩이 속에 다시 처박아 버린 것도. 조가는 그러나 꿈틀거리며 몸을 일으키자 쥐새끼처럼 빠져 달아났다. 비가 억수같이 쏟아지는 속을 뚫고. 혼자 남아 빗속을 휘적휘적 걷던 도일은 마침내 통금에 걸려 경찰서에서 하룻밤을 보내지 않으면 안 되었다.

　경찰서에서고 즉결 재판소에서고 도일의 전과를 걸고 넘어지려 갖은 수를 썼지만 전과가 곧 혐의라고 우기는 것쯤이야 가소로운 수작이 아니냐.

　―바깥 세상이 하도 좋아서 한잔 축하하다 보니 늦었시다. 안에서야 어디 시간이라는 게 있어야지 요령을 배우지. 한꺼번에 쏟아진

이 무섭게 자유로운 시간을 난 도무지 주체 못하겠는데요. 찌부러지
겠어요.

　재숙이 말없이 앉아 있는 도일을 빤히 건너다봤다. 도일에게 어딘
가 변한 구석이 있다고 생각하는 거나 아닌지.

　"왜 갑자기 술을 아껴요, 돈 들까봐?"

　"아냐, 취하는데."

　"에계계, 사람 웃기지 마요."

　"나보고 언젠 금갔다고 했잖았어."

　"엄살 떨지 마요. 도일 씨 술 사 줄 돈은 있으니까 술맛 떨어지는
소린 그만둬요."

　"그럴려면 한 잔이라도 마시고 그래."

　"주세요."

　도일은 남은 술을 홀짝 들이켜고 나서 컵을 내밀었다. 여자가 술
을 마시는 고통을 보는 것은 즐거운 일이다. 남자들이 가진 가학적
심리가 슬그머니 고개를 드는 순간이었다. 술을 한 모금 마시고 나
서 재숙은 또 물었다.

　"정말 숙희 안 만나보실 거예요?"

　"난 바빠, 포주질하느라고."

　"하긴 아직은 안 만나는 게 좋을지두 모르죠."

　도일은 재숙이 끝까지 한 가지 말에는 관심을 보이지 않는 데 안
도를 느끼면서도 은근히 초조감에 휩싸이기 시작했다. 어쩌면 그건
앞으로 어떻게 해야 할지 뚜렷하게 생각나는 것이 없어선지 몰랐다.
사실이지 정민준의 말대로 조가의 목을 졸라 고작 돈이나 뜯는다면
야합이 아니고 무어냐.

　"아니다."

하고 도일은 밑도끝도없이 중얼거렸다. 아무리 가슴이 답답하기로,
여자를 상대로 구원을 호소할 수야 없었다. 재숙이 눈을 똥그랗게

뜨고 물었다.

"뭐가 아네요?"

"쥐어박아 버리려 했는데 관뒀어."

"누굴?"

"오늘 억세게 똥폼 잡는 치들 몇을 만났거든. 지금까지도 속이 메스꺼워서 그래."

도일은 그러면서도 한쪽으론 줄곧 정민준이 하던 말에 압도당하고 있었다. 야합하고 마는 것일까, 과연?

반쯤 남아 있는 잔을 비우고 나서 도일은 자리를 일어섰다.

"나, 갈챠."

"어디루요?"

"글쎄, 어디로 갈까?"

재숙은 앉은 채로 도일을 올려다보며 픽 웃었다.

"왜 웃어, 처량해 뵈?"

"숙희한테 가보려는 거죠, 그죠?"

"골 벴어?"

"도일 씬 괜히 뻐기더라."

"잘난 거 뭐 있다고?"

"그게 아니라, 그렇잖아요. 숙희가 멀 잘못했다구 그래요?"

"누가 뭐랬어."

"근데 왜 걔 얘기만 나오면 죄인 취급예요, 죄인 취급은?"

"이거 편짜고 나오는데?"

"남자들은 다 그래요. 자기 위주로만 생각하는 이기주의자들이란 말예요."

"확실히 오늘 일진이 나쁜 모양인데. 이기주의자란 말을 두 번씩이나 듣는 걸 보니."

"거 봐요. 가슴 깊이 반성해요, 칼침맞기 전에."

“미안하지만 먼저 말한 사람은 여자가 아니었어.”

“그래두 여자에 관해서겠죠, 머.”

“그것도 아냐.”

도일은 아니라고 말하고 나서 또 정민준을 떠올렸다. 미순이년 때문에 사단이 난 거니 그것도 여자에 관해서라고 말해야 하는 건가. 바지 주머니에 손을 찌르고 멀거니 서 있는 도일을 쳐다보며 재숙이 권했다.

“남은 술이나 비우구 나가세요. 한 잔 남겨 놓구 일어서는 법이 어딨어요.”

도일은 선 채로 술상을 내려다봤다. 재숙이가 도일 앞에 놓인 빈 컵에다 병 주둥이를 틀어박고 있었다.

도일은 잔을 들어 재숙이 코앞으로 길게 내밀었다. 바닥에 조금 남은 컵을 들어올린 재숙이와 쟁그랑 잔을 부딪치며 도일이 말했다.

“나는 재숙이를 사랑한다.”

“징그럽다니까요.”

술을 쭉 들이켜고 난 빈 컵을 술상에다 내려놓자 도일은 이내 홀로 나섰다. 재숙이 말대로 정말 술꾼들이 꾀어들지 않는 모양이었다. 홀에는 고작 사나이 둘이 한쪽 구석에 앉아 여자들을 희롱하고 있었다.

재숙은 출입구의 문을 열기 전에 다시 말했다.

“나랑 같이 가볼까요, 숙희한테? 어차피 공칠 텐데 나 지금 나가두 돼요.”

“쓸데없는 소리 마. 난 안 만나.”

“아직두 반성 않는군요.”

“뭘 반성해? 난 코카콜라가 아냐. 한 계집애뿐이 아니라고.”

재숙이가 뭐라고 말하기도 전에 도일이 출입문 바로 밖에 서 있던 갑식이와 마주쳤으므로 둘은 나란히 섰다. 도일이 먼저 말했다.

“오래간만이오, 형. 을식인 자리를 옮겼다며요?”

“응. 어디 일자리 구했나?”

그러나 도일이 대답하기도 전에 재숙이가 먼저 아니라고 말했다.

“내가 요즘 포주질한다고 안 그랬어?”

도일이 말했으나 갑식이도 재숙이처럼 도무지 남의 말을 귀 밖으로 들어 넘기는지 뭐라고 대꾸가 없었다. 갑식이는 잠시 뜸을 들이고 나서 낮은 목소리로 물었다.

“도일이 훈장 하나 달았다고 모두 기피하는 건가.”

“구해 보지도 않았어요.”

“그러고 견딘다니 재주도 용하구나. 참, 어머니도 안녕하시고?”

“그럼요. 노친네야 천한 몸이 돼서 어디 앓아누울 겨를이나 있겠어요.”

“그런 말이 어딨어. 그럴수록 얼른 취직 자릴 구해야지.”

“어디 하나 구해 주쇼.”

“생각 있으면 여기 와서 일해 볼텨, 을식이 있던 자리?”

“건 싫어요.”

“그래, 한번 빠져나갔으면 다시 들어서지 마.”

형이야 그래도 웨이터 우두머리니 출세했지 뭘 그러느냐고 도일이 말하자 갑식이는 정말 출세한 거라고 생각하는지 아무 말도 하지 않았다. 그러나 갑식이는 잠시 후 한숨을 깨물며 말했다. 무슨 짓을 한들 이따위 술집에서 꼴사나운 주정뱅이들 술 토해 내는 거 받쳐 주는 일보다야 낫지 않겠느냐고.

“맞아요. 도일 씬 다시 이런 데 들올 생각 말아요.”

하고 재숙이마저 맞장구를 쳤으므로 도일은 좀 난처했다.

“오라고 해놓곤 정말 올까봐 겁이 나서 발뺌하는데, 나 안 올 테니 염려 노쇼. 일자리 없는 사람, 이거 서러워서 살겠나.”

“야, 그게 아냐. 그렇게 생각하면 오해다, 너.”

　도일은 제법 쓸쓸한 날씨라는 몸짓을 하며 떠날 기세를 보였다. 두 사람 앞으로부터 몸을 빼내 하직 인사를 했다.

“어디로 가니？”

“을식이나 만나볼까 하고요, 여기까지 왔으니.”

“제발 그래 줘, 어떻게 잘돼 가는지 한번 가봐 줘. 어느 집인진 애기 들었겠지, 재숙이한테？”

　도일은 손을 흔들어 보이고 나서 입구로 걸어나갔다.

　도일은 리스본 바를 찾기 위해 무교동 거리를 기웃거렸다. 옛날 집은 아는데, 옮아갔다는 것이었다. 골목으로 들어섰다. 술집 동네에 완구점을 차리고 있는 것은 고주망태가 된 애비들의 비칠거리는 부정(父情)을 노리기 위해서일 것이었다. 그래서 장난감이라곤 주로 싸구려 플라스틱 계집애만 잔뜩 쌓아 놨을 것이다. 저나 술집 계집애들 사타구니 주물럭거렸으면 됐지 애새끼한테까지 뻣뻣한 화학 제품 계집을 갖다 안겨서 어떻게 하겠다는 건가.

“어이！”

　막 골목으로 들어서고 있던 도일은 발걸음을 멈추고 주춤 물러섰다. 서너 발걸음 앞에서 알은체하며 달려드는 사나이가 있었다. 악수를 하자는 것인지, 아니면 얼싸안기라도 하자는 것인지. 도일은 말을 더듬거렸다.

“누구더라？”

“야, 웃기지 마라. 너 오리발 아냐？”

“예감이 좋지 않더니 역시 재수없는 친구인 모양이었다. 오리발(은 도일이 빵깐에 있을 때 죄수 번호 568번에서 유래한 별명)이라고 대뜸 소리치는 걸 보면 분명히 아는 친데 누굴까. 막애비(는 교도관)들 중 하나가 개비 담배 팔아서 술 마시러 온 건가. 막애비면 막애비지 제까짓 게 나와서도 행세할 건가 싶었으므로 도일은 덮어놓고 되받았다.

"도대체 어떤 자식이야, 이거?"

"사보뎅(451)도 몰라보나?"

"사보뎅? 이 새끼 언제 나왔니?"

"그저께 밤에."

"그런데 벌써 여기까지 진출했다 이거야? 너도 싹수 뇌랗다."

"임마, 그럼 좀이 쑤셔 못 배기겠는데 어떻게 하니. 고기는 놀던
데 놀아야 하는 법이라구."

사보뎅은 양아치다. 입실(入室) 신고를 마치자마자 단박에 실장
한테 찰싹 달라붙어, 오백 원짜리 새마을을 사서도 둘이서만 갈라
피우며 다른 사람한테는 한 모금 안 빨리던 놈이다. 사보뎅이란 이
름은 번호에서만 딴 것이 아니라 놈의 그런 소름 끼치는 가시를 말
하는 것이기도 했다.

사보뎅은 되게도 반가운 듯이 손을 잡고 끝없이 흔들어 댔지만 도
일은 재수없었다. 가시에 찔리기 전에 멀찌감치 떨어지는 것만이 상
책이었으므로 도일은 대놓고 노골적으로 말했다.

"밖에 나오면 구두끈 매라(는 것은 만나도 못 본 체 구두끈 묶는
시늉한다)고 했잖어."

"임마, 반가운데 구두끈 만지게 되니, 우선 고함부터 터지는데."

"반갑기도 하겠다."

정말 조금도 반갑지 않은 치다. 수칙대로 우선 식구통 앞에 넙죽
큰절을 시키고 난 깜빵장은 일어서는 놈을 향해 물었다.

"어이, 도둑놈! 너 돈 있어?"

"왜요?"

"이 새끼 봐라. 어이, 저 도둑놈 뺑끼통으로 끌고 가서 맛 좀 봬
줘. 반항하거든 뻑다구가 부러지도록 줘패. 내가 책임질 테니까."

"아, 아닙니다, 실장님. 돈 좀 있습니다. 한턱합시다, 까짓거. 하
지만 거 도둑놈이란 소린 좀 빼쇼."

하얗게 질린 낯빛으로 더럽게도 싹싹 빈다 싶더니 나중에 보니 놈
이 한턱하자는 것은 곧 실장한테만 아양을 떨겠다는 뜻이던 것이다.
다른 사람들은 건빵 한 개 일없었다.

사보뎅은 도일의 손목을 끌며 말했다.

"이럴 게 아니라 어디 가서 대포라도 한잔 하자꾸나. 반갑다야."

"볼일 봐. 난 약속 시간 늦었어."

"오리발 내밀지 말고."

"관둬, 돈 아껴."

"정말 의리 없이 구네, 그 새끼."

"담에 만나거든 구두끈부터 매. 이젠 아는 체해도 너따위 새낀 모
르는 놈으로 칠 테니까."

도일은 말하고 나서 곧 걸음을 떼어 놓기 시작했다. 뒷덜미가 근
질근질했으나 놈은 안 되겠다 싶었는지 따라붙지 않았다. 커다란 쓰
레기통이 놓여 있는 두번째 전주 앞까지 걸어온 도일은 오른쪽으로
꺾어지기에 앞서 흘끗 뒤를 돌아다봤다. 놈은 따라오지 않았다. 골
목 입구 쪽을 내다봤으나 이미 가버렸는지 보이지 않았다. 성질 나
는 대로 한다면 으슥한 데로 끌어들여 줘패 버리겠지만 그럴 수도
없고. 도일은 전형구 생각이 났다.

정말 전형구 짜식은 잘 지내고 있을까, 생각하면서 도일은 리스본
바라는 커다란 전광판이 껌벅거리는 앞으로 걸어갔다. 바 입구에 서
서 소리치는 남자 아이 앞까지 간 다음 도일이 물었다.

"여기 삼번 웨이터 잠깐 좀 불러 줄래, 며칠 전에 새로 온?"

"을식 씨 말씀이세요? 누구 되세요, 친구세요?"

도일은 대답 대신 고개를 주억거렸다. 사내 아이가 곧장 술집 안
으로 사라졌다.

"이 병신아, 여길 어떻게 나타났니, 그렇게 꼼짝 않더니."

을식이는 입구 문 앞에 서서 소리쳤다. 흰 셔츠에 빨간 저고리와

나비 타이를 맨 모습으로 놈은 히죽 웃음을 흘렸다. 영락없는 어릿 광대 꼴이었다.

옛날 시골에서 을식이와 같이 곡마단 구경을 갔을 때 딱 저런 모습을 한 애가 하나 있었다. 트럼펫과 북 소리가 쿵작거리면서 가슴을 설레게 했었지. 동네 고만고만한 아이들은 연못 옆 우물가에 모여 텐트 자락을 들치고 몰래 기어 들어갈 궁리를 짰다. 일단 두 놈만 돈을 내고 들어가면 경비원이 지나간 자리를 발로 툭툭 차서 신호를 하기로 하고 아이들은 우르르 5리 밖에 있는 장터 우시장으로 몰려갔다. 계획대로 개구멍 타는 것은 모두 성공했는데 공교롭게도 을식이 형제만 들이미는 대가리를 경비원한테 들켜 군홧발로 골통을 까였다. 그래 놓고도 녀석들은 기어이 기어 들어왔다. 골이 어찔어찔하게 흔들리는 것 같다면서.

그날 밤에 바로 빨간 나비 타이를 맨 아이가 떨어져 죽었다. 천장 밑까지 바짝 올라붙어 그네를 옮아 타다가 그대로 꼬라박혀 버렸던 것이다.

어어, 하고 외마디 소리를 내고는 도망치듯이 모두들 천막 밖으로 몰려 나왔다. 집으로 돌아오는 길에선 달그림자를 밟으며 동네 계집 애들을 놀리는 데 정신이 팔렸었다.

"뻘겋게 입고 있으니 뭐 같구나."

하고 도일은 말했지만 차마 서커스쟁이 같다는 말은 나오지 않았다. 얻어터져서 늦게야 기어 들어오는 바람에 을식이는 그때 아이가 떨어져 죽는 장면밖에 보지 못했기 때문이다. 그러므로 곡마단 애길하면 단박에 그 소름 끼치는 장면을 떠올릴 것이었다.

을식이는 바지 주머니에 손을 찌르며 말했다.

"어디서는 이렇게 안 입었었니, 맨날 똑같은 꼴이지."

"그래도 나폴리에서 시커먼 거 입을 때보다 낫다야."

"낫긴 뭐가 나아, 때 잘 타서 자주 빨아 입어야 된다는 생각은 안

하고.”

“그런데 왜 일로 옮겼니? 대우가 낫니?”

“대우 좋아한다. 그렇게 말하니 꼭 이 짓 안해 본 놈 같구나. 이런 데서 사람 취급 하는 거 봤어?”

“내가 술집 주인이야, 왜 나한테 야단이니?”

“너, 술 마시고 싶니?”

“그래, 임마.”

“그럼 저 집에 가 있어. 내 곧 나올게, 한 시간 내로.”

을식이는 리스본 바 건너편에 보이는 특주집을 가리켰다.

“알았다.”

도일은 더 말하지 않고 돌아섰다. 그의 등뒤에다 대고 을식이 녀석이 냅다 소리지르고 있었다.

“되도록 빨리 나갈게. 좀 살롸 주라.”

도일은 돌아보지 않았다. 한 시간이라지만 그렇게 되긴 어렵고, 어디서 시간을 보낼 것이냐. 도일은 거상 살롱이 어디쯤일까 한편으로 생각했다.

쓸데없는 생각 말자 하면서 도일은 막걸리집 유리 미닫이를 열고 들어섰다. 그렇잖아도 을식이가 뒤에서 지켜보고 있을 것이었다.

돼지 비곗덩이를 굽느라 술집 안이 자오록한 연기 속에 잠겨 있었다. 치르륵거리며 동물 기름 타는 소리, 뭐라고 떠들어젖히는 소리, 안줏거리와 술 주전자 두들겨 대는 소리에 술꾼들이고 술집 주인이고 모두가 넋이 빠져 설쳤다. 그들은 단지 누가 연기 속을 오래 견디나 내기를 걸고 있는 사람들처럼 빼곡하게 들어앉아 팔을 허우적거리고 있었다.

“어서 옵쇼. 몇 분이쇼?”

그러나 도일은 문턱에 서서 엄두가 나지 않았다. 연기도 연기였지만 비비적거리고 들어앉을 자리가 있을 것 같지 않아서였다.

“거, 들오든지 나가 버리든지 빨리 결정하고 문 닫으쇼.”

입구 쪽에 바짝 맞대고 둘러앉았던 패거리 중 하나가 몸을 움츠리며 소리쳤다. 추운 것보다는 연기 속이 낫다는 뜻이었다.

도일이 미닫이를 끌어당기려 하는 사이 술집 아이가 다람쥐처럼 달려들어 그의 팔을 끌었다.

“한 분이심 일루 오세요, 일루요.”

“우선 문부터 닫아라, 연기 새나간다.”

“좀 열어 놔두 괜찮아요, 아저씨.”

“춥다고 닫으라잖나.”

“그쎄 알았어요. 일루 오시라니까, 마침 한 자리 비었거든요. 우물우물하다간 다른 사람이 걸상 끌어가 버린단 말예요.”

도일은 나무 걸상 하나가 비어 있는 자리로 끌려가서 낯모르는 남녀 한쌍과 마주앉았다. 사나이는 헐개빠진 인간처럼 말붙이기를 좋아하는 친구였다. 도일을 쳐다보며 반색을 했으니 말이다.

“마침 잘 오셨습니다. 앉으십시오.”

그리고 앉자마자 자기 앞에 놓여 있던 술잔을 훌짝 들이켜고는 불쑥 도일 앞으로 내밀었다.

“자, 한 잔 받으십쇼.”

도일은 손을 내밀 수도 없고, 그렇다고 그냥 앉아 있을 수도 없어 어정쩡한 자세를 취했다.

“술 인심이라는 게 있어서 이렇게 우린 살아가잖우.”

도일은 하는 수 없이 잔을 받아들었다. 역시 일진이 나빴다. 사나이는 종업원 아이를 불러세우는 도일을 말리고 소리쳤다.

“술은 아직 여기 많아요. 안주 뭘 좋아하쇼? 한 가지 시킵시다.”

사나이는 벌떡 일어서서 돼지 갈비니 굴, 낙지, 바다뱀장어 따위를 잔뜩 벌여 놓은 안주 찬장 쪽으로 걸어갈 기세였다.

“안주 뭐가 좋겠수? 돼지 갈비 좋겠다, 그죠?”

　도일은 난처한 표정으로, 역시 난색이 되어 앉아 있는 여자를 멀거니 건너다봤다.

“이거 죄송합니다.”

　그러나 여자는 약간 웃음기를 띨 뿐 뭐라고 대꾸가 없었으므로 도일이 다시 덧붙였다.

“방해 많았습니다. 나 그만 저분 안 볼 때 도망가겠습니다.”

“앉아 계세요.”

　명령조로 만류하는 여자의 당돌함에 놀라 도일은 떼어 들었던 엉덩이를 털썩 도로 깔고 앉았다.

“술대접 거절하심 실례라구 하잖았어요, 저분이.”

“댁도 그렇게 생각하쇼?”

“술 상대는 제가 아니잖아요.”

“저 양반, 그렇게 돈이 많우?”

“건 저두 몰라요.”

　도일은 뗑한 눈길로 여자를 건너다봤다. 화가 났다. 돈에 무관심할 수 있는 팔자 좋은 족속들만 만나면 울화통이 터졌다. 잠시 후 여자가 말했다.

“저 사나이두 돈이 많은 것 같진 않더군요. 요전엔 외투를 팔아먹었어요. 본격적인 겨울이 온 다음에 팔았으면 좀더 받을 수 있었을 텐데 하구 아쉬워했어요.”

　그때 마침 사나이가 자리로 돌아왔으므로 여자의 애기는 거기서 끊어지고 말았다.

“돼지 갈비 시켰지. 우리 신나게 한번 구워 봅시다, 치지직.”

“나 그만 가봐야겠시다.”

　도일은 벌떡 자리를 차고 일어섰다. 사나이가 다급한 몸짓을 하며 따라 일어서자 여자가 먼저 말했다.

“앉으세요. 가시면 안 돼요.”

여자가 몸을 일으키면서 도일의 손목을 끌어당겼다. 보드랍고 따뜻한 여자의 살이 닿자 도일의 완강하고 뻣뻣하던 어깨가 단박에 맥을 못 췄다. 도일은 양처럼 순해져서 도로 자리에 앉았다.

"이거 미치고 환장하겠구먼."

"예끼 여보슈, 여자한테 손목 한번 잡혔다고 미치고 환장해."

"손목 잡혀서 그런 게 아니고 댁한테 발목 잡혀서 그렇시다."

여자와 도일은 흐물흐물 웃을 수밖에 도리가 없었다. 도일이 뭐라고 말이 없자 사나이는 침방울을 우수수 튀기며 소리를 내질렀다.

"술을 먹을 줄 모르면 더불어 애기가 되느냐 말이야. 난 술 못 먹는 인간하곤 상대를 않어."

"술 안 마셔서 망한 사람은 없어도 술 때문에 신세 조진 사람은 많다던데."

"신세를 망쳤다는 거야 관점 나름이지. 술 못 먹는 족속들의 속임수에 넘어가지 말라구. 술은 어디까지나 사회적인 거라구."

도일은 돼지 갈비를 굽는 매캐한 구공탄 냄새에 차차 면역이 되어가고 있었다. 그는 코를 비비며 말했다.

"그럼 사회가 맨날 술타령에 빠져 즉결 재판소에나 끌려가야 하우?"

"애기 상대가 될 만해. 부정부패도 일소해야 하고 민주주의도 해야 되고. 맞았어, 아무 짝에도 쓸모없는 유엔 총회도 해야 하고, 남북대화에 대해서도 대화해야 하고 통일도 말해야 하고……."

"어렵게 나오시는군, 술맛 떨어지게."

"형씬 잘 나가다가 왜 이러슈."

"괜한 사람 앉혀 놓고 안주삼으려 들지 말라구."

사나이는 도일의 말에 피식 웃었다. 그러고는 이미 초점이 풀려버린 눈으로 지그시 건너다봤다.

"형씬 아무리 봐도 그게 바로 매력이야. 우리 인사합시다. 나는 이창석이고 이 여잔, 그러니까 송이라던가 그렇고."

"난 허가요."

"아, 허 선생. 이렇게 만나 반갑시다. 그런데 허형, 우리 이제 말하던 거 결론을 내립시다, 잊어버리기 전에."

도일은 대답 대신 연기를 뿜으며 타들어가는 돼지 갈비쪽 한 점을 집어 올렸다. 사나이가 혀 꼬부라진 소리로 지껄이고 있었다.

"술은 사회적인 의미로만 해석될 수 있다는 거 명백히 하자 이거야. 오늘 이 난처한 사흴 구하자면 사회 자체가 미치지 않으면 안 되거든. 허형은 미친 사람과 얘기해 봤수? 난 해봤어. 그 사람들만큼 순수한 인간은 없어. 미친 상태라야만 사생관도 서고 희생정신도 생기는 법이야. 그래야 이 사회를 건진다니까."

"집어쳐요!"

"우린 모두 미쳐야 돼. 술 마신 정의가 필요해."

도일은 자리를 일어섰다. 지루하고 오락가락하는 술주정을 더 이상 받고 앉아 있을 수 없었다.

"왜 일어서지, 허형?"

"가봐야겠어서."

"좋아, 우리 이차 합시다."

"이제 그만 들어요."

"계집년은 거들지 마."

도일은 화가 나서 소리쳤다.

"당신 자꾸 계집, 계집 하면서 독재자가 돼가는데?"

"그래서? 생각 있다 이거야?"

여자가 다급하게 몸을 일으키며 도일의 팔을 잡았다.

"참으세요."

도일은 자리에 다시 앉았다. 사나이가 여자의 부축을 받으며 일어서고 있었다. 도일은 휘적휘적 술상 사이를 빠져나가는 사나이를 보며 여자한테 물었다.

"어디 가는 겁니까?"

"변소 간대요."

도일은 주전자를 기울여 잔을 채웠다. 뭐라고 말을 붙이긴 붙여야 한다고 생각하면서도 생각이 나지 않아서였다. 그건 몸을 웅숭그리고 앉아 있는 여자 쪽도 마찬가지인 모양이어서 도일은 말이 없는 가운데 술만 연거푸 마셔 댔다. 그러다가 이상한 생각이 들어 도일은 여자한테 물었다.

"이 양반 똥토간에 빠진 거 아뉴?"

"가버렸을 거예요. 잘 그래요. 처음엔 저도 속았죠."

"그런데 왜 진작 말하지 않았죠?"

"염려 마세요. 술값은 내게 있으니까."

도일은 적이 안심이 되면서도 내친 걸음에 한마디 덧붙일 수밖에 없었다.

"돈이 있어도 안 낼 거요, 공모자들을 위해선."

"어쨌든 나가세요."

"가보슈. 난 친구를 기다리고 있으니까."

"어떤 친구분인진 모르지만 그분도 형편없군요, 이렇게 오래 약속을 안 지키니."

"내가 너무 일찍 와서 아직도 시간이 안 됐시다."

"거짓부렁 마시구 우리 나가요."

여자가 핸드백을 주섬주섬 거둬 들였다. 그 사나이처럼 계집년이라고 몰아세우고 쫓아버려야 할 것인지 도일은 생각이 나지 않았다. 그러나 역시 입구 계산대로 걸어가는 여자를 그냥 내버려 둘 수는 없었다. 도일은 여자 뒤를 따라나갔다. 돈 한푼 없이.

"계산됐는데요."

"그래요?"

하고 여자가 눈을 똥그랗게 뜨고 소리쳤다. 더는 주춤거릴 이유가 없었으므로 도일은 여자를 남겨 두고 먼저 밖으로 걸어나갔다. 그새 기온이 더 내려가 버렸는지 밖으로 나서자 몸이 오싹 오그라드는 것 같았다. 도일은 저만큼쯤 건너다보이는 리스본 바의 입구를 바라보았다. 술꾼 두셋이 바깥까지 여자들을 끌고 나와 입을 맞추고 소릴 지르고 하는 광경이 보였다.

을식이 자식은 도대체 언제 나오려는 건가. 도일은 그쪽을 향해 걸어갔다.

"저 보세요!"

도일이 리스본 바 앞에 이르렀을 때 등 뒤에서 여자의 부르는 소리가 들렸다. 여자는 이미 이만큼 쫓아오고 있었다. 도대체 어떻게 되어 먹은 것인가. 도일은 여자가 다가서기를 기다리는 수밖에 없었다. 쫓아온 여자가 소리쳤다.

"도망가시는 거예요?"

"또 뭐요? 미스……."

"송예요. 기분 나빠요. 제가 뚱쟁이예요, 잽싸게 도망치시게?"

"생사람 잡는군. 내가 왜 도망을 친단 말요?"

"그러게 말예요."

"난 만날 친구가 있다고 했는데."

도일은 자기도 모르게 손으로 리스본 바 입구를 가리켰다. 도망쳤다는 말에 약이 올라서가 아니었다. 도통 소식이 없는 을식이 자식에 화가 나서였다.

"잘두 둘러대시네요. 한 사람은 바에서 마시고 또 한 사람은 막소줏집에서 마시고 한단 말이죠? 그러다가 시간이 되면 만나서 같이 집으루 돌아가나요? 참 기막힌 우정을 다 보겠네요."

"왜 시비요? 맘에 든다 이거요?"

"난 미스터 허가 도망치시는 거 기분 나쁘다 이거예요."

“분명히 말해 두지만 나는 친구를 기다려, 이 바에서 웨이터하는.”

“이번엔 또 웨이터예요? 입씨름은 시간 낭비예요.”

“시간 낭비를 하지 않으면?”

“미스터 헌 정말 쑥맥이군, 아까 그 사내처럼.”

“이거 정말 쑥맥 다 되는군”

하고 나서 도일은 잠깐 생각했다. 그러나 도무지 뭐가 뭔지 알 수가 없었다. 도깨비한테 홀린 것 같기만 했다.

“아까 그 사나이 정말 애인이오, 미스……?”

“송이라고 했잖아요.”

“아, 미스 송.”

“네, 애인예요. 하지만 그쪽에서만 그렇게 생각할 뿐예요.”

“참 편리하군. 이렇게 맘놓고 딴 사내나 홀리고.”

“정말 기분 나쁜 사내네. 난 자존심 깎일까봐 초조하게 구는 사내 젤 싫더라.”

“자존심이 아니라 주머니가 비어서 초조할 뿐이지.”

도일은 여자의 팔을 끌었다. 도무지 뛰쳐나올 배짱이 없는 을식이 자식일랑 엿이나 먹어라 단념하고서. 도일의 옆구리에 매달려 골목을 빠져나오면서 여자가 물었다.

“정말 친구가 웨이터세요?”

“정말 미스 송은 오늘밤 나하고 같이 갈 거야?”

“뭐라구 대답할까요?”

“그 사나이에 대한 반발인가?”

“그 사나인 임포예요. 이제 속이 시원하세요? 그 덩치에 코맹맹이 소리 들어 보면 몰라요?”

“덩치 좋고 코맹맹이면 다 불구잔가?”

“틀림없어요.”

“새로운 학설 나왔는데.”

“만난 지 벌써 석 달예요. 그런데두 맨날 술타령이 고작예요. 그리구 술만 마시면 아까처럼 대단한 말밖에 하지 않아요. 민주주의가 어떻구 반전주의가 어떻구.”

“그럼 아가씬 남자를 동물로밖엔 보지 않는다 그건가?”

“난 다 실험까지 해봤다구요.”

“어떻게?”

“어떻겐 뭘 어떻게요, 유혹했죠.”

“그랬더니?”

“그랬더니 질겁을 하구 도망쳤죠. 그 다음부턴 엔간히 술만 취했다 하면 슬그머니 빼버려요, 오늘밤처럼.”

도일은 말을 들으며 혼자 생각했다. 그럴 리가 있나. 민주주의와 반전주의를 말하는 사람이면 모두 그렇다는 얘기라니 말이나 되는가. 차라리 금욕주의라면 몰라도.

도일은 팔짱을 끼고 따라오는 여자를 돌아보았다. 마주 쳐다보는 여자의 눈길엔 별다른 동요의 빛이 보이지도 않았다. 도일은 꽤 오래 따져본 말을 내뱉었다.

“그 사람은 금욕주의자야.”

“금욕주의자면 여자를 낯모르는 사내한테 떠맡기구 도망가요?”

“미스……?”

“송이라니까요. 시치미 떼지 말아요.”

여자는 얘기가 대상을 버리고 얘기 자체로 돌아가 버리면 엉뚱한 데로 흐른다고 경고했다. 말하자면 도망쳐 버린 사내에 대해선 자기가 더 많이 알고 있으므로 공연히 알지도 못하는 주제에 입을 다물어 달라는 거였다.

“사람 잘못 봤다.”

“누구를요?”

"그 사람. 집으로 돌아가시지."

여자는 대답 대신 도일을 가만히 쏘아보았다. 자동차의 헤드라이트 불빛이 여자의 긴 속눈썹을 드러냈다 지웠다 하고 있었다. 도일은 여자의 팔을 잡아 끌고 골목길로 들어섰다. 그나마 뗑하던 술기운이 싹 가시는 것 같았다. 골목길 앞을 환하게 밝히고 있는 여관 앞까지 와서 도일이 말했다.

"지금이라도 가겠다면 보내주겠어."

그러나 여자는 여전히 뭐라고 말이 없었다. 도일은 여자의 팔을 잡은 채로 여관 문을 밀고 들어섰다. 현관 안으로 들어서자 여자가 조심스럽게 잡힌 손목을 뽑아 갔다. 잠에 떨어졌던 듯한 남자 아이 하나가 삐그덕 문을 열고 나서며 눈두덩을 벅벅 긁었다.

"방 있지?"

"따라오세요."

아이는 말하고 나서 좁은 마루를 걸어 들어갔다. 도일은 여자의 등을 밀며 갑자기 굳어져 버린 표정으로 현관 안을 두리번거렸다.

복도 끝에 붙은 방 앞에 서서 둘은 아이가 전등을 켤 때를 기다렸다. 스위치를 비틀자 이부자리와 옷장과 조그마한 탁자와 경대와, 그리고 두루마리 휴지가 놓인 방 안이 통째로 드러나 보였다. 아이는 방을 나오며 코맹맹이 소리로 말했다.

"주무실 거죠, 숙박부부터 써주세요."

도일은 현관 옆 안내실로 걸어가는 아이를 돌아보며 말했다.

"저 아이도 코맹맹이 소릴 내는데?"

여자가 도일의 옆구리를 가볍게 꼬집었다. 코맹맹이 아이가 물주전자와 엽차 잔이 얹힌 쟁반과 숙박부를 받쳐 들고 뒤미처 다가왔으므로 도일은 내처 그 얘길 했다.

"너 원래부터 코맹맹이 소릴 하니?"

"무슨 소리요?"

“코 막힌 소리 말이다.”

“아뇨.”

“다행이다. 너도 신세 조질 뻔했다, 임마.”

여자가 등 뒤에 붙어 서서 또 살점을 집어 뜯으려 들었다. 도일이 숙박부를 받아들자 아이가 말했다.

“조금 있다 가지러 올게요. 숙박료 선불해 주세요.”

“얼만데?”

“천오백 원요.”

“가봐.”

아이가 문을 닫고 나가자 여자는 곧 핸드백 속을 뒤적거리기 시작했다. 지폐 쪼가리를 내밀 때까지 멋쩍게 앉아 있어서는 안 되었으므로 도일은 배를 깔고 엎드려 숙박계를 적어 넣기 시작했다. 내용은 한마디로 말해 무지막지한 거짓이었다. 도일은 다 적어 넣고 나서 여자를 향해 물었다.

“어이, 우리 사이를 뭐라고 할까?”

“이름은 알아요?”

“송이라며? 이름이야 지으면 됐지, 까짓 거.”

“마음대루 해요.”

여자는 5백 원권 지폐 석 장을 도일 앞으로 들이밀어 놓았다. 도일은 지폐 쪼가리가 끼인 숙박부를 방문 앞에 휙 던져 놓고 이불 위에 벌렁 자빠졌다. 여자는 금세 수줍음이 끼기 시작한 모습으로 방 가운데 쪼그리고 앉아 있었다. 이어 문 두드리는 소리가 나고 아이가 고개를 삐죽 내밀었다.

“주세요.”

“거기, 가져가.”

“재미 많이 보세요.”

“이놈의 자식, 우리 누나야, 임마.”

“헤헤.”

“숙박부에 적힌 걸 봐.”

“이따가 임검 나오거든 보세요.”

아이가 문을 닫으면서 말했다. 도일이 재빨리 소리쳤다.

“너, 자는 사람 깨워 귀찮게 굴면 죽여 버린다.”

아이는 직직 끌리는 실내화 소리를 내며 사라져 갔다. 도일은 깍지를 끼어 뒤통수를 받쳐 들고 누워 여자를 지그시 바라보았다. 여전히 스스럼이 묻은 모습이었다. 도일이 여자의 팔을 잡아끌었다. 여자가 고개를 들고 도일을 쳐다보았다. 그러나 어딘가 겁에 질린 듯한 눈길임을 직감할 수 있었다. 여자의 팔을 풀고 도일이 물었다.

“후회하고 있는 거야?”

“도무지 뭐가 뭔지 알 수가 없어요.”

“그건 내가 할 소린데.”

“우린 서로 닮은 모양이죠?”

“그럼 도로 나갈까?”

“모르겠어요.”

“갑자기 심각해지는 거 싫다. 좋아, 내가 그 친구처럼 금욕주의자 해주지.”

“왜 처음부터 그런 말을 시켰어요, 어색하게.”

“나도 원래는 금욕주의자니까.”

하면서 도일은 여자의 어깨를 힘껏 끌어안았다. 둘은 목덜미와 허리를 안은 채 모로 뒹굴었다. 여자는 몸을 비틀며 한 손으론 도일의 목을 끌어안고 안간힘을 썼다. 도일은 격렬하게 여자의 허리를 끌어당기며 입술을 눌렀다. 결정을 못 내려 당황하는 여자 대신에 그가 결정해야 한다는 생각이 들어서였다.

숨결이 높아 가면서 여자의 뺏뺏하게 굳어 있던 몸체가 차차 긴장을 풀고 밀착되어 왔다. 그러나 그때의 도일은 이미 걷잡을 수 없는 격정의 늪 속으로 빠져들고 있었다. 도일은 다급하게 서둘렀다. 여자가 도일의 손을 막으며 소곤거렸다.

"불이 켜져 있어요."

"어때, 까짓 거."

"금욕주의자가 이럼 돼요?"

도일은 몸을 일으키면서 말했다.

"에잇, 망할 놈의 금욕주의!"

형광등의 스위치를 끄려던 도일이 여자를 내려다보며 중얼거렸다.

"이대로 꺼선 안 되겠군. 자리는 여자가 까는 건데."

그러나 여자는 방 한가운데 동그마니 무릎을 세우고 앉아 기척을 않았다. 도일은 스위치를 놓고 말했다.

"이번엔 그쪽이 금욕주의하는 건가?"

도일은 전등의 스위치를 비틀었다. 창 틈으로 새어드는 희미한 빛 속에 서서 도일은 여자를 내려다보았다. 그러나 여자는 여전 자세를 흐트리지 않고 앉아 있었다. 턱을 무릎 위에 올려놓은 채로. 도일은 여자를 이불 위로 벌렁 자빠뜨렸다.

아침에 도일이 눈을 떴을 때 여자는 이미 보이지 않았다.

가 버렸구나

하고 도일은 중얼거렸다. 일어나서 방문을 열어젖혔다. 어두운 복도엔 아무 인기척이 없었다. 도일은 문을 닫고 들어와 서서 다시 방 안을 둘러보았다. 여자의 유일한 소지품인 핸드백이 보이지 않았다. 그것만이 보이지 않는 게 아니고 여자는 이미 여기저기를 손봐 두어서 도대체 두 사람이 자고 난 흔적이라곤 아무 데도 남아 있지 않았다.

제기랄, 샜구나. 새벽같이.

도일은 후루룩 몸을 떨고 나서 깔려 있는 이부자리를 내려다봤다.

"쌍화탕! 쌍화탕!"

복도를 지나가며 외치는 남자의 음침한 목소리를 들으며 도일은 또다시 이불 속으로 몸을 처박고 누웠다.

이창석이라는 사나이에 대해서도, 자신에 대해서도 좀처럼 입을 열려 들지 않던 여자, 그는 도대체 어떤 여잔가? 도일은 여자의 이름조차도 알고 있지 않았다. 여자가 도일에게 들려준 얘기라곤 그녀가 이창석이라는 사나이를 만난 게 석 달쯤 전의 길거리에서라는 것과 그 사나이가 주장했다는 반공법 위반설에 대해서뿐이었다.

—길거리에서 어떻게? 나처럼 이렇게 주워 갔어?
하고 도일이 되받아 다그쳤으나 여자는 거기에 대해선 말하지 않고 느닷없이 이창석의 출생에 대한 이야기를 했다.

—그 사나인 평양에서 살았다는 거예요, 출생 전 육 개월을.

—태어나기도 전에 살았다는 건 또 뭐야?

—그 사나이의 어머니가 아이를 밴 여섯 달 만에 무거운 몸을 끌구 살을 에는 겨울의 임진강을 건넜다는 거죠. 육이오 때요.

—그런데 그 어머니가 첩자 노릇을 했나, 반공법 위반이게?

—자기가 위반했다는 거죠.

무슨 얘기야, 뱃속에 든 아이가 반공법을 어겨?

—자긴 내려올 뜻이 없었다는 거죠. 왜냐? 고향을 잃는 건 인간에게 있어 가장 큰 불행이기 때문에.

—웃기네.

—그에겐 웃기지 않았어요. 자기가 오늘 불행해진 것은 그 출생의 비극 때문이래요. 그의 부모가 그의 뜻에 반해 그를 끌구 내려와 버렸기 때문이라는 거죠.

—그래서 반전주의가 뼈에 사무치나?

—그런지두 모르죠. 아네요, 그러구 보면 그 사람 임포가 아닌지두 몰라요.

도일은 아침 느지막이 여관을 터덜터덜 걸어나왔다. 그때까지 생각했지만 역시 알 수 없는 여자였다. 약속을 했으니 다시 만나보면 뭔가 좀더 알게 되겠지, 생각하면서 도일은 열흘 뒤에 만나자고 한 여자의 약속을 곰곰 되씹었다.

도일은 사실 곧바로 조기윤을 공장으로 찾아가 요절내고 말겠다는 생각이었지만 황창하와 정민준이 번갈아 가며 다그치던 말 때문에 결정을 못 내리고 하루하루 날짜만 보내고 있었다.

정말 조가놈을 족치는 건 타협을 강요하는 것밖에 아닐까. 직접 나서기는 뭣하므로 자기네들한테 일단 맡겨 두고 사흘 뒤에 와서 결과나 들으라고 한 그 패거리들 말을 들어야 할 것인가.

도일은 구로동 공장에 일자리가 났으니 그쪽으로 이사해야 한다고 졸라대는 미순이년 꼴이 보기 싫어 버럭버럭 화만 냈다.

"오빠, 그럼 좋아요. 이사 안 가겠담 나 혼자 합숙소루 들어갈 테예요."

"뼉다구 부러지고 싶으면 무슨 짓은 못해."

"오빠가 우릴 멕여 살릴 거예요? 가만히 있음 돼요?"

"이게 그냥!"

"그렇잖아요."

"주둥아리 닥치지 못해?"

쫑알거리는 미순이년도 그렇고 은근히 그를 원망하는 눈초리로 계집애 편을 드는 노친네의 눈길도 싫어 도일은 저고리를 떼어 들기 바쁘게 횡하니 방을 나섰다. 굳이 찾아가 볼 만한 곳도 없이 뛰쳐나오고 보니 처량하고 따분한 생각마저 들어 도일은 어깨를 구부정하게 웅크리고 걸었다. 끄무레한 날씨 탓인지 언덕배기를 내려오는 동안 몸이 후룩후룩 떨려 왔다. 도일은 언덕 아래에 있는 버스 정류장으로 걸어가면서 신문에서 본 광고 내용을 떠올렸다.

월수 1만 원 보장

선전 사원 모집

발명특허에 빛나는 신발명품 제작회사

직접 내사 문의 환영(청계천 4가 천일 극장 뒷골목 어쩌고저쩌
고……)

도일은 생각하다 말고 마치 그 기막힌 발명품 회사가 입 안에 괴
어 있기라도 한 것처럼 침을 칵 뱉었다. 그러곤 버스를 집어탔다.

외판원이 되겠다는 사람이면 도나 개나 환영할 듯이 대드는 곳엘
찾아가 보면 반드시 내놓는 조건이 있었다. 네까짓 빌어먹을 놈한테
뭘 믿고 물건을 맡기겠느냐, 돈 십만 원이 눈에 번하거든 보증금을
맡겨 놓고 뛰어라. 보나마나 여기도 그럴 것이었다. 값비싸고 귀중
한 새 발명품을 취급하게 되므로 불가불 약간의 보증금을 받아 두지
않을 수 없노라.

개자식들, 30만 원이 누구네 강아지 이름이냐. 거둬들인 보증금
보자기 싸안고 36계를 놓거나 요평계 조평계로 주둥아릴 까다가 막
판에 가면 오리발 내미는 게 고작일 자들이.

도일은 종로 입구에서 버스를 내려 관철동으로 들어가는 골목길
쪽으로 건너갔다. 그러다가 도일은 돌아섰다.

'내가 그 계집앨 왜 만난단 말이냐.'

도일은 혀를 차면서 중얼거렸다.

'골이 벘어.'

그러나 도일은 다시 돌아섰다. 관철동 어느 골목창엔가 얌전하게
내걸린 거상(巨象) 살롱이라는 간판이 있다고 재숙이는 몇 번씩 말
했었다. 도일이 그중 기분 나쁜 것은 술집 간판이 얌전하다는 말이
었다. 술집 간판 점잖은 곳치고 안이 지저분하지 않은 곳은 없다.
간판이 얌전하면 안은 벌써 알아볼 조다. 그 숙맥 같은 계집애가 밤

마다 사타구니에 사내들 손때나 올리고 앉았을 걸 생각하면 도일은 울화통이 터졌다.

도일은 그냥 돌아서고 말았다. 간판을 보는 것도 싫지만 지금 찾아냈다고 허연 대낮에 숙희년이 거기 나와 있을 게 뭐냐. 도일은 길을 가로질러 건너와 안국동 쪽으로 걸어 올라갔다.

자물쇠가 따져 있는 〈월간 野菊〉 간판 밑의 출입문을 밀고 들어서자 황창하가 버럭 소리를 내질렀다.

"봐라, 허도일 나타나지 않나!"

동아리만한 석유 난로 하나를 바짝 둘러싸고 먼젓번에 만난 그 셋이 앉아 있었다. 도일은 궁상을 떨고 있는 모습들이 보기 싫어 문고리를 잡은 채 서 있었다.

"일로 들오시오"

하고 강영태가 어눌한 말씨로 떠듬거리자 정민준이 뚜벅뚜벅 걸어 나오며 팔을 내뻗었다.

"그러잖아도 왜 오지 않나 하고 며칠을 기다리고 있던 참이야."

도일은 정민준에 끌려 난로 앞으로 걸어갔다. 강영태가 제 걸상을 비켜 주고 연통 옆으로 붙어 섰다. 끌어 앉히는 대로 의자를 깔고 앉긴 했지만 도일은 왠지 멋쩍어져서 얼룩이 진 천장을 멀거니 올려다봤다. 황창하가 팔짱을 낀 몸을 뒤로 잔뜩 젖히며 소리쳤다.

"야, 허도일. 나 치사한 소리 한마디 하자."

"치사한 소린 안 들어요. 난 그것 때문에 찾아온 거 아니니까."

"나도 치사한 소린 싫어. 그렇지만 어쩌니, 세상이 그런걸. 나 그치 만나긴 만났댔어. 그동안 세 번이나 만났지."

"왜 당신네들이 만나요?"

"그건 안 그래. 도일이가 만나면 자칫 사람만 추접게 된다구."

"그렇겐 안 돼요."

"내가 직신하게 줘패 버렸으니까 이제 버릇이 고쳐졌을 거야."

강영태가 거들고 나섰다. 강영태는 조가가 첫 번 얻어터진 순간은
마침 냉면을 걸어 놓고 있던 참이어서 더욱 볼품없이 됐다고 했다.
놈은 냉면을 길게 문 채로 바닥에 나가떨어졌다는 것이었다. 질긴
함흥냉면 가닥이 목구멍 깊숙이 물린 채로.
　정민준이 말했다.
　"고 새끼가 죽을 줄 모르고 하필 처먹다가 허튼 수작을 붙였잖어.
　시간을 끌어 몇 푼 쥐여주면 떨어지는 게 세상 물정인데 왜들 야
　단이냐고."
　조가놈은 턱주가리뼈가 나가고 마빡이 찢어져서 적어도 스무 바
늘은 꿰맸다고 했다. 황창하가 다시 나섰다.
　"그래, 꿇어앉혀 놓고 내 말했댔어."
　황창하의 얘기를 종합하면 대충 다음과 같이 되는 것 같았다.
　조가놈을 전화로 불러내는 데 실패한 이튿날 일찌감치 놈한테서
전화가 걸려 왔다. 전날 집을 점거하고 들어앉아 행패 부리던 놈을
손쉽게 끌어가 준 데 대한 감사의 말을 전하기 위해서라고 했다.
　"그 젊은 새끼 때문에 내리 석 달 동안이나 달달 볶였다야. 해묵
　은 체증이 내려간 것 같은데."
　전화를 받은 정민준은 생판 내막을 모르는 체 시치미를 뗐다.
　"그랬어? 골치깨나 썩였겠구나."
　"그랬다니까. 야, 말도 마라, 내가 당한 거."
　"왜 그렇게 달달 볶이고만 있었니?"
　"다 사람이 좋다 보면 그렇게 되지. 사실이지, 몇 푼 주지도 못하
　면서 밤낮 없이 부려먹기만 하던 나이 어린 아이들 쫓아내고 나면
　여간 모진 놈 아니고야 가슴 아프지 않겠니?"
　"이해가 가."
　"물론 나야 기업주도 아니고 하라는 대로 할 수밖에 없는 처지지
　만 하루 아침에 무더기로 해고를 해야 했던 내 아픈 심정도 좀 헤

아려 다오.”

“이해하니까 거들어 줬지.”

“그런데, 그 오빠라는 새파란 놈은 정말이지 너무했어. 내 아픈 가슴을 약점으로 이용하려 들었다니까. 어쨌든 고맙다, 네들. 창하랑 같이서 언제 한번 만나자야, 내 한턱 톡톡히 써야지.”

정민준은 하자는 대로 내버려뒀다. 조가는 말발이 서자 내처 한턱에 대해 인심을 쓰기 시작했다.

“정말이야, 한번 만나자야.”

“좋다. 그럼 오늘 나와라.”

“오늘은 좀 곤란한데.”

“이 새끼, 그렇게 나올 줄 알았어. 그 젊은 아이 다시 불러들여야겠어.”

“아냐, 아냐. 정 그렇다면 오늘 나가지.”

“점심 시간에 와서 밥이나 사고 가.”

통화를 끝내고 난 셋은 모여 앉아 놈이 나타나면 어떻게 할 것인가에 대해 의논했다. 모두의 의견은 조가가 혹시 이상한 기미는 없나 눈치를 살피게 될 것이므로 미리부터 경계 태세를 갖추지 않도록 아예 허튼 수작을 붙여 안심을 시키자는 데로 모아졌다. 마음을 놓는 순간에 뒤통수를 쳐야만 그나마 간이 떨어지든지 할 게 아니냐 해서였다.

“그러지 않곤 고 웬 못된 놈은 눈 하나 깜짝 않는다구.”

그러나 황창하는 고작 냉면 한 그릇 비울 시간을 참아내지 못했다. 강영태도 뒤에 몇 번씩 말했지만 적어도 냉면 사리를 다 걸어넣을 때까지는 기다렸어야 했을까. 포만감은 사람을 낙천주의자로 만들지 않을까. 그런데도 황창하는 막 두어 젓가락 걸어넣기 시작한 조가의 마빡을 후려까고 말았던 것이다.

강영태가 말했다.

“아이고 소리도 못 내던데. 입에 냉면이 꽉 물렸으니 소리가 날
수도 없었겠지만. 하지만 그 바람에 우리도 냉면 못 먹고 만 건
억울해.”

황창하는 발랑 자빠진 조가를 뒤쫓아가서, 발길로 턱주가리를 걷
어차고 있었다. 그냥 두면 조가가 죽게 될지도 몰랐으므로 정민준과
강영태가 젓가락을 내던지고 달려들었다. 허리를 껴안고 우선 황창
하부터 밖으로 끌어낸 다음 둘은 식당 바닥에 퍼드러진 조가를 부축
하여 밖으로 나왔다. 조가의 입가에 시뻘건 피가 물려 있었다.

황창하가 단호한 목소리로 말했다.

“사무실로 끌고 가. 네놈, 오늘이 황천 가는 날이다.”

그들은 조가를 끌고 다시 야국사 사무실로 돌아갔다.

조가의 꼴상은 입꼬리로 흘러내린 마른 핏자국 때문에 영락없는
흡혈귀를 연상시켰다. 황창하는 오만상을 찡그리고 서 있는 조가를
향해 소리쳤다.

“왜 맞았는지 말해. 이 새끼, 넌 오늘 여기서 살아 돌아갈 생각
마.”

조가는 말이 없었다. 고개가 앞으로 떨어졌다.

“말 안해? 안 할 거야?”

초조한 동요의 빛으로 몸을 한두 번 비치적거릴 뿐 조가는 여전히
입을 열지 않았다. 황창하가 자리를 차고 일어섰다.

“정말 말 안해. 요 쥐새끼 같은 게?”

“면목없네. 한 번만 용서해 주게.”

“불쌍한 아이들 쫓아내게 되니 가슴 안 아플 수 있느냐고 불과 한
두 시간 전까지도 주둥아릴 까던 놈이 뭐야, 용서해 달라고?”

“제발 한 번만 봐주게.”

“고개 들어. 이 황창하를 그딴 일에 하수인으로 부려먹으려 들
어?”

“제발!”

조가는 한 발짝 황창하 앞으로 걸어 나오며 말했다. 무슨 요구든 다 들을 테니 제발 노여움만은 풀어 달라고.

“섰던 자리로 못 돌아가!”

조가는 물러서지 않고 설명할 자세로 팔을 벌렸다.

“정말일세, 어쩌다 실수를 범했어. 자네가 입은 체면 손상을 보상할 길이 있다면 가르쳐 주게. 무슨 짓이든 함세.”

“제자리로 가서 서!”

“이렇게 비는데 친구간에…… 사내가 그런 실수 한 번쯤 예사 아닌…….”

하는 순간 뭔가 휭 날아가 조가의 마빡을 쳤다.

“아이구!”

하는 외마디 비명과 함께 조가가 이마를 싸안고 고꾸라졌다. 깨어져 뒹구는 것은 재떨이였다.

“일어서! 손 떼고 일어서!”

다급해진 조가가 황창하의 발목 앞에 무릎을 꿇고 엎드리며 울부짖기 시작했다.

“제발 살려 주십시오. 살려 주십시오, 네?”

고통에 찬 두 손이 비비는 일보다 벌벌벌 떠는 일에 더 경황이 없었다.

“목숨만 살려 주시면 무슨 말씀이든지 듣겠습니다. 제발 용서하십시오. 이렇게 빕니다.”

보다 못한 정민준과 강영태가 조가의 두 팔을 안아 일으켰다. 둘은 피로 범벅이 된 조가를 문 밖으로 끌고 나갔다.

“그 새끼 지금 대학병원에 드러누워 있다는군. 뒈지게 내버려 둬야 하는데 저 얼치기 감상주의자들이 뻘뻘 업어 갔다잖어.”

황창하는 설명하고 나서 담배에 불을 그어 붙였다. 사무실 안에 잠시 어색한 침묵이 흘렀다. 강영태가 휘파람 소릴 내면서 창가로 걸어갔다. 더는 못 참겠다는 듯이 황창하가 소리쳤다.

"어이, 퇴학쟁이. 그거 갖고 와."

강영태가 캐비닛 속에서 신문지로 싼 종이뭉치를 꺼내어 와서 황창하한테 건네주었다. 어딘가 이상한 기미다 했더니 역시 그건 돈뭉텅이였다. 황창하는 그걸 도일 앞으로 밀어놓으며 말했다.

"도일인 오백만 원을 얘기했다고 했는데 이건 고작 그 오분의 일이야. 한 가지 명백히 해둘 건 이걸로 결말짓자고 권할 생각은 조금도 없다는 점이야. 허도일 생각대로 해."

도일은 잘라 말했다.

"필요 없어요."

"무슨 뜻이야?"

"누가 돈 뜯어내려고 그런 줄 알아요?"

"물론이야. 나도 도일이 생각과 같아. 헌데 이건 단지 가외로 생긴 돈일 뿐이란 걸 말하고 싶어. 놈은 제 마누라한테 이 돈을 교통사고에 대한 보상금이라 속여 타냈다는 거야."

조가는 어찌 됐건 그 보상금이란 돈을 타내지 않으면 안 될 입장이었다는 것이다. 조가는 엉겁결에 자기가 차를 몰고 가다 남의 담벼락을 들이받았다고 말했다나. 운전도 할 줄 모르면서 남의 차를 몰다가. 그러니까 그 돈에는 부서진 남의 차체 수리비와 무너진 담벼락 보수비라는 이름이 붙어 있다는 것이었다.

"그것도 놈이 처음부터 돈을 타내겠다고 해서 그렇게 말한 것이 아니란 거야."

황창하는 말하고 나서 정민준을 향해 물었다.

"어이, 그게 어떻게 됐다고 했지?"

"뭘 어떻게 돼. 놈의 여편네가 혼비백산이 돼서 쫓아왔잖어, 놈은 발이 저렸던 나머지 우선 둘러댄다는 소리가 돈 백만 원 물어줘야 한다는 말부터 했다는 거지 뭐."
도일은 자리를 일어서며 말했다.
"난 이 돈 필요 없으니 당신네들이나 가지슈."
정민준이 도일의 팔을 잡으며 쳐다봤다.
"이까짓 지폐에다 복잡한 의미를 붙이지 말았으면 하는 게 우리
부탁이야. 부담 갖지 말아야 돼."
"아무런 의미도 없고 주인도 없고, 그러니까 댁들이나 쓰라잖우."
"물론 조기윤이가 뭐라고 한다 해서 믿을 순 없어. 하지만 놈은
이걸 도일이한테 전해 달라면서 사죄의 징표로 생각해 줬으면 했
어. 병상에 누워 고통스런 시간을 신음하다 보니 자꾸만 눈물이
쏟아지고 온갖 죄책감이 다 들더라는 말도 하더군."
"또 개수작이군."
"그럴지도 몰라. 어쨌든 이 돈에 대한 처분권은 도일이보다 도일
이 여동생한테 있어. 그렇잖어?"
그때 출입문이 펄떠덕 열리며 웬 사나이 하나가 서슴없이 사무실
안으로 성큼성큼 걸어 들어왔다.

나중에 알고 보니 그건 최관수란 사나이였지만 황창하가 다급하
게 눈짓을 하며 돈뭉치를 집어넣으라는 바람에 도일은 뭔가 이상하
게 돌아가는구나 하는 생각마저 들었다. 돈뭉치는 숨을 기회를 놓치
고 최관수가 바투 다가설 때까지도 황창하와 도일 사이에 놓인 책상
위에 얹혀 있었다.
"이 친군 어쩨 낯이 설다, 그동안에 식구가 는 건가?"
하고 도일의 얼굴을 흘끔 훔쳐보며 연고가 깊다는 듯이 폼을 잡던
최관수는 마침내 책상 위에 놓인 심상찮은 종이뭉치에 눈길이 닿자
허리를 넙죽 구부리며 소리쳤다.
"이거 뭐야? 돈뭉치 같은데?"
황창하가 뺙 소리를 질렀다.

“건드리지 마, 이 자식아!”

“어이쿠, 놀라서 애 떨어지겠다.”

정민준이 최관수의 어깨를 찍어 돌렸다.

“개발군이 무슨 바람을 타고 여길 다 나타났니?”

“내가 그럼 그동안 한 번도 안 나타났다는 얘기냐? 사람 모함하지 마라. 그런데 정말 웬 돈이야? 이 젊은 선생 줄 돈이냐?”

“그래, 임마.”

“그렇다면 우리 오야봉께서 그동안 장족의 발전이 있었다는 얘기 아니냐? 저렇게 큰 돈뭉치 거래도 하고.”

“아가리 닥쳐.”

최관수가 도일을 쳐다봤다.

“형씨, 이렇게 거액 생겼으니 집에다 카페트나 쫙 까시오. 나 그거 장수요.”

“저놈의 새끼 저거, 쫓아보내 버려.”

“야, 그러지 마라. 모처럼 큰맘 먹고 점심 사러 왔다야.”

팔짱을 끼고 아까부터 창가에 기대 섰던 강영태가 중얼거렸다.

“기세 좋게 나오는 게 어째 점심 사러 온 인간 같더라니.”

“저 중퇴쟁이놈 말투 봐. 임마, 그럼 내가 점심 살 정도의 인물밖에 안 된단 말이냐?”

“쟤가 너 점심 살 놈으로 봐줬으면 파격적인 값이다, 이 자식아. 잔소리 말고 점심 살 테면 빨리 앞장서.”

하면서 황창하는 얼렁뚱땅 너스레를 피우며 자리를 털고 일어섰다. 그리고는 어느새 돈뭉치를 들어다가 도일의 옆구리에 끼워 넣었다.

“이걸 잊고 가면 어떻게 해. 찻간에서 조심하라구.”

하고 나서 황창하는 도일을 덥석 껴안고 귀엣말로 소곤거렸다.

“아뭇소리 마. 저 자식은 입이 가벼워.”

도일은 얼떨결에 돈뭉치를 끼기는 했지만 어떻게 해야 할지 생각이 나지 않아 멀거니 땅바닥만 내려다보고 있었다. 황창하가 그의 어깨를 끌어당기며 소리쳤다.

"어이 개발군. 이 친구하고 예의바르게 인사나 하고 설쳐라."

도일은 건물의 좁다란 층계에 서서 최관수와 악수를 했다. 알고 보니 그는 정말 양탄자 파는 사나이였다. 을지로 입구에 있는 무슨 가겐가의 상무라나.

"이름이 좋아 상무지 부하라곤 단둘밖에 없소. 하난 영업부장, 또 하난 과장 겸 기술자. 당신이 오겠다면 계장 자리가 비어 있는 셈 이지."

"사장은 너네 고모부고. 이 자식아, 그게 사장이냐, 구멍가게 주 인이지"

하고 정민준이 받아쳤다. 최관수는 층계를 내려가며 중얼거렸다.

"그래도 떵떵거리며 잘도 살더라, 제기랄."

도일은 건물 입구로 내려오자 패거리와 헤어졌다. 모두가 같이 가 자고 잡아 끌었으나 도일은 마음이 내키지 않았다. 강영태가 돌아서 는 도일 곁으로 쫓아와서 말했다.

"하인츠란 개자식이 등심 고기 처먹는다는 건 순전히 그 마누라쟁 이 허세지 사실이 아니랍디다. 똥개래요. 또 만납시다. 사무실로 놀러 오시오."

도일은 옆구리에 낀 돈뭉치의 양감을 재어 보며 걸었다. 도일은 웃음인지 울음인지 모를 소리가 자꾸 튀어나왔다.

"흐흐흐……."

정말 처음 생각대로 이 도시에서 가장 높은 건물 꼭대기로 올라갈 것인가. 올라가서 불개미 떼처럼 몰려가는 사람들 머리 위에다 뿌려 버릴 것인가.

"흐흐흐……."

도일은 침을 칵 뱉고 나서 광화문 지하도를 뚫고 들어갔다.

'허도일. 너 새끼한테 꽃 사들고 문병 가는 건 아니겠지, 설마?'

우스갯소리랍시고 주절거리던 황창하의 말이 생각났다. 지하도 저쪽에서 뭐라고 왁자지껄하게 떠드는 소리가 계속해서 들렸다.

"자, 우리 모두 한 송이씩만 꽂읍시다. 국화꽃 그윽한 향내는 우리의 천사요 공주요 애인의 숨결입니다. 각박한 도시생활의 살벌기를 춘삼월 봄눈 녹듯이 해주는 건 방 안에 놓인 한 송이 국화꽃입니다. 자, 조선 백자나 고려 청자가 단돈 오백 원. 싸구려로 막 나간다. 화병이 놓여 있지 않은 방은 불 꺼진 항구요 오아시스 없는 사막이다……."

지하도 한복판에다 울툭불툭한 화병들을 쌓아 놓고 병장수는 한껏 목청을 뽑고 있었다. 도일은 꽃병장수의 거품 물린 입 언저리를 곁눈질하며 지하도를 건넜다. 버스를 타고 독립문 앞에서 내렸다. 그러고는 휘파람을 쌕쌕 불며 또 길을 건넜다.

짜식 반가워할까? 아니면 또 눈물이 글썽해져서 쳐다볼까?

도일은 구치소 정문으로 들어섰다. 어쩌면 영치금이나 넣어 주고 그냥 돌아서는 편이 나을지 몰랐다.

그러나 도일은 그냥 돌아설 수가 없었다. 여기까지 왔으면 상판대기라도 한번 보고 가는 게 옳았다. 도일은 영치금 만원에다 솜바지저고리 한 벌을 밀어넣고 나오던 발걸음을 돌려 면회 신청을 냈다. 허도일이라고 당연히 써갈겼는데도 저 어마어마하게 많은 수감자들을 밀어넣고 있는 거기 관계자들은 바빠서 도일 같은 잡범의 이름은 기억조차도 없다는 표정이었다.

도일은 대기실의 딱딱한 나무 의자에 기대 앉아 이름이 불릴 때를 기다렸다. 초조하고 음울한 낯빛으로 서성거리는 사람들 사이에 끼여 도일은 느긋한 기분으로 담배 연기를 빨아들였다. 그 큰돈에서 만원을 뽑아 내는 건 그랬다는 흔적조차도 안 남는 손쉬운 일이었기 때문이다.

전형구의 죄수 번호를 부르는데도 도일은 깜빡 딴 생각에 빠져 한 동안 듣지 못했다.

"전형구! 전형구 면회 온 사람 없어?"

하고 거푸 몇 번 소리쳤을 때야 도일은 놀라서 고함쳤다.

"여기 있습니다."

면회실로 들어서자 전형구는 이미 창살 저쪽에 와 앉아 있었다. 짜식은 도일을 보자 펄쩍 튀어 일어섰다. 했지만 뭐라고 말하지는 않았다. 도일은 입꼬리를 씰룩거리는 전형구 앞으로 다가서며 재빨리 물었다.

"어떠니, 짜식아?"

그러나 전형구는 여전 말을 못하고 있었다.

"일찍 못 와서 미안하다. 니네 아버지나 어머닌 너무 늙어서 차마 못 오겠대서 내가 대신 왔다."

전형구는 금세 뻘개진 눈두덩을 씀벅이며 손을 비볐다.

"짜식아!"

하고 전형구가 가까스로 한마디 중얼거리는 데 성공하고 있었다.

"염씨랑 모두 잘 있니?"

전형구가 고개를 끄덕끄덕했다.

"그 추위 타는 영감탱이 혼나는구나, 제기랄."

"고맙다, 와준 거."

짜식의 눈에서 그만 눈물이 후두둑 쏟아졌다.

"짜식아, 촌놈같이 구네. 너 그러면 나 다신 안 올 테야?"

"너 거짓말하는 거 나 다 알고 있어."

"무슨 소리냐?"

"우리 어머닌 또 남잘 바꿔쳤단 말야. 남잘 따라 여순가 순천인가 내려가 버렸다구."

"언제?"

“몇 달 됐다.”

“나 금곡에 갔었는데? 가서 만났는데?”

“것두 알어. 너 다녀간 뒤 그 남자와 바로 헤어진 모양이야.”

“나 때문이냐?”

“니가 무슨 상관야. 때가 된 거지. 그렇게 될 줄 알았어.”

“너도 포기해 버려.”

“이젠 찾지도 못해.”

도일은 한 발 바투 다가섰다.

“동상 안 걸리게 조심해. 나 또 올게.”

“와도 못 만날 거야.”

“왜?”

“곧 다른 데로 옮길 거래, 며칠 안으로.”

“그럼 확정됐구나. 몇 바퀴 돌았니?”

“한 바퀴(는 1년형).”

막애비가 이미 세 번째로 규정 시간이 넘었다는 말을 되풀이하고
있었으므로 도일은 서둘러 되물었다.

“옮기면 얼로 간다든? 영등포? 안양?”

“몰라.”

전형구는 막애비한테 팔을 끌리며 짧게 말했다. 모를지도 모르지
만 알고도 말하지 않는지 몰랐다. 도일은 뒷걸음질로 면회실을 나가
는 전형구를 향해 냅다 소리쳤다.

“임마, 힘내 힘! 한 바퀴면 그렁저렁 다 살아가는 데 뭘 그래.”

전형구가 사라지고 난 다음 도일은 면회실을 돌아나왔다. 별안간
꼼짝달싹 못하게 배가 고파 왔다. 나가면 갈비찜부터 뜯는다고 모두
그랬는데 아직 그걸 못 먹어 봐서 이렇게 허기가 지는지 모른다는
생각을 하며 도일은 구치소를 나섰다. 큰길로 내려서며 도일은 자신
도 모르게 고함쳤다.

"현저동 백일번지, 제에미……."

도일이 방 안으로 들어서자 노친네는 기회를 노리고 있었다는 듯이 말했다.

"방 내놨다."

도일은 대꾸하지 않았다. 노친네가 다시 말했다.

"구로동인가에다 방 계약했다는구먼그랴."

"이 방보담은 훨씬 넓구 깨끗해. 전세금두 여기보다 싸구"

하고 미순이년이 한마디 거들고 나섰다. 그러나 도일은 방 뒤쪽으로 난 봉창 밖을 내다보고 서서 들은 체도 않았다. 한잔 걸친 소주 탓도 아닐 텐데 속에서 열이 울컥 치밀어 올랐다.

도일은 침을 꿀꺽 삼키고 돌아섰다. 치민 열기가 가라앉기를 기다리는 건 영 틀린 것 같았다. 그러나 제발 성질 내지 말자. 지금이 어디 소리 지를 때냐.

"구로동으로 가야 되겠다 이거요?"

"그럼. 이 집 이제 몸서리나"

하고 미순이가 앞지르고 나섰으므로 도일은 그만 참자 참자 하던 큰소리를 터뜨리고 말았다.

"넌 좀 아가리 닥치고 있어, 이 기집애야."

"왜 그래? 내가 어쨌다고 오빠 나만 보면 잡아먹으려 들어?"

"이 기집애, 너 이거 갖고 나가. 난 니년 오빠 아니다. 깨끗이 사라지고 다신 나타날 생각 마."

도일은 옆구리에 끼고 있던 종이뭉치를 방바닥에 내동댕이쳤다. 돈다발이 펄썩 흩어졌다.

노친네가 놀란 목소리를 냈다.

"이게 모두 웬 돈이여?"

"뭐가 웬 돈이야, 저년이 화냥질해서 받은 돈이지."

노친네는 여전히 어떻게 된 영문을 모르는 눈치였다.

"좀 찬찬히 얘기혀 봐."

"시끄러워요. 어머닌 몰라도 괜찮아요."

도일은 방문을 확 열어붙이고 뛰어나왔다. 신발이 제대로 신겨지지 않았다. 우중충하게 내려앉았던 하늘에서 후두둑후두둑 때아닌 겨울비가 쏟아지기 시작하고 있었다. 도일은 저고리 깃을 세우고 빗속으로 들어섰다. 언덕을 다 뛰어 내려오기도 전에 비는 성긴 우박으로 바뀌었다.

얼마 만인가. 도일은 다시 도시 한복판으로 나와 있는 자신을 발견했다. 날씨는 여전히 비와 우박덩이를 섞갈라 뿌리고 있었다.

도일은 리스본 바 입구로 다가갔다. 외등 아래로 하루살이떼처럼 어지럽게 흩날리는 빗방울들——.

도일은 술집 입구로 바투 다가갔다. 나비 타이로 목을 조른 꼬마도 비 뿌리는 밤이 을씨년스러운지 멍청하게 서서 아무것도 없는 담벼락을 쳐다보고 있었다.

"야, 삼번 웨이터 좀 불러 줄래?"

펄쩍 놀란 몸짓을 하던 꼬마는 어쩐다 말도 없이 곧장 출입문께로 걸어갔다. 그랬다가 무슨 생각이 났는지 도로 돌아나오며 도일을 아래위로 훑어보았다.

"요전에두 한 번 오셨죠, 아저씨?"

"그런데, 왜?"

"그날 여기 또 한 번 오셨어요?"

"아아니."

"그런데 야단이야."

"누가?"

"삼번 웨이터 씨 말예요. 아저씨가 틀림없이 또 와서 찾았을 텐데 제가 없다구 했대요. 아저씬 절대로 아무 말 없이 가버릴 사람이 아니라나요."

“귀쌈을 한 대 올려붙이지 그랬어.”

“아이 참, 막 화를 내잖아요.”

꼬마는 말하고 나서 곧장 뛰어들어갔다. 바로 을식이가 꼬마를 앞세우고 나타났다. 도일이 먼저 말했다.

“또 저 특주집에 가서 기다릴까?”

“임마, 그렇게 말도 없이 꺼지는 법이 어딨니.”

“이 새끼야, 내가 니깐놈밖에 만날 사람이 없니?”

“너, 오늘 건방지게 안하던 버릇 한다?”

“어렵쇼.”

“잔소리 말고 가자.”

을식이는 팔을 끌고 예의 특주집을 향해 걸어갔다. 특주집은 변함없이 초만원을 이루고 있었다. 둘은 연기 속을 뚫고 들어갔다.

“야, 이만치만 손님 있었으면 해먹을 만하겠다. 요즘 간조 안 올라 죽을 맛이다.”

그러나 도일은 술집 문턱을 넘는 순간에 마침 지난번에 만난 여자 생각이 떠올랐으므로 을식이의 말이 귀에 들어오지 않았다. 그 여자가 다시 만나자고 약속한 날이 바로 그날인 듯했던 것이다.

“야, 오늘이 무슨 요일이냐?”

“월요일 아냐.”

그렇다면 틀림없었다. 여자는 분명히 다음 다음 주 월요일에 만나자고 하지 않았던가.

“지금 몇 시니?”

“어디 약속 있니?”

“약속 있어서 좀 가줬으면 좋겠지?”

“너 참 나쁘구나, 생각하는 게.”

“미안하게도 약속 장소는 바로 이 술집이거든.”

“누가 뭐래.”

"바쁘거든 가봐. 난 만나볼 여자가 있으니까."

도일은 연기로 자오록한 술집 입구를 바라보았다. 을식이가 그런 도일을 건너다보며 빙그레 웃음을 띠었다.

"사기 치지 말고 우리 술이나 마시자."

"맘대로 생각해. 이제 곧 나타나면 알게 될 테니까."

을식이가 심부름하는 아이를 불러세우고 있었다.

"여기 쐬주 한 병 줘."

"특주루 하시죠. 특주 좋오습니다."

"쐬주. 빈대떡하고."

"돼지 갈비 안 뜯으세요?"

"시키는 대로 가져와."

도일은 여전히 입구께로 시선을 고정시키고 있었다.

을식이가 날라다 놓은 소주병을 기울이며 말했다.

"그래, 내 지난번엔 미안했다. 애인이니 뭐니 능청 그만 떨고 술이나 들자."

눈길을 돌리지 않고 도일이 대꾸했다.

"누가 애인이라고 했니, 여자라고 했지."

"그럼 돈 많은 과부니?"

"이제 곧 알게 돼."

도일은 조그마한 소주잔을 집어들며 으쓱해진 투로 말했다. 둘은 찰랑찰랑하는 무색의 희석주를 목구멍으로 탁 털어 넣었다.

"커어!" 하고 목젓을 한 번 떨고 나서 을식이가 말했다. "너, 정말 술꾼들 좀 끌어 올 수 없니? 매상 안 오른다고 쥔새끼 매일같이 지랄지랄치는 덴 도무지 견딜 수가 없는데."

"조금만 기다려. 여자 오거든 같이 가자. 설마 외상 그어 주겠지?"

"야, 농담 말고. 거 왜 있잖니. 어떻게 되는진 모르지만 언젠가

나 나폴리 홀에 있을 때 같이 왔던 조 뭔가 하던 공장장. 거 기마
이 좋던데. 그런 사람 좀 끌어올 수 없니?”
　도일은 출입문 쪽으로 가 있던 눈길을 돌려 을식이를 노려보았다.
주눅이 든 을식이가 그런 도일을 쳐다보며 떠듬떠듬 중얼거렸다.
　“내가 잘못 말했니? 그게 누군데?”
　“한 번만 더 그새끼 들먹거렸다간 뼉다구도 못 추릴 줄 알어.”
　“어떻게 되는 사인데?”
　“아가리 닥치라는데?”
　을식이가 아가리를 닫혔으므로 둘은 말을 끊고 연방 술을 마셨다.
소주 두 병째를 비우고 난 도일이 다시 시간을 물었다.
　“여덟신데. 너 정말 누구 기다리니?”
　“틀렸어. 희망이 절벽이야.”
　“정말 여자니?”
　“그렇다니까. 너, 가봐. 난 좀더 앉아 있을 테야.”
　“먼젓번처럼 소리 없이 가버리는 건 아니겠지?”
　“여자 안 나타나면 갈래도 못 가지, 땡전 한푼 없으니.”
　“옳거니, 묶어 놨구나. 나 금세 갔다올게.”
　을식이가 서둘러 술집을 빠져나갔다. 들어차 있던 연기가 을식의
등받이를 물고 솜처럼 길게 늘어졌다. 도일은 머릿속으로 여자의 유
방을 그려 보며 이제나저제나 하고 여자가 나타날 때를 기다렸다.
　눈이 빠져라 줄창 기다렸지만 여자는 두 시간이 훨씬 넘은 듯싶은
데도 모습을 드러내지 않았다. 도일은 술을 홀짝홀짝 들이켜며 여자
가 하던 말을 되새겼다.
　“우린 이제 틀렸어요.”
　“뭐가?”
　“뭐든. 절망예요. 희망이 없단 말예요.”
　“그 불구자 말야?”

"그 사람은 임포가 아닐 거라구 했잖아요. 자기처럼 운명적으로 잘못 태어나는 아이가 있을까봐 여자와 관계하지 않는대요. 그 사람 절대로 결혼이라는 거 하지 않을 거예요."

"그럼 우리 도망가자, 같이서."

"좋아요. 그럼 다시 만나서 계획을 짜요. 담 담 주 월요일 어때요? 월요일은 시작하는 날이거든요."

"좋다, 까짓 것."

그래 놓고 나타나지 않다니. 도일은 연방 출입구께를 흘끔거리며 화가 치밀어 올라 죄없는 소주만 들이켰다.

도대체 얼마 만인가. 뿌연 연기를 헤치고 나타난 건 여자가 아니라 을식이였다. 도일은 울화통이 터져 주먹으로 술상을 짓찍으며 소리쳤다.

"잇새끼야, 왜 이제사 나타나니?"

"어렵쇼. 여자가 안 나타난 모양이구나, 독이 올라 있는 걸 보니."

"그래, 임마" 하고 도일은 치켜세웠던 어깨를 축 늘어뜨렸다. 도일은 여자가 하던 대로 중얼거렸다. "틀렸어. 절망이야. 희망이 없단 말야."

"뭐가?"

"뭐든."

"그 짜식. 이젠 나타나기 틀렸어. 벌써 열한시가 넘은걸."

도일은 비치적거리며 을식이를 따라 술집을 나섰다. 골목으로 나선 을식이가 그의 옆구리에 손을 끼워 넣으며 물었다.

"너 괜찮니? 니 혼자 마신 술만도 네 병이나 되던데?"

"잔소리 말고 날 따라와, 찾아갈 데가 있어."

"어딘데?"

"거상 살롱."

“참, 숙희가 다시 거기 나간다더라. ”

그러나 관철동 입구를 들어서던 도일은 휘청휘청하며 몸을 꺾고 돌아섰다.

“그 기집애 안 만나겠어. 관두겠어. 대신 술 한 잔만 더 먹자. 꼬꾸라지거든 끌어다 쓰레기장에 버려 다오. ”

“왜 그러니 ? ”

“취하고 싶을 뿐 아무런 이유도 없다. 임마, 내가 뭘 잘못했니. ”

“벌써 충분히 취했어. ”

“아냐, 난 아직도 술을 사랑해. 한 잔의 독주를 마시고 싶어. ”

도일은 독약이라도 술이라면 마실 수 있었다. 끝없이 취하고 싶었다. 도일은 을식이 어깨를 끼고 서서 냅다 소리쳤다.

“세상 참 더럽고 더럽다 ! ”

제4장 광야에서

철원행 시외버스는 서울을 떠난 지 두 시간 남짓 만에 운천에 닿고 있었다.

서울 나들이꾼들이 산수를 보겠답시고 끊임없이 꾀어든다는 산정호수로 가자면 거기서 내려 운천과 유원지 사이를 다니는 마이크로 버스로 갈아타고 들어가야 한다.

"다시 말하지만 후회하지 마. 살벌하다구."

"호수에만 가려구 나선 건 아녜요."

버스가 달리던 길을 버리고 왼쪽으로 꺾어져 운천 정류소 마당으로 들어서는 동안에 나란히 앉은 두 사람은 얘기를 주고받고 있었다. 그러고는 차에 그대로 앉아 차창 아래쪽 궁기 낀 잡화 가게를 멀뚱멀뚱 내다보았다.

황창하는 점퍼 주머니를 뒤적거리며 마침 나타난 검표원한테 말했다.

"우린 여기 내리기로 돼 있는데 지포리까지 연장해 줬으면 좋겠군."

“왜 첨부터 끊으시지 않구서.”

“오는 도중에 생각이 바뀌었어. 쭉 뚫고 올라가 보고 싶어서.”

“그럼 아예 와수리까지 가시지 그래요?”

“우린 화지리로 가려는 건데?”

“그러시담 지포리서 갈아타셔야겠군요. 하지만 화지리 가셔두 더는 못 가세요. 아시죠, 구철원은 갈 수 없다는 거?”

“이 친구야, 여기가 바로 내 고향인데 그걸 모르겠나.”

검표원 청년은 씩 웃음을 흘리고 나서 승차권에다 뭐라고 찍찍 내갈겨 주었다. 웃돈을 받으며 청년이 다시 말을 붙였다.

“화지리가 원고향이세요?”

“자넨 여기 사람인가?”

“아뇨. 포천서 왔어요.”

“그러니까 그러는군. 옛날엔 화지리에 집 몇 채 있지도 않았다구. 우리집은 지금도 지붕 날아간 벽돌담으로 남아 있는 군청 바로 뒤에 있었지.”

“구철원이군요.”

“지금이나 그러지 그땐 그냥 철원이야.”

버스는 이내 움직이기 시작했다. 승객이라곤 단 네 사람을 태우고. 서울을 떠날 때부터 여덟 명을 싣고 달린 것이 포천에서 처녀 하나가 내리고 운천에서 일행 세 사람이 내려 버린 것이다.

버스 회사야 장사가 되든 말든 오수진은 전세 내다시피 널찍한 차 안을 기분 좋아했다. 보는 눈이 적으니 안전해서 신경쓰지 않아도 되었던 것이다.

“갈 때두 이랬음 좋겠어요.”

“주말이라서 복작거릴걸. 하지만 안심해, 대부분이 군발이들일 테니까.”

450원씩을 받고 직행으로 내달리는 버스는 두 시간 반 만에 두 사람을 삼팔선 훨씬 북쪽까지 실어다 놨다. 운천에서 신철원이라는 이름의 지포리까진 십여 분 걸리는 거리밖에 되지 않았다. 오수진은 마침내 낯선 곳에 닿았다는 사실 때문인지 약간 상기된 얼굴로 황창하를 쳐다보았다. 황창하가 그때그때 손가락질을 해가며 설명을 해 줬지만 삼팔교니 하는 따위 글씨를 써붙인 돌을 스쳐온 감상의 찌꺼기가 땅으로 내려서려는 순간에 다시 되살아나고 있는지 몰랐다.

오수진은 그런 돌을 발견할 때마다 얼굴을 일그러뜨리며 혀를 찼었으니까.

"왜 저런 흔적을 아직두 남겨 놓구 있는 거죠?"

"단단하고 거대한 바윗덩이야."

정류소 마당으로 내려선 오수진은 도리어 황창하를 염려했다.

"옛 고향 언저리까지 왔다구 괜히 센치해지진 않겠죠?"

"그럴 것 같아?"

"귀가 닳도록 얘기하던 곳에 왔으니까."

"난 어린애가 아냐."

두 사람은 어깨를 맞붙이고 정류소 마당을 걸어나갔다.

오수진은 수은등까지 선 외줄기 중심가에 서서 잠시 여기저기를 두리번거렸다.

"의외로 조용하구 깨끗하군요. 오는 길에 그렇게 많이 보이던 군인들두 별로 보이지 않구."

"여기만 그래. 반 쪼가리지만 군청 소재지가 돼서 그런지 몰라. 와수리니 문혜리니 하는 동네로만 가도 기지촌 냄새가 물씬 풍기는데."

황창하는 여자를 데리고 중국 음식점으로 갔다. 인파가 득시글거리지 않는 시골이라서 눈총을 받을 것 같아선지 오수진은 팔짱은커녕 두 사람 사이에 거리까지 두려고 애를 썼다. 햇볕이 따사로워야 할 봄철인데도 북쪽으로 훨씬 올라와 있어선지 옷섶에 기어드는 바람은 몸을 후룩 떨게 했다.

"북쪽이라서 역시 쓸쓸하지?"

"지레 그러리란 감각적인 기온차 아녜요? 전 예상했던 것보단 따뜻한 편인데요."

오수진은 별로 맛이 있을 것 같지 않은 우동 국물을 후루룩 들이켜고 나서 팅팅 분 우동 가락을 얌전히 걸어넣고 있었다. 시장기 탓인지 몰랐다. 얼큰하게 고춧가루를 푼 돼지기름 국물을 벌컥벌컥 마신 뒤 황창하는 젓가락을 놓고 말했다.

"공연히 고생시키는데."

"창하 씨 고향에 온 것 기뻐요. 기쁘다기보담 뭔가 여러 갈래루 생각이 달아나구 해서 좀 착잡해진다고 하는 편이 정직하겠군요."

"어떤 면에서?"

"저 개인으로두 그렇구, 또……."

"그런저런 생각 하지 않도록 하자. 단순히 시골 여행을 왔다고 생각하면 되잖어. 궁예의 옛 도읍지를 찾아보는 역사학도의 입장이 돼도 좋고. 난 어릴 때부터 역사가 그렇게 좋았댔어. 송도에서 여기 널따란 철원벌로 도읍지를 옮겨 고구려의 재건을 꿈꾸던 궁예 정신을 찾아보려고 어릴 땐 이 주변을 굉장히 쏘다니기도 했었지."

"그래, 뭘 찾아냈어요?"

"우람하게 둘러쳐진 천연 요새의 산과 끝없이 넓은 들판, 깊이 땅속으로 숨어든 강을 발견했지. 이따가 궁예가 마지막 걸어 내려왔다는 울음산〔鳴聲山〕을 보여줄게."

"왕건 같은 졸장한테 무릎을 꿇었죠?"

"그래서 울면서 내려왔다는 거야. 우리집은 지뢰 묻힌 산등성이 너머 뼈대만 남은 군청 뒤라잖았어. 갈대밭 속이라구."

두 사람은 음식점을 나오자 곧장 화지리로 가는 완행버스에 올랐다. 황창하는 색안경을 끼고 터덜거리는 버스의 진동에 몸을 내맡기고 앉은 오수진을 돌아보았다. 여전히 뭔가 골똘한 생각에 잠긴 표정이었다. 황창하는 여자의 관심을 돌릴 기회를 노렸다.

"저거 봐, 저 앞에 보이는 다리. 저게 바로 승일교야."

"저 다리두 무슨 사연을 지니구 있나요?"

"저쪽에서 마지막 다리목 두 개를 못 세운 채 이남 땅이 돼버려 이쪽에서 완성한 다리야. 그러니까 말하자면 저 다린 유일하게 의좋은 남북 합작 다리지. 가교란 뜻이 좋은 거니까. 길이는 얼마 안 되지만 대단하지, 깊이가?"

"그렇군요."

민간인 통제 구역이 되어 뼈대만 남긴 채 폐허가 되어 드러누워 있다는 옛 철원 자리마저도 넘겨볼 수 없으면서 왜 황창하가 굳이 그 산밑 동네 화지리까지 가자는 건지를 오수진은 알고 있었다. 거기에 황창하 아버지의 무덤이 있었던 것이다. 군청 뒤 옛집이 아직 부서지지 않은 줄 알고 언제쯤 돌아가게 되느냐고 되묻다가 죽은 그의 아버지를 그 집에서 가장 가까운 화지리 뒤쪽 산등성이에 묻었노라고 언젠가 황창하는 말하지 않던가. 화장한 한 줌의 재를. 황창하는 그 무덤을 찾아가고 있음이 분명했다.

그러나 버스가 화지리 종점에 닿아 차를 내린 다음에도 황창하는 계속 딴전을 피우면서 근처의 높은 산만 주워섬기고 있었다.

"저쪽에 보이는 저 시꺼먼 산이 저쪽의 오성산이고 이 높은 산은 백마 고지라고들 하는 금학산이고."

오수진이 물었다.

"산소에 가셔야잖아요?"

"산소라니?"

"창하 씬 아버지 산소 땜에 오신 거 아녜요, 여기?"

“아버지 묘 여기 있다는 거 어떻게 알았어?”

“언젠가 말씀하셨잖아요.”

“그랬어? 내가 그랬어?”

“한눈팔지 말구 성묘부터 가세요.”

황창하는 발각당한 사람의 당혹을 나타내면서 오수진을 건너다보았다. 그러다가 혼잣말처럼 중얼거렸다.

“내가 그랬었어?”

“자 가세요.”

“그건 안 돼. 길도 험하고. ……알고 있었으니 이젠 양해 구할 것도 없군. 여기 어디 다방 같은 데라도 들어가 잠깐 기다려 줘, 나 곧장 다녀올 테니까.”

“같이 가겠어요.”

“그런 차림으론 갈 수 없다니까.”

“갈 수 있어요.”

오수진은 황창하의 옆구리에 팔을 걸었다.

“무린데.”

했지만 두 사람은 곧 화지리 밖을 향해 걷기 시작했다. 뜸하던 인가마저 벗어나자 황창하가 여자의 손목을 꽉 잡아 쥐며 말했다.

“우리 영감쟁이한테 뭐라고 소개할까, 귀하를?”

오수진은 대꾸하지 않았다. 황창하는 소개할 거리가 생겼는지 움켜잡은 손아귀에 힘을 주며 바위틈을 비집고 산을 오르기 시작했다.

묘는 금학산의 지맥을 이루면서 험상궂게 솟은 화지리 왼쪽 산중턱에 있었다. 멀찌감치에서 보기엔 꼭 바위 틈새에 긴 듯 묏자리가 될 성부르지도 않고 양지바르지도 않았다.

“어떤 지관이 잡은 자리예요?”

“내가. 좋지? 어릴 때 내게 플루타크 영웅전만 읽힌 영감쟁이를 위해선 이 나라에서 하나밖에 없는 명당이야. 영감쟁인 배울 게 없다고 나를 학교도 안 보냈댔어. 일찍부터 술을 가르쳤지.”

황창하는 말하고 나서 점퍼 주머니에 쑤셔 박힌 소주병과 오징어를 꺼내 놓고 묘 앞에 무릎을 꿇었다. 병마개도 딸 생각을 않고 고개를 떨군 채 망연히 앉아만 있는 황창하 옆에 오수진도 무릎을 접고 앉았다.

“태백산맥에서 갈라져 나온 광주산맥과 추가령 지구대가 병풍처럼 둘러쳐져서 넓은 평원을 이루어 준 철원은 원래 화산암 지대였지. 동해의 바닷바람을 막아 주는 비옥한 땅과 험준한 요새의 지형을 보고 여기서 무릎을 친 울분의 투사들이 많았어. 궁예도 그랬지만 임꺽정이 복병을 숨긴 곳도 여기야. 여기 넓은 평원을 숨어 흐르는 한탄강 기슭에 엎드려 함경도로 오르내리는 공물을 탈취하여 어진 백성들한테 돌려주고 했었지. 그가 거점으로 잡고 신출귀몰로 관군을 무찌르던 저 벌판 끝의 고석정을 한번 가보자구. 넓은 평원이 갑자기 낭떠러지로 떡 갈라져 파이면서 깊숙이 흐르는 푸른 물을 볼 수 있을 거야. 그러고는 시치미를 떼고 그대로 펼쳐져 나가는 벌판을 발견하게 될 거야. 여기선 다가서지 않고는 어디서든 벌판을 자르고 흐르는 강을 볼 수가 없어. 한탄의 강은 그렇게 가슴 깊숙이 패면서 혼자 앓는 건지 몰라. 먼데서 보긴 오로지 벌판뿐이거든. 맞았어, 벌판이야. 이젠 더 이상 기름진 평야가 아니라 갈대밭으로 버려진 벌판이야. 내 가슴속처럼. 삼팔 따라지의 울분과 거덜난 웃음처럼 말이야. 속으로 깊이 앓는 불모지 같은 광야가 돼버렸지. 남으로 금학산과 동으로 북주산 대성산 적근산 오성산, 서쪽으론 천덕산이, 그리고 북쪽으로 효성산과 서방산이, 더욱 멀리는 대왕덕산 운마산 장암산 백암산이 사악(邪惡)이 끼어들지 못하도록 겹겹이 막아 주던 철원이 이렇게 쑥대밭이 돼버렸다니까. 이 삼팔 따라진 이젠 뭘 할 수 있을지 몰라. 궁예가 될 수 있을지 모르겠어. 아냐, 아무 짓거리도 못하고 말 거야.

이러다가 어디서 객사하고 말 것만 같아. 근래에 와서 자꾸 그런 생각이 들거든. 도대체 어떻게 되어서 이 모양일까.”

황창하는 주먹으로 땅을 퍽퍽 찍었다. 오수진이 그의 어깨를 부축하며 말했다.

“그만 내려가요.”

“그래야겠지?”

두 사람은 마른 억새풀을 밟으며 산을 내려가기 시작했다. 서쪽 하늘이 태양의 마지막 잔광을 받아 발갛게 물들어 있었다.

산을 거의 다 내려올 때까지 황창하도 오수진도 입을 열지 않았다. 오수진의 굽 높은 구두가 바위틈에 끼이면 두 사람은 뒤뚱하고 함께 몸을 움츠리곤 했지만 그때도 황창하는 부축할 뿐 말은 하지 않았다.

산을 다 내려와 평평한 밀밭가로 내려섰을 때야 황창하는 걸음을 멈추고 서서 오수진을 마주 쳐다보았다. 그러다가 느닷없이 여자를 확 끌어안으며 말했다.

“미안해, 여기까지 끌고 와서.”

“전 스스로 왔어요.”

“정말 고마워. 한없이라고밖에 할 말이 없어” 하고 나서 황창하는 목소리를 바꾸어 느긋하게 말했다. “영감쟁이 기뻐하실 거야, 우리 둘이 와서.”

“계획적이었어요?”

“그렇게 생각해?”

황창하는 눈을 크게 뜨고 오수진을 들여다보았다.

“그렇겐 안 생각해요.”

“사실, 난 오늘 영감쟁이 앞에 가서 한번 실컷 울어 보든지 하리라 마음먹었었지. 귀하 때문에 그러지 못하고 말았지만. 오늘이 돌아가신 날이거든.”

“그랬군요. 헌데 창하 씨답지 않은 면이 있어요. 놀라워요.”

“어째서 감상에 젖느냐 이거겠지?”

“그러시지 말라구 경고까지 했는데두.”

“미안해. 알고 보면 나란 인간은 참 시시껍절하게 못난 구석을 많이 가졌어.”

“정말 그래요.”

두 사람은 얼굴을 맞대고 처음으로 웃었다. 그러고는 화지리 버스 정류소를 향해 걸어갔다.

“이대루 훌쩍 떠나실 작정이세요. 오늘이 기일이라면서?”

“할 수 없잖어.”

황창하는 날짜에 지나치게 의미를 붙이는 것은 고인을 위해서도 결코 좋은 일이 아니라고 했다. 추모란 형식으로 그 깊이를 잴 수 있는 것이 아니며, 더욱이나 추모로 말하자면 자신은 영감쟁이한테 그런 회억의 정을 더듬으러 온 건 아니라고 했다.

“오히려 추모와는 거리가 먼 우울증에다 울화통이 겹쳐서 신경질을 부리러 왔다구. 언쟁을 하고 싶었어, 갑자기.”

“그래, 말다툼을 했어요?”

“응, 대판으로. 영감쟁이, 할말이 없는 모양이던데.”

“뭐랬길래요?”

“명당에 자릴 잡아 줬으면 가만히 집이나 지키고 누웠을 일이지 왜 자꾸 오라니 가라니 못 살게 구느냐고 소리쳤지.”

“소리치는 자세가 아니던데요? 꾸중 듣는 자세루 앉아 있어 놓구서 뭘 그래요. 용서를 빈 거 아녜요?”

“맞았어. 용서를 빌었어, 괜히. 이유도 없이 그렇게 되더군.”

그러나 그때 막 늙수그레한 운전사가 면장갑을 끼며 버스에 오르고 있었으므로 두 사람은 애기를 중단하고 차 곁으로 걸어갔다. 매표원인 듯한 소녀가 앞을 막아 서며 말했다.

"표 끊어 갖구 타세요."

오수진이 핸드백을 열며 황창하를 쳐다보았다.

"정말 이대루 돌아가시겠어요? 언쟁은 포기하는 거예요?"

황창하는 대답 대신 소녀를 내려다보았다. 소녀는 마른 버짐이 허옇게 핀 뺨을 발딱 쳐들고 도전적인 눈으로 쳐다보았다.

"너, 줄창 여기서만 살았니, 날 때부터?"

"네에, 왜요?"

"그저. 몇 살이냐?"

"열다섯요."

"무섭잖니?"

"뭐가 무서워요? 어서 돈 내세요, 차 떠나요."

"운천 두 장 다오" 하고 나서 황창하는 오수진을 돌아보며 말했다. "거 봐, 무섭잖다잖어. 전쟁에 대한 공포란 괜한 소리라구."

그러나 오수진이 매표원을 향해 재빨리 말했다.

"우린 지포리까지 가요."

버스에 오르고 난 황창하가 물었다. 도중에서 내리면 시간을 놓칠지도 모르는데 지포리엔 왜 내리자는 거냐고.

"고석정 보여주신다고 했잖아요."

"이런 무식쟁이. 거기 가기도 전에 깜깜해질 텐데 밤에 그 낭떠러지엘?"

"왜 밤에 가요, 내일 가죠."

"그러니까 오늘은 줄창 호수까지 내달리잔 말야. 거기 가야 잠잘 방이 있거든."

"지포리에두 여관 간판 분명히 걸려 있었어요."

"여관 없는 데가 어딨어. 오 여사 같은 귀부인이 묵으실 만한 데가 못 되니까 그렇지."

"사람 모욕하지 말아요. 난 지포리서 잘 테예요."

버스가 포장이 안 된 도로를 터덜거리며 내달렸다. 땅거미가 내리는 황량한 벌판 가운데를 뚫고 나가기엔 기운이 달리는 듯 몸체를 마구잡이로 일그적거리며. 그러나 가까이 달려드는 밭고랑을 바라볼라치면 꼭 회전판 위를 달리는 목마를 탔을 때처럼 차는 꽤나 빠른 속력으로 달리고 있었다.

지포리에 닿은 두 사람은 우선 저녁 식사부터 하고 나서 여관을 찾아나섰다. 산촌의 밤은 몸이 오싹할 지경으로 으스스했다. 황창하는 몸을 후루룩 떨고 나서 오수진의 좁은 어깨를 감싸안았다.

"이 고을 노인들이 어깨 끼구 가는 우릴 보고 혀를 차겠어요?

"천만에. 여긴 그런 전통적인 터줏대감이 남아 있는 동네가 아니라구. 고작 패배한 뜨내기들이 모인 동네야."

두 사람은 빤하게 걸려 있는 여관 간판 앞으로 다가들었다. 황창하가 집 안을 훔쳐본 뒤 여자의 어깨를 풀어 놓고 안으로 걸어 들어갔다. 현관문을 열고 서서 다시 안을 살펴보던 황창하는 만족했는지 돌아보지도 않고 손짓을 했다.

오수진이 현관 위로 올라섰을 때 주인을 상대로 뭐라고 묻고 있던 황창하가 돌아서며 이죽거리는 투로 말했다.

"이 동네는 틀려먹었어. 침대라는 것이 어떻게 생겨 먹었는지 모른다는군."

오수진이 대꾸를 않고 눈을 하얗게 흘기자 황창하가 들어라 하고 한마디 더 덧붙였다.

"비단 이불도 아니라는데, 원앙금침 말이야."

오수진은 화가 난 몸짓으로 신발을 벗어 내던지고 마루 위로 올라섰다.

"어느 방예요?"

"네, 일루 오시죠."

황창하의 농지거리에 빙그레 소웃음을 흘리고 섰던 주인 남자가 다급하게 표정을 고치고 말했다. 남자는 복도를 앞서 걸어가며 말을 걸고 있었다.

"재미있으신 분이군요. 부부란 저래야 살맛이 있는 건데 우린 오십 평생을 살면서도 우스갯소리 한마디 못해 봤군요."

오수진이 뭐라고 굳이 부인하지 않자 남자는 한숨을 내쉬고 나서 덧붙여 말했다.

"마누라쟁이라는 게 밤낮없이 앙앙대니 농담할 맛이 나야죠. 아마 이십 년은 족히 누워 배겼을 겁니다. 끝없이 고장만 내는 기계처럼."

혼자 지껄이는 것이 싱거워졌는지 잠시 후 남자는 어째라 말도 없이 슬그머니 방 안에서 사라졌다. 오수진은 발로 온돌방의 열기를 재며 빈 방에 엉거주춤 서 있었다. 현관 쪽에서 떠들썩하게 얘기 주고받는 소리가 들렸다.

황창하에겐 주책이라고 할밖에 없는 고약하고 불안한 버릇이 있었다. 그는 때도 장소도 가리지 않고 농담을 하려 들어서 그렇다.

오수진은 핸드백을 놓고 복도로 나섰다. 주인 남자와 철원 애기를 끝내고 걸어오던 황창하가 물었다.

"내가 농담해서 화났어?"

오수진은 대답 대신 그가 지나가도록 길을 비켜 주었다.

"어디 가는 거야?"

"전화 걸러요."

돌아보지 않아도 황창하가 금세 기분 잡친 표정으로 늘어져 있을 것은 뻔했다. 오수진에겐 기세를 꺾은 쾌감이 있었다. 약이 바짝바짝 오르겠지.

오수진이 방으로 되돌아갔을 때 황창하가 태연을 가장하고 물었다.

"그래, 전화는 했어?"

“신청해 놨으니 연락해 주겠죠.”

오수진은 짧게, 사무적으로 대답했다. 조금 있다가 좀이 쑤신 황창하가 다시 물었다. 목소리가 훨씬 격양되어 있었다.

“서울이야?”

“네.”

“그 친구도 없는데 전화는 왜 걸지?”

“오늘 돌아왔을지도 몰라요.”

“돌아왔으면?”

“지금이라두 돌아가야죠.”

“뭐야?”

그때 복도에서 쿵닥거리는 발걸음 소리가 들렸다. 전화가 연결되었다는 전갈이었다. 문을 나서는 오수진의 뒤통수에다 대고 황창하가 뺙 고함쳤다.

“가버려, 제기랄!”

현관으로 시외전화를 하러 간 오수진은 간단히 통화가 끝났는지 이내 돌아왔다. 황창하는 일말의 불안이 낀 눈으로 여자의 표정을 살폈다. 복도에다 대고 냅다 소리를 쳤었으므로 우선 어떻게 됐는가고 묻기가 멋쩍었다. 그런데도 오수진은 정작 어째야 된다는 말도 없이 이렇게만 말했다.

“전화했어요.”

했는데 어떻게 되었다는 건가. 지금이라도 돌아가지 않으면 안 되게 되었다는 뜻인가. 정말 돌아가야 한다면 한바탕 소란을 떨지 않으면 안 된다. 아마도 이미 여덟시는 넘었을 테니 막차가 떠난 지 적어도 반 시간은 지났을 것이고 그래도 떠나야 한다면 불가불 운천으로 전화를 해서 택시를 부르는 수밖에 없다. 황창하는 그런 기분 나쁜 소동을 피울 여자와, 그 광경을 넌지시 지켜보게 될 자신을 그려 보며 입맛을 쩝쩝 다셨다. 뭐라고 대꾸가 없는 황창하를 내려다보며 오수진이 다시 입을 열었다.

"전화 감이 되게 멀던데요."

"감이 멀어서 구구하게 변명할 형편도 못 되고, 곧 가겠다는 말만 했다 이거지?"

"가래 놓구서 뭘 그래요."

"갈 거야?"

"가버리라구 소리쳤잖아요."

"가버려."

"진심이죠?"

"말 꼬투리 잡지 말고 가려거든 소리 없이 빨리 나가 버려!"

오수진은 치맛자락을 펄럭이며 단호한 동작으로 핸드백을 집어 들었다. 벽에다 비스듬히 등받이를 붙이고 앉았던 자세를 고치면서 황창하는 담배를 찾아 물고 있었다. 성냥을 그어 대는 손이 가늘게 떨렸다. 애써 외면하고 앉은 황창하를 지그시 내려다보던 오수진은 결심을 세운 듯 휙 문 쪽으로 걸어나갔다.

"잠깐!" 하고 황창하는 담배를 내던지며 소리쳤다. "정말 갈 거야?"

"그럼 장난인 줄 알았어요?"

오수진은 문턱에 멎어 서서 돌아보지 않았다.

"지금 가겠다면…… 그렇게 서두를 것 없어. 우선 운천으로 연락해서 택시를 불러와야 하니까. 여긴 택시가 없어."

황창하는 말하고 나서 그렇게 말한 자신의 태도에 스스로 놀랐다. 이젠 마지막이다라고 속으로 외치고 있던 그의 입에서 어떻게 그런 말이 튀어나올 수 있었을까. 두 사람은 얼굴을 맞대고 서서 말없이 서로를 쳐다보았다.

"어떻게 된 거야? 남편이 돌아와 있어?"

오수진은 고개를 끄덕였다.

"신경질을 부렸어? 뭔가 알아챈 것 같어?"

또 고개를 주억거릴 뿐 오수진은 여전 말을 하지 않았다. 어떻게 보면 황창하를 건너다보고 있는 여자는 뭔가 골똘한 생각에 빠져 거의 무의식적으로 고개를 끄덕이는 것같이 느껴지기도 했다.

"잠깐 기다려, 내가 전화를 걸어서 차를 오라고 하지."

"저 안 가겠어요. 돌아가지 않을래요."

오수진은 다시 방 안으로 들어섰다. 그러고는 벽 아래 쪽에다 핸드백을 얌전히 내려놓고 있었다.

황창하는 주인 남자를 마루로 불러냈다.

"지금 서울 갈 수 있죠?"

"지금요?"

"집에 무슨 일이 생긴 모양인데."

"여기가 의정부쯤 되는 줄 아십니까. 차가 어딨어요."

"운천에다 전화 걸면 되잖을까요?"

"택시 말씀이죠? 값은 고하간에 이 시간엔 가재두 안 가요."

"네 시간이면 너끈히 갔다올 텐데?……"

"무슨 일인진 모르지만 그러지 말고 몇 시간 안 남았으니 주무시구 가세요. 방값 받으려구 그러는 거 아닙니다."

황창하는 한편 안도의 숨을 내쉬며 방으로 돌아갔다. 오수진은 무릎을 세우고 벽에 기대 앉아 있었다. 빳빳하게 긴장한 얼굴이었다.

"이 시간엔 갈 수가 없다는군."

황창하는 윗목에 엉거주춤 서서 말했다.

"저 오늘 돌아가지 않는다니깐요."

황창하가 여자 앞으로 가 앉으며 물었다. 도대체 여자의 남편이 뭐라고 말했는지 궁금했다. 그러나 오수진은 남편과 직접 통화하지 못했다고 했다.

"전화 받지 않겠다구 하더래요. 그러면서 지금 곧장 돌아오지 않으려거든 다신 대문 안에 들어설 생각 말라구 했대요. ”

“정말 뭔가 눈치챈 모양 아니야 ? ”

“오늘 돌아올지두 모른다구 연락해 왔는데두 집을 비우구 없으니까 화가 나서 그럴 거예요. 자기가 언제부터 그랬다구……. ”

황창하는 담배를 뽑아 물었다. 전화를 하러 갈 때나 돌아왔을 때 잘못 대했다는 생각이 들었다. 아니, 하필 집을 나서기 어려운 날 오자고 한 것부터 사과하고 싶었다. 그러나 오수진에겐 그게 문제가 아니었다. 그녀는 전화를 끊고 났을 때 갑자기 비참한 생각이 들었던 것이다.

어쩌다가 이렇게 되었을까. 못난 두 사나이 어느 쪽에서도 받아들이지 않겠다고 소리치지 않았는가, 이 외진 곳에 내던져 놓고. 오수진 그녀에게 그렇게 주장할 수 있는 사람이 누군가. 어느 쪽도 그렇게 말할 입장에 있지 않잖은가.

황창하는 긴장을 풀지 않고 있는 오수진을 건너다보며 물었다.

“우리, 나가서 바람이나 쐬고 올까, 차나 한잔 하고 ? ”

“차보단 술을 마시구 싶어요. ”

“좋아, 나갔다 오지. ”

두 사람은 여관을 나섰다. 외줄기 가로등이 듬성듬성 졸고 있는 거리는 행인이 눈에 띄지 않는 을씨년스런 풍경이었다. 그러나 스산한 정적을 벗어나 사람들이 보이는 버스 정류소 가까이로 걸어 나가는 동안 여자는 어지간히 우울을 걷어 냈는지 몰랐다. 오수진이 끼고 걷던 황창하의 팔을 잡아 젖히며 물었다.

“절 어떻게 소개하셨어요, 아까 산소에서 말예요 ? ”

“술집에 가서 애기해 주지. ”

황창하는 말하고 나서 싱긋 웃어 주었다. 그는 오수진이 핸드백을 챙겨 들고 나섰을 때 영감쟁이한테 그녀를 데리고 간 것을 더없이 후회했다. 지금은 그런 감정의 찌꺼기를 씻기 위해 술을 마시러 가고 있는 것이고.

황창하와 오수진은 다음날 느지막이 서울로 돌아왔다. 여관 주인 남자와 밤 안으로 돌아가는 문제를 놓고 승강이를 벌이듯이 한 바도 있고 하므로 황창하는 날이 밝으면 곧 떠나야 된다고 생각했으나 오수진은 그의 그런 의견에 반대였다.

"어저께 밤으루 돌아갈 수 있었으면 하던 제 사정은 돌아가지 않은 것으루 이미 일단락이 져버린 거예요. 창하 씨 생각해 보세요. 오늘 서둘러서 무슨 소용예요. 전 지금 당장 돌아가구 싶지 않아요. 창하 씬 여관 주인 보기에 우습잖느냐구 하셨어요. 하지만 우린 모르는 사람한테까지 거짓 체면을 지키려 애쓰지 말아야 해요. 그런 것에 구애받는 버릇이 생기면 인간미가 없어져요. 왜 스스로 위선자가 되겠어요. 우리 천천히 떠나요."

그러고는 밉살스럽도록 늦궂게 구는 통에 두 사람은 아침 열시가 다 되어서야 여관을 나섰고, 곧 고석정 옆을 지나치는 화지리행 버스에 올랐다. 황창하는 오수진이 되도록 시간을 끌려는 것이 하나의 자기학대와 같은 것임을 알고 있었다. 그녀는 이미 전날 밤의 잠자리에서도 그런 기미를 나타냈던 것이다.

황창하는 술이 몹시 취한 여자를 되도록 편안히 잠들게 해주고 싶었다. 그러나 오수진은 불같이 달려들었다. 그에게 한없는 것을 요구해 왔던 것이다. 오수진은 밤새 잠을 자지 않았는지 몰랐다. 그녀가 잠들 때를 기다리던 황창하가 먼저 곯아떨어지고 말았으니까. 그리고 아침에 눈을 떴을 땐 오수진이 이미 깨어 있었다.

두 사람은 한탄강 가운데 솟은 바위 돌출부로 기어 올라갔다.

"자, 봐. 절경이지?"

"절경이라기보다 어딘가 신비스럽군요."

"이렇게 지표(地表)를 깊이 파고든 강을 본 일이 없을걸."

"이 지대가 화산암 지대라면서요?"

"그게 아니라 한탄은 이렇게 가슴속 깊이 파고드는 거라니까."

두 사람은 마치 고소공포증 환자처럼 서로를 꽉 껴안고 낭떠러지 아래로 흐르는 시퍼런 강물을 내려다보았다. 여울목을 넘는 물소리로 깊은 개골창 전체가 아아각아아각 떨고 있었다. 저것이 꺽지고기로 변했다는 임꺽정의 울부짖음일까, 아니면 임꺽정을 잃은 한탄의 호곡일까. 물론 한자의 뜻은 '한탄'과 다르지만.

오수진이 바위에 걸터앉으며 말했다.

"여기 이렇게 한없이 앉아 있었음 좋겠네요. 수양이 되겠어요."

"임꺽정은 수양보다 요새로 삼았는데?"

"우리 하루만 더 쉬었다가 가요."

오수진은 주저물러앉을 핑계만 찾고 있음이 분명했다.

"안 돼, 돌아가야 돼."

황창하가 오수진으로 하여금 서울행 버스를 타게 하기까지는 적잖은 설득과 비난이 필요했다. 어쨌든 마침내 오수진은 귀로에 올랐다. 하지만 그건 황창하의 노력에 의해서가 아니고 그녀 스스로가 스스로를 이겼던 것이다.

서울로 돌아오긴 했지만 아무리 집으로 돌려보내는 일이 급선무라 해도 황창하는 오수진을 그대로 놓아 보낼 수가 없었다.

마장동 시외버스 터미널을 걸어나오며 황창하가 물었다.

"우선 시내로 들어갈까?"

오수진은 뭐라고 대답하지 않았다. 황창하는 말이 없는 것을 수긍으로 단정하고 택시를 잡기 위해 큰길가로 나섰다. 어둠이 깔리기 시작하고 있었다. 황창하는 거리에 서서, 자신이 다녀온 곳만이 아니고 지금 내다보고 있는 도시도 숨이 막히게 적막한 하나의 황야라는 것을 알았다. 엷은 어둠을 비비적거리며 기어가는 차들이 꼭 거대하고 스산한 공동 위를 나는 까마귀떼처럼 느껴졌다.

차에 올라타고서야 오수진은 말했다.

“신경쓰지 마세요. 그 사람 출세하기 바빠서 벌써 잊었을 거예요. 지금 집에 앉아 있을 턱이 없어요. 어디 가서 또 아첨하고 협잡하고 해야잖아요.”

“확신이 너무 지나치잖어?”

“아시면서 그래요. 출세라는 것에——그것두 한심한 졸개가 되구 심복이 되려는 데에——화농이 돼버린 사람이란 걸.”

“그런 집념이 수진이한테로 겨냥되면 어떻게 하려고 그래?”

“집념이 아니라니까 그러네요. 그건 징그러운 야욕예요. 범죄란 말예요.”

“그게 뭐든, 어떻게 됐든, 그게 수진이를 향해 발작을 하면?”

“그럴 리 없어요. 그럴 겨를이 없거든요.”

“확신하지 마. 우리를 위해서도 그래. 지나친 확신이 우리를 마지막으로 만들지도 몰라.”

어느새 어둠의 두께는 훨씬 두꺼워져 있었다. 집에 가서 이틀 동안의 일에 대해 오수진은 어떻게 말할 것인지……. 그런데 뜻밖에 오수진이 그걸 미리 말했다.

“저, 오늘 집에 가면 사실대루 다 말할 작정예요.”

“무슨 소리야, 바보같이.”

“이미 결심했어요.”

황창하는 어쩐지 오수진과는 마지막이라는 예감에 휩싸였다.

두 사람은 시청 앞에서 헤어졌다.

황창하는 가슴이 텅 빈 것 같았다. 허전했다. 모든 것을 다 잃은 것처럼. 어둠과 불빛으로 얼룩이 진 시청 앞 광장이 모래섬처럼 황량하게 느껴졌다. 아니 끝없는 사막 한가운데 서 있는 것 같았다.

황창하는 한숨을 휴우 내쉬었다. 그러고는 바지 주머니에 두 손을 찔러 넣고 어슬렁어슬렁 걸음을 옮겨 놓기 시작했다. 옮겨 놓으며 곰곰 생각했다. 그가 오수진에게 요구한 것은 무엇인가를.

　그러나 오수진이 남편 박신철에게서 뛰쳐나오기를 바란 것은 아니었다. 아니 그녀에게 바라는 것이 아무것도 없었다. 오수진이 그 어떤 것도 파괴하지 않기를 희망할 뿐이었다. 황창하는 머리를 절레절레 흔들어 생각을 털었다. 그러나 몇 발짝을 걷기 전에 그는 어느새 다시 생각하고 있었다.

　황창하는 음울한 기분에 휩싸여 다방으로 들어섰다. 자오록하게 덮인 담배 연기에 신경이 거슬렸다.

　허도일이 눈에 띄지 않았다. 약속 시간에 30분은 늦어 있었으므로 투덜거리며 가버렸는지 몰랐다. 잠시 서성거리다가 되돌아서던 황창하는 생각이 나서 사무실로 전화를 했다. 웬일로 그 시간에 강영태 자식이 남아 있었다.

　"너 여태 뭘 하느라고 안 나갔나?"

　"전화통 떼 갈까 하구요."

　"업어 갈 놈이 왜 어물어물하고 있어, 들킬려구."

　"형님 마지막 전화 걸 기회는 드려야죠. 이제 떼어 들면 돼요."

　강영태 자식은 답답할 지경으로 떠듬떠듬 중얼거리고 나서도 웃지 않았다. 황창하는 조용해진 수화기에다 대고 소리쳤다.

　"일로 나와. 여기 골목 다방에 와 있다."

　"전 지금 홀몸이 아닌데요."

　"홀몸이 아니라니?"

　"여자가 딸려 있어요."

　"여자?"

　"만나보시면 알 만한 사이지요. 같이 갈까요?"

　"잔소리 말고 빨리 와."

　"여자라니까 좋으셔서."

　"이놈의 새끼."

　황창하는 수화기를 내려놓고 빈자리로 가서 앉았다. 도일이도 늦어진 거라면 강영태를 불러낸 보람이 있으련만.

길거리에서 만났을 때 도일은 오랜만에 마주쳐서 그날 약속을 하자는 말을 들어먹지 않았다. 마침 야인 김옹의 호출을 받고 달려가던 중이어서 황창하는 거의 우격다짐을 하다시피 해서 겨우 대답을 받아내고 헤어졌던 것이다.

황창하는 얼굴이 훨씬 못해진 도일을 떠올리며 혹시나 하고 문간에 눈을 주고 기다렸다. 강영태가 한 말은 농이 아니었던 모양, 자식은 잠시 후 정말 웬 여자 하나를 달고 나타났다.

"신학년 초라서 아직은 강의도 없을 텐데 왜 하룻밤 자고 옵니까? 거기 작은집 둔 거 아녜요?"

의뭉스런 놈처럼 싱글싱글 서두를 뗀 다음 강영태는 여자를 돌아보며 말했다.

"이 지방 대학 강사님 모르시던가?"

여자는 뺨을 발그레 붉히며 얌전히 고개를 숙여 보였다.

"안녕하셨어요, 황 선생님?"

"가만 있어 봐, 누구시더라?"

강영태가 여자를 가로막고 나섰다. 자식은 말하기 전에 웃기부터 먼저 하고 그 다음엔 팔을 활활 내저었다.

"형님도 희망 없어요, 그렇게 기억력이 형편없어서야."

"실례지만 모르겠다야."

"신촌역 앞이라고 해도?"

"신촌역 앞?"

저런, 바로 그 여자였다. 남치마였다.

황창하는 눈을 휘둥그렇게 뜨고 남치마를 건너다보았다. 그 옆에 붙어앉아 여전 쓸개 빼먹은 인간처럼 히죽히죽 웃고 있는 강영태를 번갈아 쳐다보면서.

―그 여자 건져 내야겠던데요.

하고 언젠가 강영태 자식이 씨부렁거리던 말이 생각났다. 그렇게 비정한 인간인 줄 몰랐다 어쩌고 하면서 문 밖으로 횡하니 사라지던 것까지도.

말을 않고 있는데 좀이 쑤셨는지 강영태가 먼저 입을 열었다.

"속곳 바람으로 육체미 자랑하던 시절 회상하는가부다."

키들키들 웃을 법한데도 남치마는 표정 하나 바꾸지 않았으므로 황창하도 농을 받기가 뭣하여 그대로 멀거니 강영태 자식을 쳐다보기만 했다. 그러자 자식이 한마디 더 했다.

"빤스 바람으로 전봇대 밑에 웅크리고 서 있는 사나이가 있었다면서요. 그 목격자가 못 된 건 정말 통탄할 일이야."

"이놈의 자식, 주둥이 닥치지 못해" 하고 황창하가 윽박지르는 순간, 남치마가 자식의 옆구리를 쿡 찌르고 있었다. "남치마가 웬일이야?"

그러자 강영태가 또 그 느린 말씨로 가로막고 나섰다. 자식은 기분이 좋아 보였다.

"남색 치마 입고 있지도 않은데 남치맙니까. 이양입니다, 이름은 정임이고."

자식은 말하고 나서 손가락을 세워 다탁 위에다 '李貞任'이라고 써 보였다. 황창하는 무엇을 말해야 할지 종잡을 수 없었다. 도대체 그동안 어떻게 되어서 자식이 이렇게 열을 올리는 것인지 황창하는 별안간 쑥맥이 된 것처럼 같은 말을 되풀이 물었다.

"그래, 이양이 웬일이야?"

남치마(가 아니라 이정임)는 고개를 들고 조용히 웃음을 띠어 보였다.

"오랜만에 인사드리려구요."

"아직 그 집에 있나? 원산집이었지?"

"네, 그만뒀군요."

“언제 ? 그럼 지금은 ? ”

“네, 넉 달 됐군요. 지금은 조그만 가게를 하구 있어요. ”

“야아, 기분 좋은 애긴데 무슨 가게야 ? ”

“네, 편물기계 하날 마련했어요. ”

“그랬어 ? 직접 짜 ? ”

“네, 주문을 받아서요. ”

“언제 기술을 배웠지 ? ”

“네, 해보니 쉽군요. ”

강영태가 엉덩짝을 들썩들썩하고 있는 걸 보면 자식도 여간 귀가 즐겁지 않은 모양이었다. 건져 내야 한다고 소리치던 자식으로서 기쁘지 않을 리 있는가. 황창하는 봐라, 그냥 내버려 둬도 헤어 나오지 않는가 라고 소리치고 싶었다. 그런데 정임이 느닷없이 이렇게 말하는 것이 아닌가.

“모두가 강 선생님 덕분예요. ”

강영태가 펄쩍 뛰었다.

“그런 소리 마. 내가 뭘 어쨌다고 그래. ”

정임이 자식의 말에 개의치 않고 말했다.

“강 선생님 아니었으면 전 못 빠져나왔을 거예요. 처음엔 저한테 욕두 많이 잡수셨어요. ”

“아닙니다, 형님. 전 그런 힘이 없어요. ”

황창하가 고개를 주억거렸다. 여자 말이 맞을 것이었다. 문을 박차고 나설 정도의 녀석이면 그랬을 것이었다.

“이 자식 집요한 데가 있거든. ”

“네, 나중에는 사기꾼이라구 몰아세우기까지 했는데두 다음날이면 또 나타나셨어요. ”

“자식, 그러면서 나한텐 내색 하나 없더라. 넌 의뭉스런 놈이야. ”

“그래서 인사드리러 왔잖아요. ”

“좋다, 이 기분 좋은 날 내가 한턱 쓰지 않을 수 없다. 나가자.”
“쥐꼬리만한 강사료 받은 모양이시군?”
“난 강사 아냐, 임마.”
“곧 죽어도 교수지. 그렇지요?”
“그것도 아냐.”
황창하는 둘을 데리고 다방을 나왔다. 음울했던 기분이 훨씬 가벼워졌다. 다방을 나와서 근처에 음식점 간판이 보이는가 두리번거리는 동안 강영태가 황창하의 어깨를 밀었다. 따로 내밀히 할 얘기가 있다는 시늉이었다. 황창하는 여전히 음식점을 찾는 눈치를 하며 여자와 몇 발짝 거리를 두고 앞서 걸어나갔다.
“또 무슨 음모냐?”
“나, 저 여자하고 결혼할 겁니다.”
황창하가 걸음을 멈추고 돌아섰다. 그러자 강영태가 재빨리 그의 허리를 떠다밀며 소곤거렸다.
“그냥 걸어가요, 눈치채요.”
“너도 큰일 하긴 틀려 먹은 놈이구나.”
“큰일이라는 게 어떻게 생겨 먹은 건데 정임이와 결혼한다고 못하지요?”
“정에 약하단 말이다. 너 그건 동정이야, 알았어?”
“절대로 아닙니다.”
“그런데 왜 이렇게 뒤켠에 와서 쑤군거리니, 있는 데서 떳떳이 말 못하고?”
“정임이가 반대한단 말예요.”
“그럼, 너 벌써 결혼하자고 말했단 말이냐?”
“물론 했죠.”
“이 병신아, 넌 왜 좋은 일 해놓고 비웃음 당하니. 이양이 왜 반대했겠니, 유치한 수작 말라는 거지.”

"난 자존심 때문에 할일을 못하진 않아요."

"넌 중대한 착각을 하고 있어. 그건 동정이야."

"아니라니까 그러네요."

강영태는 버럭 고함을 질렀다. 고함 소리에 놀라 뒤를 돌아보자 여자는 의식적으로 저만큼 떨어져 따라오고 있었다. 황창하는 잠시 머리를 정리한 다음 다시 강영태의 결심을 물었다.

"너, 죽어도 그걸 실행할 작정이냐?"

"네."

"그럼 내 의견을 왜 묻니?"

"난 의논하려는 거 아닙니다, 통고하는 거지. 동기가 된 자리에 같이 있었던 인연을 존중해서."

"어디 아이냐?"

"강원도 삼척 가까운 시골."

"가족은?"

"편모, 동생 둘."

"학교는?"

"나하고 동류항예요, 중퇴쟁이."

"그럼 대학 중퇴란 말이냐?"

"아뇨. 왜 그렇게 놀랍니까? 대학이 그렇게 높은가요, 강사님?"

"데모하다가 퇴학맞았니, 저 얌전한 편물 아가씨도?"

"이죽거리지 말아요. 가난은 죄가 아녜요."

황창하는 길가에 나와 서 있는 설렁탕집 입간판 앞에 멎어 서며 말했다.

"서울 온 지는 얼마나 됐다던?"

"일년."

"믿을 수 있어?"

"역시 비정하기 짝 없군. 사실이 아니래도 그게 결심에 영향을 주진 않아요."

쭈뼛쭈뼛 스스럼이 낀 걸음으로 여자가 가까이 다가왔으므로 황창하는 태연한 목소리를 가장하고 물었다.

"아무 데나 들어갈까, 이양?"

세 사람은 열을 서서 휑하니 빈 음식점 안으로 들어섰다. 황창하는 자리를 잡고 앉자 맞은쪽에 앉은 두 사람을 건너다봤다. 둘을 한데 뭉쳐 끌어안아라도 주고 싶은 느낌과 함께 소리 없이 끼여드는 불안을 그들 두 상기된 얼굴은 한꺼번에 안겨주었다.

어깨를 맞대고 걸어가는데 뭔가 느낌을 받았음인지 이양은 좀처럼 굳은 표정을 풀지 못하고 있었다. 황창하는 반주로 들어온 소주잔을 들어 강영태와 맞부딪치며 속으로 힘차게 빌었다. 열심히 잘 살아서 행복하여라!

침묵이 싫은지 강영태가 입을 열었다.

"참, 아까 그 다방엔 왜 가셨어요?"

"응, 허도일이하고 약속을 했었어."

"일찍 갔더라면 나도 만날 뻔했군요. 보고 싶은데."

"내가 늦어서 가버린 모양인지 못 만났어."

황창하의 머릿속에는 잠시 도일의 모습이 떠올랐다.

퉁퉁 불어터진 밥풀을 건지고 있던 강영태가 숟가락을 내던지며 투덜거렸다.

"이까짓 설렁탕 한 그릇 가지곤 간에 기별도 안 가는데요."

그러다가 벌써 수저를 내려놓고 앉아 있는 정임이 앞의 뚝배기를 흘끗 돌아보았다. 정임이는 거의 반도 못 먹은 상태였던 것이다. 목이 탔었던 사람처럼 밥알은 한쪽으로 밀어놓고 뿌연 뜨물만 짜 마셨을 뿐이었다. 황창하는 담배를 뽑아 물며 느긋하게 말했다.

"한 그릇 더 시켜 먹으라마."

"관두겠어요. 식충이라는 소리 듣기 전에 이 국물로나 배를 채우고 말죠, 뭐.”

녀석은 밥풀떼기를 건져 먹다 남은 뚝배기 국물을 벌컥벌컥 들이켰다. 황창하는 두 사람을 오래 붙들고 있을 수 없었으므로 곧 자리를 일어섰다. 요금을 치르는 동안 미리 밖으로 나가 섰던 강영태가 뒤따라 나오는 황창하를 향해 말했다.

“형님, 이제 가보세요.”

“알았다, 임마.”

황창하는 무슨 뜻을 함축한 말을 해주고 싶었지만 천천히 얘기해야 할 성질의 것이었으므로 꿀꺽 삼키고 대신 이렇게 말했다.

“나도 그만한 눈치쯤은 있어.”

“전 또 형님이 주책없이 줄레줄레 따라붙는 거나 아닌가 했죠.”

“가봐라.”

“쐬주 한 잔에 팍 오르는데요.”

“정임이, 이 술취한 자식 조심해야겠어.”

황창하는 손을 한 번 흔들어 보이고 나서 먼저 걸음을 떼어 놓기 시작했다. 몇 발짝 걸었을까, 뒤뚱뒤뚱 뛰어오는 소리가 났으므로 황창하는 걸음을 멈추고 돌아왔다.

“뭐냐, 자금이냐?”

“형님은 역시 눈치가 빨라서 좋아.”

“얼마나 모자라는데?”

“모자라는 게 아니라 아주 없어요.”

“오백 원이면 찍하겠구나, 여관에 갈 것도 아니고.”

“천원주세요. 그리고 형님, 아까 그런 말 또 하면 우리 다신 형님 앞에 안 나타날 겁니다. 명심하세요.”

보나마나 그건 헤어지면서 내뱉은 ‘내 색시 꾀어간 놈’이란 말을 두고 하는 말임을 황창하는 알고 있었다. 물론 농지거리였지만 황창하도 지껄여 놓고 아차 했었으니까.

“그 점 사과한다.”

“아직도 술집 여자 취급하면 여자 쪽보다 형님 인격 깎여요.”

황창하는 5백 원권 지폐 두 장을 강영태한테 건네주며 말했다.

“난 네가 동방의 예수가 된 것 같은 착각에 빠져 있지나 않나 해서 주의를 환기시키고 싶었던 거지.”

“무슨 말인지 알겠어요. 가만 보니 저를 우습게 보시는데 두고 보십시오.”

강영태는 돌아서서 여자 앞으로 뛰어갔다. 그러나 황창하는 그에게 충격을 준 것은 잘한 일이라는 생각이 들었다.

황창하가 시간에 30분이나 늦게 가긴 했지만 실제로 약속을 깬 것은 허도일이었다. 도일은 아예 다방에 나타나지도 않았던 것이다. 그 시각에 도일은 구로동에 있었다. 수출공단이라는 이름의 공장 지대를 왔다갔다하고 있었다. 전자 회사, 경금속 공장, 타이어 회사, 방직 공장, 건전지 회사, 면도날 공장, 봉제 회사, 가구 공업사, 고무신 공장, 치약 칫솔 회사, 화장품 회사, 콘돔 제조 공장, 제약 회사, 여자 양말 공장, 즉석 증명 사진, 복덕방, 은행, 대서방…… 인디언 찔러 죽이는 미국 서부활극을 찍기 위해 버퉁겨 세워 논 세트처럼 황량하고 스산한, 차관 아니면 합작회사 건물들 사이를 도일은 종일 휘젓고 돌아다녔다. 길고 지리한 시멘트 담과 철조망 가를.

허탕이었다. 복덕방(공단 입구에 있는 그 소개소 이름은 딸라 복덕방이던가)의 새파랗게 젊은 주인 말로는 서울 가서 김 서방을 찾으라나.

“여보쇼, 김 서방 찾을 땐 그래도 한양 인구가 얼마 안 됐을 때요. 그런데도 못 찾았소. 이 넓은 데 와서 정잔지 미순인지를 찾겠다니 당신 뱃심 한번 좋았소.”

넉살 좋은 인간 앞엔 반편이 되어 벌벌 기어 주는 게 좋다. 잘난 체 말이 많은 친구는 쉽사리 이쪽에 대한 측은감에 불탈 것이므로.

도일은 어려워서 못 알아들은 눈을 하고 재우쳐 말했다.

"이 안에 방직 공장이야 몇 안 될 것 아닙니까. 그 아이들은 배운 게 실 감는 것밖에 없거든요."

"경력이 몇 년이나 되는데? 조직 노동자 폭은 되오?"

"뭐요?"

"숙련공이냐구?"

"에이, 실 감는 것밖에 모른다니까."

"다른 집에나 가보슈. 나 농담하고 있을 시간 없어."

"농담?"

"그러지 말고 냉수 마시고 속 차려. 무슨 수작이야."

희망이 절벽이다 싶어 그냥 돌아나오려던 도일은 마지막 수작이 괘씸하여 그 새파란 복덕방쟁이와 더러운 입씨름을 벌이고 말았다. 놈은 도일을 공순이나 따먹고 다니는 놈팡이로 단정하였던 것이다.

"여동생 좋아하네."

"뭐야?"

"그렇게 말 안하는 놈 없더라."

"이 새끼가?"

"나는 못 속인다구, 하루에도 몇 놈씩 찾아와 아양을 떨지만."

도일은 단박에 놈의 하얀 와이셔츠를 움켜잡고 한방 놓았다. 포마드를 처발라 빤지르르하던 머리카락이 눈썹을 덮고 쏟아지자 놈은 몸을 일으키기 전에 우선 머리카락부터 걷어올렸다. 놈이 그리고 궁상을 떠는 동안 도일은 유유자적으로 복덕방 문을 열고 나섰다.

덩치로 봐선 곧 뒤따라 나와야 할 놈이 기척이 없었으므로 도일은 밖으로 나오기 바쁘게 걸음아 나 살려라 하고 줄행랑을 놓았다. 그 치사한 새끼가 112로 전화를 하고 있는지 알 게 뭐냐 해서.

도일은 신대방동까지 줄창 뛰었다. 일자형의 간이 주택들이 앞뒤로 빽빽이 들어찬 판잣집들에 둘러싸여 있는 지점까지 와서야 도일은 걸음을 늦추고 길게 심호흡을 했다. 아침에 이미 와본 거긴 집장수들이 야금야금 기어 들어와 지은 고급 주택들도 드문드문 섞여 있었다. 그러나 그 으리번쩍하는 집들도 거기 끼여드니 개밥에 도토리밖에 아니었다.

아침에 만난 아낙네는 물양동이를 내려놓고 허리를 토닥토닥 두드리며 말했었다.

"이제 다 쫓겨날 거예요. 내 말이 거짓말인가 내년에 한번 와보시라구요."

맞았다. 개밥에 도토리로 앉아 있을 인간들인가. 주변 풍광을 버린다고 신경질을 부리면 별수없이 너절한 가건물들은 불도저 밑에 깔리고 말겠지. 도일은 어둠이 내린 골목을 터덜터덜 걸어 들어갔다.

지나가는 사람과 얼굴을 마주쳐도 희미한 윤곽밖엔 알아보지 못할 만큼 어둠은 금세 짙어졌다. 도일은 기회를 노리는 좀도둑처럼 골목을 기웃기웃 서성거렸다. 그 시간에 어쩌면 미순이년을 잡을지도 모른다는 근거없는 예감이 들어서였다.

그때 누군가 옆구리를 스치며 말했다.

"이 아저씨, 여태 여기 서 계시네."

아침에 만난 고물장수의 아내였다. 꼭 자기네가 살고 있는 이 동네가 뜯겨 나갈 날만 기다리는 사람처럼 헐리지 않나 두고 보라고 거품 물린 입으로 장담하던 아낙네였다. 도일은 적당한 대답이 생각나지 않아 말을 더듬거렸다.

"그게…… 아니고 갔다가 다시 왔어요."

"헛수고예요. 그래 갖군 못 찾아요. 아침에 얘기했잖아요, 한 집에만두 보통 삼사십 명씩이나 우글거린다구. 직접 눈으루 보기까지 하구서두 그러시네."

대낮에도 불을 켜지 않으면 밤중인 복도는 사람 하나 겨우 빠져

나갈 폭으로 뚫려 있었다. 그리고 그 복도를 면해서 양쪽으로 각각 다섯 개씩의 칸막이 방이 미닫이 문을 출입구로 마주 건너다보고 있었다. 미닫이 외에 그 칸막이 방엔 들창문 하나도 없었다.

그 동굴 같은 방에 적어도 네 명씩 들어앉으니 한 집에 40명이 들끓는다는 말은 거짓말이 아니다. 아침 저녁으로 한 양동이씩 얻어걸리는 물을 가지고는 라면 끓인 냄비 닦고 그릇 닦고 하다 보면 발은커녕 세숫물도 제대로 남지 않는다. 복도를 더듬거리며 기어 나오는 아이들을 보면 대부분이 푸석푸석한 여공들이고, 뭘 물으려 해도 선잠을 하품하기 바빠서 대꾸할 겨를이 없다.

"하아아——물러요, 영잔지 정잔지. 그런 이름이 어디 하나둘인감."

"그럼 미순인?"

"생각이 안 나유, 하아아음. 모르겠시유."

맞았다. 꿈인지 생신지도 분간이 안 가고 근질거리는 머리밑도 긁적거려야 하고, 묻는 말이 뭔지 멍청할 것은 당연했다. 고물장수 아내가 곁에 서서 보탰다.

"재들 아직두 잠자구 있어요. 무슨 말을 하는 건지 본인두 모른다구요."

도일은 一자집 옆구리로 뚫린 현관을 돌아나왔다. 뒤따라 나오던 고물장수 아내가 말했다.

"방마다 모두 여공들만 세들어 있는 건 아녜요."

공장에서 잡일을 하거나 하는 고만 또래의 사내 아이들도 끼어 있고 땅거미가 질 무렵쯤이면 화장을 하고 집을 나가 더러는 들어오지 않고, 들어온다 해도 통금 시간 빠듯해서야 돌아오는 그렇고 그런 여자들과 그 기둥 서방들도 끼어 살고 있다고 했다.

"그 사내 자식들 보면 얄미워 죽겠어요."

"왜요?"

"계집년들한테 그것만 해주면 할일 다했다는 식으루 편편 자빠져 놀구……."

"서방은 서방인가요?"

"그럴 째비나 돼요, 어쩌다가 얹혀 살게 됐겠지."

"그 친구들 팔자 한번 좋았다."

"어머머, 아저씨두. 그게 좋은 거 아니라구요. 가냘픈 여자들 피 빨아먹는 거머리들이지."

웬 젖무덤은 그렇게 큰 고물장수 아내는 이맛살을 잔뜩 접고 혀를 찼다. 이 여자도 사내를 너무 밝혀 저렇게 젖통이 커져 버린 거겠지. 아니, 그럴 리 있나. 상관없는 사내들을 놓고 상관없는 도일한테 핏대를 세우는 여자가 그럴 리 있나.

"에그머니, 내 정신 좀 보게" 하고 여자는 갑자기 호들갑스럽게 소리쳤다. "젖 먹일 시간이 다 됐는데 이러구 있네. 이렇게 통통 불었으니……."

여자는 어떻다 인사도 없이 뽀르르 쫓아갔다. 그럼 그렇지. 아이를 낳았으니 젖무덤이 그렇게 팅팅 불어났지.

그랬던 여자를 어둠 속에서 또 만나다니. 도일은 멋쩍어서 눈을 씀벅이고 서 있었다.

복덕방 사내 말처럼 서울 가서 김 서방 찾긴 줄 알면서도 여태 버티고 서 있는 것에 측은한 생각이 들었는지 고물장수 아내는 혀를 차 주었다.

"내가 한번 수소문해 볼 테니 오늘은 그냥 돌아가구 며칠 있다 한번 와보세요. 이렇게 날두 저물었는데 옆으루 지나친들 알아보겠어요?"

"아주머닌 어서 물 받으러 가세요. 차례 놓치겠습니다."

"어이구 가엾어라. 어쩌다가 저렇게 애타게 찾아나설 동생을 놓쳤을까, 원."

"곧 찾게 되겠죠, 뭐."

"쉽지 않다니까 그러시네. 꼭 일루 왔을지 그것두 확실치 않다면서요?"

"아마 여기 이디 있을 겁니다. 아는 데가 여기뿐이고 어기로 가겠다고 여러 번 졸라대고 했으니까. 아까 말한 대로 정자라는 애하고 또 다른 친구 하나가 여기 공장에 다닌다고 했으니깐요."

"그래두 몰라요. 여긴 원체 들쭉날쭉이 돼놔서요."

받아내는 임금이 적으니까 여공 아이들도 그렇지만 공장장들도 걸핏하면 해고다 휴업이다 해서, 우르르 몰려 들어간다 싶으면 어느새 무더기로 쓸려 나오고 한다는 것이었다. 그나마 대우가 괜찮다는 숙련 여공들도 제 입 하나 풀칠하기 힘드는데 그런 조직 노동자도 못 되는 단순 노동자들이야 말할 건덕지도 없단다. 잘해야 월 5천 원, 심하면 3천 원 받기도 힘드는데 신분 보장도 안 되니 서로 불만이면 헤어지자 한마디로 손을 털고 만다.

네 명이 끼여 자는 방 하나에 월세가 4천 원이니 방세가 벌써 월임금의 삼분의 일 아니냐. 라면 봉다리 값이니 옷값 신발값 전기수도료 오물수거료 하는 걸 조목조목 따져볼 것도 없다. 아니다. 따져본다 치면 한 달을 살고도 주머니 바닥에 땡전 한 닢이 외롭게 굴러다니는 걸 설명할 수 없게 된다. 그건 끼니를 거른 덕분이고, 그나마 먹는다 해도 앞집 구멍가게에 그어 논 외상 장부만 자꾸 복잡해진 탓이다. 고물장수 아내는 말했다.

"그렇다구 구멍가게 주인은 흙 파다 장사하는 게 아니잖아요. 이제 라면 한 봉지라두 더 내줬다간 꼼짝없이 떼일 금액이다 싶으면 딱 끊구 달려든다구요. 자연 쌈질이 되죠. 한바탕 하구 나면 서로의 상하니까 발길이 뜸해지구."

"그럼 외상값은 어떻게 받아내죠?"

"그러니까 여기 가게 주인들은 물건을 팔구 있는 게 아네요."

“그게 무슨 말입니까?”

“밤낮으루 골목쟁이만 지키구 있는 거죠, 도망치는 여공들 뒷덜미 덮치려구. 그거 잡는 날이 외상값 받는 날예요.”

“그럼 돈이 있어도 안 갚고 빼나요?”

“그렇게 나쁜 애들 아녜요, 공장에 다니는 계집애들은. 모르죠, 혹간 가다간 그런 애들두 있기야 있겠지만.”

“그런데?”

“돈이 없어두 갚아야죠, 무슨 수를 써서든.”

“깝데기를 벗어서라도?”

“못 보셨구먼, 옷가방 뺏기는 애들.”

“이제 정말 가보세요. 젖 또 불었겠습니다.”

“어이구, 이놈의 세상.”

고물장수 아내는 양동이를 소리나게 흔들면서 걸어갔다. 그렇게 몇 발짝 걸어가다 말고 여자가 되돌아서서 소리쳤다.

“우리집 알죠, 조 골목 안에?”

“네, 압니다.”

“며칠 있다 한번 와보세요. ……참 동생 친구 이름이 뭐랬죠?”

“정자. 또 하난 모르겠어요.”

“정자라…… 성은요?”

“유정자지 아마. 제 동생은 허미순이고.”

“알았어요. 어서 돌아가요. 소용없어요.”

여자는 양동이 손잡이를 삐그덕거리며 어둠 속으로 사라져 갔다. 도일은 어떻게 해야겠다 생각이 나지 않아 그대로 어둠에 묻힌 골목을 응시하고 버텨 서 있었다.

도일은 무슨 큰 결심이라도 세운 듯한 몸짓으로 돌아섰다. 질척질척한 골목길을 더듬거리며 빠져나가는데 머릿속에서는 온갖 잡념이 다 고개를 들었다. 고물장수 아내의 말로는 더러 합숙하는 아이들

가운데는 남녀가 뒤엉켜 밤새 키들거리는 방도 없지 않다잖았는가. 그래서 이 근방을 지나다니는 한 방범대원은 지난 한 해 동안에 일흔셋의 버려 놓은 핏덩이를 주워 냈다잖았는가.

도일은 머리 밑에 불덩이가 든 것처럼 욱신거렸다. 미순이년이 기왕 버린 몸이라고 생각하진 않겠지. 쫓겨까지 난 판국에 옛다 모르겠다 한 것이나 아닐까?

"어째 그렇게 다정한 오누일까, 이렇게 야밤중까지 지켜 서 있게."

하던 고물장수 아내의 말이 생각났다. 다정함 그 바보 같은 계집애가 뛰쳐나갔을까. 도일은 끝없이 밀집해 있는 판잣집 골목 어디에서 곧 미순이가 뽀르르 달려 나올 것만 같았다. 라면 봉다리를 외상 얻으러 말이다.

안양으로 통하는 국도 가까이로 접어들자 골목길엔 차차 불빛이 많아졌다. 구멍가게마다 빤한 백열등이 내걸려 있는 탓이었다. 사실이지 그 골목참엔 없는 것이 없었다. 형광등이 환하게 켜진 이발관과 양품점도 있었다. 그러나 그중 많은 것이 잡화 가게 빼놓고는 라디오방과 양장점인 듯싶었다. 살판 만난 골목 같다는 느낌마저 들었다. 라디오방마다 연속 방송극 아니면 동백 아가씨가 확성기를 찢을 듯이 북새통을 치고 있어서 더욱 그랬다.

도일은 골목 양쪽으로 끝없이 늘어선 가게 안을 훔쳐보느라 제대로 걸음을 옮겨 놓을 수가 없었다. 어둠이 낀 좁은 샛골목도 들여다봐야 했고 고만고만하게 비슷한 모습의 아이들이 너무 많았다.

'이놈의 기집애, 잡히기만 해봐라.'

도일은 같은 말을 수도 없이 웅얼거리며 바쁘게 눈초리를 굴렸다. 그러나 허탕이었다. 안양에서 삼청동으로 가는 버스에 오르자 도일은 맥이 탁 풀렸다. 종일을 헤매고 다닌 피로 탓이었다.

도일이 집에 도착했을 때 노친네는 머리를 풀어헤친 모습으로 누워 있었다. 이미 한 달 가까이를 그렇게 몸져 누워 있는 것이다.

노친네가 드러눕게 된 것은 몸살이라지만 보나마나 집을 뛰쳐나가 버린 미순이 때문에 얻은 화병일 것이었다. 혹은 그 계집애를 쫓아내 버린 자신 때문에 노친네가 병을 일으켰는지도 몰랐다. 드디어 자리에 눕기 전까지 노친네는 도일을 달달 볶아쳤으니까.

노친네가 노래부르듯이 해도 처음 얼마 동안 도일은 움쩍도 하지 않았다. 제까짓 게 그러다가 돌아오지 가긴 어딜 갔겠나 하는 생각에서였다. 그럴 것이 미순이년은 돈 한푼 가진 것 없이 나가 버렸다고 했던 것이다. 도일이 내던진 돈뭉치는 한푼 건드리지 않은 채 고스란히 남아 있었다.

그때 도일은 을식이와 함께 청계천 4가의 어느 골목 안 무허가 여인숙에서 곯아떨어져 자고 있었다. 이튿날 느지막이 집에 들어가자 미순이년이 보이지 않았다.

"이 기집애 어디 갔어요?"

"잠깐 바람 쐬러 나간다더니만 워찌 여즉 돌아오지 않는디야."

"언제 나갔어요?"

"아침 먹자 나갔는디."

"그럼 오늘 나갔구먼. 그런데 뭘 벌써 안 돌아온다느니 야단예요?"

"네가 뭐라고 하잖았남."

"그럼 눈앞에서 사라져야지 그따우 병신 같은 거 뭐해요. 이놈의 기집애 돌아오기만 해봐라."

"들어오면 워쩔 티여?"

노친네는 느닷없이 안고 들어온 돈뭉치의 출처에 대해서도 가뜩이나 수상쩍던 판에 도일이 제 동생을 벼르고 나서는 건 예삿일이 아니라고 생각하는 모양이었다.

"아니, 너 어제 그 돈 워찌된 영문이여?"

"어머닌 알 거 없어요."

"워째서 이 에민 몰라두 된다는겨?"

"허어, 쯧."

도일은 노친네한테 고분고분하게 대해야 한다고 생각은 하면서도 그렇게 되지 않았다. 노친네는 도일이 빵깐에 들어갔다 왔다는 사실에 너무 겁을 집어먹고 있어서 도일이 무슨 말만 해도 불안해하고 두려워하니까. 그냥 믿어 줬다간 저 녀석을 또 거기다 집어넣는 게 아닌가 하는.

돈뭉치의 출처에 대해 노친이 쉽사리 납득하지 않는 이유는 그 돈의 액수가 아무래도 너무 많다는 데 있었다. 그래서 하루 이틀 지나는 동안 그 돈뭉치가 점점 더 흉물스럽게만 느껴지기 시작한 노친네는 딸 걱정보다도 대문께에 더 신경이 쓰여 안절부절 피가 마를 지경이었다. 곧장 가죽 점퍼 입은 사람이 수갑을 절그렁거리며 들어설 것만 같아서였다. 그러다가 노친네는 그만 몸져눕고 말았다. 도일이 걱정, 소식이 없는 미순이년 걱정에 억장이 무너져 내렸던 것이다.

노친네가 좀처럼 일어나지 못하자 도일은 하는 수 없었다. 곧 돌아오지 별수 있으랴 싶던 미순이년은 그렁저렁 하는 사이 석 달이 지나도 소식이 없고 노친네의 병은 점점 깊어 가는 듯했으므로 도일은 망설이던 끝에 구로동으로 내달렸던 것이다.

보광동 태평섬유의 조기윤이 밑에 있을 때는 물론이고 구로동으로 옮겨 간 다음에도 틈만 나면 찾아오던 정자와 또 한 아이까지 딱 발걸음을 끊은 걸 보면 필경 거기였다. 하기야 미순이년이 그 아이들 있는 공장이 아니고 또 어디 찾아갈 데가 있겠는가.

그러나 찾아가기만 하면 당장 잡아 내려니 생각한 것이 턱도 닿지 않는 데 도일은 가슴이 철렁 내려앉았다. 불현듯 불길한 예감이 고개를 들었다. 벽제 화장터 생각이 자꾸만 머릿속을 맴돌았다. 정말 노친네는 죽을 것인가? 도일은 불안한 눈으로 노친네를 들여다봤다.

"미순이년은 워디 있댜?"

도일은 재빨리 거짓말을 둘러대야 한다고 생각했다.

"곧 오라고 전해 놨어요, 만나진 못하고. 거기 굉장히 크고 으리 으리해서 만나는 게 여간 까다롭지 않아요."

"그럼 너 혼자 하냥 돌어와 버렸단 말여?"

"거기 있는 거 알았으면 됐지 데리고 올 거 뭐 있어요. 누가 아무 날이나 뽀르르 쫓아 나오게 해요, 그 어마어마하게 큰 회사에서. 이제 내가 찾아간 줄 알았으니 노는 날 다녀갈 거예요."

"그래, 잘 있댜? 노는 날이 원제랴?"

"다들 공장 기숙사에서 먹고 자고, 대우도 좋대요."

노친네는 도일이 얼버무리고 대답하지 않는 노는 날에 대해 재우처 물었다. 도일은 생각할 시간을 벌기 위해 딴전을 피웠다.

"그렇게 일어나 앉아 있으면 안 돼요. 자, 이불 덮고 자리에 누워요. 저녁은 어떻게 했어요?"

"난 너랑 미순이년두 오는 줄 알구 밥 잔뜩 지어 놨쟈. 여그 아랫 묵에 묻어 뒀구먼그랴."

"그럼 내 상 차려 오죠. 누워 계세요."

"상두 저기 채려 놨잖남."

"자꾸 움직이면 안 된다니까."

"미순인 노는 날이 원제려?"

"그게 그렇대요…… 직접 못 만나봐서 잘은 모르지만 일하는 아이 들이 하도 많고 해서 누가 어느 날 노는지 모른대요. 모두가 하루 에 노는 게 아니고 여러 반으로 나누어 노니까 들쑥날쑥 아니겠어 요."

"그렇겠구먼."

노친네는 적이 마음이 놓이는 눈치였다. 도일은 가늘게 한숨을 내쉬었다. 일단 고비는 넘긴 셈이었지만 도일은 그러나 앞으로의 일에 여간 신경이 쓰이지 않았다. 보름이고 한 달이고 미순이년을 찾아 내지 못하는 날엔 어떻게 하느냐. 모처럼 생기가 도는 것 같은 노친네가 다시 절망에 빠지는 날엔 걷잡을 수 없이 되고 말 것 같았다.

도일은 저녁상 앞에 앉아 넌지시 말을 던져 보았다.

"늘상 미순이 찾아오던 아이들 있잖아요."

"그려. 그 아이들 소식두 들었남?"

"거기 있는 것 같았어요, 정잔가 하는 아이. 또 하난 이름이 뭐였죠?"

"필순이 아녀. 살짝 얽지만 안혔다면 이쁜 얼굴이지, 그 아이."

"아 필순이었지, 참. 둘 다 구로동에 방 얻어 다닌다고 했죠?"

"그렇디야."

"어디쯤이래요?"

"내가 워디쯤이라면 알겠어. 공장 옆이랴."

필순이라는 이름은 알아냈으나 도일은 결국 그 말을 꺼낸 것만 못 하게 되고 말았다. 노친네가 별안간 그쪽으로 이사를 가자고 재촉하 고 나섰던 것이다. 미순이가 전부터 그쪽으로 옮겨 앉자고 우겼는데 이제 그렇게 좋은 일자리를 찾아냈으니 더 생각할 건덕지도 없다고 노친네는 잘라 말했다.

느닷없이 궁지에 빠져 버린 도일은 우선 작전상 후퇴하는 수밖에 없었으므로 노친네의 생각은 아주 훌륭하다고 칭찬부터 했다.

"그렇잖아도 그쪽으로 옮기는 게 어떨까 하고 나도 몇 군데 복덕 방을 찾아다녀 봤어요."

"방값도 여기보덤 워넉 싸디야."

"그런데 그렇지 않아요. 그건 옛말예요. 공장이 디립다 들어서고 사람들이 꾀어들자 겨울이 지나면서부터 방값이 부쩍 치솟기 시 작했대요. 값이 비싸나마나 도대체 지금은 나와 있는 방도 없고

요. 복덕방 말로는 나와 있는 집이나 방은 없는데 찾는 사람만 매
일같이 꾀어들어 신경질나 죽겠다는데.”
“저 일을 워쩐댜. 미순이년 말헐 때 진작 갔어야 혔는디.”
“글쎄 말여요. 그땐 난 시내에 일자리가 곧 될 것 같아서 그랬죠.
하긴 구로동으로 이사하지 않아도 갠 기숙사에 잘 있으니까 안심
하세요”
하고 나서 도일은 기왕 터무니없는 거짓말로 방비를 하는 김에 한
마디 더 덧붙였다.
“봄철이 되자 외국으로 수출할 옷감이 달려서(는 더구나 당치 않
은 유언비어지만) 일하는 아이들 한 달 가도록 하루 놀기도 힘들
다고 하더군요.”
“그래 갖구 심들어서 워떻기 견딘디야.”
“그 대신 잠 많이 재우고 잘 먹인다니까(그런 공장이 이 나라에
한 군데라도 있었으면).”
도일은 손수 하겠다고 무가내로 우기는 노친네한테 밥상을 치우
도록 내버려 두고 어슬렁어슬렁 대문을 나섰다. 언덕바지로 나서자
봄이라지만 아직도 밤 공기는 몸을 후루룩 떨게 했다.
당장 결판을 낼 일이 아니었지만 도일은 마음이 급해 맞아 급기야
언덕을 줄달음쳐 내려가기 시작했다. 드러나게 몸이 쇠약해진 노친
네에 대한 불안을 아무래도 떨쳐 버릴 수가 없어서였다. 도일은 제
과점 안으로 들어서서 서슴없이 공중전화통 앞으로 갔다. 을식이를
불러내기 위해서였다. 다음날 낮에 바쁘지 않다면 구로동으로 데리
고 갈 판이었다. 혼자서는 수위실 몇을 찾아보기도 전에 해가 떨어
질 정도로 공장들이 벌판 여기저기에 흩어져 있어서 둘이서라면 그
나마 훨씬 나을 것 같아서였다.
그러나 전화통 앞으로 바짝 다가든 다음에야 도일은 전화통 위에
종이쪽 하나가 얹혀 있는 것을 발견했다. 그것은 ‘전화 고장’이라는

글씨였다.

　도일은 그중 만만하게 쓸 수 있는 빵집 전화가 고장을 낸 것에 화가 나서 돌아나오기 전에 한마디 했다.

　"전화 좀 고쳐 놓고 써라, 공중을 위해서."

　쥐어박고 나오는데 계집애가 눈을 흘기며 쏘아붙였다.

　"별꼴 다 보겠네, 쳇."

　그러나 도일은 들을 사이도 없이 그 옆에 있는 다방 쪽으로 걸어갔다. 변두리 다방으로선 시간이 늦어선지 동네 푸줏간 주인, 당구장 주인, 남의 면허증 빌려 하는 약국 주인, 월남 갔다와서 핀둥핀둥 놀고 먹으며 오토바이나 쌩쌩 몰고 다니는 박 상사, 그런 사내들이 둘러앉아 마담 상대로 근질근질한 초저녁을 달래고 있었다.

　"어이, 어때? 내 물건 왔다 아니겠어?"

　"그걸 제가 어떻게 알아요, 언제 봬주기라두 했어요?"

　"그럼 마침 잘됐다. 오늘밤에 한번 보도록 하자."

　"좋아하시네. 김칫국부터 마시지 말아요."

　"산전수전 다 겪은 마담이 객고 한번 풀자는데 뭘 그렇게 비싸게 놀아."

　"사람 우습게 보지 말아요. 이래봬두 깨끗한 몸예요."

　별안간 칼칼칼 터지는 웃음소리에 한 귀를 막으며 도일은 여전히 통화 중이었다. 도일은 하는 수 없이 다시 다탁으로 돌아와 앉았다.

　사나이들뿐만 아니고 레지들도 그들의 객고 푼 이야기를 듣는 데 정신이 팔려 차 마시란 말조차 잊고 있었다. 뜨뜻미지근하게 기분 나쁜 엽차 한 잔을 가져다 주고는 주방 앞 턱에 기대 서서 두 레지는 저희끼리 키들거리기에 바빴다.

　"어이, 마담. 오늘밤 우리 정말 한번 뛰자."

　"거긴 아무리 푸줏간 고기 다 주워 먹는데두 부인 하나 상대하기두 힘들 거라니까 그러시네. 관상을 보면 알아요. 정력이 모두 입으로만 올라온걸요. ”

“어, 생사람 잡지 마. ”

“잔소리 마시구 저 구세 약국 김 선생한테 부탁해서 미로뎁보나
한 대 맞으세요. 맞구는 식기 전에 막바루 집으로 줄행랑쳐요. ”

김 선생이라는 약국 주인이 받아 말했다.

“야아, 거 마담 알고 보니 기찬 관상간데. 당장 다방 때려치우고
우리 약국에 나와 앉아 관상이나 봐주는 게 어때? 동업하잔 말
야. ”

“관두겠어요. 괜히 점잖은 김 선생님 미로뎁보 맞다가 부뚜막에
올라가는 꼴 보려구요. ”

다시 터지는 웃음소리를 들으며 도일은 세 번째로 전화통 앞으로
다가갔다. 그러나 리스본 바의 전화는 여전 통화 중이었다. 레지가
기척을 알아차리고 이쪽으로 걸어왔으므로 도일은 신호가 갈 때까
지 돌려 댈 작정으로 연거푸 숫자판을 돌렸다.

“차 뭘루 드시겠어요, 손님? ”

“전화부터 걸고 나서. ”

“주문부터 하세요. ”

“난 전화 걸러 왔어. ”

“여기가 어디 공중전화실예요? ”

“전화 거는 값은 안 들어먹을게. ”

레지는 육담 들어야 할 귀에 방해가 되어선지 더 이상 승강이를
벌이는 일이 없이 도일의 옆을 떠났다. 도일은 알 게 뭐냐 하고 열
심히 숫자판을 돌려 댔다. 그러다가 마침 통화가 되어 신호 흐르는
소리를 듣는 순간 자리에 앉아 있던 사나이 하나가 냅다 소리쳤다.

“어이, 젊은이. 전화 너무 오래 쓰는데. ”

도일이 한번 흘끗 돌아볼 뿐 말이 없자 이번에는 마담 레지 할것
없이 제가끔 한마디씩 쫑알거리며 혀를 차고 나섰다. 그나마 수화기

에서 흘러나오는 말은 을식이가 오늘 결근했다는 게 아닌가. 도일은 수화기를 내려놓자 곧 동전 한 닢을 내던지고 휭하니 다방을 나왔다. 빵집이 아니라 정작은 그놈의 다방 연놈들한테다 뭐라고든 한마디 해붙였어야 했는데 하는 생각이 들었다.

을식이가 아파서 결근했다고 했으므로 도일은 시간이 좀 늦었다는 생각을 하면서도 그 길로 곧장 을식이네 집을 찾아갔다. 앓는다는 게 사실인지 어떤지 궁금했으나 도일은 언제부터 안 나오는지도 물어보지 못했다. 전화를 하고 있는 이쪽 다방 사정도 사정이었지만 전화를 받는 저쪽이 고막을 찢는 음악 때문인지 왈칵 신경질을 부렸기 때문이다.

그런데 을식이의 셋방으로 들어서자 녀석은 정말 앓아누워 있었다. 일년을 가도 고뿔 한 번 하지 않는 차돌멩이 같은 녀석이 해쓱해서 앓고 있었다. 짜식은 오줌 지린내를 풍기며 한방 가득 쓰러져 자는 애새끼들 사이를 비집고 부스스 몸을 일으켰다.

"웬일이니, 이 밤중에?"

"네가 다 아프다기에 신기해서 와봤다."

을식이의 마누라가 애새끼들 가랑이를 들어 옮기고 나서 빼꼼 난 틈바구니에 끼여 앉으라고 권했으므로 도일은 그중 큰 머슴애의 허벅지를 깔아뭉개지 않으려 조심스럽게 엉덩이를 좁히고 앉았다.

"니가 아플 때가 있다니."

"그만 전통 깨고 말았지?"

"며칠 된 거냐?"

"오늘 하루예요"

하고 짜식의 마누라가 앞질러 대답했다. 그 말엔 내일부터는 나가야 한다는 희망이 숨어 있는 것 같아 도일은 새삼스럽게 늘어져 누운 애새끼들을 둘러보았다. 고만고만한 조무래기 넷이 이불도 덮지 않고 입은 채로 쓰러져 자고 있었다. 도일은 스물다섯도 안 되는 나이에 쪼글쪼글 다 늙어 버린 것 같은 여자를 쳐다봤다.

"아주머닌 재미있겠는데, 생전 드러누워 본 일이 없는 저 자식이 끙끙 앓고 있으니."

"재미가 뭐예요, 신경질나 죽겠어요. 저렇게 사흘만 누워 있음 아마 미쳐 버릴 거예요."

"모르는 소리 하시네. 핑계삼아 저렇게 며칠 쉬는 거지."

"저이 듣는 데 그런 말 마세요. 거기가 어디 사무실예요, 쉬게? 며칠 안 나가면 돈 안 들어오죠, 단골 뺏기죠, 우린 어떻게 살아요."

"그건 엄살이 심하다, 아주머니."

애 어미 된 지 오래라고 아주머니 하지만 '희자야!'라고 부르던 때를 생각하면 도일은 아무래도 어색한 느낌을 버릴 수가 없었다. 추어탕집에서 더러는 뚝배기도 나르면서 계산을 보던 희자였다. 그러나 을식이도 그렇고 희자 본인도 자신은 엄연한 경리 사원이라고 했다. 그러니까 희자는 추탕 주식회사에 다니시는 거구먼, 하고 도일은 만날 때마다 놀려 댔었다.

그때 을식이는 도일과 함께 자전거 한 대씩을 갖고 중앙 어시장 생선 배달꾼으로 비린내를 푸푸 풍기고 다닐 땐데 둘은 도일의 눈마저 피해 가며 만났다. 가관이던 것은 역시 을식이여서, 짜식은 생선 비린내를 고민하던 끝에 타부던가, 샤넬 넘버 파이브던가 하는 향수 병을 사들이기까지 했었다.

이렇게 말하면 그걸 직접 짜식이 제 몸에 뿌렸는 줄 알겠지만 그렇지가 않다. 짜식은 그걸 희자한테 갖다 준 것이다. 희자가 그걸 잔뜩 찍어 바르고 나오면 향내 때문에 자기의 고기 비린내를 맡지 못할 것이고, 녀석은 또 녀석대로 향수 뿌린 계집애와 만나니 기분 좋은 일이 아니냐고 을식이는 설명했다.

그렇게 열을 올리며 손목 잡고 다니더니 아니나다를까 얼마 안 가서 떨꺽 걸리고 말았다. 결혼 이후로 애 안 밴 희자를 본 일이 없을 만큼 연년생으로 낳는 성능 좋은 희자로서는 너무도 당연한 사고였다. 거기다가 아이에 대한 애착마저 대단해서 희자는 떼버리라는 을식이의 말에 죽는다고 악악거렸다.

결국 을식이는 항복하고 말았다. 둘은 서둘러 셋방을 얻어 놓고 결혼식을 올렸다. 식장은 추어탕집 대청 마루고 주례는 추탕 주식회삿집 사장인 배불뚝이 추 영감이 선뜻 맡아 주었다.

세 평 남짓할까 한 방 하나에 올망졸망한 살림살이까지 다 쌓아 놓고 여섯 식구가 엉켜붙어 새우잠을 자야 할 만큼 을식이네가 형편없지는 않다. 장롱 밑에 깔린 돈이 제법 된다고 을식이도 제 입으로 시인했으니까. 짜식이 사서 고생을 하는 것은 순전히 희자 때문이다. 악바리가 돼나서 시장바닥에 나가 딸라돈 일수놀이와 일수계를 하는 희자는 남편의 말을 들어먹지 않는다. 스스로 목판을 깔아 놓고 새우나 오징어 다리를 찢어 튀김을 구워 팔며 발발거리고 일수를 거두러 다니는 희자는 왜 단돈 십만 원인들 남의 셋방에다 잠겨 놓겠느냐고 손을 내젓는다는 것이다. 그걸 당장 쫓기는 장사꾼들한테 내주면 몇 시간 안에 새끼를 친다는 계산이 눈에 번해서 그렇다.

그러지 말고 웬만큼 모았으면 변두리로 나가 집칸이라도 하나 내걸고 마련하려무나 하고 언젠가 도일이 을식이한데 권한 일이 있다.

"그게 안 되는구먼."

하고 짜식은 어른스럽게 고개를 내저었다. 이유는 직장 때문이라는 것이다.

"더런 직업이 돼놔서 변두리로 나갈 수가 있어야지. 밤 열두시나 가까워서야 옷 갈아입고 허둥지둥 술집을 나서는데 그 시간에 변두리까지 어떻게 나가니 ?"

"참, 그렇구나."

"도대체 통금이란 건 뭣에 쓰는 약인데 아직도 안 걷어가니 ?"

“제기랄 놈의.”

“틀렸어. 당장 이놈의 술집 머슴 집어치울 순 없고 어떻게 잔돈푼
이라도 모이면 다 때려치우고 저 변두리로 멀찌감치 나가 눈깔사
탕 장사라도 해야겠어.”

“그보단 막걸릿집을 내는 게 낫잖을까.”

“그런 소리 마. 이제 술이란 말만 들어도 신물이 나.”

“그래도 물장사밖엔 남는 게 없다던데.”

“떼돈이 벌린대도 그 짓은 안할 거다.”

짜식은 정말 신물이 난 듯한 말투였다. 그리고 바로 그 점이 제
마누라 희자보다 나은 점이었다. 짜식은 언젠가 술이 담뿍 취해서
징징 짜고 야단이었다. 희자 등쌀에 바싹바싹 마른다는 것이다.

“산다는 게 뭔지. ……그 악바리 같은 년은 돈에 눈시깔이 확 뒤
집힌 모양이야.”

“임마, 그런 소리 마. 니가 그나마 지탱해 나가는 것도 니 마누라
덕인 줄이나 알어.”

“그래, 좋다. 그 악바리도 처음에 그렇게 말했어. 집 한 칸이라도
마련할 때까진 이를 악물고 뛰어야 한다고.”

“거 봐라, 너보다 얼마나 어른스럽니.”

“모르는 말씀. 그때 가면 제 버릇 남 주니. 말 두면 경마 잡히고
싶은 거라구. 두고 봐, 그때 가면 얌전해지는가, 그 독종이.”

“이놈의 눈 빼먹을 세상에선 그래야 살아 남어.”

“그렇게 살아 남아선 뭘 하니? 그리고 잘산다는 게 끝이 있는 거
니? 도대체 우리 같은 주제에 잘산다는 것 자체가 벌써 주제넘은
거구.”

“그 생각은 안 좋다, 방법이 문제라면 몰라도.”

“내 말이 그말이야. ……두고 봐, 집 한 칸이라고 했으니 그러고
도 그 버릇 못 고치면 싹 이혼하고 말 테니.”

생각하면 그런 악바리 희자가 애새끼들만은 계획 없이 연방 낳아
놓는 게 이상하다. 애새끼란 바로 돈 먹는 기계인 세상에서 말이다.
눈 닦고 봐도 뒤 봐주는 제도 하나 없는 나라에서 말이다.
　도일은 일어서기 전에 희자한테 한마디 부탁하자고 마음먹었다.
　"아주머니, 이제 방 둘 있는 집 얻는 게 어때요?"
　"건 왜요?"
　"애 그만 낳았으면 좋겠어서."
　"건 아녜요. 전 고아루 자랐어요. 사람이 그리워요. 전 외로우면
못 살아요."
　된통으로 닦인 사람처럼 갑자기 말문이 막혀 도일은 머쓱한 표정
이 되었다.
　아이를 넷씩이나 낳은 여자를 상대로 말을 하고 있는 것이므로 굳
이 그럴 것도 없으련만 왠지 애 낳는 얘기까지 하고 난 방 안 공기
는 어색하고 쑥스러운 데가 있었다. 만사가 시들해져 버린 부모가
되기에는, 그리고 아이를 낳느니 어쩌니, 붙어 자면 되느니 마느니
하는 얘기를 주고받기에는 아직 그들은 너무 어리다 해야 할 나이들
이어서 그런지 몰랐다.
　잠시 후 희자가 침묵을 깨고 말했다.
　"그러잖아두 이젠 그만 낳을 작정예요. 더는 낳지 말아야죠."
　말하면서 흘끗 제 남편을 돌아보긴 했지만 희자는 역시 보통내기
가 아니어서 조금도 겸연쩍어하는 구석이라곤 없었다.
　그러나 쓸쓸한 것은 싫다고 말한 희자가 도일은 기분 좋았다. 내
집 울타리만 높이 쌓아올리려 들지 않고 고생하는 희자가 고생하는
사람들의 심정을 알게만 된다면 을식이 말대로 그녀가 계속 나빠져
가지만은 않을 게 아닌가 하는 생각이 들어서였다. 외로움에 찌들고
사람이 그리운 희자는 달라질지 모르잖는가.
　하지만 장담 못할 일임에는 틀림이 없었다. 과부 사정은 홀아비만

안다지만 그러기엔 희자는 이미 너무 닳고 닳아 버린 것이 아닐까. 나와 내 집 식구를 위해선 무슨 짓거리고 할 수 있다는 것까진 좋다 치더라도 같은 처지의 이웃에 대해서마저 노랑이를 넘어 등을 칠 수 있는 여자가 아닌가.

을식이가 알아서 하겠지. 집 한 칸 마련까지는 덮어두겠다고 한 짜식의 말은 얼마나 옳은가. 도일은 엉덩이를 들고 일어섰다.

"왜 갈챠?"

"가봐야지, 드러누운 거 확인했으니까."

"같아 나가자, 요 앞까지. 종일 누워 배기자니 좀이 쑤셔 환장하겠다."

그 말에 놀라 희자가 발딱 몸을 일으키며 소리쳤다.

"당신 미쳤어요, 그 몸으루 찬 공기 쐬러 나가게?"

"넌 잔소리 마. 이대로 일 분만 더 뭉개고 있어도 그것 때문에 병이 날 판이야."

"안 돼요. 이 밤중에 어딜 나가겠다는 거예요?"

"글쎄, 잔소리 말라는데도. 바람 좀 쐬고 나면 거뜬해지겠다는데 말이 많어."

도일은 자신이 꼭 을식이를 꾀어 내는 것 같은 느낌이 들어 희자와 편을 짜는 수밖에 없었다.

"어린애 같은 소리 집어치우고 가만히 드러누워 있어. 몸살에는 안정이 최고야."

"그러게 말예요. 몸살이 더치면 무섭잖아요."

"나, 간다. 이불 뒤집어쓰고 드러누워. 며칠새 다시 올게."

도일은 말하고 나서 돌아섰다.

"기다려. 대문 앞까지만이라도 같이 나가자."

"글쎄 안 돼요. 당신 그러다 내일두 못 나가면 어쩔려구 그래요."

그러나 을식이는 희자의 말을 들어먹지 않았다. 벽에 걸린 점퍼를

떼어 들고는 애새끼들을 타고 넘어 도일의 턱 앞으로 성큼 다가섰
다. 대문을 나서는 그들을 향해 희자가 악을 쓰기 시작했다.

"나가거든 오지 말아요, 그렇게 좋은 밖에서 밤을 새든지 말든
지."

"지껄여라, 나는 간다."

을식이는 골목으로 나서며 혼잣말로 중얼거렸다. 알고 보니 짜식
의 옹고집도 여간 아니었다. 도일의 생각에도 짜식이 찬바람을 쐬는
것은 좋을 게 하나 없었다. 그리고 도대체 같이 나선들 아파 누운
놈 상대로 할 애기가 뭔가. 도일은 바지 주머니에 손을 찌르고 걸으
며 물었다.

"너 정말 종일 굶었니?"

"저거 괜히 생떼 쓰는 거지, 저 등쌀에 무슨 수로 안 먹고 배겨."

둘은 말을 끊고 교남동 파출소 옆으로 빠지는 골목길을 걸어 내려
갔다. 뒷길이 되어선지 행인들의 발길이 뜸했다. 밤도 제법 깊어 있
을 것이지만.

희자의 악담이 거슬렸는지 말이 없이 느릿느릿 걸음을 떼어 놓던
을식이가 큰길 못 미처까지 내려와서야 물었다.

"너 무슨 일 있니?"

을식이는 단지 바람을 쐬러 나온 게 아니라 그가 찾아온 사연을
듣고자 했으므로 도일은 당황하지 않을 수 없었다. 그렇다고 앓아누
운 녀석한테 구로동 가자고 말할 수는 없지 않느냐.

"일은 무슨 일이야, 니가 아프다고 해서 왔지."

"거짓말 마. 넌 무슨 얘길 하러 왔어."

"야, 니깐놈한테 할 애기가 있겠니, 몸살 고뿔이나 하는 놈한테."

"그럼 나한테 전화한 이유 뭐냐?"

"어째 이상한 예감이 들어서."

"사짜 놓지 마, 이유가 있었어."

"그 자식 미주알고주알 따지네. 임마, 이 몸이 너한테 전화 걸어
주는 영광 한 번 베풀었다고 뭐 그렇게 흥분하니."
"말해, 무슨 일이 있어."
짜식은 말하고 나서 근처에 있는 다방으로 들어가자고 했다.
"너 혹시 미순이 일 때문에 온 거 아니냐?
을식이는 지하 다방으로 내려가는 충계에 서서 물었다.
도일은 미순이란 말에 귀가 번쩍 띄었다.
"너 그 기집애 어디 있는지 아니?"
"미순이 일 맞구나."
"어디 있는지 알어, 몰라?"
"전혀 모르겠는데. 그런데 정말 무슨 일이냐?"
도일은 겨울이 지나도 소식이 없으므로 궁금해서 그런다고 어름
어름 대답했다. 어디서 뭘 하고 있는지 알아나 볼까 하는 생각이 났
다고. 을식이는 다시 돌아서서 충계를 내려가기 시작했다. 다방 안
엔 고막을 찢어 놓을 것같이 쩡쩡 울리는 미국 노래가 쏟아지고 있
었다. 자리를 잡고 앉은 을식이가 잔뜩 얼굴을 찡그리고 소리쳤다.
"그래, 그동안 미순이한테선 한 번도 연락이 없었니?"
도일은 악을 쓰느니, 고개를 가로저었다.
"역시 아직도 구로동에 있는 것 같으니?
"짐작 가는 곳이라곤 거기밖에 더 있어."
"걔라고 갈 데가 왜 거기밖에 없겠니."
"틀림없어."
"그런데? 진작 찾아보라고 해도 일없다더니 갑자기 무슨 맘이 났
니?"
"남겨 두고 간 돈뭉치가 자꾸 신경을 긁어 대서 그래. 만나서 니
돈 니가 가져가라고 말하려고."
"너도 웬 못된 놈이구나. 가져가라면 가져가겠니, 그것 땜에 나간

애가. 왜 어린아이 가슴에 못을 박으려고만 드니. 오빠답게 좀 수
양을 닦아, 못된 소리 작작하고."

"실은 노친네가 좀 위험해."

별안간 을식이의 눈이 똥그래졌다. 도일은 괜한 소릴 지껄였다 싶
었으므로 재빨리 덧붙였다.

"아냐, 위험할 것까진 없고 좀 걱정이 돼서."

"드러누우시진 않았니?"

"누웠다 일어섰다 해."

"그럼 큰일이다. 바빠졌는데, 이거."

을식이는 눈을 아래로 내려깔고 고개를 끄덕거렸다. 줄곧 그러고
만 있는 자식을 무한정 내버려 둘 수는 없었으므로 도일은 사실대로
말했다. 일단은 거짓부렁으로 노친네를 안심시켜 놨으니 당분간은
괜찮을 거라고.

"그러니까 더 시간이 없는 거 아니냐. 당장 구로동으로 가보자."

"이미 갔다왔어."

"그럼 거길 가서도 못 찾았단 말이냐?"

"구로동이란 데가 어떤 덴 줄 아니. 막연한 곳이야, 임마."

"그럼 더욱 큰일 아니냐."

"기집애 하나가 속을 썩이는데……."

도일은 다방을 나서면서 을식이한테 당부를 두었다. 집에 가선 이
애기 아예 비치지도 말라고. 앓아누운 녀석 불러내다 골칫거리 안겨
보냈다는 뒷말을 듣고 싶지 않아서였다.

"며칠새 다시 찾아가기로 했으니 갈 때 연락할게 같이 한번 가자.
지금은 가도 소용없어."

백에 하나 그럴 리 없다는 생각을 하면서도 행여 알 수 있느냐 해
서 도일은 황창하를 찾아가 볼 작정이었다. 조기윤한테 연락을 좀
해서 미순이년이 혹시 그 작자한테 나타난 일은 없는지 알아봐 주었

으면 해서였다.

그러나 이튿날 아침 느지막이 집을 나서던 도일은 뜻밖에 대문간을 막 들이닥치는 우편배달부와 맞닥뜨렸다.

"허도일 씨라고 없소, 이 집에?"

"에?"

"허도일 씨요."

"난데요?"

"그런데 왜 없다고 해?"

"내가 언제 없다고 했수?"

"이거 봐요, 딱지가 두 개씩이나 붙었잖아. 괜히 이 산꼭대기까지 몇 번씩이나 심부름을 시켜."

"주인집에서 그런 모양인데, 그 사람들은 내 성도 몰라요."

"잔소리 말고 도장 내놔요. 앞으론 이름이나 알려 놓고 다니고."

"웬놈의 또 도장이우?"

"등기니까 그렇지."

"도장이라곤 새겨 본 일도 없는데. 손가락으로 누르면 안 되우?"

"안 돼요. 아무 도장이나 갖고 와요."

"아무 도장도 없어요."

도장도 없지만 자기 이름으로 편지를 받아 보기도 난생 처음 있는 일이다. 그것도 등기우편을. 서울 가서 늘어붙어 사는 사람은 다 출세한 줄 아는지 언젠가 고향에 있는 친구 동생이 취직 부탁하는 편지를 보내온 일이 있긴 하지만 그 편지는 뚱딴지같이 알맹이는 도일 앞으로 되어 있으면서 겉봉에는 '미순이 어머님께'라고 적혀 있었다.

배달부는 할 수 없다는 듯이 지장을 찍게 하면서도 혀를 차고 끙끙거리고, 불만이 많았다. 그래 봤자지, 지장 좋아하는 사람들이 얼마나 많은데. 경찰이고 검사고 간수들이고 모두 그러잖았는가. 그들은 그걸 좋아하다 못해 시키면 등사 롤러를 들고 와서 손바닥은 말할 것도 없고 발바닥까지 찍어 내려 덤비지 않던가.

"이 꼭대기까지 수고했습니다."

"세 번째라니까."

도일은 딱지가 더덕더덕 붙어 더러워진 봉투를 앞뒤로 젖혀 보았다. 그러나 도무지 누군지 알 수가 없었다. 갈현동에 아는 사람도 없으려니와, 김세정이라는 이름도 들은 일이 없는 사람이었다. 도일은 어리뻥뻥한 채 우선 봉투부터 찢었다.

허도일 씨

저예요. 금곡역에서 발등 밟혔던. 그간 안녕하셨어요? 한여름에 만난 사람은 그 인연이 엿가락처럼 늘어져 오래 간다면서요. 그 말을 보증해 주는 뜻으로 한 번 만나뵐까요. 하지만 제게 그때 기억이라곤 몹시 배가 고팠던 것밖에 없어요. 만나서 잊어버린 것 더듬어 내야 인연이 끊어지잖겠죠. 15일 정오 파고다 공원 앞으로 하면 어떨까요? 기다릴게요.

김세정

도일은 편지를 접어 들고 잠시 여자의 얼굴을 그려 보았다. 핸드백 안에 가스 총을 넣고 다니던 여자가 아니냐. 그 가스 총으로 혼을 빼던 밥맛없는 여자가 아니냐.

도일은 언덕 아래로 내달리기 시작했다. 따져보자 그날이 바로 만나자고 적힌 15일이었던 것이다.

언덕을 뛰어 내려와서 금은방 안에 걸린 벽시계를 들여다보니 열한시 반이 다 되어 있었다. 도일은 허겁지겁 버스 정류장을 향해 뛰어갔다. 가슴이 쿵쿵 뛰어 정신을 차리고 왜 이럴까 따져봤더니 틀림없이 상대가 여자여서였다. 아니, 그게 아니라 지장 하나 찍어 주고 받은 등기우편이 뜻밖에도 연애편지 같은 느낌을 주었기 때문이다.

그러나 실은 그것도 아닌지 몰랐다. 도일은 한편으로 사람이 그립다던 을식이 마누라의 말을 곰곰 되새기고 있었으니까. 정말 도일은 미치게 얘기할 상대가 그리웠다.

도일이 파고다 공원 정문 앞으로 들이닥쳤을 때 여자는 꾸어다 논 보릿자루처럼 매표구 옆 구석배기에 이미 와 있었다. 기껏해야 십여 분 늦었을 성부른데 여자는 그새 지쳐 떨어져 있었으므로 도일은 우선 사과부터 하는 수밖에 없었다.

"늦어서 미안한데요."

'한데요'라니 하고 도일은 생각지도 않게 주접을 떤 자신을 꾸짖었다. 웬일인지 독하게 마음먹자고 해봤자 입이 말을 들어 먹지 않았다. 오래간만이라고 여자가 말했을 때 그는 여전히 '얼굴조차 잊어버릴 지경인데요'라고 지껄이고 있었으니 말이다.

"이상해요. 또 배가 고파 오는데요, 허도일 씨 만나니까."

"밥 좀 사 주쇼."

점심때에 맞춰 불러내 놓고 말하기 멋쩍으니까 괜히 둘러댄다는 것을 도일은 알고 있었다. 종로 3가 쪽을 향해 나란히 걸으며 여자가 물었다.

"도일 씨 그동안 어떻게 지냈는지 듣고 싶은데요."

"또 취조 시작이구먼."

"건 오해예요, 남의 성의를 무시하는 거구요. 이젠 그일 다 끝났어요."

"그렇겠지, 논문인가 뭔가 썼을 테니까."

"그게 아녜요. 이젠 꼭 물어봐야만 알진 않는다는 애기예요."

"그럼, 박사가 뭔데. 한마디로 점쟁이가 다 됐다는 건데. 기왕 판 벌였으니 그동안 내가 뭘 했는지 한번 점을 봐보실까."

"알아맞혀 봐요? …미아보호소를 못 찾아 방황한 커다란 아이."

"미아보호소가 어디쯤 있수, 박사님?"

"있긴 어딨어요. 없죠, 아예."

"기똥차게 맞힌 줄 알겠지만 그 정도야 나도 알어. 한 가지 더 물어봅시다."

여자는 복채부터 놓으라고 했으므로 도일은 주머니를 뒤져 십원짜리 동전 한 닢을 꺼냈다.

"자, 복채도 두둑이 놨겠다. 오늘 내가 왜 약속 시간에 늦었수?"

"버스 세워 놓구 교통 순경이 돈 뜯었어요."

"그럴듯한데."

두 사람은 길을 가로질러 차이나 타운 골목 입구에 있는 중국 음식점으로 들어갔다. 안내하는 아이를 보고 여자가 물었다.

"방 있어요?"

"네에, 이층으로 올라가세요. 조용한 방 있습니다."

층계를 오르던 여자가 막 내려오는 사람들을 비켜 서며 말했다. 굳이 방으로 가는 변명이었다.

"오늘은 분식만 먹으라는 날예요."

"수요일인가?"

"토요일이죠."

칸막이가 된 조그만 방에 식탁을 사이에 두고 단둘이 마주앉자 도일은 기분이 이상해졌다.

"갑자기 사탕을 문 개구쟁이 같이 얌전하네요."

"또 권총 꺼낼까봐 겁이 나서."

아이가 문을 열고 의뭉스런 눈으로 주문을 재촉하는 바람에 두 사람은 얘기를 끊었다.

"맛있는 거 뭐 있어요?"

하고 여자가 물었으나 도일은 문을 들어설 때 유리창에다 크게 써 붙인 것을 보았으므로 그걸 시킬 작정이었다. 오향장육이 뭔지 그게 전문이라고 했으니까. 여자는 소면을 주문하고 있었다. 그러나 음식이 되어 나오는데 보자 오향장육이란 술안주였으므로 도일은 배갈 한 병에다 자장면 한 그릇을 더 주문할 수밖에 없었다. 금세 날라온 빼주를 홀짝홀짝 들이키며 도일이 물었다.

"박사학위증이란 게 어떻게 생겨 먹은 건지 어디 한번 봬주슈. 나도 거 뭔가, 한국 청년의 정신적 황폐도 연구라던가 하던 논문의 등장인물이니까."

"아니, 도일 씨 기억력이 대단하시네요."

"구구셈 외듯이 밤낮 외고 다닌 거 좀 알아줬으면 좋겠구먼."

"실은 말예요" 하고 여자는 정색이 되어 말했다. "나, 학위 안 땄어요. 집어친걸요."

애기를 듣는 순간 도일은 아니꼬운 생각이 왈칵 치밀었다. 혼자 마셔서 가뜩이나 맛대가리없는 술맛마저 확 달아나 버리는 것 같았다. 박사니 뭐니 하는 게 다 그런 희떠운 수작 끝에 붙는 이름이구나 해서. 제기랄, 재산깨나 있는 족속들의 돈놀음 외에 아무것도 아니구나 해서.

그러니까 어쩌다 구미가 동해서 박사 같은 거나 하나 따볼까 돈철갑을 해놓곤 흥이 깨져 버리면 에라, 때려치자 해버리는 거군.

제까짓 것이 뭘 안다고 그런 내용을 글로 써서 박사가 되겠다는 거냐, 생각하면서도 도일은 알싸하게 술기운이 오르기 시작한 눈으로 여자를 노려보았다. 가스 권총이나 내밀어 보이는 장난기로 달려들었으니 도중에 그만둔 건 그나마 잘한 일인지 모른다.

"아무래두 쓸 수가 없었어요."

"젠장……."

"집어쳤다구 누가 욕을 한대두 할 수 없어요."

"젠장, 빌어먹을."

"난 특히 도일 씨한테 미안하게 생각해요. 논문 다 되면 보내겠다 해놓구 못 보내게 되어서요."

"나 같은 무식쟁이야 봐도 모르지만 그런 약속한 사람이 어디 한 둘일까."

"그렇잖아요. 더 오랜 시간을 같이 지낸 남녀 청년들이 많았지만 그런 약속 한 사람은 한 사람두 없었어요. 조사 목적을 곧이곧대로 일러준 사람두 없구요."

"많이 봐줘서 고맙시다. 하지만 십 전짜리 비행기 태운다고 기뻐할 나는 아니라는 것."

"난 비행기 태운 일 없어요."

"사람 병신 만들지 말라구."

여자는 아니라고 했다. 그때 금곡리에서 같이 올 때 다른 사람 같았으면 끝까지 정체를 알 수 없는 여자로 행세하고 말았을 텐데 그럴 수가 없었다는 것이다. 그건 도일이 교도소를 갓 나온 사람이라는 사실 때문이었다나. 그런 그가 뭣 때문에 불안한 몸짓을 보였으므로 더 이상 자신의 신분을 오해하도록 내버려 둘 수 없었다나.

"난 그래서 처음으루 내 신분을 밝혔구 동행한 목적두 털어논 거예요."

"내가 언제 빵깐에 갔다왔다고 했게. 사람 우스운 데 취직시키지 말라구."

"난 속이지 못해요. 내가 들이댔을 때 도일 씨두 자백했었구."

"내가 언제?"

"그랬어요. 우기지 말아요. 건 그렇구 그날 도일 씨 뭣 땜에 쫓기는 사람같이 쩔쩔맸어요?"

"시시한 소리 집어쳐요, 쩔쩔매긴 누가 쩔쩔매."

"또 속이는군요. 도일 씬 상당히 정직한 편인데 그렇죠. 사회로부터 따돌림당해 방황하는 젊은이들이 공통으루 갖고 있는 게 뭔지 아세요. 사실대로 말하지 않으려 든다는 점예요."

"박사 집어쳤으면 이제 그 권위 없는 말씀도 그만두시지."

"권위가 있으면 사회가 귀를 기울일 줄 아세요? 천만에요. 복음이라 해두 안 들어요. 소용없어요. 이 사횐 나 외엔 누구한테두 눈을 돌리지 않는 자기 제일주의에 너무 잘 훈련이 돼 있어요, 정치가구 행정가구 기업가구 간에. 사회사업가두요."

그리고 밤낮 당해만 온 사람들은 또 그들대로 잘도 면역의 군살이 붙어 도무지 아픔을 실감하지 못한다고 했다. 서울이라는 도시 하나가, 그 도심이, 거대한 전당포인데도 그 독살맞은 고리대금꾼한테 군말없이 갖다 바치고만 있다는 것이었다.

"난 도저히 발 못 붙인 청년들 얘기를 쓸 수 없었어요. 그 사생아 같은 청년들 얘기를 한 편의 논문으로 쓴다는 것은 죄악이에요. 감당할 수두 없었구요. 그럴듯한 논문을 만들 수야 있겠죠. 그러나 학위를 따기 위해 도일 씨를 팔 수는 없었어요. 감당할 수 없는 주제를 놓구 난 오래 고민했어요. 그러곤 마침내 포기하기루 결론을 내렸죠."

도일은 김세정의 얘기 가운데 거대한 전당포라는 말이 감명적이었으므로 재빨리 속으로 따라 외어 두었다. 맞았다. 서울의 으리번쩍하고 서슬 시퍼런 심장부는 사실은 전당포 외에 다른 것이 아니다. 도시 변두리로부터 이어지는 나라 전체가 온갖 것을 다 갖다 바쳐도 끝이 안 나는 전당포임에 틀림없다. 헐값에 바친 모든 것을 비싼 이자로 되받고도 날마다 쫓아가서 하수구도 뚫어 주고 뒷간도 쳐 주고 굴뚝도 쑤셔 줘야 하는 무시무시한 전당포…….

도일은 마지막 빼주를 홀짝 들이켜고 나서 말했다.

"박사 논문을 집어친 이유가 너무 거창한 것 같은데."

"미안해요. 도일 씨 만나면 난 말이 너무 많아져서 탈예요."

"미스 김. 가만 있자, 이렇게 불러도 되나?……."

"누나라고 불러요."

“재수없는 소리 마슈.”

“어머, 누나한테 누가 그래요.”

“애인이라고 하지.”

“나 애인삼아 놓음 고단해져요. 데이트 비용두 책임져야 하구.”

“그것만은 면제하고…….”

“동생해요, 좋은 누나 될 테니까.”

“편지 받자마자 득달같이 달려왔더니, 이거 헛물켰구먼.”

“무슨 물이었을까？”

“손목 잡고 남산에 올라가 뽀뽀하는 물.”

“얌전히 굴어요, 솜사탕 사 줄게.”

“사람 망가 다 되는군. 건 그렇고 박사 집어치우고 나선 뭘 할 참
이우, 새파란 형님께선？”

“찾는 중. 아직은 말할 단계가 아님.”

“당장 버릇이 고약해져서 형님 못하겠어.”

“그럼 우리 솜사탕 사먹으러 나가.”

그런데 도일이 방을 나서기 위해 문을 열어젖혔을 때였다. 몰래
문고리에 매달려 있던 아이들이 털퍼덕 복도로 나가떨어지지 않는
가. 흰 가운을 걸친 종업원 아이들이었다. 놈들은 털썩 포개 자빠지
자 바둥거리며 몸을 일으키려 안간힘을 썼다. 도일은 훌쩍 복도 바
닥으로 뛰어내려 지저분하게 땟국에 전 놈들의 나일론 가운을 움켜
잡았다.

“아저씨 용서해 주세요. 잘못했어요.”

“뭘？”

“문구녕으루 들여다본 거요.”

도일은 두 놈의 머리채를 잡아 꽈당 맞부딪쳤다. 그러나 방마다
들어찬 손님들이 아이들을 불러세우느라 성화를 댈 뿐 아니라 김세
정은 영문을 모르므로 도일은 더 이상 말썽을 부리지 않았다.

“이놈의 새끼들 죽여 버릴까부다.”

도일이 아이들을 놓고 신발을 꿰어 신자 김세정은 그때에야 화장을 고친 말쑥한 얼굴이 되어 문지방에 나타났다. 오향장육을 맛보겠다고 했다가 매운 겨자를 삼켜 그녀는 눈물을 찔끔 흘렸었다.

“사람들 보는 앞에선 깍듯이 형님 대접해 드리지.”

“언제나 그래야 한다니까.”

“다른 사람이 그렇게 보지 않는데도?”

“누가?”

“이 집 종업원 애들.”

“뭐랬길래?”

“나보러 아저씨 애인 이쁘다던데.”

“몹쓸 아이들이네.”

“자, 다음 행선지는?”

“솜사탕 사들구 파고다 공원으루.”

“거긴 왜?”

“다방이 싫어서.”

두 사람은 길을 건너 곧장 파고다 공원 정문 앞으로 걸어갔다. 공원 안은 예나 다름없이 순례자같이 꾀죄죄한 노인들의 집합 장소로 남아 있었다. 도일은 김세정과 나란히 어깨를 맞붙이고 서서 열을 올리는 노인의 호랑이 얘기에 귀를 기울였다.

“호랑이가 역시 맹수 중 맹수지. 보통 영물이 아니라니까. 옛날엔 백두산에 말이야……”

김세정이 팔을 끌 줄 알았는데 그녀는 의외로 진지한 표정을 하고 열심히 듣고 있었다.

“정말 지금은 호랑이가 필요한 때야.”

“사람 다 할퀴게?”

“그런 살쾡이말구. 득실거리는 못된 살쾡이 다 쫓아버리게 포효하는 호랑이가 나와야 해. 이제 정말 숲을 나와야 해.”

봄 날씨가 따사로웠으므로 두 사람은 공원 가운데 있는 팔각정 계단에 엉덩이를 붙이고 나란히 앉았다.

“여동생 잘 있어, 아직두 공장에 나가구?”

“잊어버린 게 없군, 도대체.”

“그 동생이 오빠 대신 집안을 끌어갈 텐데 잊어버려?”

“이거 왜 이러슈. 그 기집애 도망가 버리고 없단 말이오.”

“언제? 왜요?”

아차하는 생각이 들어 도일은 어물어물 대답을 흐렸다. 그러나 김세정이 끈질기게 다그쳤으므로 도일은 견디다 못해 그만 모든 것을 다 털어놔 버리고 말았다.

“그렇지만 구로동 어디에 있다는 것만은 알고 있으니까.”

하고 결론부터 미리 말한 도일은, 그러나 곧이곧대로 다 말하지는 않았다.

“미순이가 집을 나간 지 얼마나 됐는데? 그동안 한 번두 소식이 없었다구?”

“반년.”

“구로동이람 공장에 들어가 있단 말예요?”

“지까짓 게 그럼 실 푸는 일 빼고 할 일이 있어?”

“어느 공장에 있는 줄은 알구?”

“그걸 알면 벌써 모가지 끌고 왔게.”

“그런데 어떻게 찾는다는 거지?”

“그 기집애 친구 둘도 거기 공장에 다닌댔거든.”

“거기 가봤어요?”

“가서 동네 아줌마한테 부탁해 놓고 왔다니까.”

“혹시 어머님 병나신 거 아녜요?”

도일은 대답 대신 고개를 끄덕거렸다. 김세정은 혀를 찼다.

“미순이를 감싸 주지 않구 쫓아낸 건 동생의 큰 실수였어요.”

미순이는 아마도 구로동에 없을 거라고 했다. 충격적인 상처를 입은 그런 아이들은 아무 일 없었던 것처럼 되지 않는다는 것이었다. 초조와 불안과 환각에 쫓겨 경황을 차리지 못하므로 설령 다부진 마음으로 공장에 들어갔다 해도 기계를 조작할 엄두를 내지 못한다고 김세정은 말했다.

“사고를 내거나, 그 바람에 부상을 입었을지도 몰라요. 당장 찾아 내지 않음 안 돼요.”

“사람 겁 주는군.”

도일은 버럭 소리를 내질렀지만 속으로는 여간 당황되는 게 아니었다. 구로동에 정말 처박혀 있지 않다면 어떻게 할 것인가. 노친네 한테 언제까지 둘러대어 속여 갈 수 있는 것도 아니고.

“당장 일어나요.”

“어디 가게?”

“구로동 가서 뒤져 봐야잖아요.”

“며칠 있다가 찾아가기로 했는데?”

“누나 말 들어요.”

도일은 하는 수 없다는 듯이 엉덩이를 털고 일어섰으나 사실은 그보다 더 기분 좋은 일이 없었다. 누나! 하고 손목이라도 잡아 주고 싶었다. 구로동으로 가는 택시 안에서 김세정은 별로 말이 없었다. 뭔가 골똘히 생각하고 있는 듯한 표정이었다.

“파고다 공원엔 왜 간 거지, 누나?”

“지금은 미순이 찾는 일이 더 급해.”

“거기 가봤자 없다며?”

“그러니까 확인해 봐야지. 꽤나 먼데, 구로동이.”

“가보면 더욱 막연할 거요, 누나.”

“말끝마다 누나, 누나하는 건 조롱하자는 거겠지?”

도일은 무슨 소리냐고 펄쩍 뛰었다. 김세정은 더 말하지 않고 생 긋 미소를 띠어 보였다.

"그렇게 들려, 누나?"

"또 그러는구면. 버르장머리없이 누날 막 놀려."

거 보라는 듯이 도일은 놓치지 않고 달려들었다. 역시 누나로 불 리는 게 어색하지 않으냐고. 여자는 고개를 가로저었다. 물론 도일 은 굳이 그런 투로 입장을 굳혀 두려는 이유를 알고 있었으므로 무 리하게 파괴하려 들지는 않았다. 애써 누나로 못박아 두려는 것은 버르장머리없다고 판단한 도일로 하여금 덤비지 못하게 하려는 데 있을 테니까. 김세정은 그런 예방장치를 통해 무리 없는 사이가 됨 으로써 부담을 느끼지 않으려는 것임에 틀림없었다.

"다 왔구면."

잠시 동안의 누나 시비 중에 차는 혼자서 독산동의 구로공단 입구 를 미끄러져 들어가고 있었다.

"어, 이쪽으로 들어가는 게 아닌데."

하고 도일이 놀란 목소리를 내자 운전사는 구로공단 간다잖았느냐 고 항의했다. 김세정도 그 전에 와본 걸로는 그쪽이 틀림없다고 운 전사와 합세하고 나섰으므로 도일은 더 이상 우기지 않았다.

도일은 그때까지 사뭇 전날 만난 젖무덤 큰 아낙네의 집을 겨냥하 고 있었던 것이다. 그러나 하루 만에 다시 찾아오는 건데 그 여자로 부터 좋은 소식을 들을 가능성은 전혀 없지 않은가. 김세정이 운전 사의 뒤통수에다 대고 일렀다.

"공단 안으로 쑥 들어가세요."

도일은 차를 내려서야 김세정이 공단 안 사정에 어째서 그토록 밝 은지 알게 되었다. 김세정은 블록 담벼락을 길게 둘러친 방직공장 정문 앞으로 걸어가며 말했던 것이다.

"여긴 내가 두 달 동안 일해 본 공장이야."

"사장실 비서로?"

"수증기 땜에 옷이 눅눅히 젖는 공장에서."

"거짓부렁 마. 형님이 공순이 출신이라면 누가 믿나?"

"내가 언제 그 출신이라구 했게, 여공으로 있어 봤댔지."

김세정은 지난 오륙 년 동안 방학 때마다 신분을 속이고 여공으로 일해 왔었다고 했다. 인천과 안양에 있는 방직공장뿐 아니라 전자 회사에서도 두어 달 일해 본 적이 있다는 것이었다. 김세정은 공장 수위실 사람들과도 안면이 있었다.

"왜 또 왔수, 아가씨?"

"일자리 찾으러요."

"괜한 소리. 이젠 제발 말썽부리지 말아요."

잔뜩 찌든 얼굴의 수위는 말하고 나서 들창 앞을 지나가는 김세정 의 종아리를 열심히 감상하고 있었다. 수위실을 지나 공장 마당으로 들어서면서 도일은 사실대로 말하지 않는다고 불평을 늘어놓았다.

"누나를 하려거든 누나답게 정직해야지. 방금 거짓부렁한 게 드러 났잖어. 도대체 사장 비서 아닌 공순이를 수위실 사람들이 어떻게 안다는 거야?"

그 말에 김세정은 그럴 이유가 있다고 했다. 신분을 속이고 들어 왔다는 것이 탄로가 나서 약간의 말썽이 이는 바람에 수위실 사람들 이 사무실에서보다 자기를 먼저 알아보게 되었다는 것.

"내가 여기 어디 들어온 줄 아는 친구들이 엄마한테 가서 괜한 조 둥아리들을 놀려 대어 아빠랑 여길 찾아왔잖어. 이 공장 수위실에 말야. 무슨 주장할 대단한 권리라두 있는 것처럼 법석을 떨며."

"우리 고귀한 따님을 왜 이딴 데다 처박아 두었느냐?"

"그렇지. 꼭 이 공장이 유괴라두 한 것처럼 왝왝 덤벼들었잖겠어, 한심한 노친네들이."

공장 본부 건물의 현관을 들어서며 도일은 생각이 나서 말했다.

“알았다. 여긴 왜 왔었나 했더니 허도일이 취조하듯이 여기서도 뭔가 캐보려 한 거구나.”

“욕하지 마. 사실은 여공들의 실태를 알아보려 왔었지.”

“헛수고만 잔뜩 했겠지.”

“그렇잖어. 논문을 쓸 필요가 없었다 뿐이지 난 얻은 게 여간 많지 않은걸.”

김세정은 그중 가슴 아픈 것이 도무지 여공들이 직업의식을 갖고 있지 않은 점이었다고 했다.

“선동을 해두 들어먹지 않는 거야. 그 아이들을 지배하고 있는 건 패배의식뿐야.”

“누가 그렇게 만들었게.”

“내 말이 그 말이야.”

마침 총무과라는 팻말이 붙은 사무실 앞에 이르렀으므로 김세정은 말을 끊고 도어의 손잡이를 비틀었다. 여사무원 하나가 발딱 일어서며 반색을 하고 나섰다.

“어머나, 언니 웬일이세요?”

정복을 입은 다른 여사무원 둘과 남자 하나도 스스럼이 낀 표정으로 알은 체를 했다. 도일은 두 손을 바지 주머니에 찌르고 멀뚱멀뚱 시건방진 몸짓으로 서 있었다. 여자가 수위실 사람들과 인사를 할 때 이미 이 공장은 문제없다 했는데 총무과 인사 담당자들까지도 친한 사이니 맘만 먹으면 공장 밑창까지도 까뒤집어 볼 수 있게 되지 않았느냐.

김세정은 역시 쓸데없는 안부나 옷 모양새 얘기 같은 데다 시간을 팔아먹지 않았다. 언니라고 호들갑을 떤 여자가 김세정의 팔소매를 만져보면서 컬러가 어쩌고 잔소리를 시작했으나 김세정은 단호히 말을 막았다.

“건 그렇구, 미스 리 나 좀 도와줘.”

"뭔데요?"

"아이 하날 찾으려구."

"무슨 반에 있는데요?"

"여기 있는지 어쩐지두 몰라."

"이름이 어떻게 되죠?"

"허미순."

여자가 명부를 뒤지기 시작했으므로 도일은 재빨리 김세정의 옆구리를 찔렀다.

"유정자나 필순이란 아이도 있는지 알아봐요."

"무슨 필순인데?"

"성은 모르겠는데."

김세정은 여사무원한테 부탁하지 않고 직접 곁으로 다가가서 어깨를 맞붙이고 명부를 들여다보기 시작했다. 그러나 검지손가락을 세우고 명부를 훑어 내려가던 여사무원은 김세정을 쳐다보며 고개를 내저었다.

"허미순이라군 없어요, 언니."

김세정은 도일을 돌아보며 말했다.

"걔들두 안 보이는데."

"갑시다."

그러나 김세정은 여사무원을 상대로 다시 뭐라고 소곤거렸다. 그러자 여사무원이 어디다 대고 전화 다이얼을 돌리기 시작했다. 한미방적이냐고 묻고 난 뒤 그녀는 미스 최를 대 달라고 청했다.

"미스 최, 나 뭐 하나 물어보자. 너네 공장에 혹시 허미순이나 유정자란 애 있는지 좀 봐줘."

전화를 끊고 기다린 지 얼마 뒤에 드르륵 벨이 울렸다. 구조 신호를 기다리는 조난선의 무전사 같은 표정을 하고 여사무원은 잠깐 김세정을 올려다봤다. 그러고는 두 번째 벨 소리를 내기 시작하는 수화기를 떼어 들었다.

"그래, 있니?"

그러나 한미방적에도 용의자는 안 보인다는 대답인 모양이었다. 유정자가 아니라면 정자라는 이름은 숱하게 보인다는 얘긴지 여사무원은 송화기에다 대고 힐난하기 시작했다.

"약올리지 마, 유정자 아닌 정잔 우리 공장에두 여럿 있어. 누가 정자 통계 내자는 거니?" 하고 나서 여사무원은 잠시 간격을 두었다가 목소리를 바꾸어 말했다. "너, 대판섬유에 아는 친구 하나 있다고 했잖니? ……거기 좀 알아봐 줄 수 있겠니?"

좀 비싸게 굴고 나서 들어주겠다고 하는지 미안하다 애, 곧 좀 연락해 줄챠, 급한 일이걸랑, 하면서 여자는 수화기를 내려놓았다.

"언니, 한미에두 그런 애들 없대요."

"또 어디 연락 닿는 데가 없을까?"

"가만 있어 보세요. 대판말고도 또 한 사람 더 있긴한데 절 알아볼까 모르겠어요."

"웬만하면 한번 걸어 봐 줘."

여사무원은 결심을 세운 듯 전화번호부를 펼쳐 놓고 번호를 찾기 시작했다.

"되게두 도도하게 굴던 기분 나쁜 작잔데."

"미안해."

"괜찮아요. 높은 콧대 한번 쓰다듬어 주죠, 뭐."

여사무원은 드디어 번호를 찾아냈는지 수화기를 들고 다이얼을 돌렸다. 신호가 떨어지면서 수화기에서 흘러 나오는 목소리가 곁에서도 들릴 정도로 쩡쩡 울리는 사나이였다.

"에——"

"간사이 직물이죠?"

"그런데?"

“차 선생님 좀 바꿔 주시겠어요?”

“난데.”

“네, 안녕하세요. 저 미스 리예요. 동해모방. 왜, 지난 가을에 있은 인력 세미나 때 뵈었죠, 설악산 관광호텔서.”

“으흠, 아이 씨이. 키가 자그마한.”

“어머머, 제가 어디 작아요?”

“스탠다든가, 그럼?”

“그럼요, 체.”

“웬일이슈, 갑자기?”

“여쭤 볼 게 있어서요. 사람 하나 찾아 주세요, 여공 아이.”

“누군데?”

“허미순. 또 하난 유정자.”

“그런 아이 없어요.”

“그러시지 말구 한번 찾아봐 주세요.”

“없다니까 그러네.”

“정말 그러시기예요?”

“없으니까 없다는 거지. 허미순이란 아이 여기 한 달인가 있긴 있었수. 하지만 벌써 그만뒀시다.”

“어머나, 정말이세요? 그럼 어디루 갔는지 혹시 모르세요?”

“그런 걸 사무실에 앉은 내가 어떻게 알우. 석 달두 더 전인데.”

수화기에서 흘러 나오는 얘기를 곁귀로 듣고 있던 도일은 다급한 나머지 김세정을 제쳐놓고 재촉을 댔다.

“유정자나 필순이란 아이 혹시 같이 있지 않았나 물어보시오.”

그러나 여사무원이 그렇게 물었을 때 저쪽 대답은, 그런 이름의 아이들은 받은 일이 없다고 했다. 여사무원이 몇 번씩 다그쳤으나 미순이의 행방에 대해서도 아는 것이 더는 없다는 대답이었다. 김세정이 아직도 수화기를 놓지 않은 여사무원을 향해 말했다.

“밖에다 방을 얻어 놓구 다녔는지 어떤지 좀 물어봐.”

“언닌. 이 공장은 모두 기숙사 생활예요.”

“그럼 허미순이의 기록으루 뭐 남아 있는 게 있는지…….”

그러나 저쪽에서는 남은 기록조차 아무것도 없다고 했다. 김세정이 도일을 돌아보며 물었다.

“어떻게 할까? 그래도 관서직물이란 데를 한번 가볼까?”

도일은 아무 흔적도 남아 있지 않다는데 가서 뭘 하겠느냐고 했지만 김세정의 의견은 그렇지 않았다. 같은 작업반에서 일하던 아이들을 만나보면 혹시 무슨 얘기를 듣게 될지 아느냐는 것이었다.

김세정이 여사무원한테 일렀다.

“우리가 찾아간다구, 좀 협조해 달라는 부탁해 둘 수 있을까?”

그때 막 전화 벨 소리가 또 났으므로 두 사람은 흠칫 놀라서 돌아섰다. 배웅하러 나서던 여사무원이 잽싸게 되돌아갔다.

“응, 미스 최. 어떻게 됐니? ……그래? 유정자두?”

그러나 언제쯤이냐고 되묻고 있던 여사무원은 풀죽은 목소리로 소리쳤다.

“필요 없어. 그보단 더 최근에 있던 곳이 나타났어 얘.”

수화기를 내려놓고 다가온 여사무원은 미순이가 지난 초겨울 대판섬유에 잠깐 있은 일이 있으나 한 달 월급을 타고는 말도 없이 사라져 버렸다는 내용이더라고 했다.

“아마 거기서 간사이 직물루 옮겨간 것 같네요. 시기루 봐서.”

“그런 것 같군. 이거 너무 폐가 많아서 어떻게 하지?”

“언니두, 폐는 무슨 폐유. 간사이 직물에 곧장 연락해 놀게요.”

“부탁해. 잘 있어.”

김세정은 사무실 안 여기저기에 골고루 목례를 보내고 나서 복도로 나왔다. 도일은 미순이를 찾아낼 가망이 더 절벽이라는 사실은 깜빡 잊고 전화통 하나로 구로 공단을 샅샅이 뒤진 것만 기분이 좋아 복도로 나서자마자 소리쳤다.

"언니는 좋겠다, 동생들 많아서."

"쟨 말썽나는 바람에 잠깐 만난 앤데 저렇게 친절히 대해 줄 줄은 몰랐어. 난 이름두 모르거든."

"귀한 집 따님이 여공질을 했다는 데 탄복한 모양이군."

두 사람은 마당을 거쳐 다시 수위실 앞으로 걸어나왔으나 여자의 종아리 감상에(혹은 둔부를 눈으로 벗기고 있는지) 혼이 빠져 수위는 어떻다 말이 없었다. 도일이 여자의 귀에다 대고 소곤거렸다.

"누군 좋겠다, 사랑하는 사람이 많아서."

"그게 무슨 말이지?"

"저 수위 눈초리 좀 보라구."

"쓸데없는 소리."

"넋 빠진 모습인데."

"그리군 또 누구야, 많다며?"

"나, 허도일."

"버르장머리없는 아이."

그때서야 눈에 뭐가 보이기 시작했는지 수위실 쪽에서 냅다 고함치는 소리가 들렸다.

"잘 가요, 아가씨. 자주 좀 오슈!"

그러나 그땐 이미 두 사람이 정문 바깥 멀찌감치까지 나와 있었으므로 일부러 돌아볼 필요가 없었다.

간사이 직물을 찾아갔으나 여사무원 말마따나 차가라는 사나이는 여간 콧대 센 인간이 아니었다. 만약 김세정이 여자가 아니었던들 명함도 못 내보고 돌아설 판세였다.

새파란 나이의 차가는 우선 김세정의 신분부터 캐려 들었으므로 도일은 화가 울컥 치민 나머지 두 사람 사이를 가로막고 나섰다. 그러나 김세정이 먼저 말했다.

“전 허미순이란 애의 언니예요. 걔가 가출해 버려서 찾아 헤매구
다니는 중이죠.”

차가는 소녀 하나를 불러 그들을 면회실로 안내하라고 지시했다.

“거기 가면 아이 둘이 기다리고 있을 거요. 작업 중이니까 요점만
물어보고 곧 돌려보내쇼.”

“고맙습니다.”

두 사람은 소녀를 따라 면회실로 갔다. 일본 회사 아니랄까 봐서
복도 벽에는 일본말이 그대로 적힌 전단이며 본사 전경 사진 같은
것이 너절하게 걸려 있었다.

차가가 애기했던 대로 면회실에 소녀 둘이 옹송그리고 서서 문을
열고 들어서는 그들을 쳐다보았다. 두 사람은 조심스럽게 소녀들 앞
으로 다가갔다.

두 소녀는 피곤하고 귀찮은 표정이었다. 그들은 사람이 다가서는
데도 인도의 송아지들처럼 뚱하게 서서 쳐다보지조차 않았다. 김세
정이 그런 두 소녀의 코앞까지 바투 다가가서 소곤거렸다.

“아가씨들이 미순이하고 친구예요?”

“친구 아니랑께요. 같은 방에 있었을 뿐이지라우. ……걔가 뭐 워
쨌어라우?”

“무슨 일을 저질렀을 것 같아요?”

“그걸 워찌 알어라우. 반장 언니가 가보라고 혀서 왔을 뿐이랑
께.”

도일은 여공 아이들이 낯 모르는 사람들을, 그것도 쑤군쑤군한 끝
에 작업반장이 불러서 만나는 사람들에 대해 어떤 두려움을 갖고 있
음을 알 수 있었다. 소녀들은 자기네가 그러다가 무슨 참고인 같은
것으로 불려가는 것이나 아닐까 잔뜩 겁을 집어먹고 있는지 몰랐으
므로 도일은 우선 그렇지 않다는 사실부터 밝혀 둘 필요가 있었다.

“일하는 시간에 만나자고 해서 미안한데, 난 미순이 오빠야. 걔가

말도 없이 집을 나가 버려 찾아다니고 있는 중이야. ”
김세정이 덧붙여 말했다.
“여기 어디루 왔다는 소문이 있어 죄 뒤졌는데 이 공장에 다녔다
는 걸 알구 찾아온 거예요, 혹시 도움될 애기라두 들을까 해서. ”
“같이 있은 건 한 달도 못 되지라우. ”
“건 알아요, 이미 석 달 전이라는 것두. 미순이가 혹시 어디루 간
다구 했다거나 무슨 눈치가 있었는지, 우린 그걸 알구 싶어요. ”
“아무 말두 없었어요” 하고 옆에 있던 다른 소녀가 받아 말했다.
“우린 미순이가 없어진 줄두 몰랐어요. ”
“없어질 때 어떻게 해서 없어졌어요 ? ”
“비번날이었걸랑요. ”
“응. ”
“겨울이었어요. 옷을 잔뜩 껴입구 나가더군요. ”
“어딜 간다면서 ? ”
“친구 만나러 간다면서요. 그러군 아주 가버렸어요. ”
“친구에 대해선 뭐라구 애기한 일이 없었어요 ? ”
“아뇨. 걘 말이 없어요. 언제나 골난 애 같아서 걔한테 말을 붙이
는 애두 없었구요. ”
　도일은 더 이상 소녀들을 붙들고 시간을 끌어 봤자 소용없는 일이
었으므로 매점의 유리 칸막이 앞으로 어슬렁어슬렁 걸어갔다. 그때
두 소녀 중 하나가 김세정의 팔을 끌고 있었다. 소녀는 기회를 노리
고 있었음이 분명했다. 도일이 눈치를 못 차린 것처럼 하기 위해서
는 매점 주인한테나 수작을 붙이는 수밖에 없었으므로 목을 내밀어
진열장 안쪽을 기웃거렸다. 주간지를 읽고 있던 삼십대 여인이 부스
스 고개를 들고는 이글거리는 눈으로 쳐다보았다.
“뭐 드려요 ? ”
“그 기사 재미있어요 ? ”

“쌍놈예요, 이 새끼.”

“누군데?”

“사진에 난 이놈, 이놈 말예요.”

“그놈이?”

“여자 셋씩이나 조졌잖아요, 결국은 제 명에 못 살구 급살맞아 뒈졌지만.”

“에이, 뭐 그런 걸 갖구 그래요. 난 수십 명씩 조져 놓고도 멀쩡하게 살아 있는 놈을 아는데.”

“남자들은 다 저렇다니까?”

“그런 걸 죽자고 들여다보고 있는 여자들도 다 그렇더라.”

“여보세요?”

“우유 두 병만 주슈, 열 올리지 말고.”

도일은 목장 우유 두 병을 들고 이미 얘기가 끝났는지 어색하게 굳은 얼굴을 하고 서 있는 세 여자 앞으로 걸어갔다. 김세정이 탁자를 가리키며 말했다.

“진작 가져올걸 깜빡 잊었군요.”

“사람이 예의가 그렇게 없어서야…….”

사양하는 소녀들한테 억지로 떠맡기다시피 하는 동안에 매점 여자가 컵과 소금을 들고 왔다. 마시는 입을 들여다보는 것은 더 곤혹을 느끼게 할 것 같아서인지 김세정은 이내 채비를 차렸다.

“우리 먼저 갈게요. 여러 가지루 고마웠어요.”

둘은 면회실을 나와 정문 쪽으로 걸어갔다. 도일은 소녀들이 무슨 얘기를 했는지 궁금했지만 김세정이 먼저 입을 뗄 때까지 기다리는 수밖에 없었다.

그러나 김세정은 공장을 나와 회색의 황량한 벌판길을 걸으면서도 입을 열지 않았다. 말을 하지 않는 것은 틀림없이 심상찮은 내용이기 때문이라는 생각이 들어 도일은 기분이 우울했다. 온갖 생각이

다 듣고, 그러자 슬그머니 부아마저 치밀었다.

　도일은 느닷없이 찌뿌드드하게 내려앉은 하늘을 향해 냅다 외마디 고함을 질렀다.

　"벌판은 썰렁하게 넓고 갈 길은 멀고. ……그 애들 무슨 얘기야?"

　"건 비밀."

　"사람 또 약올리는군."

　"말하지 않기루 걔들하구 약속했거든."

　"말하지 않으면 폭력을 쓸 수밖에 없는데."

　"안 듣기만 못할 텐데두?"

　"정말 무슨 애길 한 거요?"

　도일이 정색을 하고 묻자 김세정은 잠시 뭔가 생각하는 눈치였다. 그러고는 이렇게 되물었다.

　"내가 무슨 말 해두 화내지 않겠지?"

　"그럼 형님 말씀인데."

　"걔들이 나를 꾹꾹 찌르더니 묻잖어, 저 사람이 정말 미순이 오빠냐구. 그렇다구 했더니, 그럼 오빠가 저 사람 말구두 또 있느냐구 되묻잖겠어. 이상해서 왜 그러냐고 물었더니…….

　우선 대답부터 하래서, 오빠두 더 없지만 동생두 없어서 단 남매 뿐이라구 했지."

　"그랬더니?"

　"뭘 그랬더니야. 미순이가 걔들 보러 그랬대요, 자기가 집을 나온 건 순전히 오빠가 쫓아냈기 때문이라구."

　"뭐라고? 그놈의 기집애 잡히기만 해봐라!"

　"화내지 않는다구 해놓구서 왜 화를 내? 좀 반성할 줄 알아요. 그리구 반성하는 뜻으로 열심히 찾아다녀요."

　김세정은 거기까지 말하고 나서 갑자기 사방을 두리번거리기 시작했다. 빈 택시를 찾는 시늉이었지만 사실은 도일의 입을 막기 위해서였다.

여공 아이들은 그렇게 말하지 않았었다. 김세정은 생판 거짓말을 둘러댔던 것이다. 두 소녀는 기회를 노리고 있다가 그녀에게 재빨리 말했다.

"저분이 김미순 오빠세요?"

"그래요, 하나뿐인."

"어머, 어쩌지?"

"왜 그래요, 뭐예요?"

"미순인…… 임신한 것 같았어요."

"확실해요?"

"틀림없을 거예요. 저분한텐 알리지 마세요, 제발."

"약속할게요. 그 대신 미순이가 어디 있는지 내게만 말해 줘요."

"건 정말 몰라요. 아무 말두 않구 떠나 버렸다구 하잖았어요."

그 전에 혹시 떠나는 것에 대해서 무슨 내색을 한 일도 없느냐고 물었으나 두 여공은 고개를 가로저었다. 미순이는 배가 드러나게 부풀어 올라 있었는데도 왜 그러냐고 물으면 위장이 나쁘다고만 했다는 것이다. 그러고는 한방 아이들이 자기의 말을 신용하도록 하기 위해서 매일같이 한 주먹씩의 소화제를 털어넣곤 했다는 것이다.

"꼭 우리가 보는 앞에서요. 배를 표 안 나게 하려구 밤낮 널따란 천으루 잔뜩 동여매고 있었으니 소화가 안 되기두 했을 거예요."

"혹시 무슨 소식 듣거든 일루 연락해 주겠어요?"

김세정은 애기를 듣는 동안 적어 둔 종이쪽지를 내밀었다. 소녀가 전화번호와 이름이 적힌 쪽지를 받는 순간 도일이 우윳병을 들고 돌아섰으므로 김세정은 재빨리 속삭였다.

"친구를 만나는 것 같지는 않았어요?"

"만나긴 만나나 본데 어디 있는지 모르겠어요."

　김세정은 이제 정말로 택시를 찾고 있었으나 좀처럼 눈에 띌 것 같지 않았다. 한 번도 만나본 일이 없는 미순이의 환영이 자꾸만 눈앞을 어른거렸다.

　공단 입구까지 거의 다 나와서야 가까스로 택시를 잡아타고 두 사람은 시내로 나왔다. 차가 신촌 고개를 넘자 그때까지 말이 없던 도일이 물었다.

　"곧장 해산할 거요?"

　"어디 들어가서 얘기 좀 해요."

　두 사람은 조용한 골목 안 다방을 찾기 위해 택시가 광화문 네거리에 닿기 전에 내렸다. 그러나 골목 안에 있는 집이라고 조용하진 않았다. 도일이 보리차를 들고 온 여자한테 시비를 걸었다.

　"음악 좀 낮출 수 없어?"

　"한쪽에선 높여라, 한쪽에선 낮춰라, 도대체 어느 장단에 춤을 춘담?"

　"내 장단에 춰."

　여자는 알았다면서 돌아갔으나 확성기 소리는 조금도 낮아지지 않았다. 약속한 여자를 다시 불러세우려는 도일의 팔을 끌어내리며 김세정이 말했다.

　"쓸데없는 일에 신경질 부리지 마. 우리 얘기나 해. 나 오늘 동생 집에 들를 참이야."

　"우리집에?"

　"응."

　"안 돼. 그 산꼭대기 하꼬방까지 누가 데려가, 챙피하게."

　"챙피하게 생각하다니 동생 나쁘다."

　"그 따우로 나오면 동생 안해."

　"그 따우로 안 나오면?"

　"봐줘서 형님이라고 불러 주는 거지 뭐."

　김세정은 오늘 일의 결과로 봐서 미순이를 찾아내는 것은 결코 단시일 안에 해결할 수 있는 일이 아니므로 자신이 한번 집으로 찾아가서 그 어머니한테 거짓말로 둘러대 놔야 한다고 우겼으나 도일은 세상 없어도 집에 오는 것은 안 된다고 했다.
　"절대로 내가 사는 셋방까진 올 수 없어. 그리고 작업반장이라고 거짓말시켰다가 기집애 못 찾아내는 날엔 더 야단이란 거 몰라?"
　"그럼 다른 말로 꾸며 댈게."
　"글쎄 집에 오는 것만은 안 된다니까."
　"좋아요, 집만 알아 놓구 돌아설게."
　"사람 참 환장하게 만드네."
　김세정은 포기하는 대신 도일한테 일렀다. 미순이를 찾는 일이 여간 어렵지 않으므로 서둘러 수색 범위를 좁혀 가지 않으면 안 된다고.
　"곧장 그 공장장이란 작자를 만나보도록 해. 거기 혹시 미순이가 다녀간 일은 없나."
　김세정은 미순이가 고통을 당하면서도 낙태 수술을 받지 않은 것으로 미루어 혹시 조기윤을 찾아갔을지도 모른다는 가능성을 점치고 있었다. 물론 그러면서도 김세정은 요령 없고 겁을 먹은 미순이가 수술받을 기회를 놓쳤음이 분명하다고 생각하는 편이었다.
　"그러구 모레 우리 만나요. 아니 우리 미순이 찾아낼 때까지 매일 만나요."
　도일은 자기 혼자 찾아다닐 것이므로 주제넘게 참견하지 말라고 쏘아붙였으나 김세정은 물러서지 않았다. 그녀는 속으로, 당장 다음 날부터 구로동 주변의 허술한 조산원이나 산부인과를 뒤질 계획을 세워 두고 있었던 것이다. 김세정은 다방을 나오며 재우쳤다.
　"내일 아침에 공장장이란 작자 만나보는 것 잊지 말아요. 그리구 이거 집에 가서 뜯어 봐."

"뭔데, 그게?"

"연애 편지."

김세정은 3만 원짜리 수표 한 장이 든 봉투를 도일의 손에 쥐여주기 바쁘게 재빨리 돌아섰다. 그 용돈이 떨어지기 전에 미순이를 찾아낼 수만 있었으면 좋으련만.

날은 어느새 어두워져 있었다.

제5장 진통의 늪

늘어지게 기지개를 켜고 섰던 필순이가 눈곱을 뜯으며 밖으로 사라지자 정자는 이불을 머리끝까지 뒤집어썼다.

그러나 싱그러운 비누 냄새가 솔솔 나는 이불잇이 기분 좋아서 다시 잠이 오지 않았다.

"망할 기집애, 괜히 소리치는 바람에 잠만 달아나 버렸잖어" 하고 정자는 속으로 투덜거렸다. 정자는 뒤집어써 봤자 가망이 없는 이불을 턱밑으로 끌어내리고 미순이를 흘끗 쳐다봤다. "너, 이불 껍데기 또 빨았구나?"

"……응."

"좀 가만 누워 있을 수 없니. 이거 벳겨 빤 지 얼마 됐다구 또 뜯어 빨구 야단이니?"

벽에 등을 기대고 늘어져 앉은 미순이는, 그러나 멍청하게 눈만 멀뚱거릴 뿐 대답이 없었다.

"또 뭐 생각하니?"

"암것두."

“니네 엄마한테 편지 쓴다던 건 썼니 ? ”

그때 방문이 열리고 필순이가 새우깡을 와작와작 씹으며 들어섰다. 정자가 몸을 벌떡 일으켜 앉으며 소리쳤다.

“라면은 안 사왔어 ? 뱃속에서 쪼르륵 소리 나는데. ”

“라면 남은 거 있어. ”

미순이가 말을 가로채자 필순이는 들고 있던 새우깡 봉지를 이불 위에다 획 집어던지며 너스레를 떨었다.

“야, 야, 또 라면이야 ? 진절머리두 안 나니 ? ”

“아쭈. 쌀봉지 들구 와봐라, 누가 마대니. ”

“좋다, 나가자. 먹으러 나가자. ”

“정말이니, 너 ? ”

“정말이잖구. ”

“그렇구나. 머가 있어서 그렇게 기세 좋게 나갔구나. ”

“머가 있어 ? ”

“너 어젯밤에 봉 잡았지 ? ”

“그렇다, 어쩔 테냐 ? 방뎅이 한 대 때리구 천원 주더라, 왜 ? ”

“고 상고머리 늙다리가 ? 그 옆 팔번 테이블에선 ? ”

“고건 노랭이야. 거스름돈 백삼십 원 주군 그만이야. 그러구두 머 랬는 줄 아니 ? 남은 돈은 먹구 떨어져라야. ”

“그걸 그래 받았어 ? ”

“거슬러 갖구 가보니 벌써 꺼지구 없더라. 그래두 어젯밤엔 삥땅 떼주구두 이천팔백 원 벌었으면 됐지 뭐니. ”

필순이는 손가락을 딱 퉁겨 보였다. 정자가 신바람이 나서 이불을 걷어차고 발딱 일어섰다.

“나가자. 우리 머 먹을까 ? ”

“질펀하구 직싸게. ”

“애, 일어서 미순아. 이러구 있을 때가 아냐. ”

“니네들끼리 갔다와, 난 라면 끓여 먹을래.”

“기집애 참 김새게 논다.”

필순이가 문을 열어젖히며 의기양양한 목소리로 재촉했다.

“끌구 나와, 조져 버리게. 못 끌어내면 너두 가는 거야.”

정자가 무가내로 팔을 잡아 끌었으나 미순이는 문틈을 잡고 놓지 않았다. 마당에 내려선 필순이가 계속 약을 올리고 있었지만 정자는 배가 부른 미순이를 마음대로 다룰 수가 없었다. 하는 수 없다는 듯이 정자는 팔을 놓고 달래기 시작했다.

“애, 모처럼 한번 다리 쭉 뻗구 먹어 보자는데 왜 그러니?”

“글쎄 니들만 갔다오라니까.”

정자는 주인집 쪽을 흘끗 돌아보고 나서 방 안으로 고개를 쓱 들이밀고 속삭였다.

“배불러서 밖에 나다니는 여자들, 너 한두 번 봤니. 유부녀루 보지 처녀루 보는 사람이 어디 있니.”

“그게 아니구, 배탈이 나서 그래.”

“거짓말 마, 애. 누가 모를 줄 알구.”

정자는 돌아서서 필순이를 끌었다. 그러나 대문을 나간 필순이가 이내 다시 문을 펄쩍 열어젖히고 들여다보며 소곤거렸다.

“우리 맛있는 거 사다 줄게, 기다려.”

미순이는 무엇에 쫓기듯 후딱 방을 치우고 나서 윗목에 세워 둔 밥상을 들어냈다. 승강이만 해오던 편지를 어떻게든 끝내야 했다.

그러나 미순이는 본래 앉아서는 글씨가 제대로 되지 않았다. 시골에서 초등학교를 다닐 때부터 꼭 엎드려서 써야 글씨도 예쁘고, 글씨가 예쁘면 글도 잘되었다. 그런데 쭈그리고 앉기만 해도 숨이 차는데 엎드릴 수가 없으니 어쩌랴. 그러자니 아무리 써봤자 글도 글씨도 마음에 차지 않았다. 편지지만 한 장 한 장 작살이 날 뿐이지. 미순이는 우선 몇 줄 긁적거려 논 편지의 서두부터 읽어 봤다.

어머님 전 상서

연만하신 어머님 기력은 여전하시옵나이까? 불효 여식은 몸 성히 잘 지내고 있사옵나이다. 세월은 유수같이 흘러 어느덧 엄동설한도 지나고…….

써놓은 것은 거기까지였다. 번번이 들여다봤자 더는 한 마디도 써지지 않았다. 곁귀로 넘겨 듣던 가락은 있어서 어머님 전 상서에서 엄동설한까진 단숨에 써갈겼지만 더는 나가지 않던 것이다. 무엇보다 오빠의 안부를 물어야겠는데 어떻게 써야 할지…….

그러나 실은 미순이가 편지를 써 내려갈 수 없는 이유는 거기에 있지 않았다. 죽고 싶은 마음밖에 없다고 쓰고 싶은데 그럴 수 없어서 쓸 수가 없는 것이다.

미순이는 볼펜을 놓고 멀거니 벽을 쳐다보고 앉는다.

어느덧 엄동설한도 지나고…….

아무리 생각해도 그 다음에 갖다 붙일 말이 없다. 미순이는 편지 쓰기를 포기한다. 그리고 낙서를 하기 시작한다.

……밖엔 이미 오래 전에 봄이 왔나 봐요. 어머니, 보고 싶어요. 화를 내던 오빠두요. 어머니, 나 땜에 병나신 건 아녜요? 밤마다 꿈에 보여요. 눈물을 흘리며 우시는 어머니가 보여요. 그래서 나도 매일 밤 울면서 새요. 아니야. 이런 말은 하는 게 아니지. 오빠, 어머니 앓아누우셨거든 잘 부탁해요. 나아서 일어나실 때까지요. 엄마 오래 사셔야 해요. 그리구 오빠, 가슴 아프게 해드린 것 용서해 주세요. 엄마를 기쁘게 해주세요. 난 죽을 거야. 유정자 진필순, 정말 니들 고맙다. 나 땜에 니들꺼정 고생하는 것 같애 미안해 죽겠어. 그래 죽겠어. 난 죽을 거야. 안녕. 나도 돈 있다구. 오빠한테 있다구. 엄마 오빠 안녕. 안녕. 안녕. 안녕…

   ……

　미순이는 그만 밥상을 안고 엎어져 흐느끼기 시작했다. 한번 울어
보자 그건 순식간에 격렬한 설움으로 북받쳐 올라 미순이는 어깨를
들먹이며 뜨거운 눈물을 쏟았다. 얼마나 그렇게 밥상에 얼굴을 박고
엎드려 있은 것인가. 미순이는 어렴풋한 발짝 소리에 퍼뜩 정신이
들어 고개를 들었다.
　"몇 시니, 지금?"
　"으응, 한시 반 다 돼가."
　"어머머, 그럼 벌써 시작했다 애."
　"멀?"
　"그 자식이 기어이 미잘 먹었단 말야."
　"어머, 그래? 그 대영이란 작자, 삼륜산업 전무 말이지?"
　"그래. 미자가 지금 죽느니 사느니 야단이란 말야. 오늘 무슨 수
날 거야. 애, 미순아, 빨리 라디오 틀어. 빨리 빨리!"
　필순이가 호들갑을 떨며 방문을 펄쩍 열어젖혔다. 그러다가 눈을
똥그랗게 뜨고 방 안을 들여다봤다.
　미순이가 벽 쪽으로 돌아서긴 했으나 필순이한테 들켜 버린 것이
다. 밥상을 치우기는커녕 계집애들이 총알같이 뛰어드는 바람에 뻑
뻑한 눈두덩도 제대로 닦을 겨를이 없었다.
　방으로 뛰어든 필순이가 허리에 손을 얹고 서서 소리쳤다.
　"미순이 너 못쓰겠다, 기집애."
　방 가운데 놓인 밥상에는 긁적거리다가 만 편지지와 볼펜이 흩어
져 있었고, 종이에는 눈물이 번져 군데군데 얼룩이 가 있었다. 정자
가 흩어진 종이를 끌어 모으며 중얼거렸다.
　"아까 억지루락두 끌구 가는 건데. 기집애, 울려구 남아 있었
　니?"

“혼자 있을 때면 맨날 이랬을 거 아냐.”

“글쎄 말야. 맘을 독하게 먹지 않음 안 된다구 했는데두 그러지.”

“야, 야, 우거지상으루 서 있지 말구 이거나 먹자.”

필순이는 말하고 나서 안고 있던 통닭 꾸러미와 귤 봉지를 내려놓았다. 생각해서 곧장 구워 가지고 돌아왔다고 말했다.

“애, 미순아!”

필순이가 여전히 돌아서 있는 미순이의 어깨를 잡아 비틀었다.

“너 정말 이럴래?”

미순이는 달려든 두 계집애한테 결박당하여 방 가운데 놓인 종이 꾸러미 앞에 강제로 끌어 앉혀졌다. 필순이는 꼬집고 정자는 겨드랑 밑을 간질이며 놀려 댔다.

“애애, 요것 봐라, 용용. 미순아, 요고봐, 요고. 좋다, 니가 어디 웃지 않구 배기나 보자.”

미순이는 간지러워 견딜 수 없었으므로 마침내 몸을 비꼬며 웃기 시작했고, 그러자 두 계집애가 손뼉을 치며 웃어제쳤다. 그러다가 필순이가 문을 차고 달아나며 소리쳤다.

“야, 니네들 먼저 개시하지 마. 나 변소 갔다올 때꺼정.”

미순이도 뒤뚱하고 몸을 일으켜 열린 문지방 밖으로 넘어섰다. 눈 꼬리가 뻑뻑하여 견딜 수가 없어서였다. 판자막을 쳐서 이어 붙인 부엌 안에 들어가 눈두덩에다 물을 끼얹고 있는 미순이를 필순이가 어느새 나타나 물끄러미 들여다보며 말했다.

“너, 정말 그러지 마 애. 약해지면 큰일이다, 너.”

“세수하련?”

“손만 닦을래. 정말이야, 너 앞으루 약속하지?”

미순이는 턱끝에 매달리는 물방울을 뿌리며 고개를 주억거렸다. 그러자 기분이 썩 좋아진 필순이가 방 쪽에다 대고 냅다 고함을 질렀다.

"방에 있는 얌체, 손 안 닦음 통닭 못 먹게 할 테다, 알았지 ! "

그러나 대답은 바로 필순이 등뒤에서 들렸다.

"여기 벌써 왔는데 ? "

정자가 어느새 부엌문 앞에 와 있었다. 셋은 소리내어 웃었다. 정자가 필순이의 엉덩이를 찰싹 때리며 말했다.

"비썩 마른 병아리새끼 한 마리 갖구 생색 되게 낸다, 아니꼽게."

"어럽쇼. 기집애 너, 쳤어 ? 방뎅이 한 대 천원이야. "

"한 대 더 치면 할인해 주니 ? "

정자가 잽싸게 엉덩이를 쥐어박고 달아났다. 그러구러 기분이 풀린 미순이는 밤낮없이 흘러내리기만 하는 치맛자락을 엉거주춤 움켜잡고 방으로 끌려 들어갔다.

통닭 꾸러미를 끌러 놓기 바쁘게 정자와 필순이는 제각기 가랑이부터 찢어발겨 뜯기 시작했다. 가슴도 파먹고 날갯죽지도 떼내며 웬만한 뼈다귀는 그냥 우두둑우두둑 씹어 삼킬 정도로 계집애들답지 않게 게걸스럽게 먹어제쳤다.

미순이는 통닭 두 마리를 순식간에 먹어치우고도 양이 차지 않아 무 토막을 우물거리는 두 계집애를 쳐다보며 말했다.

"이거 좀 거들어 줘 난 다 못 먹겠어. "

"잔소리 말구 먹어 둬. 넌 특히 영양 보충해야 돼. "

그러나 미순이는 머리만 떵하게 무거울 뿐 도무지 식욕이 없었다. 남의 말처럼 하기 쉬운 게 없어서, 정자나 필순이가 얼렀다 윽박질렀다 하면 미순이는 때로 더욱 외로움을 느꼈다. 아무도 진실로 도와줄 사람이라곤 없는 천애의 고아 같은 생각이 문득문득 드는 것이었다. 그도 그럴 것이 정자나 필순이는 더러 심각한 표정을 짓기도 하지만 대개 반은 농조로, 이래라저래라 주워섬기다가 시간이 되면 휭 달아나 버릴 뿐이니 말이다.

"기집애야. 시간 됐다, 서둘러"

하고 후닥닥 뛰는 건 대부분 오후 세시경이고 더러는 게으름을 피우다가 네시가 거의 되어서야 호떡집에 불난 것처럼 조그마한 소동을 벌이기도 한다. 기집애들은 푸푸 호들갑을 떨며 세수를 하고는 곧장 미장원으로 내닫는다.

그러곤 새 둥우리처럼 덩그렇게 볶아서 세운 머리채에서 노랑내를 솔솔 풍기며 돌아와 거울 앞에 퍼들치고 앉는다. 화장품곽을 열어젖히고, 가짜 속눈썹을 붙이고 입술을 칠하고 그러곤 거즈 수건으로 닦아 내고, 부산스럽게 손을 놀려 대고 나면 벌떡 일어나 거침없이 옷을 벗어젖힌다. 그럴 때마다 필순이는 꼭 묻는다.

"어떠니 미순아, 여대생 같니?"

끈이 길다란 핸드백을 둘러멘 것하며, 화장만 그토록 짙게 하지 않았다면 영락없는 여자 대학생이라고 미순이는 그때마다 속으로 생각한다.

"여대생 같구말구."

필순이는 보조개가 파이는 얼굴로 생긋 웃어 보인다.

살짝 곰보만 아니라면 엄마가 아쉬워하듯이 역시 여간 잘생긴 얼굴이 아니다.

엄마는 아쉬움을 이기지 못하면서 스스로 위로하듯 이렇게 말하곤 하지 않던가.

"허지만 얽음이가 원래 복이 많디야. 참헌 신랑 만나 잘살 거여."

미순이가 불현듯 엄마의 모습을 떠올릴 즈음 필순이는 약이 오른 목소리를 내뱉는다.

"여대생 차림이 이래야 한다는 법이 어딨니."

"애애, 쓸데없는 소리 말구 빨리 가, 늦겠어. 여대생이 뭔데 맨날 타령이니?"

정자가 윽박지르고 나서면 필순이가 되묻는다.

"넌 그럼 여대생 하고 싶지 않니?"

“그래, 난 쥐두 안해.”

“난 하구 싶어. 솜사탕 빨구 다니는 여대생 하구 싶어.”

“그래 많이 해보렴, 난 앞차루 갈게.”

둘은 구두를 꿰어 신고 방 안에 남은 미순이를 들여다본다.

“아가야, 집 잘 봐, 저녁엔 맛있는 거 만들어 먹구.”

“남겨 놈 우리두 돌아와서 좀 먹지.”

“잔소리 말구 빨리 가. 술독에 빠져서 오면 문 안 따줄 테야.”

그러면 필순이가 고개를 들이밀고 소곤거린다.

“그럼 아예 돈 많은 놈팽이 붙들어 자구 올까?”

“기집앤. 농담이라두 그런 소리 마 애.”

“너처럼 배부를까봐? 어머, 어쩌지? 나 잘못했어, 실수했어 애. 용서해 줘 애.”

“괜찮어.”

미순이는 말하고 나서 문을 닫아 버린다. 필순이는 아직도 문 앞을 서성거리고 있는 것이 분명하지만 미순이는 뭐라 할 말이 없다.

잠시 후 정자가 필순이를 끌어당기는 기미가 엿보이고 그러고 나면 대문을 나서며 필순이를 닦아세우는 정자의 목소리가 들린다.

“기집앤, 가뜩이나 마음 약해져 있는 애한테 그게 무슨 소리니. 넌 조심성이 없어 언제나 위태위태하다니까.”

발걸음 소리가 완전히 끊어질 때까지도 필순이가 뭐라고 대꾸하는 말은 들리지 않는다.

외삼촌한테 얹혀 컸다는 필순이는 때로 그런 구석을 내보였다. 그러나 워낙 낙천적인 성품이랄까, 도무지 우울해하는 일이 없는 필순이를 아무도 탓하는 사람은 없었다.

말이 났으니 얘기지만 셋 가운데 공장장 조기윤한테 제일 먼저 당한 것도 필순이였다. 필순이는 밤일을 하던 어느 날 둘을 불러세워 놓고 이렇게 말했다.

“야, 공장장 그거 나쁜 놈이더라. 나 당했어, 어젯밤에.”

그렇게 말하는 필순이의 표정이 너무나 태연스러웠으므로 미순이나 정자는 그 말을 알아듣지 못했다. 당했다는 게 뭘 잘못해서 혼구녕이 났거나 더 심해 봤자 귀뺨을 얻어맞았다는 얘기겠거니 한 것이다. 그럴 것이, 필순이가 더는 뭐라고 설명하지 않았을 뿐 아니라 별다른 내색도 없이 그날도 꼬빡 밤을 새웠으니까.

이튿날 아침, 공장 정문을 나서며 필순이가 다시 애길 꺼냈을 때도 미순이나 정자는 여전히 알아듣지 못했다.

“니네들두 괜히 조심해라, 나처럼 당하지 않으려거든.”

나중에 알고 보니 그 다음 차례가 정자였던 모양인데, 그 기집애는 워낙 성격이 암돼서 그 사실을 입 밖에 내기는 커녕 아예 내색조차 하지 않았다. 몸살 감기에 걸려 일어날 수 없다면서 사흘을 쉬었을 뿐이지.

“정자 저거 당한 게 틀림없어.”

필순이가 그때도 정자의 결근 이유에 대해 단정적인 말투로 지껄였지만 그게 그런 뜻일 줄이야.

“저거 봐, 조가놈 기분 좋아하는 꼴! 사흘씩이나 안 나와두 한마디 물어보지조차 않잖니. 어이구, 좋기두 하겠다, 색골.”

라고까지 필순이가 말했으므로 조금만 의심을 품었더라도 그게 무슨 뜻인지 단박에 짐작이 갔으련만.

결국 모조리 들통이 난 건 미순이까지 당하고 난 다음인데 미순이는 기집애들의 추궁에 결국은 배겨내지 못하고 털어놓긴 했지만 그러고 나니 여간 울화가 치미는 게 아니었다.

“니네들만 당하는 게 억울해서 나까지 끌어넣었으니 이제 기분 좋겠구나.”

“어머머, 애 말하는 거 좀 봐.”

“그렇잖니. 왜 진작 말해 주지 않니?”

필순이가 기어이 핏대를 세우고 나섰다.

"내가 니네들보러 뭐라구 했니? 당하라구 했단 말이니?"

"정자 너두 그렇지."

"요곤 원래 새침데기 아니니. 내 뭐래든, 요것두 당한 게 틀림없다구 하잖든?"

필순이는 멍청히 앉아 있는 미순이와 정자를 지켜보다가 느닷없이 깔깔깔 웃기 시작했다.

"고고 너네들 꼬실 때 뭐래든? 저녁 사 준대든, 극장 가재든?"

아무도 대꾸를 않자 필순이는 자기 애기를 늘어놓기 시작했다.

으슥하고 수상쩍은 왜식집 골방의 다다미에 앉아 정종을 몇 잔이나 들이켰으며 업혀 가다시피 해서야 정신이 퍼뜩 들어 조가놈의 팔뚝을 물어뜯었는데 그 판세에도 쩝쩝한 땟물이 기분 나쁘더라는 애기며, 팬티가 찢겨져 나가고 마침내는 견딜 수 없는 아픔에 죽어라고 소리를 내질렀다는 애기까지, 필순이는 꼭 남의 애기 하듯이 너스레를 떨어 가며 너무도 태연하게 지껄여 댔다.

필순이란 그런 기집애였다. 심각한 얼굴이라곤 외숙모가 조금만 덜 독살맞아서 마마 앓는 자기를 돌봐주기만 했어도 지금 같은 곰보 딱지는 면했을 거라고 원통해할 때나 지을 정도다.

술집에선 얼굴도 잘생기고 성격도 술꾼들의 허튼 수작쯤 한 수 더 떠서 받아넘기는 필순이가 정자보다 더 잘 팔리는 모양이었다. 아무리 살짝 곰보가 졌기로 조명도 음침하게 흐린데다 종업원은 손님 옆자리에 앉지 말라는 생맥주 홀이니 초점 풀린 술주정뱅이들의 눈으로 필순이의 마마 자국을 알아볼 게 뭐냐. 아니 얼굴에다 파운데이션으로 도배하듯이 한 꺼풀 잔뜩 입히고 나면 밝은 눈으로 본대도 불빛 아래에선 분간하지 못할 것이었다.

정자가 잘 팔리는 필순이를 시샘할 만도 한데 내색이 없는 것은, 난 그래도 곰보 자국이 없는 말끔한 얼굴이야, 해서 그런지. 아니면 계산을 따로 하거나 돈을 허리띠 속에 숨기는 일 없이 툭툭 털어놓는 필순이의 가장 같은 태도 때문인지.

미순이가 집에서 다닐 때도 그들은 썰렁한 방에서 자취를 같이해 온 사이다. 그런 방엘 비집고 들어앉아서도 미순이가 큰 부담감 없이 지낼 수 있었던 것은 필순이의 시원시원한 성품 때문이었다.

사실은 필순이가 솔깃한 거짓말로 정자를 꾀어 공장을 때려치운 것도, 그리고 곧장 술집에 나가게 된 것도 덜컥 나타난 미순이 때문인지 몰랐다. 대판섬유에서 대우가 약간 괜찮다는 관서직물로 옮겼으면 꽤 좀 견디겠다고 생각한 미순이가 거기도 한 달 만에 집어치우고 뛰쳐나오자 필순이가 다그치고 나섰다.

"너, 무슨 일 있어 그러지?"

"아냐, 거긴 말처럼 대우 좋은 곳이 아니더라니깐."

"거짓부렁 마. 위장병이라는 것두 거짓말이야. 난 알어, 뭔지."

"뭘, 이 기집애야?"

"너 잘 때 살짝 만져 봤단 말야, 니 꽁꽁 훔쳐 맨 배."

그렇게 말한 필순이었지만 미순이가 마침내 복받쳐 오르는 설움을 참지 못해 헉헉 울음을 터뜨렸을 땐 같이 부둥켜안고 눈이 붓도록 울어 주었다. 그러곤 며칠 목을 꺾고 생각하더니 정자를 어떻게 꾀었는지 라디오 상표 광내는 일을 하던 전자 회사를 때려치웠다.

"얼마 안 있음 납땜일 시켜 준댔다구 좋아하더니 때려치우니?"

하고 미순이가 펄쩍 뛰자 필순이는 팔을 훼훼 내저었다.

"그런 소릴 어떻게 믿어. 또 왜식집으로 끌구 가서 정종 마시잘지 누가 아니."

그러자 필순이의 선전에 넘어간 정자가 한 술 더 뜨고 나섰다.

"하룻저녁에 지금 받는 한 달 월급을 벌 수 있는데 골이 벼서 붙어 있겠니. 서서 술만 날라다 주면 되구, 밤 열한시면 종치구. 얘, 우리두 떼돈 한번 만져보자꾸나."

“니 말이 맞어. 우리두 떼돈 한번 벌어 보자.”

“그런 걸 왜 우린 여태 몰랐지?”

그러나 필순이가 공장을 그만둔 것은 공장 월급으로 놀고 있는 미순이까지 먹여 줄 길이 없어서였다. 필순이는 어떻게든 집에서 쫓겨난 미순이를 자신이 돌봐주지 않으면 안 된다고 생각하고 있었던 것이다. 공장장 조기윤이란 놈이 그런 인간이라는 걸 왜 진작 애기해 주지 않았느냐고 필순이의 무릎에다 방망이질을 하며 울부짖던 미순이의 모습을 필순이는 잊을 수가 없었다.

어쨌든 미순이는, 때로 신경질이 있긴 하면서도 그렇게 자상하고 인정 많은 기집애가 또 없는 정자도 좋았지만 우선은 왈왈거리며 소꿉장난의 가장 노릇에 입을 다물 때가 없는 필순이의 너스레에 홀려 그나마 별탈 없이 더부살이를 해오고 있는 셈이었다. 미순이 자신은 말하자면 셋방살이에 고용된 식모 외에 다른 것이 아니지만 필순이의 말로는 그녀는 하숙집 주인이다. 필순이가 집을 나설 때는 꼭 그렇게 불렀다.

“어이 하숙집 여주인. 오늘은 통닭을 뜯었으니 든든하겠지?”

그런데 통금 시간에 쫓겨 되돌아온 두 기집애가 느닷없이 이런 말을 하는 게 아닌가.

“애, 우리 오늘 조기윤이한테 전화했었어.”

미순이는 말을 듣는 순간 눈앞이 아뜩했다. 그게 어떤 인간이라고 전화를 하다니. 그따위 인간한테 할말이 무엇인가. 임신한 것을 알렸으면 어쩌는가. 속으로 얼마나 고소할 것인가 말이다.

오빠가 뭔가가 나타나서 꼬투리 잡았다고 눈시깔이 시뻘게서 안달을 하더니 그것 참 체증 내려갈 소식이다 안했겠는가. 돈 백만 원을 공짜로 삼킬 줄 알았지. 천만에 내 돈엔 가시가 박혔어, 하지 않았겠는가.

쓸개 빠진 기집애들, 차마 입을 뗄 수 없어 말하지 않은 백만 원

사건을 두 기집애도 마침내는 알게 된 건 아닐까?

미순이는 화가 치밀어 필순이의 말을 들은 체도 하지 않았다. 나타나선 대뜸 전화했다는 말부터 하고는 꼼짝 않고 들여다 보는 두 기집애의 눈꼬리엔 웃음기마저 묻어 있었다. 그런 모습이 미순이는 쥐어박아 버리고 싶도록 약이 올랐다.

필순이가 더는 기다리지 못하겠다는 듯이 물었다.

"왜 묻지 않니, 어떻게 됐냐구?"

"너흰 왜 웃니?"

"기가 차서 그런다."

"뭐가 기찰 일이니?"

"너두 들어 보면 기절할 일일 거다, 애. 조가가 없어졌다는 거."

미순이는 갑자기 무슨 영문인지 몰라 어리뻥뻥한 낯빛을 했다. 그렇다면 연락이 닿지 않았다는 얘기가 아니냐. 미순이는 눈을 똥그랗게 뜨고 되물었다.

"그 작자가 없어졌다니 무슨 얘기니?"

"기집앤. 너, 우리 몰래 조가한테 연락했었지?"

"미쳤어?"

"근데 멀?"

"전화했다니까 화가 나."

"그럼 니가 이 모양인데 연락 안해?"

"연락은 해서 머 하니."

"책임져라 이거지."

"난 그 자식 꿈에두 뵈기 싫어."

"꿈에두 못 보게 없어졌다니깐."

"그 공장 그만뒀대든?"

"기집애, 그래두 궁금한 모양이지."

하고 정자를 거들고 나섰으므로 미순이는 화가 나서 쏘아붙였다.

"약올리지 마, 니들."

"얘기해 주지. 그 공장 그만둔 진 벌써구, 한 달 전에 미국으루 이민가 버렸대."

미순이는 눈을 더욱 휘둥그렇게 뜨고 둘을 번갈아 쳐다보았다. 필순이가 이어 말했다.

"서무계장 있잖니, 장간가 하는 작자. 그 작자가 그러는데 마누라랑 식구 다 데리구 미국으루 이민가 버렸다지 뭐니."

정자와 필순이가 새삼스레 조가놈한테 욕을 퍼붓기 시작했다. 숱한 처녀들 다 버려 놓고 도망가 버린 그런 작자도 다 인간이냐는 둥, 벼르고 별러서 만나볼 결심을 세웠었는데 허탕이 되고 말았다는 둥, 필순이와 정자는 거품을 물고 끝없이 욕을 퍼댔다. 그러다가 필순이가 미순이를 돌아보며 말했다.

"정말이야, 전화 걸어서 있음 불러낼 참이었어, 책임지라구 해보구, 말 안 들음 고소하자구 우리끼리 얘기가 다 됐었다구."

그러나 미순이는 조가가 이 땅에 없다는 사실을 차차 실감함에 따라 오히려 기분이 좋아졌다. 그런 작자와 같은 하늘을 이고 산다는 것은 얼마나 견딜 수 없는 일이니. 미순이는 그러면서도 한편으로 자꾸만 눈앞을 어른거리는 조가의 징그러운 환영에 치가 떨렸다.

조가의 모습은 멀쩡하게 앉아 있을 때에만 나타나는 것이 아니었다. 그 소름 끼치는 상판대기는 밤새 미순이의 꿈속을 어지럽혔다.

미순이는 얼굴을 감싸고 헉헉 흐느꼈다. 그때 누군가 늙수그레한 남자가 끙끙거리며 뭔가를 들쳐 업고 나타나서 말했다.

—아가씨가 미순이오? 얼마나 찾아다녔는지 아오. 난 북망 장의사 사람이오.

그 사람은 들쳐 업은 것이 죽은 어머니의 시체라고 했다. 그 소리를 듣고 섰던 조가의 입에서 놀랍도록 높은 웃음소리가 터져 나왔다. 미순이는 그만 까무러치고 말았다.

그녀를 흔들어 깨운 것은 필순이였다.

미순이는 술 냄새를 풍기며 노려보고 있는 것이 필순이라는 것을 확인하는 순간 펄쩍 놀라 몸을 일으켜 앉았다. 필순이 너머로 멀뚱하게 앉아 있던 정자가 코맹맹이 소리로 중얼거렸다.

“무슨 고함을 그렇게 지르니?”

어둠이 제법 엷어져 있는 걸 보면 새벽인 모양이었다. 미순이는 아직도 메아리처럼 들리는 조가의 웃음소리를 들으며 일어서야겠다고 생각했지만 몸이 말을 들어 먹지 않았다. 미순이는 아랫배를 안고 초조하게 앉아 있었다.

부른 배가 방광을 눌러 쉴새없이 변소를 들락거려야 하는 미순이는 몸을 일으키는 순간부터 이미 거의 견딜 수 없는 아랫도리의 통증에 시달리고 있었다.

“너 무서운 꿈 꿨니? 엉엉 울고 기절하는 것처럼 외마디 소릴 치구 야단이더라.”

필순이가 물었으나 미순이는 대꾸할 겨를이 없이 우선 문께로 다가갔다.

미순이가 어둠이 희미하게 바랜 속으로 되돌아왔을 때 필순이와 정자는 입을 탁탁 두드리며 하품을 하고 있었다.

“왜 자지 않구 앉아들 있니? 괜히 잠을 깨워 놔서 어쩌지.”

“그러잖아두 목이 타서 잠이 깼던 참이니까 그렇게 미안해할 거 없다 넌.”

필순이는 말하고 나서 머리맡에 놓인 주전자를 집어들었다. 그러나 주둥이를 빨아 봤자 물은 이미 바닥이 나버렸는지 거꾸로 쳐들었던 주전자를 정자 앞으로 불쑥 내밀었다.

“야, 가시내, 물 떠와.”

“얼씨구, 지가 다 마셔 놓구선 누구보러 큰소리니.”

지은 죄가 있어 미순이가 몸을 일으키며 말했다.

“이리 줘, 내가 떠올게.”

“관둬, 얜.”

정자가 재빨리 주전자를 뺏아 들었다. 정자가 밖으로 나가는 길에 전등의 스위치를 켰으므로 필순이가 두 손으로 눈을 덮으며 욕지거리를 퍼부어 댔다.

그러나 정자는 헤헤거리며 그냥 달아나 버렸고 그러구러 잠이 홀랑 달아나 버려 셋은 아직도 한창 자야 할 시간에 깨어 앉아 두런두런 애기를 시작했다.

“미순아, 우리 이렇게 술집에 계속 나가다간 속 다 버리겠지?”

“그러게 말이다. 술 좀 안 먹을 순 없니?”

“주인 말론 되도록 우리가 빨리 먹어치우라는데? ……건 그렇구, 너 내 말 좀 들어 볼래?”

“뭔데?”

“너, 곧 애길 낳긴 낳아야잖니. 그래서 말야, 우리가 한번 알아봤거든, 애들한테…….”

“애들이라니, 누구 말이니?”

“우리 홀 애들.”

“오 참 맞았다, 그 애기 잊었구나” 하고 필순이가 정자의 말을 가로채고 나섰다. “병원두 정해 주구 애두 받아주구 하는 데가 있대는구나.”

애기를 듣고 있던 미순이의 얼굴이 금세 시뻘게졌다. 아이를 낳느니 어쩌느니 하는 말을 들을 때면 언제나 그랬다. 창피스럽기도 하지만 우선 속이 상해 견딜 수가 없었다. 문득문득 드는 생각이라곤, 아일 낳을 바엔 차라리 죽어 버리지 하는 것뿐이었다.

“어떻게 생각하니?”

하고 필순이와 정자가 번갈아 재우쳤으나 미순이는 대꾸하지 않았다. 기집애들, 왜 그런 걸 아무한테나 떠벌리고 다닐까 하는 야속한 생각이 들어 미순이는 기분이 아주 좋지 않았다.

필순이가 미순이의 턱을 받치고 들여다보았다.

"기집애, 또 새침해져서 이러는 거 아냐?"

"……아니."

미순이는 떨리는 목소리로 부인했다. 그러나 고개를 들어 천장을 올려다보는 미순이의 눈에 뜨거운 물기가 서릴 위험이 있었다. 필순이가 엉덩이를 끌고 바짝 다잡아 앉았다.

"얘기나 들어 보라는데 뭘 그러니, 앤."

"그래, 얘기해."

"우리 생각엔 한번 가보는 게 좋을 것 같더라, 여러 가지루."

정자도 곁에서 거들고 나서자 필순이가 흘끗 눈을 흘기며 말을 가로막았다.

"권하는 건 아냐. 우선 우리 얘기 들어 보구 괜찮겠다 생각듦 결정하라는 거지."

"그러니까 얘기하라잖니."

"워낙은 말야, 양자를 받구 보내구 하는 단체래."

필순이와 정자가 번갈아 가면서 설명한 내용을 종합하면 대충 이런 얘기였다.

혼혈아들을 외국으로 양자 보내는 기관과 달리 우리 아이들을 국내로 양자 보내는 일을 하기 위해 생긴 이 기관은 원래는 버려진 아기들을 주워다 양부모를 찾는 일에서부터 출발했다. 주로 기독교 단체들이 선교를 목적으로 시작한 이 사회사업은 일을 해나가는 동안에 차차 모순이 나타났다. 즉, 아기들의 장래나 복지는 무시하고 양부모를 위한 수단이 되고 있는 것을 알게 되었다.

"그래서 지금은 쓰레기통 옆에 버려진 아기를 주워 오는 게 아니라 그런 아기를 가진 임부를 찾아내어 아예 낳기 전부터 의논하구 돌봐주구 낳아 주구 해서 데려간대지 뭐니."

“미순이, 너 같은 사람을 미혼모라구 부른대. 더러 과부들두 찾아
와서 아길 맡기군 한다는데, 그런 데가 서울에만두 일곱 군데나
된다나, 뭐 그렇대.”

“어떠니, 많이들 찾아간대는데 너두 한번 가볼쳐?”

미순이가 여전히 고개를 떨군 채 말없이 앉아 있자 둘은 갑자기
말을 끊고 미순이의 눈치를 살피기 시작했다. 미순이는 어떻다 대답
할 자신이 없었다. 생각하려고 들면 덜컥 겁부터 앞서서 아직 한 번
도 따져본 일이 없는 애 낳는 일을 양자 단체까지 찾아가 얘기를 하
고, 그러고는 양자 보내는 것까지 의논하다니…….

정자가 조심스런 목소리로 다시 입을 뗐다.

“우리가 한꺼번에 너무 많은 얘길 했나부다. 애들이 첨 얘기했을
때 참 좋아 뵈더라. 그래서 말해 본 것뿐야.”

필순이가 정자의 말을 받았다.

“무슨 소리니. 빨리 털어놓구 의논해서 탁탁 결정하구 해야 할 거
아냐, 시간두 없는데.”

“그래두 그렇지, 그게 금방 결정할 수 있는 문제니?”

“왜 안 돼? 요리 따지구 조리 따지구 하면 뾰족한 수가 나니, 이
판에? 잔소리 말구 미순이, 너 어쩔래, 한번 가볼래? 쑥스러움
우리하고 같이 가자. 합정동에 기독교 양자회라구 있대, 제2한강
교 나가는 못 미쳐.”

정자가, 결정하는 건 네가 아니잖냐고 했으나 필순이는 무슨 소리
냐고 말을 막았다.

“쇠뿔두 단김에 뺀다구 가만 둬봐라, 애가 뭘 결정할 수 있니.”

필순이는 꼭 이 꼭두새벽부터 채빌 차리고 나설 기세로 덤볐다.
미순이는 궁지에 몰려 말없이 앉아 있었다. 그러나 양자횐가 하는
데는 죽어도 가볼 마음이 없었다.

가장 좋은 방법이라면 필순이와 정자가 순식간에 모든 것을 다 처

리해 줄 수만 있었으면 하는 마음이었다. 어느 날 아침 잠을 깼을 때 배가 훌쭉하게 줄어들어 있었으면 얼마나 좋을까. 만약 그렇게만 될 수 있다면…….

미순이는 따분해지자 갑자기 결려 오는 아랫도리를 안고 밖으로 나갔다. 방 안에 남은 필순이네들의 두런두런 지껄이는 말소리가 들렸다. 어떻게 해서든 양자회로 끌고 가야 돼, 그런 의논을 하고 있을 거라는 생각이 들어 미순이의 마음은 더없이 초조했다. 꼭 당장 날이 밝는 대로 나서자고 조를 것만 같았다. 창피하게 그런 델 어떻게 찾아간단 말이니.

미순이는 방으로 돌아오자 이내 전등 스위치를 비틀어 불을 끄고는 이불을 뒤집어썼다. 지켜보고 있던 필순이가 불룩한 이불 위에다 대고 다그쳤다.

"얘, 너 그렇게 하는 거다?"

"……아니."

"뭐야? 그럼 어떻게 할 테냐?"

"죽어 버릴 거야."

필순이가 덮인 이불을 확 걷어붙이며 소리쳤다.

"너, 무슨 소릴 그렇게 하니. ……어머 애 봐, 또 울구 있잖어?"

미순이는 두 손으로 얼굴을 덮고 모로 돌아누웠다. 정자가 머리맡으로 쫓아와 앉으며 속삭이기 시작했다.

"얘, 미순아. 너, 자꾸 겁쟁이가 돼가면 안 된단 말야. 기왕 이렇게 된 바엔 맘을 독하게 먹어야지, 안 그러니? 우리가 어디 너보러 몹쓸 짓 하라는 건 아니잖니. 아까두 얘기했지만 우리 생각엔 참 좋을 것 같더라, 거기 가보는 거. 지금 니가 아길 기를 수는 없잖니."

미순이는 눈두덩을 훔치고 나서 얼굴을 들었다. 그러나 할말이 생각나지 않았으므로 어물어물 이렇게 말했다.

“안 잘래? 아직 날이 밝자면 한참 있어야 될 텐데…….”

필순이가 재빨리 말을 받았다.

“너, 거기 찾아가 볼 생각 정말 없는 거구나?”

필순이의 목소리는 약간 화가 난 듯한 투였으므로 미순이는 더 이
상 대답을 않고 버틸 수가 없었다.

“가더라두 날이나 밝아야 가지.”

“정말이니? 너, 가기루 한 거다?”

“갑자기 밤중에 일어나서 왜들 이러니, 니들?”

“좋아. 그럼 자자, 지금부터.”

둘은 드디어 결판이 났다는 몸짓을 하며 이불 속으로 기어들었다.

이렇게 되어 미순이는 끝내 배겨 내지 못하고 며칠 뒤 두 기집애
들한테 끌려 집을 나섰다. 공덕동 골목길을 걸어 내려오자 필순이가
대뜸 지나가는 택시를 붙들어 세웠으므로 미순이는 이제 독 안에 든
쥐나 다름없다는 생각이 들었다.

그러나 차가 서교동 쪽으로 미끄러져 달아남에 따라 미순이의 마
음은 점점 초조하고 착잡해지기 시작했다. 이런 몸을 가지고 누구
앞에 나타날 수 있단 말이니. 미순이는 마침내 몸을 와들와들 떨며
발버둥치기 시작했다. 신촌 로터리가 저만큼 보이기 시작한 지점을
차는 달리고 있었다.

“지금 와서 그게 무슨 소리니?”

“아냐. 차 세워 줘. 나, 안 갈래.”

“다 와가, 조금만 참어.”

“내려 달란 말야!”

“조금만 참어, 조금만.”

“아저씨, 차 세워 주세요.”

운전사가 속력을 늦추며 백미러를 통해 뒷자리의 동정을 살피자
필순이가 다급하게 말했다.

"서교동 쪽으루 그냥 쭉 가세요."
정자가 미순이의 옆구리를 죄며 나직이 말했다.
"맘을 독하게 먹어. 지금은 딴 생각 할 때가 아니잖니."
"너희, 정말 나 안 내려 줄래? 아저씨 차 세우라니깐요."
로터리를 지나쳐 동교동 고개턱을 추어 오르던 차가 스르르 길 옆
으로 미끄러져 섰다. 차가 완전히 멎자 미순이가 울부짖듯 소리쳤
다.
"나, 차라리 우리집으루 데려다 줘."
미순이가 집으로 가겠다고 한 말에 놀라 정자와 필순이는 차를 내
려서도 서로의 눈치만 살피고 있었다. 그러나 지나가는 행인들이 흘
끔거리며 쳐다보는 판인데 계속 어색한 낯빛을 하고 길가에 웅성거
릴 순 없었으므로 필순이는 고개를 떨구고 서 있는 미순이를 향해
물었다.
"너, 집에 가겠다는 거 정말이냐?"
"……."
"정말이냐구, 그게?"
"……차라리 그럴래."
미순이가 머뭇머뭇 주눅이 든 목소리를 내기 바쁘게 정자가 단호
한 어조로 말했다.
"안 돼, 그건. 이래 갖구서 집으루 가다니, 너 미쳤니?"
"넌 좀 가만 있어"
하고 필순이가 빽 소리를 쳤으나 정자는 말을 듣지 않았다.
"앤 우리가 귀찮아서 양자회루 떠넘기려구 이러는 줄 안단 말야."
"넌 좀 빠지라는데."
"왜 빠지니, 억울하게? 오해받구두 왜 가만 있니? 남은 일껏 생
각해서 잠두 안 자구 이러는데 꼭 쫓아내려구 억지루 끌어낸 것처
럼 앤 생각하잖니?"

"그러니까 넌 가만 있어. 집에 간다는데 넌 멀 그러니? 우리두
골치 안 썩이구 잘됐지 뭐니."

"어머머, 애 봐?"

"가만 둬. 아무렴 우리보다야 제 엄마 곁이 나을 거 아냐. 미순이
너, 맘 한번 잘 먹었다. 우린 가볼게, 너 그럼 댕겨 넘어가. 어떠
니, 차비 좀 줄까?"

미순이는 필순이의 말에 갑자기 눈물이 핑그르르 돌았다. 잠시 하
늘을 올려다보고 섰던 미순이는 어금니를 지그시 깨물어 마음을 굳
히고 신촌 로터리 쪽을 향해 걸음을 떼어 놓기 시작했다. 다리가 후
들후들 떨리고 어찔어찔하게 현기증이 일었다.

뒤쫓아가려는 정자를 붙잡고 섰던 필순이가 내처 걸어가는 미순
이의 뒷모습을 지켜보며 중얼거렸다.

"저거, 정말 가는 모양이다?"

"빨리 가서 붙잡아야 된단 말야."

정자는 붙들린 팔을 뿌리치고 뛰기 시작했다. 필순이도 뒤따라 쫓
아갔다. 둘은 마침 전주에 이마를 받치고 서는 미순이 등뒤로 들이
닥쳤다. 정자가 다급하게 물었다.

"너, 왜 그러니? 어디 아프니?"

미순이는 무거운 고개를 들고 천천히 뒤를 돌아보았다. 그러고는
두 사람 앞으로 확 몸을 던졌다. 필순이가 어깨를 들먹이며 헉헉 흐
느끼는 미순이를 부축하며 소곤거렸다.

"울면 몸에 해로워, 애. 미순아, 내가 잘못했다. 정말 가게 내버
려 두려구 그런 건 아냐. 한번 해본 소리야, 약올려 주려고. 우리
가 널 왜 보내겠니."

정자를 쳐다보자 느닷없이 기집애마저 소리 없이 울고 있었으므
로 필순이도 그만 정자를 꼬집어 뜯으며 쿨쩍쿨쩍 흐느끼기 시작했
다. 얼마나 시간이 지났을까. 필순이가 손등으로 눈두덩을 훔치며

말했다.

"애, 정자야. 우리 애 데리구 어디 빵집에라두 들어가자."

둘은 미순이의 옆구리를 양쪽에서 부축하고 큰길 한가운데를 가로질러 건넜다. 지나가는 사람들도, 아까부터 저 밑에서 이쪽만 지켜보고 섰던 시외 버스 승객들도, 모두가 길을 건너는 세 사람을 흥미에 찬 눈으로 바라보고 있었다.

로터리 가까이에 있는 상가 아파트 건물에 마침 제과점 간판 하나가 걸려 있었으므로 셋은 거길 목표로 천천히 걸어갔다. 정자가 미순이의 얼굴을 빤히 들여다보며 다시 물었다.

"너, 얼굴색이 아주 안 좋은데 어디 아프니?"

미순이는 대답 대신 고개를 가로저었다.

"그럼, 아깐 왜 전봇대를 안구 서 있었니?"

"……약간 어지럼증이 생겨서."

"지금은?"

"괜찮어."

"괜찮긴 뭐가 괜찮어, 기집애야. 머리가 땡하게 아프지."

필순이가 농을 섞어 말했다. 셋은 계단을 걸어 올라가 제과점 안으로 들어섰다. 하나같이 꾀죄죄한 눈물 자국을 남기고 있어선지 빵집 의자에 앉은 사람들이 죄 쳐다보는 것 같았다. 셋은 얼굴이 화끈 달아올랐다.

어물어물 구석에 자리를 잡고 앉자 필순이가 팥빵과 우유 두 병을 주문했다. 그러곤 종업원이 진열장 쪽으로 돌아간 뒤 필순이는 가져다 논 엽차를 홀짝 들이켜면서 미순이를 쳐다봤다.

"아까 보니 미순이, 너 기세 좋게 나가더라. 정말 너, 니네 엄마한테 갈 수 있겠니?"

"아깐 갈 생각이었어."

"정말? 도일이 오빠한테 맞아 죽을려구?"

"차라리 그렇게 죽을 수만 있었으면 좋겠어."

"얘 또 하는 소리 봐. 그렇잖아두 억울한데 우리가 왜 죽니, 악착같이 살아야지."

"난 정말 죽구 싶어."

"얘, 얘, 그런 소리 마, 빵맛 떨어져."

필순이는 막 종업원이 날라온 팥빵 하나를 집어들며 말했다. 셋은 내키지 않는 듯한 몸짓을 하며 제각기 빵 한 개씩을 베어 물었다. 그러나 생각과는 달리 꼭 모래를 씹는 것처럼 입 안이 깔깔하기만 했다. 셋이 다 그렇게 좋아하던 팥빵이……

몹시 목이 타는지 빵은 들고만 앉아 우유와 엽차잔만 번갈아 들이켜는 미순이는 그렇다 치고 정자마저 쓸쓸한 모습으로 앉아 있는 데야 필순이로선 어이가 없었다. 그러나 우스갯소리를 좀 해보려도 좀처럼 입이 떨어지지 않았다.

더 참을 수 없었던지 미순이가 목을 뽑아 사방을 두리번거리기 시작했고 눈치를 챈 정자가 얼른 가리켜 주자 그녀는 잽싸게 몸을 일으켜 화장실이라고 쓴 쪽을 향해 걸어갔다.

기회를 노렸다는 듯이 정자가 필순이를 비난하기 시작했다.

"기집애 너, 아까 너무했어."

"얼씨구, 또 바가지 긁기 시작이다."

"그렇잖냔 말야? 그것두 한 번두 아니구."

"넌 그 바가지 긁는 버릇 땜에 희망이 절벽이야."

"니 주책 바가진 어떡허구."

"나야 벌써 날샜지 머."

"아니까 다행이다."

"날 안 샜음 우리 같은 술집 기집애들한테 무슨 희망이 있니?"

"왜 없니? 난 자신 있다, 얘. 악착같이 해볼 테다."

"많이 희망 있어라."

미순이가 돌아나오고 있었으므로 둘은 말을 끊고 점잖게 자세를 고쳐 앉았다. 그러나 자리로 돌아온 뒤에도 미순이는 여전히 우울한 낯빛을 풀지 못하고 있었다. 오히려 아까보다 더욱 어두운 표정인지 몰랐다. 필순이가 그런 미순이를 건너다보며 물었다.

"우리 그만 나갈까?"

"응, 나가."

셋은 남은 우유를 홀짝 들이켜고 자리를 일어섰다. 필순이와 정자가 계산을 치르는 동안 먼저 밖으로 나가 섰던 미순이가 계단을 내려오는 두 사람을 향해 느닷없이 이렇게 말했다.

"니들, 내일 나랑 같이 좀 가줄쳐?"

필순이와 정자는 영문을 알지 못해 멀뚱거렸다. 갑자기 어딜 같이 가자는 걸까. 미순이의 얼굴을 조심스럽게 뜯어보던 정자가 이윽고 물었다.

"어딜?"

"양자회라는 데."

"양자회?"

"응."

"안 돼, 얜. 그런 덴 우리 사정 봐줘서 가구 안 가구 하는 곳이 아니야. 니가 맘내키지 않음 갈 수 없어."

"마음을 정한걸. 가만히 생각해 보니 니네들 말이 옳아."

"니가 그러니까 되레 싫다, 꼭 우리가 우겨서 마지못해 따라오는 것 같애서."

"기집앤, 그게 무슨 소리니. 우리가 어디 못할 짓을 하라구 우긴 거니?"

하고 필순이가 가로챘다.

"마음을 정했음 다행이지 뭐냐. 근데 간대면 기왕 나선 길에 지금 가지 왜 내일 가니? 아직두 딱 결심이 서지 않은 거니?"

　"아니, 그게 아니구……."

하던 미순이는 말을 중단하고 얼굴을 찡그렸다. 아랫배를 누르고 있는 손끝이 파르르 떨리고 있는 것을 알 수 있었다. 필순이가 놀라서 소리쳤다.

　"너 왜 그러니?"

미순이는 이를 악물고 잠시 대답이 없었다. 그러나 정자가 다시 다그쳤을 땐 표정을 펴고 태연하게 말했다.

　"이제 괜찮어. 배가 약간 아팠어. 그래 오늘 안 가구 내일 갔음 해."

　"배가 아픔 이상하잖어. 어떻게 아픈데?"

　"아까부터 결리는 것같이."

　"왜 그렇지? 혹시 너 유산되는 거 아니니?"

　"유산될럼 그러니?"

　"글쎄? 배가 결린다니 말야."

　"집에 가서 드러누움 괜찮을 거야."

미순이의 말에 필순이는 재빨리 큰길가로 뛰어나갔다. 빈 택시를 불러세우기 위해서였다. 그러나 가까스로 빈 차를 하나 잡아 밀어넣었을 때는 이미 미순이는 식은땀을 좍좍 쏟으며 애처롭게 신음을 깨물고 있었다. 필순이가 로터리를 들어서는 운전사의 뒤통수에다 대고 거푸 재촉을 댔다.

　"마포 쪽으루 쭈욱 모세요. 빨리 달리세요, 빨리요."

　좀 한산한 서강 쪽 길을 차는 날쌔게 내달았지만 미순이는 결국 집에까지 닿지 못했다. 워낙 심하게 고통을 당하는 미순이를 둘은 그냥 싣고 내달리자고만 할 수가 없었던 거이다. 아니, 그러다간 어쩌면 거품을 문 미순이가 도중에 깜빡 죽어 버릴지 모른다는 생각이 들던 것이다. 더구나 젊은 운전사는 경고까지 하지 않았느냐.

　"아니, 그분 왜 그럽니까?"

“배가 아프다는데 유산 아닌가 모르겠어요.”

“그럼 위험한데요, 가까운 병원으로 가봐야지. 유산이 얼마나 무서운 건데.”

공덕동을 거의 다 왔다 싶을 때쯤 운전사는 차를 스르르 길가로 붙이며 더 이상 환자를 터덜거리는 차에 눕혀 둘 수 없으므로 거기서 내려야 한다고 말했다.

“여기서 내리람 어쩌란 거예요?”

“옆을 보쇼, 바로 산부인과 앞 아뉴.”

차창 밖으로 내다보자 조그마한 이층 건물에 정말 ‘홍 산부인과 의원’이란 간판이 걸려 있었다.

젊은 운전사는 차를 세우자 운전석을 박차고 튀어나와 끙끙거리는 필순이와 정자를 밀쳤다. 그러고는 미순이를 안고 병원 현관 안으로 뛰어들어갔다.

땀과 신음 소리로 거의 초주검이 되어 있는 미순이를 보고도 능청맞게 생긴 의사는 되도록 능장을 부리고 있었다. 소녀 같은 간호사가 미순이의 치마를 들치고 팬티를 벗겨 내린 뒤에도 의사는 고무 장갑을 끼는 데 적어도 3분은 잡아먹고 있었다.

필순이와 정자와 운전사는 숨을 죽이고 서서 치마 밑을 들여다보고 만져보고 하는 의사의 표정을 따라다녔다. 그러나 답답하여 견딜 수 없었으므로 필순이는 마침 허리를 펴는 의사를 쳐다보며 물었다.

“선생님, 유산이 틀림없나요?”

“뭐요, 유산? 이 여자가 재수없게…….”

의사한테 허옇게 닦인 필순이는 창피한 생각이 왈칵 들어 진찰실을 튀어나왔다. 그때야 차를 길가에 세워 두고 있는 것이 생각났는지 젊은 운전사도 화들짝 놀란 몸짓을 하며 필순이를 뒤쫓아 나왔다.

운전사는 머쓱해진 표정으로 대기실 안을 서성거리는 필순이의 눈치를 살피며 머리에 얹힌 모자를 벗어 들었다. 필순이는 생각이 나서 다급하게 핸드백을 열어젖히며 말했다.

"참 아저씨, 택시값 드려야죠."

운전사는 벗어 든 모자로 이마에 밴 땀을 문질렀다. 필순이가 돈을 꺼내 들며 물었다.

"얼마 나왔죠?"

그 말에 운전사가 현관 쪽으로 뛰어나갈 자세를 취했으므로 필순이는 재빨리 소리쳤다.

"아녜요, 됐어요. 여깄어요."

필순이는 500원권 지폐 한 장을 운전사 앞으로 내밀었다.

"그렇게 안 나왔을걸요. 가서 보고 오죠."

스물 남짓 먹었을 앳된 얼굴의 운전사를 쳐다보며 필순이는 생긋 미소를 띠었다.

"그럴 것 없다니까요. 수고하셨어요."

"안 받아도 되는데…… 입원비도 내셔야 하고."

"무슨 말씀이세요, 아저씬."

"어떻게 할까요, 모레 다시 올까요?"

"모레라뇨?"

"모렌 퇴원하실 거 아녜요, 저 아주머니."

"아주머니라뇨?"

"저 안에 애기 낳으러 온 아주머니 말예요."

"애기 낳게 된대요? 그리구, 낳음 모레 퇴원하나요?"

"미쓰시구면, 그런 거 모르시는 거 보니."

"그럼 결혼한 줄 알았어요? 진찰받는 재두……."

필순이는 자기도 모르게 진찰실 쪽을 가리키고 있는 자신을 발견하고 얼른 말을 돌렸다.

"이제 가보세요."

“모레 어떡할까요 ? ”

“일부러 오실 거 없죠. 아직 모르잖아요. ”

운전사는 실망한 낯빛으로 현관을 걸어나갔다. 잔뜩 움켜쥔 모자로 뭔가를 쥐어박는 시늉을 하며.

필순이는 쿨쩍 웃음을 삼키며 진찰실 쪽을 바라보았다. 뿌연 유리 저쪽에 사람 그림자가 어른거리는 것이 보였다.

곧 문을 열고 나온 것은 정자였다.

“애, 어쩌지, 입원빌 달래. ”

“어떻게 된 거니 ? ”

“곧 앨 낳을 거래. 어떻게 된 거지 ? ”

“당장 입원빌 내야 된다는 거야 ? ”

“그렇대. 한 만원이라두 미리 줘야 된대. ”

필순이는 더 듣지 않고 현관 쪽으로 튀어나갔다.

“미순이네 집에 가는 거니 ? ”

그 말에 뛰어나가던 필순이가 팽그르르 돌아섰다. 그러나 그때 마침 미순이가 간호사와 의사의 부축을 받으며 진찰실을 나오고 있었으므로 필순이는 입을 하 벌린 채 말을 되삼켰다.

미순이는 초점이 풀린 눈으로 잠깐 둘을 건너다보았다. 그러곤 힘없이 말했다.

“내 가방 속에……. ”

미순이는 더 말할 기회도 없이 분만실이라고 쓴 복도 저 안쪽 방을 향해 끌려가고 있었다.

“그딴 소리 한 번만 더 해봐라, 기집애. ”

필순이는 정자한테 눈을 하얗게 흘겨 보이고 나서 현관문을 열어젖혔다. 그러나 밖으로 나서기 전에 그 앳된 운전사가 먼저 문 안으로 뛰어들었다.

“아니, 웬일이세요 ? ”

“얘기 좀 해주세요, 제가 여기서 뭐 했나”
하고 운전사는 마치 고자질하는 아이처럼 소리쳤다. 운전사 뒤에 버티고 서 있는 사람은 교통순경이었다. 필순이는 운전사가 딱지를 떼일 위험 앞에 놓여 있다는 사실을 알아차렸으므로 지체없이 변명해 주었다.
“왜 그러세요, 그 고생을 하시구서. 뭐가 잘못됐어요?”
“무단 정차라지 뭡니까.”
그 말에 뒤에 섰던 순경이 버럭 소리를 내질렀다.
“임마, 무단 주차라고 했어.”
순경은 이미 자신 없어하는 게 분명했으므로 필순이는 잔뜩 콧소리를 만들어 말했다. 그의 입장을 살려 주기 위해서였다.
“한 번만 봐주세요. 저희 책임예요, 늦은 건. 곧 앨 낳는데요.”
“아가씨 체면 봐서 봐준다. 임마, 네가 의사야?”
필순이의 애교에 홀딱 넘어가 순경이 길 쪽으로 걸어갔으므로 필순이가 운전사의 등을 떠밀었다.
“저하구 같이 좀 가세요.”
“어디 가게요?”
“쬐끔 가면 돼요.”
“많이 가도 좋습니다, 드라이브삼아.”
“농담 말구 빨리 가세요, 바빠요.”
운전사는 신바람이 나서 휘파람을 쌕쌕 불며 걸어갔다.
운전사가 앞문을 열어 주었으므로 필순이는 사양하지 않았다. 시동을 걸던 운전사가 투덜거렸다.
“개새끼. 그런다고 무턱대고 뜯기나?”
교통순경은 저만큼 앞쪽으로 가서 전주 뿌리를 밟고 서 있었다.
“공덕동으루 가세요.”
“신촌 로터리로 가는 게 아닙니까?”

“거긴 왜요?”

“거기서 타셨길래 난 거기가 집인 줄 알았죠.”

“어디 가려던 참에 갑자기 야단이 난 거예요.”

“그럼 돈 가지러 가시는구먼. 기다렸다가 다시 태워다 드리죠.”

“골목 안인데 기다리시다 또 걸려서 쫓아오시려구요.”

“까짓 거 문제없습니다. 오십 원만 집어 주면.”

“오십 원요?”

“오백 원을 그렇게 말해요, 우린.”

운전사는 어찔어찔할 정도로 차를 몰아젖혔다. 5분도 채 안 되어 공덕동 골목 어귀에 닿았으나 운전사가 굳이 기다리겠다 했으므로 필순이는 요금도 지불하지 않은 채 골목 안으로 뛰어들어갔다.

 필순이는 헐레벌떡 방으로 뛰어들자마자 가방을 열어 지갑을 꺼냈다. 그러나 웬일일까. 분명히 8천원이 들어 있을 지갑에 500원짜리 두 장밖에 남아 있지 않았다. 필순이는 정신이 아뜩해서 가방을 거꾸로 들고 방바닥에다 쏟아부었다. 겨울에 입던 내복, 스타킹, 팬티, 만화책, 브래지어, 공장에서 찍은 사진 쪼가리들이 주르르 쏟아져 나왔으나 돈은 비슷한 것도 보이지 않았다. 의심가는 것마다 털어보고 뒤적여 보고 하던 필순이는 손을 놓고 잠시 생각했다.

아— 그랬다. 이틀 전에 악다구니를 쓰는 집주인한테 밀린 방세로 주어 버리지 않았던가. 필순이는 하늘이 노랬다. 더 생각할 겨를도 없이 그녀는 미순이의 가방을 방바닥에 내동댕이쳤다. 그러나 열어젖히자 바로 튀어나온 미순이의 지갑에는 고작 꼬깃꼬깃 접은 돈 3천 원이 들어 있었다.

이런 맹추 같은 기집애!

기껏 돈 3천 원 넣어 놓고, 내 가방 속에, 어쩌고 했다고 생각하자 필순이는 괜히 울화통이 터졌다. 하지만 어쩌랴. 필순이는 제 지갑에 든 천원에다 3천 원을 합한 4천 원을 들고 방을 뛰쳐나갔다.

정자한테 맡겨 둔 핸드백 속에 몇 푼이나 남아 있는지 생각이 나지 않았다.

운전사는 골목 입구에다 차 뒤꽁무니를 바짝 들이댄 채 정말 기다리고 있었다. 필순이는 미안하다는 말을 거푸 되뇌면서 운전사의 옆 얼굴을 흘끔흘끔 훔쳐보았다. 이 얼뜬 사나이를 꾀어 돈을 우려낸다? 돈주머니를 홀딱 털어 주지 않을까?

운전사는 기회를 노리고 있다가 차를 길 가운데로 울컥 밀어넣으며 말했다.

"돈은 준비됐습니까?"

"네? ……그럼요."

필순이 떨떠름하게 대꾸하고 나서 혀를 찼다. 마음먹은 대로 되지 않는 것에 화가 났다. 필순이는 잠시 후 다시 운을 뗐다.

"정말 모레 다시 오시겠어요, 아저씨?"

"아저씨 소리 집어치울 수 없어요? 이래뵈도 숫총각이라구요."

"그래 봬요."

"그래 봬죠? 사귀어 보니 괜찮죠?"

"언제 사귀어 봤어요?"

정작 돈 꾸자는 말은 입 밖에 내보지도 못하고. 차는 이미 병원 앞에 닿고 있었다. 필순이는 화가 나서 덜덜 떨리는 손으로 500원짜리 지폐 한 장을 내던졌다.

"천만에, 돈 안 받습니다. 교통한테 삥땅 떼이는 것도 구해 줬고, 모레 다시 만날 약속을 위해섭니다. 세시에 오겠습니다."

운전사는 돈을 차창 밖으로 휙 집어던지고 차를 몰아 달아났다.

필순이는 속이 상했다. 저만큼 달아나던 택시가 바람개비처럼 손을 흔드는 웬 여자한테 붙들리고 있는 광경을 보자 더 속이 상했다. 밑져 봤자 본전인데 한번 말이라도 해볼 것 아니냐. 저 얼간이 같은 사내가 이제 바로 저 여자한테 돈주머닐 홀딱 털릴지 누가 아니.

필순이는 매가리 하나 없이 병원 입구를 걸어 들어갔다. 대기실엔 정자 혼자서 지루한 표정으로 앉아 있었다.

"너 왜 여기 앉아 있니, 미순이 곁에 있잖구?"

"분만실이라는 덴 못 들어간대는걸."

"정말 곧 낳는대니?"

"그렇대. 어째서 아프자마자 고대 낳을 시간이 됐다는 건지 모르겠어."

"거기 간다구 너무 긴장해서 아픈 것두 잊구 있었나부다, 그지?"

"정말 그런가 보구나."

"또 돈 내놓으라구 하든?"

"가지러 갔대니까, 빨리 수속 밟도록 하래."

"내 빽 이리 줘. 너 혹시 돈 가진 거 있니?"

"어쩌지, 없는데. 미순이 가방은 뒤져 봤니?"

정자는 필순이의 핸드백을 건네주고 나서 제 것을 열어젖혀 500원권 석장을 꺼내 보였다.

"이것뿐인데? 집에 없디, 도통?"

그 말에 필순이는 괜히 화가 나서 목소리까지 거칠어졌다.

"언제 집에다 돈 쌓아 뒀었어?"

"앤 괜히 핏대다. 미순이가 지 가방 뒤져 보라구 했으니 그러지."

"그래, 죄다 까뒤집어 보니까 돈 삼천 원 나오더라. 됐니?"

"어머나, 그럼 어쩌지?"

"어쩌긴 어째, 큰일이지."

"미순이 재두 참 너무하다. 어쩜 그러니."

"그럼 넌 걔한테 몇만 원이구 있을 줄 알았니?"

정자는 입술을 쑥 내밀고, 더 말이 없었다. 필순이는 제 핸드백 속에 든 돈지갑을 꺼내 동전까지 죄 헤아려 보였다. 2천 200원하고 십원짜리 몇 개가 더 있었다. 정자한테서 나온 것까지 한데 긁어모아 두 번이나 헤아려 봤지만 7천 500원밖에 되지 않았다.

입원 수속은 그걸 내고 어떻게 떼를 쓴다 하자. 남은 돈은 무슨 수로 만들어 내나. 그것도 이틀 동안에.

아무리 생각해도 돈 나올 구멍이 없었으므로 필순이는 더 생각하지 않기로 하고 탁자에 놓인 주간지 묶음을 집어들었다. 표지가 너덜너덜 걸레같이 된 속장으로 옷을 홀라당 벗어 던진 외국 여자의 천연색 넓적다리가 삐죽 드러나 보였다.

"기집애, 그러면서 양자획 그렇게 안 가겠다구 버티니?"

정자가 쫑알거리기 시작했을 때 마침 간호사가 분만실을 쫓아 나왔으므로 필순이는 책을 집어던지고 발딱 일어섰다.

"낳았나요, 애기?"

"낳는 게 뭐예요. 갖구 왔어요?"

필순이는 움켜쥐고 있던 돈뭉치를 들고 진찰실로 들어가는 간호사 뒤를 따라붙었다. 우선 7천 원만 받아 달라는 필순이와 정자의 생감 먹은 소리에 간호사는 대뜸 화부터 냈다.

"원랜 입원 수속 안 밟음 산모 받지두 않아요. 사정 봐서 받아줬음 약속을 지켜야죠."

"……워낙 갑작스레 당한 일이라서 그래요."

"산모가 애기 낳을 날두 몰랐다면 말이 돼요?"

"어머, 정말예요. 어딜 가려구 나섰다가 갑자기 이렇게 됐다니까요. 한번 봐주세요."

"이리 줘요. 퇴원 전에 좀더 내야 해요."

"전챈 얼마나 될까요?"

"산모가, 지금 사정으룬 워낙 영양 상태가 안 좋아서 마췰 하구 빼내야 할 것 같아요. 도무지 죽은 사람처럼 힘을 못 쓰잖아요."

"어머나, 그럼 어쩌죠?"

"마취 비용에다 산후 영양제 주사꺼정 하면 삼만 원 넘게 준비해야 할 거예요."

"산몬 괜찮을까요? 언제쯤 낳게 되죠?"

"몇 시간이 걸릴지 몰라요. 지금은 기다리구 있어두 소용없으니까 돈 구하러나 가보세요."

간호사는 영수증을 휘갈겨 써주고 나서 주사기 하나와 무슨 약병인가를 찾아 들고 쫓아나갔다. 필순이는 그제야 생각이 나서 정자를 향해 말했다.

"미순인 양자회 찾아가기루 했었잖니. 일이 이렇게 돼서 그렇지."

필순이와 정자는 뛰는 가슴을 안고 분만실 앞으로 살금살금 다가갔다. 어느 입원실에선가 들리는 여자의 절망적인 신음 소리 때문이었다. 그 여자는 잠시 가슴을 쓸어 내릴라치면 예외없이 찢어지듯 하는 가엾은 비명을 질러 사람들의 혼을 빼고 있었다.

분만실 출입문 앞까지 접근해 간 둘은 마치 2인조 여자 도둑처럼 문짝에다 귀를 갖다 대고 방 안의 인기척을 살폈다. 안에서 들리는 신음 소리는 하느작하느작 하는 힘없는 목소리였다.

"미순이 목소리니, 저게?"

필순이가 물었으나 정자는 자신이 서지 않는지 대답이 없었다. 필순이는 정자의 팔을 끌고 대기실로 되돌아 나왔다. 정자가 목소리를 죽여 소곤거렸다.

"저 안에서 앓는 사람이야 걔밖에 더 있겠니?"

"문이 닫혀 있어선가, 모기 소리같이 들리지?"

"이쪽 입원실 여잔 어디 문 열어 놓구 고함치는 거니? 간호사 말대루 기운이 없어 그런 거라구."

두 사람은 번갈아 혀를 차면서 대기실 벽에 붙은 유아 예방접종 안내문을 건성으로 올려다봤다. 필순이가 마침내 단안을 내렸다.

"우리 갔다오자."

"입원비 저거 어떡허지?"

"홀 애들, 누구 돈 가진 애 없을까?"

"요전에 삼번 봐라, 제 어머니 약값 구하러 그렇게 졸라두 아무도 있다는 애 없잖디. 주인두 없다는데 애들이 빌려 주겠니."

"여튼 버스부터 타구 보자."

병원을 나온 둘은 버스를 타기 위해 길을 가로질러 건넜다. 집으로 돌아오자 맥이 풀려서 라면 하나 끓여 먹을 생각이 나지 않았다. 잠시 퍼드러져 자빠졌던 둘은 이내 얼굴을 씻고 들어와 화장을 하기 시작했다. 아침에 미장원을 다녀온 머리가 엉망이었으나 적당히 매만져 두는 수밖에 없었다.

필순이는 귓가의 머리카락을 걸어 올리며 혹시 미장원은 어떨까 하는 생각을 했다. 정자도 같은 생각을 하고 있었던 모양 눈썹을 그리다 말고 소리쳤다.

"애, 거기 물어보면 어떨까, 미장원 아줌마한테?"

"돈독 오른 여자가 우릴 믿구 줄까? 물음 일수 계꾼한테 다 털어 주구 없다구 잡아뗄 게 뻔해."

"아이 약올라. 우리 내일부텀 딴 미장원 갈까?"

"지금 중요한 게 미장원 옮기는 거니?"

둘은 집을 나서면서도 무엇을 어떻게 해야 하는지 종잡을 수가 없었다. 미순이가 없는 방 안이 을씨년스럽고 스산하게 느껴졌다. 아니 어느 구석엔가 죽음의 그림자가 도사리고 있는 것 같은 두려움에 그들은 휩싸이고 있었다. 불길한 생각을 떨어 버리기 위해 필순이가 다그쳤다.

"오늘은 무슨 수를 써서든 주정뱅이들 벗겨야 된다, 너. 그리구 끝나면 병원으로 직행하구."

그러나 재수가 없을라치면 자빠져도 마빡을 깬다더니 필순이와 정자가 딱 그짝이었다. 테이블로 안내되어 오는 사내들이란 그날 따라 하나같이 뜯어먹다가 만 뭣 같은 것들이 아니면 도토리같이 뺀질

빤질한 치들뿐이던 것이다. 주머니 밑창에 고작 동전 몇 알 짤랑거리고 다닐 비렁뱅이들이 어디서 소주병깨나 까고 나타나선 푸푸거리지 않으면 변소만 부리나케 들락거리고 있었다. 그런 치들이 하는 소리란 첫마디부터 재수없는 수작뿐이었다.

"야, 오늘 팁 없어. 개개지 마, 괜히."

시큼한 마늘 쪼가리 냄새를 풍기며 생맥주 중짜 하나씩을 시켜 놓곤 도무지 마시는 것도 아니고 일어서는 것도 아니게 끝없이 떠들어 젖히기만 했다. 약이 올라 무슨 얘기에 저렇게 핏대를 세우는가 들어 봐도 도대체 알아들을 수가 없이 한다는 소린 쉴새없이 이 말뿐이다.

"개새끼들 말이야. 개새끼들이야, 그 새끼들."

"몇백 년이고 우릴 달달 볶아칠 것 같지, 개새끼들. 어디 한번 잘해 보라지, 개새끼들."

필순이는 속이 상할 대로 상해서 정자의 테이블로 쫓아갔다.

"얘, 어떠니? 수입 잡았니?"

"속상해 죽겠어."

도대체 왜 이러니. 재수 옴 올랐니. 필순이는 개새끼들을 줄창 되뇌며 문 앞에 서 있는 멤버한테로 달려갔다.

"이씨, 저 좀 보세요. 못 살겠어요, 속상해서."

"왜? 매상 안 올라?"

"매상이 머예요. 몇 시간째 저러구 있단 말예요."

"그렇다고 몰아내, 어떻게 해. 공쳤다 생각하고 내버려 둬."

"아녜요. 나, 오늘 큰일났단 말예요."

필순이는 정말 울고 싶었다. 아니 벌써 그 북새통 속에서 눈물이 찔끔 났는지 몰랐다.

"알았어. 내 이번엔 근사한 치들 잡아다 줄게, 가 있어."

"부탁해요, 이씨."

그래 봤자 재수 옴 붙은 날은 안 되는 모양이었다. 막판에 거나하게 취한 사십대 남자 둘이 얌전하게 앉아 병맥주를 시키고 비싼 안주가 뭐냐고 묻고 했지만 그중 하나가 그만 술상 옆으로 고꾸라지면서 왈칵 토해 놓는 바람에 판이 깨지고 말았으니 말이다. 남자 종업원 아이들이 잽싸게 달려들어 깨진 병조각을 주워 모으고 토해낸 것을 쓸어 내고 했지만 그러느라 그 테이블은 손님을 받을 틈도 없이 종을 쳐버리지 않았는가.

둘은 걸음을 재게 놀려 버스 정류장으로 걸어갔다. 번 돈을 합해 봤자 3천 원이 안 된다면서 정자가 투덜거렸다. 버스에 오르면서 정자가 말했다.

"애, 기저귀두 사야 하구 애 옷두 있어야 하잖니?"

"어머나. 참, 그것부터 준비해야겠구나."

둘은 병원에 들르기 전에 시장부터 보고 가자고 했으나 그 시간엔 이미 웬만한 가게는 문을 닫은 뒤였다. 둘은 하는 수 없이 애 옷 한 벌만 달랑 사들고 병원 입구로 들어섰다. 문 열리는 소리에 삐죽 얼굴을 내밀고 내다보던 간호사가 손가락으로 입원실을 가리켰다.

"삼호실. 영락없이 죽은 사람 살려 놨으니 그런 줄이나 알아요."

둘은 활짝 기분이 좋아져서 복도를 동동걸음쳤다. 삼호실 문을 빼지직 열고 들여다볼라치자 먼저 비릿한 냄새부터 확 코를 찔렀다.

미순이는 잠이 든 것 같았다. 문을 빼꼼 열고 들여다보던 필순이와 정자가 발뒤꿈치를 들고 살금살금 방 안으로 들어섰다. 둘은 그러다가 주춤 물러서며 손을 마주 잡았다. 미순이 옆에 놓여 있는 조그마한 덩어리는 알고 보니 바로 아기던 것이다.

다가서서 자세히 보자 눈, 코, 입이 제대로 다 달린 새빨간 인간의 모습——그 까만 머리털의 생명체가 미순이의 뱃속에서 나왔다는 생각을 하자 왠지 섬뜩한 느낌이 들었다. 여전히 손을 마주 잡은 채 허리를 꾸부리고 들여다보던 필순이가 혼잣말처럼 중얼거렸다.

"저거 봐라, 숨두 쉬잖니."

"아이, 얜. 그럼 안 쉴 줄 알았니?"

"그러게 말야. 신기한데."

미순이가 그때 이불을 들썩거리기 시작했으므로 둘은 허리를 펴고 그쪽을 흘끗 돌아봤다.

"쟤, 깨나부다."

필순이의 목소리가 너무 컸는지 몰랐다. 눈꺼풀이 파르르 떨리는 듯하자 미순이가 이내 실눈을 떴다.

"애, 우리야 우리."

필순이가 곁으로 다가서며 소리쳤다. 미순이는 눈을 번쩍 뜨고 넋 잃은 사람처럼 둘을 올려다보고 있었다. 그러다가 흠칫 놀라는 기색을 보였다. 둘은 무릎을 꿇으며 다가앉았다. 미순이가 별안간 얼굴을 감싸며 헉 흐느끼기 시작했다. 어깨가 사정없이 떨고 있었다.

둘은 당황한 나머지 요동치는 어깨만 꽉 눌러 버리면 울음이 저절로 뚝 그칠 것처럼 미순이의 어깨를 짓누르고 달려들었다. 그러나 미순이의 흐느낌은 쉽게 멎지 않았다. 목덜미가 온통 식은땀으로 흠뻑 뒤덮여 있었다.

그때 문이 펄쩍 열렸으므로 둘은 발각당한 사람처럼 펄쩍 몸을 솟구쳤다. 방 안으로 들어선 사람은 주사기 두 개를 겹쳐 든 간호사였다.

"이거 보세요, 울면 안 된다구 했는데 또 울구 있어요? 회복이 늦다구 했잖아요."

간호사는 허리에 손을 얹고 서서 미순이를 노려보았다.

"뚝 그치라니까요. 그치구 주사 맞게 얼른 엎드려요."

구박을 맞는 미순이를 그냥 두고 볼 수 없었으므로 필순이가 재빨리 달려들어 미순이의 어깨를 안으며 소곤거렸다.

"애, 미순아."

“주사 필요 없어. 아무것도 필요 없어.”

“무슨 소리니, 얜.”

“나, 주사 안 맞구 죽어 버릴 테야. 정말 죽어 버릴 테야.”

필순이는 더 이상 시간을 끌 수 없었으므로 안고 있던 미순이의 어깨를 조심스럽게 비틀었다. 간호사가 주사 두 대를 계속해서 꽂았다. 그러고는 정자의 손을 끌어다 주사 자국을 문지르게 한 다음 미순이의 머리맡에 놓인 약 봉지를 눌러 보았다.

“이 약두 먹지 않았군. 두 아가씨가 책임지구 멕이세요, 네 시간마다 한 봉씩. 그리구 이 약 먹은 반 시간 뒤에 저 약두 멕여요.”

간호사는 두 개의 약 봉지를 가리켜 보이고 나서 필순이를 향해 눈짓했다. 좀 따라오라는 뜻이었다. 엉거주춤 밖으로 나온 필순이를 끌고 대기실 쪽으로 걸어가며 간호사가 물었다.

“저 산모 왜 저러죠?”

“……”

“친구 사이죠? 남편은 어떻게 된 거예요?”

간호사의 어조는 자신에 차 있었으므로 필순이는 더 이상 주저할 여지가 없었다. 사실 필순이는 처음 간호사가 좀 보자는 눈짓을 했을 땐 보나마나 돈 내놓으란 독촉일 거라고 단정했었다. 그게 아니란 걸 알아차리는 순간 적이 안심이 되었으므로, 필순이는 모든 걸 사실대로 말했다. 사실대로 말하지 않은 단 한 가지가 있다면 그건 미순이가 어머니도 오빠도 없는 의지할 데 없는 처지라고 말한 것뿐이었다. 얘기를 듣고 있던 간호사가 말을 가로채고 물었다.

“친척조차두 없단 말예요?”

“고아루 자랐다니깐요.”

“그럼 병원 비용은 누가 내죠, 우선 만원 내구 수속 밟으래두 다 못 내면서?”

“어떻게든 만들어 봐야죠.”

"그렇게 돈이 없음 시립병원 같은 데나 가보지 왜 이런 개인 병원을 찾아와요, 골치 아프게?"

"갑자기 앓기 시작해서 어떻게 해야 할지 몰랐다구 했잖아요."

"낮에두 말했지만 마취까지 했으니 그 비용을 합하면 적잖다는 거 명심해요. 모레 오전까지 돼야 퇴원할 수 있어요."

필순이는 대답을 못하고 간호사의 콧잔등만 멀거니 쳐다봤다. 통금 시간이 지나 쥐죽은듯 조용해져 버린 주위가 필순이는 싫었다. 화장이 지워진 해쓱한 모습을 뜯어보고 섰던 간호사가 물었다.

"세 사람 다 동갑내기들예요?"

"하난 한 살 위예요. 난 산모하구 같구."

"몇 인데요?"

"스무 살요."

"그렇죠? 근데 산모, 나한테 뭐랬는지 알아요. 스물네 살이라구 했어요, 알아요?"

"챙피해서 그랬겠죠, 처녀랄까봐."

간호사는 진찰실로 들어가기 전에 입원비에 대해 새삼 못을 박았다. 무슨 수를 써서든 돈을 마련하지 않고는 퇴원하는 길이 없다고. 필순이도 한마디 묻지 않을 수 없었다.

"참, 애긴 사내예요, 기집애예요?"

"사내 아이요."

간호사는 말하고 나서 길게 하품을 깨물며 진찰실 안으로 사라졌다. 필순이는 창가로 걸어가서 빤하게 외등 하나가 켜져 있는 길 건너편 골목 쪽을 내다봤다. 어둠에 잠긴 밤 풍경은 처량한 느낌을 자아냈다. 돈을 어떻게 마련한다? 퇴원을 시키지 않는다는 건 어떻게 한다는 걸까? 미순이는 애한테 정말 젖통을 물릴 수 있을까?

필순이는 창밖으로 내보내고 있던 눈길을 돌려 복도로 걸어 들어 갔다. 어느 방에선가 갓난 아기 울음소리가 빼빼 들렸다. 입원실로 들어서자 미순이는 이불을 허리까지 내린 채 여전히 벽 쪽으로 돌아누워 있었다. 거즈 수건으로 갓난애 입언저리를 찍어 주고 있던 정자가 필순이를 돌아보며 말했다.

"얘 뭘 자꾸 꼬약꼬약 뱉어 내는데?"

"넌 밤새 그거 닦아 주는 일이나 맡어."

정자가 필순이의 팔소매를 끌어당기며 턱을 쑥 내밀어 보였다. 간호사가 무슨 얘길 묻더냐는 뜻이겠지만 벙어리 시늉으로 대답할 수 있는 것도 아니었으므로 필순이는 딴전을 피웠다.

"정자 너, 할일 많어. 미순이 약 제때에 멕이두룩 하라구 간호사가 몇 번씩 말했거든. 억지루라두 털어 넣어야 한대."

심청이는 아비의 눈을 뜨게 하려고 인당수 푸른 물에 몸을 내던졌지. 이튿날 희망 생맥주홀로 가기 위해 집을 나서는 필순이의 머리에는 이상하게도 그런 청이 생각이 떠나지 않았다. 좁은 입원실에 끼여 새우잠을 잔 탓인지 종일 골치가 지끈거렸다. 필순이는 부아가 터져 에라 모르겠다 하고 낮에는 가진 돈으로 파인애플이며 복숭아며 하는 통조림 몇 개까지 사들였다. 옆방에서 들리는 말소리는 줄창 깡통 퍼먹으라고 권하는 소리뿐인데 약이 올라서였다. 아니, 그 소리를 미순이가 고스란히 듣고 있어서였다. 나중에야 삼수갑산을 갈 값이라도 화딱지가 나서 안 되었다.

그래 놓고 둘은 시간에 쫓겨 집으로 줄행랑을 놓았다. 입원비 걱정만 없다면 하루쯤 곁에 붙어앉아 시중을 들어 줘도 좋으련만.

부랴사랴 머리를 하고 돌아오자 둘은 한 머리로 라면 삶을 물을 끓이며 한 머리론 얼굴에 파운데이션을 입히느라 부산을 떨었다.

"오늘 하루뿐이다, 너."

하고 필순이는 집을 나서며 정자더러 말했다.

"머가?"

"이런 맹추 같은 기집애. 낼은 미순이가 퇴원한다구."

"으응, 그 말야? 나두 여태 혼자 그 걱정야."

"걱정해서 될 때가 아니라니까. 무슨 수를 써서든 결판을 내야 해, 오늘은."

필순이는 그렇게 말하면서 또 심청이를 떠올렸다. 하지만 그거야 이야기니까 그렇지, 봉사가 그렇다고 어떻게 눈을 뜨니. 무슨 소리야, 황해도 장산곶 끝에 실제로 청이가 빠져 죽은 인당수라는 곳이 있다는데.

필순이는 두 손으로 양쪽 관자놀이를 지그시 누르며 홀로 들어섰다. 그래 봤자 빠개지는 것 같은 골치는 손만 떼면 매한가지였다.

둘은 옷을 갈아입자 다른 애들이 나서기 앞서 먼저 홀로 나왔다. 멤버한테 미리 부탁을 해놓아야 했던 것이다. 남자 종업원들은 밝은 전구를 어둠침침한 것으로 갈아 끼우는 일을 하느라 여기저기 천장 밑에 매달려 있었다. 밝은 주간 다방용 전구를 어두운 야간 술집용 전구로 바꾸는 중이었다.

필순이와 정자는 의자 두 개를 포개어 받치고 있는 멤버 곁으로 다가갔다.

"이씨, 오늘은 저희 정말 좀 봐주셔야 해요."

"언젠 안 봐줬어? 쓰다 달다 말 없어도 난 진짜로 두 사람 봐주고 있는 거라고."

"하지만 오늘밤엔 특히요, 어젯밤처럼 재수없는 치들 불러다 주지 말구."

"좀 살롸 주라, 난들 일일이 어떻게 신경을 다 써주니."

"그러니까 오늘밤만 특별히라잖아요. 정말예요, 오늘밤만 봐주심 다신 그런 부탁 않을게요."

"어제부터 왜 그래? 무슨 일 저질렀어?"

"그런 일이 있어요. 잘 봐주심 한턱 낼게요."

"좋아, 아예 서방감 하나씩 보내 주지."

서방은 무슨 얼어 죽을 서방이냐, 돈 많은 반편 말이지. 둘은 재
차 부탁하고 나서 주방 앞으로 돌아와 섰다. 문 밖에 서 있는 아이
가 차를 마시고 마지막 나가는 사람들을 향해 고함치는 소리가 들렸
다.

"안녕히 가십쇼. 또 오십쇼. ……네, 네 어서 오십쇼. 안으로 들
   어갑쇼."

아이의 고함 소리를 뒤따라 문간에 정말 두 사나이가 나타났다.
아이가 목청 연습을 하고 있는 거려니 생각하던 필순이는 느닷없는
사내들의 출현에 가슴이 두근거리기 시작했다.

두 사내는 입구에 선 이가한테 붙들려 뭐라고 애기를 나누더니 고
대 그를 따라 필순이의 테이블로 휘적휘적 걸어왔다.

"칠번 찾아온 손님들이니까 잘 모셔. 우선 물수건부텀 올리고."

이가는 말하고 나서 눈을 질끈 감아 보였다.

자기를 찾아왔다는 말에 필순이는 사내들을 한 번 더 뜯어보았으
나 도무지 본 기억이 없는 얼굴들이었다.

"안녕하세요."

어쨌든 안다니 인사부터 하고 봤다. 그러나 사내들이 한 말이란
너무나 뜻밖으로 사람을 실망시켰다.

"실은 말이야, 우린 술을 마시러 온 게 아니거든."

"네?"

"우린 다방인 줄 알고 들어왔는데 들어오고 보니 이 모양이잖어.
   신사 체면에 도로 나갈 수도 없고 해서 그냥 내뻗친 거지."

"네에?"

"너무 실망할 건 없고, 칠번."

"그럼 왜 하필 절 찾으셨어요?"

"어, 문 앞에 선 친구가 몇 번 아가씨냐고 묻길래 대뜸 칠번이라
   고 했지. 럭키 세븐 있잖어."

"그럼 이제 가보세요."

"아가씨 봐서도 어디 그냥 나갈 수야 있나, 우리가 마수걸일 텐데. 맥주 뒤 병만 주라."

필순이는 술을 가지러 가면서도 첫 손님치곤 재수 더럽다 싶었다. 술집에 와서 무슨 우라질 체면을 찾느냐. 별볼일 없이 자리를 차고 앉았을 바엔 뒤통수나 긁적거리며 나가 버릴 일이지.

그러나 두 사내는 필순이가 불안해했던 것만큼 오래 늘어붙어 있지는 않았다. 술꾼들이 하나둘 나타나 번호순대로 안내되어 가고 있었지만 아직 필순이한테까진 차례가 오지 않았는데 둘은 계산을 하자고 했다. 그새 한 병을 더 시킨 세 병 술값을 치르고는 그중 한 사내가 발딱 일어서며 말했다.

"요담에 오면 또 칠번을 찾지, 오우 케이?"

필순이는 정말 고마운 생각이 들어 두 사내를 위해 우정 문 앞까지 따라나가 주었다. 3백 몇십 원이 남았으니 그거나 먹고 떨어지랄 줄 알았는데 지갑을 꺼내 든 사내는 거스름돈은 받아 넣고 대신 500원짜리 두 장을 꺼내 주었던 것이다. 필순이는 돈에다 침을 퇴뱉었다.

정자가 생맥주 대짜 세 개를 겹쳐 들고 테이블 사이를 동동걸음치는 모습을 필순이는 입구에 서서 멀거니 바라보았다. 금방 떨어뜨릴 것처럼 쩔쩔매면서도 기집애는 용케 테이블까지 날라 가고 있었다. 뛰어라, 기집애야. 오늘밤에 작살내지 않음 볼장 다 보는 것 아니니.

필순이는 번데기 같은 아기와 함께 누워 있는 미순이의 모습을 잠깐 떠올렸다. 벽 쪽으로 외면하고 누워 빼빼 우는 아이를 돌아보지도 않던 기집애.

마침 이가가 사내 넷을 끌고 테이블로 들이닥치고 있었으므로 필순이는 정자한테로 가던 발걸음을 돌려 주방 쪽으로 쫓아갔다. 그러

나 사내들은 필순이가 물수건을 접어 건넸는데도 여전 저네들끼리
의 애기에만 열중하고 있었다.

"임마, 양탄자는 그렇게 파는 게 아냐."

"어떻게 파누?"

"우선 신분부터 생각해 봐, 그거 깔고 사는 것들이 어떤 치들인
가. 덮어놓고 격조만 내세워, 똥구멍을 간질 한껏 치켜세우면서."

"멀루 드시겠어요?"

하고 필순이는 말을 가로채면서 세 번째로 다그쳤다. 나오는 투가
이미 싹수 노랬다. 끝까지 죽치고 앉았을 떨거지들임이 분명했다.

"응, 생맥주 대짜 가져와, 마른 안주하고."

"병으로 가져와."

상무가 돼서 생맥주가 다 뭐냐고 하나가 투덜거렸으므로 필순이
는 결판이 날 때까지 기다리는 수밖에 없었다. 제발 생맥주나 마셔
라. 그리고 팁이나 두둑히 내라. 그러나 사내들은 결론도 없이 다시
자기네 애기를 시작하고 있었다.

"허도일이 그 자식 말야, 바람 한번 놓더니 소식이 없어."

필순이는 순간 정신이 아뜩했다. 허도일이라니.

주문이고 나발이고 필순이는 후닥닥 몸을 빼어 달아났다.

"애, 정자야, 정자야!"

테이블을 훔치고 있던 정자가 고개를 비틀고 돌아봤다.

"애, 이 일을 어쩌니?"

"왜, 먼데?"

"저기…… 내 테이블에 말이다.'……도일이 오빠 친구들이 왔단
말야."

"어머머, 머라구?"

정자는 놀란 토끼처럼 팔딱 몸을 솟구쳤다. 어쩌자는 건지 몰랐
다. 정자는 필순이의 손목을 낚아채고 문제의 테이블 쪽으로 내달았

다. 그러다가 기둥 옆으로 몸을 숨기고 서며 소곤거렸다.

"저 네 사람 말이니?"

"응."

"머래디? 나이들이 많아 뵈는데?"

"다른 사람일까? 허도일이라던데."

"어머나, 아주 허도일이래?"

"그랬다니까."

"그럼 틀림없다, 얘."

"그렇담 어쩌지, 저걸?"

"글쎄, 어쩌지? 한번 얘기해 볼래?"

"머라구?"

"미순이에 대해서."

"머라구?"

"애길 낳았다구 해야지 머래겠니."

"너 미쳤니?"

"그럼 입원비두 없는데 어쩌니. 어쩜 하늘이 도운 것 같은 생각두 든다, 얘."

"돈 소리 마, 기집애야. 미순이 자살하는 거 보구 싶니?"

그때 사내들이 고개를 들고 사방을 두리번거리기 시작했으므로 필순이는 가슴을 팔딱거리며 도로 쫓아 들어갔다. 정자 말대로 한번 얘기나 해봐야 하는 거냐? 그랬다가 들통이 나 버리면 어쩌니? 어정쩡한 낯빛으로 서 있는 필순이를 쳐다보며 상무가 다그쳤다.

"너 술 갖다 주는 거니, 안 갖다 주는 거니?"

"생맥주루 가져올까요?"

"이치들이 깝대기 벗기려 드는데 그것 갖고 되겠니. 우선 병으로 서너 개 갖고 와라."

필순이는 얼굴이 화끈 달아올라서 뛰어갔다. 꼭 뒤에서 머리채를 잡아채는 것 같았다. 오라, 너 수상쩍다 했더니 바로 도일이 동생 친구구나 하고.

맥주 세 병을 쟁반에 받쳐 들고 와서 필순이는 떨리는 손으로 병마개를 땄다. 서너 병은 네 병이라고 지배인은 전에 말했지만 상무는 깝대기를 벗기고 있다고 하지 않았느냐. 필순이는 조심스럽게 술을 따르고 나서 앉아 있는 사나이들을 하나하나 곁눈질했다. 말끝마다 형님 소리를 붙이는 하나를 빼곤 다들 중년티가 나는 사내들이었다. 그러나 용기를 내어 테이블 끝을 지켜 서 있는데도 사나이들은 더 이상 도일이 오빠 얘길 꺼내지 않았다.

얼마 만인가. 상무가 슬그머니 필순이의 손목을 잡으며 말했다.

"아가씨, 몇 살이냐?"

"건 왜요?"

"포동포동하겠구나, 껴안으면."

이런 망측스런. 난 도일이 오빠를 아는 사람이란 말이에요. 필순이는 잡힌 손목을 뽑으며 입을 열었다.

'저, 혹시 허도일 씨를 아세요?'

그러나 생각과는 달리 말이 되어 나오지 않는 게 아니냐. 상무가 다시 필순이의 손목을 낚아채며 말했다.

"우리 연애할까, 한번?"

"아이, 망측해."

"이래봬도 난 어엿한 상무야."

"상무 꼴이 말씀이 아니군" 하고 다른 하나가 거들었다. "어쩔래, 오늘 밤 나하고 같이 갈래?"

넷은 눈을 모아 필순이를 쳐다보았다. 웃음을 흘리고 있었으므로 필순이는 얼굴을 붉히며 팽그르르 돌아설 수밖에 없었다. 상무가 말했다.

"아홉 병이나 작살을 냈으니 팁은 오야붕이 책임진다."

"이 황창하는 주머니가 벴노라."

필순이가 계산서를 떼어 오기 바쁘게 넷은 고대 일어섰다. 낭패한 심정으로 사내들의 뒤통수를 바라보고 있던 필순이는 마침내 결심을 세우고 쫓아갔다.

"아저씨, 저 좀 보세요."

"왜 그래? 미안하다고 했잖어."

상무는 잔뜩 짜증이 난 얼굴을 하며 돌아섰다. 낭패였다. 이 사나이를 불러세워 무슨 말을 할 작정이니? 도일이 오빠에 대해 정말 물어볼 거니?

필순이는 가슴을 죄며 상무를 올려다보았다. 이미 입구를 빠져나가고 없는 일행 쪽을 흘끗 돌아보며 난처한 몸짓을 하던 상무가 몸을 굽혀 필순이 앞으로 바짝 다가들었다.

"야, 사람 창피하게 만들지 마. 요담에 와서 오늘 못 준 팁까지 합해서 두둑히 줄 테니까. 정말이야, 난 약속 지키는 것 빼버리면 자빠져."

"그게 아니구요⋯⋯."

하고 필순이는 재빨리 말했다. 그러나 다급해진 김에 그렇게 말은 해놓았지만 역시 더는 입이 떨어지지 않았다.

"그럼 뭐야?"

상무는 필순이를 빤히 들여다봤다. 그러다가 마침내 생각이 난 듯이, 이게 웬 떡이냐는 낯빛을 하며 필순이의 귀에다 대고 속삭였다.

"그럼, 너 정말 오늘밤에 나하고 같이 여관에 갈 생각이냐?"

"네?"

"얼마나 주면 되니? 삼천 원? 오천 원? 줬다 까짓 거."

필순이는 돌아서서 홀 안쪽으로 쫓아갔다. 눈앞에 아무것도 보이는 것이 없었다. 정자가 뛰어오며 소리쳤다.

"애, 무슨 일이니? 도일이 오빨 안대?"

　필순이는 대꾸하지 않았다. 정자의 말소리가 들리지도 않았다. 도일이 오빠를 아는 치가 아니었으면 귀쌤을 올려붙였으리라. 필순이는 그 생각밖에 나지 않았다.

　술 취한 주정뱅이들 그러기 예사지 그걸 갖고 뭘 그러니. 그거야 누가 뭐래니. 오천 원씩이나 넣고 있으면서 팁 한 푼 안 준 게 괘씸해서지.

　"무슨 일이니 애? 갑갑해 죽겠다"
하고 정자가 재차 물었을 때에야 필순이는 물끄러미 기집애를 건너다봤다.

　"화가 나서 그런다. 알구 보니 허도일이란 사람 엉뚱한 다른 사람 아니니. 나이가 많대, 이 허도일인."
　"나이가 많대?"
　"그렇다니까. 자그마치 마흔두 살이나 먹은."
　"그럼 입원빈 어떡허지?"
　"그러구 섰지 말구 빨랑 테이블루 가봐, 눈깔 나온다."
　정자는 어깨를 늘어뜨리고 걸어갔다. 거짓부렁으로 정자를 속인 것이 잘한 건지 어떤 건지 필순이는 생각이 나지 않았다. 어쩌면 그 치들이 말한 허도일이란 작잔 정말 그 또래의 나이 많은 사낸지 모른다는 생각도 들었다.

　그렇다면 팁이나 내놓으라고 달달 볶아칠 것 아니니. 그딴 얌체들, 사정 봐줄 게 뭐니. 필순이는 주먹을 불끈 쥐고 테이블로 다가갔다. 멤버 이가가 사내 둘을 끌고 테이블로 걸어오고 있었다. 하나는 나이가 좀 들어 보이는 작달막한 키의 넥타이꾼이고 다른 하나는 살이 뒤룩뒤룩하고 키가 멀대같이 큰 안경잽이였다.

　스물댓 살쯤 먹었을 안경잽이는 자리에 앉기 바쁘게 필순이의 허리를 확 감아 안으며 소리쳤다.
　"야, 너 미녀다 미녀. 내 이게 불뚝불뚝 몸살을 치는데."

어디서 술을 폈는지 벌써 혀가 꼬부라져 있었다. 넥타이꾼이 어깨를 발딱 젖히며 말했다.

"이 자식아, 전등불 밑에 이뻐 안 보이는 기집애가 어딨어. 니 게 누깔엔 저 매부리코도 안 보이니. 꼭 독수리 주둥이 같다, 임마."

"아무리 헐뜯어두 이미 끝난 싸움이라는 것만 명심하십시오. 속이 타실 텐데 어이, 미녀, 우리 형님한테 술이나 갖다 드리지."

넥타이꾼이 벌떡 자리를 차고 일어섰다. 정말 화난 사람 같았다.

"형님, 가볼려구요?"

"변소 간다, 임마."

사내는 비치적거리며 테이블 사이를 뚫고 걸어갔다.

필순이가 몸을 뽑아 내며 물었다.

"술은 멀루 드시겠어요?"

"뭐든지 좋다, 너만 오늘밤 나하구 같이 가준다면. 어쩔래? 빨리 대답해, 변소 간 파수꾼 나타나기 전에."

안경잡이는 긴 팔을 뻗어 필순이를 다시 끌어안으려 들었다.

안경잡이의 입을 막으려면 술을 퍼먹이는 길밖에 없었으므로 필순이는 사냥개의 혓바닥처럼 너울거리는 사나이의 손을 뿌리치고 주방 쪽으로 내달았다. 그러나 안경잡이는 얌전히 자리를 지키고 있지 않았다. 전표를 뜯으러 창구에다 코를 들이밀고 있는 데까지 뒤쫓아와 가쁜 숨을 헐떡이는 것이었다. 변소 쪽을 줄창 흘끔거리며 사나이는 무슨 음모를 꾸미는 것처럼 불안한 눈초리를 굴렸다.

"가 앉아 계세요. 왜 이러세요?"

"빨리 말해, 시간 없어."

"뭘요?"

"나랑 같이 갈 테야, 안 갈 테야?"

"이거 왜 이래요. 말조심하세요."

"야, 그러지 마. 난 니가 좋단 말야."

"이런 데 나온다구 사람 우습게 보시는군."

"건 오해야. 억울하다, 그런 소린."

"얌전히 앉아 계세요."

"그러면 들어 주니?"

"기가 차서."

필순이는 전표를 들고 냉동대 쪽으로 뛰어갔다. 변소문 앞에 넥타이꾼이 모습을 드러내고 있는 것이 흘끗 보였다. 안경잡이가 고개를 떨구고 자리로 돌아가고 있었다.

필순이는 짜증이 났다. 같이 들이닥쳐 놓고도 혼자서 음흉한 수작을 붙이려 드는 재수없는 사내들을 상대하는 것처럼 귀찮은 일은 없었다. 그런 치들은 언제나 말대로 안 되면 막판에 가선 깽판을 친다. 욕지거리를 퍼부으며 끌려 나가는 축은 그래도 약과다. 재떨이를 집어던지고 술상을 뒤엎고 북새통 난리를 치면 지배인한테 닦이는 건 이쪽뿐이다. 왜 고분고분 비위를 맞춰 주지 못하느냐 하고.

술을 날라 간 필순이는 조심조심 잔을 채운 다음 물수건으로 테이블 언저리를 훔쳤다. 그러는 필순이를 빤히 쳐다보고 있던 넥타이꾼이 말했다.

"이 자식 말이 아니라도 너 정말 잘생겼구나."

안경잡이가 입으로 가져가려던 술잔을 내려놓으며 큰 소리로 고함을 쳤다.

"형님, 정말 그러시면 의 상합니다. 헛물켜지 말구 오늘밤엔 그만 댕겨 넘어가세요."

"어이, 아가씨. 이 자식 주방 앞꺼정 따라붙어서 뭐라고 치근덕거리디?"

"제가 언제 주방에 갔단 말예요?"

"이것 봐. 이렇게 속이려고 하는 놈은 수상한 놈이야. 아가씨도 괜히 큰코 다치기 전에 조심하라구."

“형님, 정말 이럴 거예요? 생사람 모함하구 그럴 거예요?”

“자, 우리 아가씰 위해 건배하자.”

“아 참, 거머리 같은 라이벌 만났네. 사랑하는 후배의 애인을 위해서라구 말할 수 없어요?”

“좋다, 네 조류증을 위해 건배하자.”

둘은 술잔을 위태롭게 쳐들고 가가 소리내어 웃었다. 그러고는 목구멍으로 들어부었다. 술을 마시기 시작하자 사내들은 훨씬 말수가 적어졌다.

마치 술에 앙심이라도 품은 인간들처럼 씨근덕거리며 연거푸 들어부어 댔다. 그러나 사내들은 다섯 병째를 반도 비우기 전에 털퍼덕 주저물러앉고 말았다.

필순이는 볼 것도 없이 계산서를 떼어다 들이밀었다. 안경잡이를 우려 내야 한다고 생각했으나 종이쪽은 넥타이꾼이 잽싸게 낚아채 갔다.

“이건 술값이고, 이건 아가씨 팁.”

필순이는 계산대로 뛰어가면서 돈의 부피부터 재었다. 2천 원은 충분히 됐다.

더구나 술값에서 떨어진 거스름을 들고 돌아왔을 땐 안경잡이만 출구 벽에 비스듬히 기대고 있을 뿐 넥타이꾼은 벌써 보이지 않았다.

“어디 가셨어요? 이거 거스름돈.”

“넣어 둬. 우리 형님은 쉬하러 갔어.”

“고마워요. 안녕히 가세요.”

“잠깐”

하고 팔을 낚아챈 안경잡이가 재빨리 필순이의 손에 뭔가를 쥐여주었다. 들어올려 보니 5천 원권 지폐가 아니니.

“아니, 이렇게 많이.”

“넣어 둬. 난 아가씰 좋아한다구.”

“고맙습니다. 다음에 또 오세요.”

“물론이지.”

변소에서 넥타이꾼이 걸어나오고 둘은 어깨를 끼며 입구를 빠져 나갔다. 그러나 그렇게 사라진 안경잡이가 문 밖을 지켜 서 있을 줄을 필순이는 상상이나 했던가.

필순이가 정자와 같이 홀을 나섰을 때 안경잡이는 길 건너편에 있는 유명한 도둑놈 정 비뇨기과 앞에 웅크리고 서 있었다. 물론 필순이나 정자는 그치가 거기 서 있는 것을 알아보지 못했다. 그 병원을 쳐다보면 3년 재수가 없다고 우겨 대는 애들의 말이 입구를 나설 때마다 꼭꼭 되살아나 아예 첨부터 뒷걸음질치듯이 하며 달아나기 때문이었다. 그런데 느닷없이 씩씩하는 발걸음 소리가 따라붙는 느낌이었다. 정자가 뜯은 수입을 따져보느라 여느 때보다 늦게 나서긴 했지만 둘은 맥이 빠져 동동걸음을 치고 있었던 것도 아닌데.

정자의 수입이 고작 3천 원 조금 넘는다는 것을 알았을 때 필순이는 가슴이 써늘해 왔던 것이다 둘의 수입을 합해 봤자 만 4천 원이 안 되니 입원비가 3만 원이라고 하더라도 7천 원은 모자라지 않느냐. 합쳐서 셈해 본 돈을 꼼꼼한 정자한테 맡기면서 필순이가 중얼거렸다.

“이걸 어쩐다, 꿀 데두 없구?”

눈앞이 아득한 판에 걸음이 제대로 걸릴 게 뭐니. 미순이한테로 가야 한다고 생각하면 홀을 나설 엄두조차 나지 않았다.

그런데 누군가가 수상쩍은 걸음걸이로 뒤따르고 있었다. 필순이는 알아차리는 순간 누가 그나마 돈 냄새를 맡았구나 생각 들어 걸음을 재게 놀리기 시작했다. 우선 밝은 큰길까지만이라도 무사히 빠져나가 놓고 봐야 했다. 그러나 뒤쫓아오는 발걸음 소리는 안전한 곳까지 도망치도록 내버려 두지 않을 기세였다.

“얘 너 먼저 도망가. 이러다간 홀랑 털리겠어. 돌아보지두 말구
곧장 병원으루 가”
하고 정자의 옆구리를 쿡쿡 찌르기 바쁘게 필순이는 드디어 팔뚝을
잡혔다.
“머예요, 이거? 왜 이래요?”
인적이 뜸한 골목길을 정자는 발걸음 소리의 메아리를 남기며 멀
어져 가고 있었다. 그런데 보자 그 멀대 같은 안경잡이가 아니냐.
“나야…… 아까 술 마시던. ……둘이서 갔었잖어.”
“그런데요?”
“여태 저 병원 앞에서 기다렸어.”
“나를요? 왜요?”
“나랑 같이 가, 오늘밤.”
“머라구요?”
“약속했잖어.”
“네? 약속을 해요?”
“정말이야, 나랑 같이 가.”
“어딜 간단 말예요?”
“저어기……여관 같은 데.”
“좋아하시네.”
필순이는 사나이의 손을 뿌리치고 돌아섰다. 사내가 재빨리 달려
들었다.
“난 미스 현이 좋다니까. 물론 가짜 이름이겠지만.”
“이거 봐요. 시간 없단 말예요.”
“나랑 같이 가줘.”
“놓지 않음 고함칠 거예요?”
“난 각오했어, 미스 현 기다리는 동안.”
필순이는 정말 고함을 치는 수밖에 없다고 생각했다. 그러나 그렇

게 생각하는 순간 목소리가 꿀꺽 되삼켜지고 마는 것이었다. 5천 원 짜리를 쥐여준 사내에 대한 예의로서가 아니었다. 고함 소리, 그걸 되받아 듣는 것이 왠지 두려웠다.

팔목만 잡고 있을 뿐 사내는 고집 불통의 아이처럼 말없이 서 있었다. 나포는 했지만 포로로 대우하지 못해 협상을 기다리고 있는 중이었다. 아니 방 안에서만 자유를 누리게 하는 야비한 통행 금지 선포의 기회를 노리고 있는 비겁한 점령군인지 몰랐다. 필순이는 더 이상 지체할 수 없었으므로 단호하게 사내의 손을 뿌리쳤다.

"이거 놓세요, 시간 없단 말예요."

"안 놔줄 테야."

이미 말로써는 타협의 길이 없었다. 필순이는 한껏 몸을 버티며 손목을 빼내려 안간힘을 썼다. 그러다가 헉 하는 흐느낌과 함께 필순이는 외마디 고함을 내질렀다.

"미순아!"

사내는 불안한 몸짓을 하며 어둠에 싸인 골목 저쪽을 두리번거렸다. 잠시 숨을 죽이고 동정을 살피던 사내가 흐느끼는 필순이의 어깨를 감싸며 말했다.

"그 아가씨는 가버렸나 보지? 이젠 너무 늦어 버려 못 가게 됐다구."

필순이의 어깨를 밀며 사내는 마침내 걸음을 떼어 놓기 시작했다.

어째서 느닷없이 미순이 이름을 불러제친 것인지. 그러나 필순이는 그 가엾은 기집애의 얼굴만 떠오를 뿐 생각이 나지 않았다.

필순이는 안경잡이한테 붙들려 걷던 어깨를 빼며 물었다.

"어디루 가는 거예요?"

"여기, 이 집."

쳐다보자 거긴 바로 여관 앞이었다.

"통금 시간이 다 됐는데 어쩔 수 없잖어."

“칠천 원 있어요?”

“엉?”

안경잡이는 당장 놀란 목소리를 냈다. 엉겁결에 7천 원이라고 해 놓곤 가슴이 철렁 내려앉은 필순이는 다음 순간 주눅이 든 듯한 사내의 표정에 안심이 되어 잇따라 말했다.

“관두세요. 난 파출소 가서 자겠어요.”

필순이는 말하자마자 여관을 외면하고 돌아섰다. 사내가 손목을 잡아채며 말했다.

“그러지 마. 미스 현을 그냥 보낼 순 없어.”

“이 손 놓세요. 오천 원이나 줬음 됐지 무슨 잔소리냐, 이거죠?”

“건 오해야. 정말이야.”

필순이는 다시 헉 하고 흐느끼기 시작했다. 사내가 필순이의 어깨를 지그시 안으며 소곤거렸다.

“파출소로 잡혀가게 내버려 둘 순 없어. 미스 현 같은 사람 그런데 가면 밤새 놀림감된다구.”

필순이가 현관 안으로 밀려 들어간 것은 어떻게 할 겨를도 없었던 순간적인 일이었다. 사내는 마루 위에 나타난 중늙은 여자를 상대로 몇 마디 말을 건넨 다음 필순이를 마루 위로 떠밀어 올렸다.

“일루 따라오세요.”

필순이는 여자를 따라 지체없이 걸어 들어갔다. 거기까지 들어와서 버틍겨 봤자 소용없는 일 아니냐.

“침대방으루 드려요, 온돌방을 쓰시겠어요?”

하고 여자가 묻자 바투 따라붙던 사내가 얼른 온돌방이라고 대답하고 있었다.

“저기 두루마리 휴지 있으니 시틀랑 더럽히지 마세요.”

사내는 여자가 돌아나간 다음 혼자 뭐라고 중얼거리며 연방 혀를 찼다. 필순이는 나른한 피로가 덮쳐 오는 것을 느꼈다. 엉거주춤 떨어져 서서 사내가 물었다.

"진짜 이름은 뭐지?"

"현순애. 건 알아서 머 해요."

"어째 속는 것 같다."

"맘대루 생각하세요."

사내는 반편처럼 피식 웃었다. 바지 주머니에 두 손을 찌른 채 서 있는 품이 어딘가 스스럼이 끼어 있었다. 아니 사내는 풋내기의 초조감에 시달리고 있는 것이어서, 그 흔들리는 눈길은 필순이를 더없이 짜증나게 만들었다.

필순이는 더 이상 버틸 수가 없었으므로 무릎을 구부리고 핸드백을 내려놓았다. 사내가 바로 그 순간에 안경을 벗어 던지며 덤벼들었다. 드디어 겸연쩍음에 고삐가 풀린 우악스런 완력이었지만 사내는 망아지처럼 뻣뻣하게 몸이 굳어 있었다.

필순이는 완강하게 휘감긴 사내의 팔을 팔꿈치로 찍으며 몸을 비틀었다. 그러나 사내는 도리질을 하는 필순이의 입술을 따라 숨바꼭질을 칠 뿐 팔을 풀어 주지 않았다. 7천 원이 해결나기 전에는 어떤 것도 허용하지 말아야 할 텐데 하고 필순이는 조급하게 몸을 뒤챘다.

길고 뻣뻣한 두 다리를 버퉁기고 서서 격렬하게 허리를 옥죄어 안던 사나이가 갑자기 팔을 풀고 문 쪽을 흘끗 돌아봤다. 짜증이 낀 초조한 눈은 필순이의 입술을 놓친 불만으로 가득 차 있었다.

"숙박부 써줘요. 주민등록번호 정확히 써야 해요."

문 두드리는 소리 끝에 나타난 여자가 고개를 들이밀고 말했다.

사내는 혀를 차면서 곧 숙박부를 집어들고 긁적거리기 시작했다. 필순이는 이것이 마지막 기회이므로 놓쳐서는 안 된다고 생각했다. 돈 가진 게 없는지 알게 뭐냐. 어떻게든 여자가 숙박부를 가지러 오기 전에 결판을 내야만 했다.

필순이는 어금니를 지그시 악물고 약간 뻐근해진 허리를 곧추세
웠다. 그러나 신경이 쓰이는 만큼 용기가 나지 않아 필순이는 방 안
을 둘러보며 도망친 정자 생각을 했다. 기집애가 또 미순이한테 조
동아릴 놀려 대고 있는 건 아닐까.
　사내가 다 적어 넣은 숙박부를 문간으로 내팽개치고 있었으므로
필순이는 재빨리 생각을 떨고 우선 이렇게 시작했다.
　"머라구 거짓부렁시킨 거예요?"
　그러나 사내는 눈꼬리를 떨며 내키지 않는 웃음기만 띨 뿐이었다.
필순이는 고개를 떨구고 발끝을 내려다봤다. 잠시 후 사내가 필순이
앞으로 다가서며 나직이 물었다.
　"미스 현, 한 가지 물어봐두 될까."
　"먼데요?"
　필순이는 사내가 말을 걸어 온 것이 반가워서 고개를 젖히고 되물
었다.
　"아까…… 칠천 원이라구 했는데 왜 꼭 칠천 원인지 모르겠군."
　"왠 멀 왜예요. 그런 건 알 거 없잖아요."
　"말해 줄 수 없을까?"
　"없어요."
　"새로 맞춘 원피스 값을 줘야 한다든지……."
　"원피스 좋아하시네."
　필순이는 이죽거리는 말투로 중얼거렸다. 갑자기 약이 올라 얼굴
까지 화끈거렸다. 그때 여자가 숙박부를 받으러 왔으므로 두 사람은
말을 끊고 기다렸다.
　"숙박비두 주세요."
　"거기 끼워 놨잖아요."
　사내는 짧게 대꾸하고 나서 바지 주머니를 뒤지기 시작했다. 그러
나 부스럭거리는 것이 삐죽 보이기 시작하자 사내는 이내 등을 보이

며 돌아섰다.

다시 이쪽으로 돌아선 사내의 손아귀에 감춰진 것은 지폐쪽임이 분명했다. 다 보여주면 누가 들어먹나, 돌아서서 부스럭거릴 건 또 뭐냐. 그런데 사내는 돈뭉치를 움켜쥐고 서서 이렇게 말하는 것이 아닌가.

"기분 나쁘게 생각하진 마. 우린 거래를 하구 있는 게 아니잖어."

더구나 사내는 말하고 나서 구석에 놓인 필순이의 핸드백 앞으로 다가가는 게 아닌가. 얼굴이 벌개져서.

필순이는 왈칵 창피한 생각이 들었다. 하필이면 아무것도 든 거라곤 없는 빈 쭉정이 가방을 열다니. 필순이는 목구멍이 싸하게 갈증을 느끼며 방을 뛰쳐나갔다. 생각지도 않은 사내의 행동에 필순이는 조금은 감동되고 있었던 것이다.

필순이가 가슴을 쓸어 내리고 돌아왔을 때 사내는 윗목에 쭈그리고 앉아 있었다. 방 한가운데는 그가 폈음에 틀림없는 이불이 깔려 있었다. 필순이를 흘끗 쳐다보며 사내는 겸연쩍게 변명했다.

"열두시가 훨씬 넘었는데. 아까 그 여자 왜 그랬나 했더니 새로 빤 홑이불 아냐."

필순이는 들은 체도 않고 아랫목 쪽으로 가 앉았다.

금방 불을 그어 붙인 담배를 북북 비벼 끄고 사내는 벌떡 몸을 일으켰다.

"그만 불 끌까?"

필순이는 머리를 무릎 사이에 처박았다. 그러고는 손깍지를 끼어 안았다. 천적을 만난 달팽이의 움츠림 같은 것인지, 감당 못할 시각의 엄습에 대한 두려움인지, 필순이 자신도 분간할 수 없었다. 사내는 망설이는 듯했다. 그러나 잠시 후 딸깍 하고 전등 스위치 비트는 소리가 나고 곧 이어 사내는 필순이의 어깨를 살며시 감싸 안았다.

필순이의 몸이 사정없이 떨고 있었다. 사내는 가빠진 숨소리를 헉헉거리며 더욱 초조하게 망설였다. 그러나 가책과 수치의 둑은 거칠어지기 시작한 파고 앞에 너무도 간단히 무너졌다. 사내는 필순이의 파들거리는 어깨를 이불 위로 밀어뜨렸다.

마치 언덕을 떠받는 황소였다. 가슴을 짓누르며 입술을 물어뜯으려 드는 위압적인 공격 앞에 필순이는 벌써 전의를 상실하고 있었다. 얇은 블라우스의 단추가 뜯겨져 나가자 맹수의 발톱은 재빨리 필순이의 젖가슴을 짓밟기 시작했다.

필순이는 사내의 손길이 닿는 모든 곳에 저린 경련을 일으키며 애처롭게 몸을 파닥거렸다. 그것이 열패감에 압도당하여 마침내 멍멍한 마비를 일으키자 사내는 재빨리 무력을 버리고 본격적인 선무 공작을 펴나갔다. 평화롭고 온화하게 입을 맞추고 나서 사내는 남은 단추를 끌렀다. 스커트를 벗겨 내는 데 꽤 어려움을 겪고 있었으므로 필순이는 스스로 협조해 주지 않을 수 없었다. 사내는 감사의 뜻으로 필순이의 손을 조용히 어루만져 주었다. 그러고는 일방적인 억압의 의사가 전혀 없다는 것을 증명하기 위해 자신도 옷을 훌훌 벗어젖히고 알몸이 되었다.

사내는 지배를 위한 완전무결한 평정에 축배를 들고 있었다. 그러나 최후의 입성을 자축하기 위해 열린 무도회장에 술잔이 엎질러지는 조그마한 소요가 일어났다. 약간 더럽혀진 얇은 천조각 하나를 놓고 점령군과 함락민 사이에 밀고 당기는 승강이가 벌어진 것이다. 하지만 한 장의 천조각 때문에 대군이 퇴각하는 기적은 일어나지 않았다. 필순이는 드디어 저항을 포기했다. 새로 사 입은 하잘것없는 팬티 한 장의 이해에 집착을 갖다니. 필순이는 팬티가 손상 없이 발목을 쓸고 내려갈 때에야 무섭게 후회하지 않을 수 없었다. 그러나 그런 것만은 아니었다. 팬티가 찢어지는 아픔이 필순이는 무엇보다 싫었던 것이다.

천조각 하나로 저항을 받은 점령군은 평화애호가의 가면을 벗어

던지고 느닷없는 기습을 감행했다. 필순이는 이를 악물고 신음 한 마디 없이 고통을 참아 냈다. 그것은 굴복하지 않은 떳떳한 승리를 의미했다. 그리고 평화는 이내 찾아왔다. 오로지 입성의 팡파르 하나를 울리기 위해 그 괴롭고 지리한 행군을 해왔다는 듯이 점령군은 경계의 기미라곤 없는 태평스런 모습으로 손을 흔들며 퇴각해 갔다.

필순이는 승리의 환희에 젖어 코를 고는 사내의 그늘에 엎드려 할퀴인 생채기를 소리 없이 흐느꼈다. 식민지의 아픔은 언제나 그런 것이었다.

도무지 정신이 맑아지기만 한다고 생각하는 순간에 필순이는 깜빡 잠이 든 것일까. 솜뭉치 같은 피로가 필순이의 머리맡을 지켜 앉아 흠칠흠칠 깨어나는 고통의 악령을 부드럽게 밀어내 주었다.

그러나 침략자의 생리는 영영 잠드는 법이 없었다. 필순이가 두 번째 기습을 알아차렸을 때는 이미 사내가 그 육중한 위세로 압박을 가하기 시작한 뒤였다. 사내는 훨씬 익숙한 몸짓으로 필순이의 호응을 유도하려 들었다. 사내는 호응을 얻지 못한 침략은 부도덕하다고 생각하는지 몰랐다. 그리고 학정은 호응을 얻어 내지 못한다는 것을 간파한 듯 횡포를 버리고 부드럽고 자애롭게 입술을 빨았다.

격렬하게 입 언저리를 압박하던 사내의 입술이 목덜미로 옮겨 갈 즈음 필순이는 자신도 모르게 사내의 목을 휘감고 매달렸다. 사내는 그제야 공모자의 유대감을 더없이 만끽하며 몸부림쳤다. 필순이는 의식이 가물가물 빠져 달아나는 것을 느꼈다.

목젖이 타들어가는 듯한 격정이 사그라지자 필순이는 재빨리 사내의 목덜미를 풀고 밀어냈다. 사내는 환희와 감격에 들뜬 얼굴로 필순이를 내려다봤다. 그러나 필순이는 고개를 들어 창 쪽을 올려다봤다. 새벽이었다.

둘은 어깨를 맞대고 나란히 누워 밝아 오는 들창에 신경을 썼다. 그러고는 우습게도 즐거움이라는 것을 생각하고 있었다. 그런 안도

감은 두 사람을 또다시 깊은 잠 속으로 빠뜨렸다.

　필순이가 잠을 깬 것은 아침이 완전히 밝은 뒤였다. 눈이 뜨이자 화들짝 놀라 몸을 솟구쳤던 필순이는 얼른 이불을 끌어당겨 가슴부터 덮었다. 하얀 젖가슴이 환한 대낮에 얼굴을 드러내고 있었던 것이다. 그러나 사내는 아직도 잠에 떨어져 있었다. 필순이는 갑씬한 나일론 이불에 턱을 괴고 잠시 생각했다.

　생각은 무슨 생각이니. 필순이는 주섬주섬 옷을 주워 입기 시작했다. 이불을 빠져나와 손가락으로 대충대충 머리 빗질을 하면서 필순이는 자고 있는 사내를 내려다봤다.

　'나쁜 자식!'

　필순이는 자기도 모르게 그렇게 중얼거렸다. 밝은 데서 보는 사내의 얼굴은 생판 엉뚱한 모습을 하고 있었다. 개기름이 번지르르한 말코 사내는 그렇게 징글맞아 보일 수가 없었다.

　필순이는 핸드백을 울러메자 더 볼 것도 없이 방을 빠져나왔다. 태양은 어째서 그렇게 눈이 부신지. 필순이는 눈이 아려 고개를 들 수가 없었다. 누가 돌팔매를 던지며 따라붙는 것만 같았다.

　─똥갈보!

　필순이의 귀에는 끊임없이 그런 고함 소리가 메아리지고 있었다. 어깨를 스치며 지나는 행인들도 아래위로 흘끔거리는 것 같았다.

　어이, 옷이 왜 그렇게 쭈그렁망태기가 돼 있지? 머리도 푸석하고. 난 다 안다니까. 어때, 나하고도 잠깐 한판 벌이는 게? 어떤 놈은 금테 둘렀나, 못 들은 체하게. 사람들의 눈길이 더욱 야비하게 빛나고 있었다.

　필순이가 병원에 닿았을 때 거기 대기실 벽에 걸린 괘종시계는 열한시를 가리키고 있었다. 집을 다녀오느라 의외로 시간이 걸린 것이다.

　필순이는 병원 문 앞까지 왔다가 다시 돌아섰던 것이다. 미순이에

게도, 정자에게도, 간호사에게도, 그 누구에게도 구겨진 스커트를
보일 수는 없잖니. 필순이는 뒤를 힐끔거리며 곧장 도망쳐 달아났
다. 주인집에다간 병원에서 오는 길이라고 거침없이 둘러대 놓고는
다급하게 세수부터 하고 머리를 빗고 옷을 갈아입고 난리를 쳤다.
집을 나설 때는 그게 뭐 기분 좋은 일이라도 되는 것처럼 우정 한마
디 귀뜸까지 했다.
  "오늘 오후에 퇴원해서 돌아올 거예요, 아주머니."
  주인집으로선 수돗물 계량기 막 돌아가게 됐다고 배앓이를 할지
모르지만 필순이로선 미순이가 입원비 말썽 없이 퇴원할 수 있게 됐
다는 것보다 더 홀가분한 것이 없었다. 택시값을 주려고 보자 안경
잡이는 핸드백 안에 만원을 넣어 두었으니까.
  '미순이 기집애, 불쌍한 거.'
  필순이는 대기실을 지나 입원실 복도를 걸어 들어갔다. 3호실 문
을 열자 무릎을 세우고 앉아 있던 정자가 용수철처럼 튕겨져 일어났
다.
  "너 어떻게 된 거니? 어젯밤엔 어디서 잤니?"
  "어디서 자긴 멀 어디서 자. 너무 늦어서 여기까지 못 오구 집으
루 갔지."
  "정말야? 그럼 어젯밤 그 사내한테 붙들린 건 괜찮았단 말이
지?"
  "조용히 말해 기집애야. 그까짓 주정뱅이 수작쯤 뿌리치지 못하
니? 알구 보니 제 몸 하나 제대루 가누지 못할 정도루 취했더
라."
  "그래서 정말 집에 가서 잤니?"
  "기집앤, 몇 번이나 말해야 되니. 그보다두 미순인 어디 갔니?
벌써 걸어다녀두 괜찮은 거니?"
  "말두 마. 그 때문에 야단났어, 애."

“왜, 어떻게 됐게 ?”

“미순이가 없어졌잖니.”

“머야 ?”

정자는 미순이가 없어진 건 벌써 그 전날 오후라고 했다. 간호사 말로는 다섯시 반경이라는 것이었다. 마지막 주사를 놓은 것이 다섯시였는데 그때까진 미순이가 방에 누워 있었다는 거였다.

“주살 놓고 나가면서 간호사가 말했다잖니. 내일 퇴원인데 입원비가 삼만 원 조금 넘을 거라구.”

“그랬더니 ?”

“얼굴이 하얗게 핏기가 가시더래.”

“그 간호사 기집앤 그딴 소릴 왜 하니.”

“누가 아니래. 돈 못 받을까봐 안달이 나서.”

정자는 미순이가 돈을 마련해 보러 나간 건지도 모른다고 했으나 필순이 생각은 그렇지 않았다. 필순이는 맥이 풀려 벽을 타고 미끄러져 앉았다. 미순이는 도망친 게 분명했다. 아니 자꾸만 불길한 예감이 머리를 스치고 지나갔다.

필순이는 생각이 나지 않았다. 어떻게 해야 하며 무슨 일부터 서둘러야 하는 건지 생각이 나지 않았다. 밤새 얼마나 시달렸는지 정자의 얼굴이 해쓱하게 반쪽이었다. 말은 않지만 빼빼거리는 아이 옆에 쪼글뜨리고 앉아 얼마나 조마조마했을까.

쌔근쌔근 자고 있는 불우한 탄생의 표적이 둘을 더욱 경황 못 차리게 부채질을 해댔다. 필순이는 숨이 막혀 더 이상 버틸 수가 없었다. 곧 밖으로 튀어나왔으나 어떻게 해야 할지 뾰족한 수가 생각나지 않았다. 필순이는 진찰실 문을 열고 들어섰다. 의사가 칸막이 저쪽에서 퉁명스럽게 뭐라고 묻고 있는 소리가 들렸다. 필순이는 입구에 앉은 간호사를 상대로 물었다.

“삼호실 어떻게 해야 되죠 ?”

"댁에들 왜 말썽예요?"
하고 간호사는 독살맞은 얼굴을 하며 역정을 냈다.
"나간 지 하루가 다 돼가는데 괜찮을까요, 치료두 안 받구?"
"그게 문제예요?"
칸막이 너머에서 의사가 버럭 고함을 치고 나섰다.
"왜 진찰실까지 와서 시끄럽게 굴어? 경찰에 신고해 놨으니 잔소
리 말고 가서 기다리라고 해."
"찾아 달라구요?"
하고 필순이가 묻자, 의사의 대답이었다.
"잡아오라고. 그런 여잔 벌을 받아야 정신을 차려."

필순이는 가슴이 철렁 내려앉았다. 그 불쌍한 기집애한테 벌을 준
다고? 그러나 진찰실을 돌아나온 필순이의 가슴을 더욱 절박하게
옥죄고 드는 것은 그딴 벌 같은 게 아니었다.
'미순아, 죽지만 마라. 죽지만 마!'
그런데도 자꾸만 미순인 죽었을지 모른다는 생각이 들었다. 아니
죽었음에 틀림없다는 단정을 내리고 있었다. 한강 어느 기슭에 더부
렁 엎어져 있는 시체가 쉴새없이 눈앞을 어른거렸다.
온몸을 소름이 죽죽 훑어 내려갔다. 불쌍한 거. 바보 같은 기집
애. 필순이는 어금니를 딱딱 맞부딪쳤다.
오후가 되어도 미순이는 나타나지 않았다.
"미순이가 나타나더라두 우리, 입원비 들어먹구 주지 말자."
필순이는 주먹을 쥐고 다짐했다. 막 그러고 있을 때였다. 문이 펄
쩍 열리고 누군가 코를 불쑥 들이밀었다. 의사였다. 처음 보는 낯선
간호사도 뒤따라 들어섰다. 간호사가 먼저 말했다.
"이런 일을 우린 뜸뜸이 겪어요. 산모가 병원에 다시 나타나는 일
은 거의 없죠. 입원비두 문제구 애기두 옆에 눕혀 놓구 보니 무섭

구 해서 이렇게 되는 거예요. 무작정 기다리구 있음 입원비만 자꾸 올라갈 테니까 집으루 가세요. 우리두 성의껏 수소문해 드릴게요.”

간호사는 말하고 나서 의사와 함께 방을 나갔다. 필순이가 지체없이 말했다.

“일없어. 입원비두 주지 않구 퇴원두 안해.”

“그렇지? 병원 속셈은 뻔하다구. 입원실이 모자라서 우릴 쫓아내려는 거라구.”

그러나 필순이네는 결국 배겨 내지 못하고 다섯시 조금 넘어 병원을 쫓겨나고 말았다. 그 바람에 입원비는 5천 원만 더 물게 됐지만.

필순이네가 버티자 간호사는 대기실에 누워 앓고 있는 산모들이 다 들리게 큰 소리로 몰아세웠던 것이다.

“다른 사람들 사정두 봐줘야지 이럴 수가 있어요? 저 보세요, 방이 없어 대기실에 누워 앓구 있는 분들.”

필순이는 막상 아기를 안고 나서자 당장 앞일이 막막했다. 뭘 어떻게 해야 되는 거니?

간호사가 문 밖까지 따라 나오며 재우쳤다.

“아셨죠, 물 50cc에 우유 두 스푼씩 타서 두 시간마다 한 번씩 멕인다는 거.”

돌아오는 길에 담요와 기저귀와 옷 한 벌을 더 사고 가게에서 일러준 대로 베이비 파우더에다 기응환까지 사서 한 보따리를 안고 왔지만 정작 방에다 고 새빨간 걸 누여 놓고 보자 눈앞이 아뜩했다. 둘은 탈진이 되어 너부러졌다. 손끝 하나 꼼짝 못할 지경으로 가물가물 꺼져 내려갔다.

아, 그랬다. 종일을 물 한 모금 마시지 못한 게 아니냐. 어디 그뿐이냐. 엊저녁도 못 먹었잖니.

필순이는 몸을 일으켰다. 이러다간 간다는 생각이 들어서였다. 방바닥을 버티고 상체를 일으키려는데 팔꿈치가 달달달 사시나무 떨 듯 했다.

"애, 일어나. 이러다간 가로가구 말겠다."

그런데 도대체 이게 웬일이냐. 그날 밤 늦게 미순이가 나타나지 않았는가. 라면 삶은 걸로 배를 채우고는 그릇도 치우지 않은 채 고꾸라져 버렸는데 미순이가 귀신처럼 나타나지 않았던가. 무슨 기척이 났었는지 필순이가 따가운 눈꺼풀을 간신히 열었을 때 누군가 마귀할멈 같은 모습으로 아기의 목을 누르려 하고 있지 않던가. 바로 미순이었다. 목 조르려는 손을 와들와들 떨며 헉헉 흐느끼고 있는 게 바로 미순이 기집애였다.

놀란 필순이는 엉겁결에 미순이의 허리를 안고 자빠졌다. 네 활개를 뻗고 자던 정자가 죽는다고 때굴때굴 굴렀다. 반지를 낀 손가락이 두 사람 밑에 깔려 요절이 난 모양이었다.

"너 왜 이러니?"

하고 연방 같은 소릴 되풀이 타이르는 데 바빠 돌봐줄 겨를이 없었지만 나중에 보니 정자의 무명지엔 새까맣게 피가 맺혀 있었다. 정자가 미순이를 쳐다봤다.

"너 도대체 어딜 갔었니?"

미순이는 목을 꺾고 앉아 말이 없었다.

"한마디 말두 없이 그렇게 사라지는 법이 어딨니. 얼마나 걱정했는지 아니."

미순이는 여전히 대꾸가 없었다. 꼼지락거리기 시작하던 아이가 기어이 빼하고 슬프게 울어제쳤으므로 필순이는 아이 곁으로 앉은뱅이 걸음을 떼어 놓으며 소리쳤다.

"애긴 나중에 하구 빨랑 나가서 밥이나 해. 쌀뜨물 받아서 미역국 두 끓이구."

"정말이다."

하고 정자가 몸을 발딱 일으켰다. 미순이는 자세히 뜯어보니 거의 죽어가는 모습이었다.

정자가 핸드백에서 돈을 꺼내는 동안 필순이는 아이를 누여 놓고 우유를 탔다. 50cc의 눈금을 쉽사리 맞출 수가 없어 주전자의 물을 부었다 덜었다 한 끝에 필순이는 간호사가 일러준 대로 우유 두 순갈을 퍼 넣고 흔들었다.

젖병 꼭지 빠는 소릴 듣고 있던 미순이가 고개를 꺾은 채 물었다.

"입원빈 어떻게 됐니?"

"너 없다는 핑계 대구 오천 원밖에 더 안 냈어. 너 입원비 삼만 원이라는 얘기에 놀라 도망간 거지? 우린 첨부터 알구 이틀 동안에 다 준비했었다구."

필순이는 말하면서 생각지도 않은 안경잡이 멀대의 모습을 떠올렸다. 자기도 모르게 킬킬 웃음이 나왔다. 그러나 미순이가 돌아온 건 얼마나 다행한 일이냐.

아이를 안고 건너다보던 필순이는 아무래도 이상한 생각이 들었다. 흠칠흠칠 미순이의 몸이 중심을 잃고 자빠질 위험에 있는 것 같았다. 필순이가 재빨리 아이를 누이고 돌아섰으나 미순이는 필순이가 다가서기도 전에 꽈당 하고 벽을 받으며 넘어졌다.

부엌에서 딸그락거리던 정자까지 뛰어들어오고, 이불을 펴서 옮겨 누이고 했지만 미순이는 깨어나지 않았다. 뺨을 코에다 대보면 까무러친 것도 같다. 실오라기 같은 숨소리가 들리지 않느냐. 아니다, 어떻게 들으면 전혀 아무런 기척도 없는 것 같았다.

이튿날 필순이한테 끌려 병원을 다녀온 미순이는 훨씬 생기를 되찾고 있었다. 물론 다른 병원을 찾아간 거지만 산부인과 의사는, 단지 불친절하다는 이유 하나 때문에 그 전 병원을 하루 만에 퇴원했다는 필순이의 그럴듯한 거짓말에 헤헤거리며 아첨을 떨었다.

"일주일 후에 꼭 들러야 해요, 아주머니. 실을 뽑아야 하니까요."

미순이는 후들거리는 다리를 지탱하고 용케 걸음을 떼어놓았다. 하기야 미순이가 그나마 일어날 수 있었던 건 끓인 쌀뜨물 덕분이었다. 핏기 가신 입술을 들치고 지리하도록 오래 그걸 떠먹여 주지 않았던들 하루 이상 물 한 모금 마시지 않은 게 분명한 미순이가 이튿날 어떻게 일어날 수 있었으랴.

어릴 때부터 보아 온 가락인지 정자는 쓰러진 미순이를 익숙하게 다뤘다. 기집애는 서둘지 않고 얄밉도록 찬찬했다. 우선 어깨 밑에다 베개를 받치고 냉수 한 숟갈부터 떠넣어 준 다음 쌀뜨물 끓인 물을 짜 넣기 시작하는 품은 과연 그렇게 하는 건진 모르지만 아주 그럴싸했다.

병원에서 돌아오자 라디오에서 흘러나오는 배삼룡의 우스갯소리에 처음으로 킥킥거리고 웃는 모습을 보이던 미순이는 마침 생각이 난 듯이 물었다.

"니네들 왜 미장원두 안 가구 이러니?"

"때려쳤어, 재수없이 굴어서."

하고 필순이는 마치 정자하고 의논이 되기라도 한 것처럼 잘라 말했다.

"머라구? 나 때문이지, 니들?"

물론 그것도 때려치우려는 이유 중 하나였다. 미순이가 무슨 짓을 저지를지 알 수 없었으므로 혼자 내버려 두는 건 마음이 놓이지 않았다. 그러나 이유는 그뿐만이 아니었다. 고작 하루를 까먹었을 뿐인데 느낌으로는 몇 달이나 되는 것처럼 이미 인연이 끊어진 집같이 느껴지는 것이었다.

그러나 필순이가 무엇보다 두려운 것은 실은 멀대 같은 안경잡이였다. 그치가 나타나 지분덕거리기 시작하면 어쩌니? 행여 솔깃한 말에 넘어가 또 여관으로 끌려가게 되면 끝장 아니냐. 그걸 정자가 먼저 눈치를 채고 미순이도 결국은 알게 되면 뭐라겠니.

다행히 정자도 이래저래 잘됐다는 낯빛이었다. 잠시 말을 끊고 앉아 있던 미순이가 다시 입을 열었다.

"……참, 그저께 병원을 나와서 너희 홀루 전화했었는데 왜 안 전해 줬을까?"

"머라구?"

"퇴근하구 병원으루 오지 말라구. 난 퇴원해서 시골루 내려간다구."

"정말 시골 갈 작정이었니?"

"아니."

"그럼?"

"……죽을려구 했어."

"왜 죽지 않았니?"

"…… ."

"그날 밤은 어디서 잤니?"

"몰라. 막 쏘다녔어."

"야경꾼한테 붙들렸었니?"

"아니."

필순이와 정자는 미순이가 어금니를 깨물고 있는 것을 알았다. 울음을 터뜨릴 위험을 미연에 방지하기 위해선 이쪽이 재빨리 사무적으로 대해야 하므로 정자가 물었다.

"앞으루 어떻게 할 건지 생각해 봤니? 이렇게 애기가 옆에 와 있다는 거?"

미순이는 그러나 여전히 어금니를 잘근잘근 깨물며 말이 없었다. 정자는 혹시 오해를 사지 않을까 두려워 꼬리 달 말을 생각해 두고 있었다.

"우린 니가 딴 생각을 할까봐 걱정이야."

정자의 그런 말이 미순이로 하여금 감정의 찌꺼기를 걸러 내게 했

는지 몰랐다. 미순이는 다부진 결심을 세우고 있는 사람처럼 눈을
껌벅이며 깍지 낀 손을 꽉 움켜쥐었다. 그도 그럴 것이 갓난 아기를
가진 어머니란 입장은 그 전과 얼마나 어마어마하게 다른 것이니.
아기를 기른다는 것은 결코 물 50cc에 우유 두 숟갈 타는 것만이
아니지 않니.

며칠이 지났다. 지리하고 초조하기 짝이 없는 나날이었다.

셋은 마치 용케 한자리에 모아논 반편들처럼 앉아 멀뚱멀뚱 눈을
껌벅이기 일쑤였다. 미순이는 빨리지 않아 텡텡 불어난 젖통 때문에
후들후들 오한에 떠는 젖몸살을 앓고 있었고, 필순이는 빠르면 하루
이틀이고 늦어도 사나흘 새엔 있어야 할 월경이 없는 날엔 어쩌나
하는 걱정 때문에 걸핏하면 앞에 앉은 기집애들이 보이지 않았다.
정자는 또 정자대로 무슨 태산 같은 걱정이 있는지 꼭 실연당한 기
집애처럼 넋이 빠져 앉아 있곤 했다.

그러나 정자의 고민이라는 건 별것도 아니라는 게 미순이가 한칠
을 맞는 날 드러났다. 기집앤 그날 아침 필순이를 데리고 대문 밖까
지 좀 나가자고 끌었다.

"애, 몇 푼 안 남았는데 언제까정 이렇게 앉아 있을 거니?"

"아직 만 오천 원은 남았을걸?"

"그것마저 홀딱 까먹구는?"

필순이는 고작 그런 걱정밖엔 할 게 없는 정자가 부러워 이렇게
말했다.

"니 팔자가 상팔자다, 기껏 그런 걱정밖엔 할 게 없으니."

"그럼 넌 머가 걱정이니?"

"어른이 되면 다 말 못할 고민이 생기는 법이다."

"얼씨구. 넌 그게 탈이야, 내일 일을 생각하지 않는 거."

"요런 맹추 같은 기집애, 나만큼만 생각해라."

문 밖에 나가 쑥덕거리는 것을 눈치챈 건지 아니면 한칠이라고 쇠

고기 토막까지 썰어 넣은 미역국을 받아들자 생각이 난 건지, 미순이는 국물을 휘적거리다 말고 느닷없이 양자회 얘기를 꺼냈다.

"니들 오늘 나하구 좀 같이 가줄래, 양자회라는 데?"

"양자회?"

"혼자선 못 가겠어, 아무래두."

필순이와 정자는 잠시 서로를 쳐다보고 나서 미순이와 아이를 번갈아 흘끗거렸다. 아이는 쌔근쌔근 자고 있었다. 제 신세를 아는지 아이는 보채지 않고 줄창 잘 자주었다.

필순이가 애써 태연한 목소리를 만들어 말했다.

"정자, 넌 어떠니? 까짓 거 잘 생각한 거지, 애가?"

정자는 말이 없었다. 아이의 얼굴만 흘끔흘끔 훔쳐볼 뿐이었다.

필순이가 잠시 후 스스로 대답했다.

"그래, 까짓 거 맘 잘 먹었다."

말이 끝나기도 전에 정자가 갑자기 빽 고함치는 게 아니냐.

"아냐, 안 돼."

정자는 소리치기 바쁘게 발딱 일어나 튀어 달아났다.

필순이가 부엌 구석에 처박힌 기집애의 어깻죽지를 잡고 말했다.

"너 정신 나갔니. 니가 이럼 어쩌니, 기집애야?"

거들떠보지도 않으려 무진 안간힘을 쓰는 미순이 대신에 기저귀를 갈아 대고 목욕물에 집어넣고 한 단 며칠새에 그만 정이 팍 들어버린 모양이지만 그게 뭐니. 그러나 정자는 고대 깨닫고 손등으로 눈꼬리를 닦아 냈다.

"내가 잘못했어. 너 먼저 들어가 봐. 미순이가 울구 있음 어쩌지?"

그래 놓고도 정자는 나중에 집을 나서며 미순이 안 듣게 또 이렇게 소곤거렸다.

"앨 우리 셋이서 기름 안될까?"

"얜 강아지가 아니잖니. 미순이 애잖니. 넌 왜 모르니, 우린 그래두 책임 없지만 애 땜에 미순인 시집두 못 가게 된다는 거."

정자는 안고 있는 아이의 얼굴을 들여다보며 더는 말이 없었다. 벌써부터 마지막 작별을 고하고 있는지 몰랐다.

필순이는 정자가 그 야단을 쳤는데도 눈물을 보이기는 커녕 끝까지 담담한 낯빛으로 따라붙는 미순이가 여간 고맙지 않았다. 부석부석 부은 핏기 없는 얼굴은 햇빛 아래 나서자 더 백지장이었다.

기독교 양자부의 5층 건물 층계를 셋은 숨을 죽이고 걸어 올라갔다. 양자부란 팻말은 3층에 붙어 있었다. 그러나 거기 있는 여자는 몇 마디 물어보고 나서 한 층을 더 올라가야 한다고 했다.

"사생아예요?"

셋은 똑같이 여자가 하던 말을 곱씹으면서 4층으로 올라갔다. 거긴 미혼모 상담부라고 씌어 있었다. 문을 따려는 순간 셋은 가슴이 죄어 잠시 머뭇거렸다. 층계가 끝나면 복도가 있어야 사무실 안 동정이라도 기웃거릴 텐데 거긴 이상하게도 층계 꼭대기에 닿으면 이내 출입문이었다. 문만 따고 들어서면 도망칠 구멍도 없는 바로 사무실 안일 것만 같았다. 필순이가 망설임에 떠는 손으로 기어이 문고리를 잡아 비틀었다.

문이 빼꼼 열리자 곧 빼빼거리는 아기울음 소리에 섞여 여자들의 두런거리는 말소리가 들렸다. 셋은 주춤 물러섰다. 얼굴이 화끈 달아올랐다. 미순이가 기어 들어가는 목소리로 성급하게 재촉했다.

"애, 빨리 문 닫어. 돌아가자, 애."

그때였다. 안쪽에서 여자의 목소리가 들리지 않는가.

"누구세요, 들어오세요."

놀란 필순이가 딸깍하고 문을 도로 닫았다. 문 옆에 누가 나타났는지 이미 알고 있다는 투가 아니냐. 셋은 재빨리 돌아섰다.

"왜 가세요? 올라오세요!"

어느새 여자는 문간에 나타나 있었다. 셋은 덜미를 잡힌 좀도둑들처럼 발이 떨어지지 않았다. 여자가 계단으로 내려서며 다시 재촉했다.

"자, 올라가세요. 여기까지 오셨다가 그냥 가심 돼요?"

미순이가 여전 정자의 옆구리를 꾹꾹 찌르며 가자고 눈짓을 했으나 이미 그럴 사정이 아니었다. 셋은 결국 여자한테 등을 떠밀려 사무실 안으로 들어섰다. 들어서자 거기가 곧 대기실인 듯 아기를 안은 두 여자와 혼자 댕그마니 앉은 다른 한 여자가 그들을 아래위로 찬찬히 훑어보기 시작했다.

데리러 나왔던 여자가 긴 의자를 가리켰다.

"잠깐 이리루들 앉으세요. 어머나, 갓난애기네요. 어느 분이 엄마예요?"

셋은 아무도 대답하지 않았다. 사람들 보는 앞에서 드러내 놓고 미순일 망신 주려 하는 여자가 필순이는 여간 얄미운 게 아니었다. 엄마라니 그게 말이나 되나.

그런데 어떻게 된 여자가 그렇게 눈치 빠를 수 있을까. 여자는 단박에 미순이의 팔소매를 끌어당기는 게 아니냐.

"겁먹지 말아요. 여긴 절대루 그런 데가 아녜요. 맘 푹 놓아요. 그게 무엇보담 중요해요. 이름과 주소만 불러 주겠어요? 말하기 어려움 그만둬두 좋아요."

미순이는 말하지 않았다. 하지 않은 게 아니라 겁에 질려 말이 나오지 않았다. 그래서 반 시간쯤 기다린 끝에 복도를 끌려 나가면서도 미순이는 굳이 필순이와 정자를 동행하겠다고 끌어당겼다.

"좋아요. 같이들 오세요" 하고 복도에서 나타난 여자는 미소 띤 얼굴로 말했다. "내 방에 체어 두 개만 더 갖다 주시겠어요, 미스 리."

미순이가 끌려 들어간 방은 전화가 놓인 조그마한 사무실이었다.

대기실에 있던 여자가 접는 의자 두 개를 들고 들어왔다.

"미세스 박한테 잘 상담드리세요. 우리 양자회 내에선 가장 훌륭한 케이스 워커예요. 맘 푹 놓아요."

미순이는 미스 리의 말을 들으며 책상 앞에 종이를 펴놓고 앉은 미세스 박이라는 여자를 곁눈으로 훔쳐봤다.

미세스 박은 곧 볼펜 자루로 아랫니를 똑똑 두드리며 셋을 뜯어보기 시작했다. 그러곤 판단이 섰는지 대뜸 묻는다는 게 여길 어떻게 알고 왔느냐는 것이었다. 그건 미순이를 제쳐놓고 정자나 필순이가 대답해야 하지만 홀에 나오는 아이들이 그러더라고 말할 수야 있느냐.

미세스 박은 대답을 기다리지 않고 다시 물었다.

"여기가 뭐 하는 데라구 생각해요?"

미순이가 여전히 대답하지 않았으므로 필순이가 나서서 대꾸할 수밖에 없었다.

"애기들 맡는 곳 아네요?"

"잘못된 생각예요. 우린 애길 떠맡지 않아요, 상담에 응하지. 의논해 준단 말예요."

"네? 애길 안 맡아요?"

하고 필순이가 되받아 소리쳤다.

"네, 그렇게 생각함 잘못이라니깐요. 우린 애기와 애기 엄마가 어떻게 불행한 인연을 맺게 됐는지, 앞으루 그들이 어떻게 불행을 이겨낼 수 있는지…… 계속 모자로서 있는 게 나은지, 아니면 친권을 포기하는 게 좋은지, 포기한다면 어떻게 하는지 하는 것들에 대해 상담을 해보구, 미혼 부모 양쪽을 다 만나보구, 가능하면 다른 가족들두 만나보구 해서 모자를 위해 가장 좋은 결론을 찾아내 주는 일을 해요. 우린 절대루 널름 애기만 받는 사람들이 아녜요."

미세스 박은 어려운 말을 섞어 가며 숨도 쉬지 않고 말했다. 그러고는 어리벙벙해서 쳐다보는 둘을 제쳐놓고 미순이를 가리켰다. 정자가 아기를 안은 팔꿈치로 아까부터 고개를 떨구고 앉은 미순이의 옆구리를 꾹꾹 찔렀다.

"어때요, 애기 엄마란 소리 듣기 싫죠?"

미순이가 여전 대꾸를 않자 미세스 박이 물었다.

"두 분 친구예요? 잠깐 자릴 비켜 주겠어요, 애기두요?"

둘이 의자를 밀고 일어서자 미순이의 눈이 겁에 질린 사슴처럼 흔들렸다. 혼자 달랑 남게 된 미순이는 속으로 두 기집애 욕을 해댔다. 그럴 수밖에 없는 것이, 어디서 헛소릴 들은 기집애들 땜에 이게 무슨 창피니. 애도 못 맡기고 덜미만 잡혔으니.

미세스 박은 어색과 긴장과 주저로 떨고 있는 미순이 앞으로 의자를 당겨 앉았다. 그러고는 자기 통어의 능력을 잃고 정서적 육체적으로 불안한 세월을 겪어 온 미순이의 오랜 방황의 어깨에 손을 얹었다.

"애기 낳은 지 얼마나 됐죠?"

"……일주일."

"건강 상태가 아주 안 좋은 것 같아요."

미순이, 묵묵 부답.

"병원에서 낳았어요, 애기?"

고개를 끄덕여 대답.

"애기 낳으러 병원에 들어설 때 기분이 어땠어요?"

묵묵 부답.

"낳을 때 어때요, 굉장히 아프죠?"

묵묵 부답.

"진통 겪을 때 애기 아빠 생각 안 났어요?"

화가 난 얼굴로 침묵을 계속.

“밉구 또 미웠죠?”

여전히 대답이 없음.

“임신한 걸 안 건 언제예요, 멘스가 없자 곧? 아님 몸이 이상해
질 때까지 몰랐어요?”

“몰랐어요.”

“알았을 때 기분이 어땠어요?”

다시 입이 닫힘.

“낳기 전엔 우리 양자회에 대해 몰랐어요?”

“얘기 들었어요.”

“근데 왜 낳기 전에 찾아오지 않았어요?”

“오다가 배가 아파 돌아갔어요.”

“그리군 바로 낳았어요?”

“집까지 가지두 못했어요.”

“집이 어딘데?”

“마포.”

“마포 어디? 여기두 마포군데.”

“공덕동.”

“밖에 있는 두 친군 직업이 있어요?”

“있어요.”

“뭐예요? 술집에 나가죠?”

“아녜요.”

“그럼?”

“공장에 다녀요.”

“무슨 공장?”

“방직공장.”

“어디?”

“구로동.”

"근데 왜 멀리 공덕동에 살아요?"
"이사왔어요"
"거짓말예요. 옛날엔 다녔지만 지금은 다니지 않아요. 그래서 이
사온 거야, 그렇지?"
미순이 고개를 떨구고 대답 없음.
"술집에 나가죠, 저 아가씨들?"
잠시 후, 미순이 기어이 흐느끼기 시작.
"저 때문예요. 모두가 저 때문예요. 제가 공장 기숙사에 못 있게
되자 쟤들두 때려치구 나와 버렸단 말예요."
"울지 말아요. 그렇게 좋은 친구들 두구 왜 울어요. 그리구 아가
씬 애길 낳았다구 못 쓰게 된 것두, 버린 사람두 아녜요. 우리 양
자회엔 아가씨 같은 사람이 하루에두 몇 명씩 찾아와요. 이제 안
심해요. 잘 왔어요. 우리가 뭐든 다 도와줄 거예요."
미순이는 흐느낌이 멎고 눈물을 훔침.
"자, 이제 얘기해 보세요, 가족은 어떻게 돼요?"
"엄마랑 오빠가 있어요."
"한집에 살지 않죠, 아가씨가 도망 나왔을 테니까?"
대답이 없음.
"가정 형편이 어려워요?"
"오빠두 놀구 있어요."
"나이가 몇인데?"
"스물셋요."
"애기 아빤 누구예요? 우린 그런 남잘 내추럴 파더라구 불러요."
"이민 가구 없대요."
"어디루? 브라질?"
"미국 갔대요."
"도망쳤군요. 누구예요?"

“보광동에 있어요, 태평섬유라구. 거기 공장장이었어요.”

“이름은?”

“……조기윤예요.”

“아가씨가 당한 거예요? 그렇잖음…….”

“당한 애들이 한둘이 아녜요.”

미세스 박은 잠시 뜸을 들이고 있다가 다시 물었다.

“그렇게 처녀성을 잃은 게 가슴 아프죠? 교회엔 나가 본 일 있어요?”

“시골 살 때 가봤어요.”

“언제?”

“크리스마스 때. 공책두 주구 연필두 준대서요.”

“국민학교 때?”

“중학 때예요. 중퇴했어요.”

“그리군 왜 계속 나가지 않았어요, 공책만 받구선?”

“것두 못 받았어요.”

“그래서 관둬 버렸어요?”

“아뇨. 연보 낼 돈이 없어서요.”

미세스 박이라는 이름의 여자는 그러고도 반 시간은 더 애기를 계속했다. 그러면서 더러는 뭔지 적어 놓는 것도 있어서 미순이는 기분이 여간 언짢은 것이 아니었지만 그렇다고 그걸 어쩌나. 적지 말랄 수야 없지 않나.

미세스 박의 애긴, 애를 낳기 전에 찾아왔더라면 봉원동에 있는 기쁨의 집이라는 데 보내줬을 거라는 것이었다. 기쁨의 집은 배는 부른데 올데 갈데 없는 여자들을 위해 해산 전후 두 달 동안 공짜로 먹여 주고 재워 주는 집이라고 했다.

“윤락 여성을 받는 은혜원과 가출아들을 받는 희망원이라는 집두 있는데 미혼 산모를 요양시키는 기쁨의 집이 제일 분위기가 좋아

요. 사감이 아주 좋아서 꼭 가정집 같다니까. 조용히 앉아서 뜨개
질이나 수놓는 걸 배우구 사감 아주머니한테서 신앙 선도두 받구.
그리구 일자리가 없는 사람한텐 나중에 취직 알선두 해요. 참 그
렇군. 허미순 양 이제 아기를 우리한테 맡겼다구 가정하면 어떻게
할 테예요? 어디 일자리 있어요? 친구들하구 같이 다시 술집에
나갈 거예요?"

"다시요? 그럼 제가 언제 술집에 나갔단 말예요?"

"술집 얘기 했다구 언짢아 말아요. 난 아가씨들이 술집에 나가는
걸 나쁘다구 하진 않았어요. 애처로워서예요. 그런데 나가는 게
위험한 것만은 틀림없잖아요."

미세스 박은 말을 끝내고 나서 자리를 일어섰다. 미순이는 초조한
눈길로 일어서는 여자를 쳐다봤다. 이걸로 끝장이 났다는 거냐?

"어때요, 미순인 나하구 얘기하구 나니 속이 좀 후련해지자 않아
요? 털어놓는 건 좋은 거예요, 의논두 하구. 내 얘기 이해가 됐
을걸요?"

이해라니 무엇에 대해서 말이냐 싶었으나 미순이는 고개를 두어
번 주억거렸다.

"됐어요. 우리 일주일 뒤에 다시 만나 얘기해요. 토요일하구 주일
날은 문을 열지 않는다는 것 잊지 말아요."

"일주일?……."

"그래요. 그동안 잘 생각해 봐야 해요. 정말 애기를 포기할 수 있
느냐에 대해서. 나두 생각해 볼 거예요. 난 어떻게든 허미순 양을
도와주구 싶어한다는 거 명심해요."

맥이 빠져 대기실로 걸어나오던 미순이는 어째 예감이 이상했다.
역시 그랬다. 목쉰 소리로 지친 울음을 울고 있는 건 다른 아이가
아니었다.

얼마나 오래 시달렸는지 얼굴까지 빨갛게 익어서 아이를 안고 춤

을 추는 정자의 이마엔 땀방울이 송글송글 맺혀 있었다. 같이 서성거리는 필순이의 콧등에도 땀이 빼지직 솟아 있었다.

미순이는 창피한 생각에 얼굴이 화끈 달아올랐으므로 더 볼 것도 없이 아이를 덥석 낚아채 안고 출입문께로 내달았다. 정자가 바투 어깨를 맞붙이고 다가서서 물었다.

"배가 고파서 이러는데 젖 좀 멕임 안 되겠니?"

미순이가 눈을 하얗게 뜨고 노려보자 정자는 고개를 돌리고 얼른 문고리를 비틀어 주었다.

"빨리 가자, 빨리"

하고 필순이가 둘을 앞질러 층계를 뛰어내리며 소리쳤다.

밖으로 나오자 아이의 울음은 가물가물 더욱 애처롭게 자지러들었다. 차를 잡지 못해 한참을 서성거리고 났을 때는 드디어 허기에 지칠 대로 지쳤는지 울음을 멎고 잠이 들어 있었다.

미순이는 자동차의 소음이 들리지 않도록 귀를 꼭 싸안고 큰길가의 철책 밖에 서서 필순이와 정자가 차를 잡을 때를 기다렸다. 무릎이 자꾸만 후룩후룩 떨렸다.

정자가 다가와서 아이를 뺏으며 물었다.

"머래든? 애기 받아주겠대든?"

미순이는 힘없이 고개를 내저었다.

"받아 주지두 않으면서 무슨 애길 그렇게 오래 하니?"

"신경질 나."

"너 혹시 그 미세스 박이라는 여자한테 욕먹은 건 아니니?"

"아니, 외려 굉장히 친절하게 대해 주는 체했어. 속으루야 욕을 했겠지만."

"하긴 그런 일만 전문으루 하는 여자가 욕이야 하겠니? 근데 그렇게 오래 애기만 하구 그냥 돌아가라는 건 너무하다 애."

"일주일 뒤에 다시 오래."

“그러면 받아주겠대?”

“모르겠어.”

필순이가 마침 차를 잡았으므로 둘은 얘기를 중단하고 뛰어갔다. 양자회에서 일주일 뒤에 다시 오라는 것을 미순이는 기다리다 못해 나흘 만에 쫓아가고 말았다. 마음먹었을 바엔 일주일씩이나 기다릴 게 뭐 있느냐고 필순이가 우긴 탓도 있지만 미순이가 더 기다릴 수 없었던 이유는 다른 데 있었다.

처음으로 아이를 안고 달래 보기 시작한 이후로 왠지 이상한 느낌 같은 것이 미순이의 가슴속에 싹트고 있었던 것이다. 미순이는 그런 어떤 감정이 혹시 자신의 내부에서 싹을 키울까 갑자기 겁이 났다. 사실이지 지난번엔 아이가 울지만 않았던들 그 사무실 계단에 슬쩍 누여 두고 도망쳤을 것이었다.

셋은 또다시 숨을 죽이고 계단을 걸어 올라갔지만 전보다는 훨씬 태연스러울 수 있었다. 그리고 미세스 박도 약속을 깨고 일찍 찾아 온 미순이를 굳이 뭐라지 않았다. 마침 대기실을 나오다가 마주친 그녀는 곧 미순이를 자기 방으로 데리고 가며 말했다.

“나두 미순이 오기를 기다렸어요. 아긴 우유 잘 먹어요?”

미순이는 고개를 주억거렸다. 방으로 들어선 미세스 박이 의자를 권하며 다시 물었다.

“생각해 봤어요?”

“생각해 봤어요.”

“그랬더니? 아길 포기해야겠어요?”

“네.”

“미순인 미순이의 아기를 낯모르는 양부모한테 맡긴다는 게 불안 하지 않아요?”

“……”

“우리가 국내 양자를 첨 시작할 땐 어땠는지 알아요? 육십이년이죠. 우리 개별 사회사업가와 양모가 몰래 약속을 하구 그 집 대문 앞에 아길 놓아 두면 시간을 맞춰 양모가 쫓아 나와 아기를 안구 들어가 남편과 시부모한테 업둥이가 들어왔다구 소리쳐요. 그렇게 양자를 주었어요. 하지만 지금은 그러지 않아요. 부부가 같이 와서 직접 아기들을 둘러보구 앞뒤 다 알아보구 해서 데려가요. 다 넉넉한 사람들이니까 그런 불안은 갖지 않아두 돼요.”

미세스 박은 묻지도 않은 말을 열심히 설명했다.

그럼 양부모를 만날 때까지 아기는 어떻게 길러지나? 위탁 가정이라는 것이 있어서 거기서 기른다. 위탁 가정은 일정한 보수를 받고 아기를 기르는 집인데 위탁 가정이 되려면 50세가 안 된 어머니로서 다섯 살 이내의 친자녀가 없어야 하며 아기를 기를 만한 방이나 주위 환경이 돼 있어야 하고 기르다가 양자로 떠나는 아기와 이별할 때 감정 처리를 할 수 있는 능력도 있어야 한다. 그런 가정이 주민등록등본과 건강진단서 한 통씩을 제출하여 신청을 낸다. 선정이 되면 우유 조리법에서부터 육아법까지 온갖 것을 다 강습받고 아기를 정기적으로 데리고 나와 의사의 진찰도 받아야 한다.

“그런 위탁 가정이 서울에만두 칠십 가정이나 된다구. 전국적으룬 백십 가정이나 되구. 그리구 우리가 늘상 그런 집들을 방문해서 자라는 과정을 파악두 하구.”

미세스 박은 설명을 끝내자 미순이를 빤히 들여다봤다. 그러곤 종이 한 장을 꺼내 놓고 주소와 이름을 쓰고 손도장을 찍으라고 했다.

“우리끼리 의논한 결과 허미순 양의 아길 빨리 받아 주기루 했어요. 이건 친권 포기 서약서예요.”

정작 쓰자고 덤비자 미순이는 갑자기 글씨가 제대로 씌어지지 않았다. 눈앞에 자꾸만 어른거리는 게 있었다. 아기의 얼굴이었다. 그래서 망설이고 또 망설이던 말을 미순이는 용기를 내어 물었다.

“우리 애기 존 데루 보내 주세요. 얼루 가게 될까요?”

"모르는 게 외려 좋아요, 아직은 알 수두 없지만."

미세스 박은 미순이의 떠는 어깨를 지그시 누르며 말했다.

"미순인 아직 나이 어리니까 이게 나아요. 그리구 곧 잊어버리게 돼요. 우린 미순이가 입원빌 못 내서 병원을 도망쳐 나온 것두 알구 있어요. 그래서 예외적으루 빨리 아기를 받는 거예요."

그새 뒷조사를 다 해본 거구나 생각하고 있는데 미세스 박은 마침내 마지막 명령을 내렸다.

"자, 대기실루 가서 아길 안고 오세요."

미순이는 말을 듣는 순간 눈앞이 아뜩했다.

미순이는 비치적거리는 걸음걸이로 상담실을 나왔다. 미세스 박이 미순이의 팔소매를 잡고 따라 나오며 말했다.

"미순인 잘살아야 해요. 맘을 독하게 먹어요."

대기실까지 나온 미순이는 곧 정자한테서 아이를 받아 안았다. 아이는 여린 숨소리를 내며 자고 있었다. 미순이는 아이를 가슴에 꼭 껴안아 보았다. 그러곤 자신의 입술을 질끈 깨물었다. 그동안에 키와 몸무게를 재고 진찰까지 했다는 걸 미순이는 모르고 있었다.

미세스 박이 얼른 미순이의 팔을 헤치고 아이를 받아 안았다.

"미순 양은 참 좋은 친구들을 뒀어요. 아가씨들 그동안 정말 고마워요."

미순이는 더 듣지 않고 돌아서서 뛰어나갔다. 그건 아까부터 고개를 비틀고 소리 없이 훌쩍거리기 시작한 정자 때문이라고 미순이는 생각했다. 문 밖으로 사라지는 미순이의 뒷덜미에다 대고 미세스 박이 다급하게 소리쳤다.

"앞으로 자주 연락해야 해요, 미순이. 의논할 일이 있음 언제든 찾아 줘요. 환영예요."

용케 참아 낸 눈물이 문 밖 계단으로 뛰어나오기 무섭게 후두둑하고 쏟아졌다. 요동치는 범람이었다. 어깨를 흔들며 몸부림치는 미순이를 부축하며 필순이가 되풀이 소곤거렸다.

"실컷 울어, 실컷 울구 나면 개운해질 거야."

그러나 잠시 후 필순이는 고쳐 말했다.

"이제 그쳐라, 얘. 응, 이제 관두자, 얘. 내가 자꾸 울음이 터질려구 해서 그래."

필순이의 코맹맹이 소린 기어이 훌쩍이는 흐느낌으로 변해 갔다. 셋은 제각기 벽을 안고 돌아서서 소리 죽여 훌쩍거렸다.

"그만 내려가자, 이러다가 사무실에서 누가 나옴 어떡허니"

하고 필순이는 한참 만에 눈꼬리를 훔치며 말했다.

"정자 너, 정말 그만두지 않을 거니. 너까지 그럼 어쩌니."

필순이는 정자를 향해 면박을 주었지만 정자는 한쪽 구석에 처박혀 있을 뿐 이미 아까부터 눈자위를 닦고 있었다. 자신이 그러고 있어선 안 된다고 생각해서였을 거였다. 둘은 미순이를 양쪽에서 받쳐 안고 건물 층계를 걸어 내려갔다.

미순이의 뗑한 눈엔 온 세상이 희뿌옇게 보였다. 길가로 나오자 필순이가 물었다.

"어디 들어가서 시원한 거라두 마실련?"

미순이가 도리질을 했다. 그러곤 결박당한 팔을 뿌리치고 제2한강교 쪽으로 걸어가기 시작했다. 필순이와 정자도 힐끗 아동복지회 건물을 올려다보고 나서 미순이의 뒤를 천천히 따라 걸었다. 4층 창가에서 누군가 내려다보고 있을 것 같은 느낌이 들어 둘은 뒤통수가 뜨거웠다.

필순이는 마포 쪽으로 가는 강변도로를 따라 비치적비치적 걸어가는 미순이를 바라보며, 잘됐지 뭐니 하고 속으로 생각했다. 미순이가 걸음을 멈추고 멀리 강 한가운데를 바라보았다. 정자와 필순이도 쓸쓸한 얼굴을 하고 강을 들여다봤다. 아지랑이가 어지럽게 일렁이고 있었다. 정자가 미순이의 손을 가만히 쥐여주었다. 가늘게 떨리는 찬 손이었다.

"너 이제 엄마 만나보는 게 어떠냐, 도일이 오빠가 널 찾구 있는
지두 모르잖니 ? "

미순이는 듣고 있지 않은지 표정 없이 그냥 서 있었다. 정자도 더
이상 말을 붙일 수 없었으므로 다시 강 쪽으로 시선을 보냈다. 낮고
지저분한 저쪽 강바닥엔 파랗게 풀포기가 돋아나 있었다.

잠시 후 미순이는 힘없이 고개를 저었다. 그러곤 손바닥으로 얼굴
을 싸안았다. 헉헉 울음을 깨물고 있는 걸 옆에서도 알 수 있었다.

"난 못 가…… 엄만 벌써 죽었는지두 몰라. "

필순이가 무너져 앉는 어깨를 재빨리 부축해 일으키며 말했다.

"그래, 아직은 돌아갈 수 없어. 너희 엄만 아무 일 없으실 거야. "

셋은 다시 걸음을 떼어 놓기 시작했다. 필순이가 유쾌한 목소리를
만들어 소리쳤다.

"왜 이러니, 갑자기 허기가 진다. 어디 가서 멀 좀 먹자꾸나. 이
제부텀 열심히 먹구 열심히 돈 벌자. 안 그러니, 기집애들아 ! "